La segunda vida del mariscal

La segunda vida del mariscal

Sixto Sánchez Lorenzo

Barcelona • Madrid • Bogotá • Buenos Aires • Caracas • México D.F. • Miami • Montevideo • Santiago de Chile

1.ª edición: noviembre, 2016

© Sixto Sánchez Lorenzo, 2016
© Ediciones B, S. A., 2016
   Consell de Cent, 425-427 - 08009 Barcelona (España)
   www.edicionesb.com

Printed in Spain
ISBN: 978-84-666-6018-1
DL B 20096-2016

Impreso por Unigraf, S. L.
Avda. Cámara de la Industria, 38
Pol. Ind. Arroyomolinos, n.º 1
28938 - Móstoles (Madrid)

Todos los derechos reservados. Bajo las sanciones establecidas
en las leyes, queda rigurosamente prohibida, sin autorización
escrita de los titulares del *copyright*, la reproducción total
o parcial de esta obra por cualquier medio o procedimiento,
comprendidos la reprografía y el tratamiento informático,
así como la distribución de ejemplares mediante alquiler
o préstamo públicos.

*A la memoria de mi padre, de José Luis Serrano
y de José Manuel García Marín*

París, lunes 23 de noviembre de 1818

La vida y la muerte se entreveraban en el pensamiento del ministro de Policía mientras un landó tirado por cuatro caballos, sin escolta alguna, lo aproximaba al cementerio de Mont-Louis: el corazón de su vástago empezaba a latir en el seno de Égédie de Saint-Aulaire, una muchacha adorable de apenas dieciséis años a la que había desposado tres meses antes en la capilla del Palacio de Luxemburgo. Pero era la muerte quien lo invitaba a viajar de incógnito hacia la pequeña población de Charonne, sin más compañía que la de su cochero. A través de las ventanillas atisbó las primeras luces de un día gélido, justo al atravesar la frustrada plaza de la Libertad. Una piedra solitaria atestiguaba el fallido intento de Palloy de erigir una columna conmemorativa en el mismo lugar en que un día no muy lejano se alzara la Bastilla. La soledad del zócalo desnudo parecía enfriar la caja del carruaje donde Élie Decazes trataba en vano de hallar el calor de la vida rememorando la noche de agosto en que había amado por primera vez a su segunda esposa. La muerte, empero, vencía todos sus intentos y disipaba sus evocaciones placenteras.

Tras franquear la entrada del cementerio, el coche se detuvo a pocos pasos de un grupo de cuatro hombres que, ateridos por el aguanieve, parecían custodiar un humilde parterre rodeado por una verja herrumbrosa. Una carreta entoldada, tirada por dos caballos, permanecía cerca del grupo. Solo el piafar de los brutos rompía el silencio de la mañana. Uno de los hombres se acercó a la portezuela del landó:

—Señor —saludó en voz queda—, todo está listo. Hemos encontrado los ataúdes. Podemos extraerlos cuando lo ordenéis.

—Hacedlo —contestó Decazes secamente—. ¿Los hombres sospechan algo?

—En absoluto, excelencia.

—Bien, Thierot. ¿El cirujano está listo?

—Espera en el lugar indicado.

—Proceded sin dilación.

Armand Thierot se volvió hacia los hombres e hizo un gesto afirmativo con la cabeza. A renglón seguido dos de ellos desaparecieron en la zanja que acababan de cavar; alzaron con precaución un féretro e inmediatamente, otro de apariencia más humilde. Los trasladaron con agilidad al carruaje cercano. El tercer hombre ocupó el pescante junto a Thierot, alzó el freno del carruaje y lo puso en marcha con la delicadeza con que hubiera transportado un polvorín. El landó lo seguía de cerca.

Decazes cerró los ojos para recobrar la imagen del cuerpo desnudo de Égédie; se tapó los oídos creyendo oír sus gemidos cuando la poseía; aspiró el aire impregnado de olor a tierra húmeda para recobrar en sus papilas el aroma a uva madura de su piel; se mordió los labios como si fueran los de ella, y buscó en el puño de marfil de su bastón el tacto de alabastro de sus mejillas...

Bertrand Bonaventure, cirujano de la Grande Armée, superviviente del Beresina, acaso había visto más quemaduras profundas, amputaciones horribles y heridas espantosas que ningún otro mortal, y de seguro había reparado un buen número. También había certificado más muertes que las que era dable confesar. Jamás, empero, se había significado como otra cosa que un hombre de ciencia; no había para él política diversa a la que impone la madre naturaleza, ni argumentos diferentes de la circulación de la sangre, ni decretos que no fueran impuestos por los fluidos, las escrófulas o los tumores. Napoleón Bonaparte se reducía a sus ojos a unas nalgas portadoras de unas hemorroides en extremo purulentas, difíciles de sobrellevar para cualquier caballero, incluso de rango modesto. La discreción era en él un hábito profesional, mejor que una virtud, y Decazes no se equivocaba al confiar en su juicio experto y en su firmeza para guardar el secreto del diagnóstico requerido.

En el establo de una granja no muy lejana a Charonne, el cirujano Bonaventure examinaba con atención los restos de dos cadáveres dispuestos con cuidado sobre una gran mesa cubierta de lienzo blanco. Absorto en su observación, no parecía sentirse molesto por la mirada impaciente del ministro de Policía, hierático y cruzado de brazos. Armand Thierot mostraba más indiferencia.

—No hay duda de que este es el cuerpo del señor Auguié —sentenció el galeno al cabo de unos minutos.

—¿Os referís al esqueleto o a la momia? —lo interpeló Thierot sin disimular su ironía.

Bonaventure se tomó su tiempo antes de mirar despectivamente a Thierot por encima de sus lentes, sin apenas levantar la cabeza inclinada sobre la mesa, y contestarle con displicencia:

—Al esqueleto, sí, como decís. Corresponde a un hombre de la misma edad que tenía el suegro del mariscal.

—¿Es posible que puedan presentar un aspecto tan distinto ambos cadáveres, si el óbito se produjo con pocos meses de diferencia? —inquirió Decazes.

—No sería extraño, señor Decazes —y su tono era más cordial—. Hay muchas variables. Tened en cuenta que el señor Auguié falleció en una época cálida: la descomposición es más rápida en estos casos si va acompañada de humedad. En cambio, si un cuerpo es enterrado superficialmente a temperaturas muy bajas o, sin necesidad de ello, en un ambiente extremadamente seco, puede momificarse en pocas semanas y luego su descomposición es más lenta e incompleta. En todo caso...

Bonaventure se interrumpió mientras deslizaba su escalpelo sobre los huesos parietal y frontal izquierdos que pertenecían al cráneo ya mondo del segundo cadáver.

—¿Decíais, señor Bonaventure? —se impacientó el ministro.

—En todo caso, este no es vuestro hombre, excelencia. Tiene su misma complexión y edad, entre cuarenta y cincuenta años, aunque no puede ser él. Su cráneo presenta tres impactos de bala, dos en el frontal y otro en el maxilar, pero no hay signo alguno de fractura en su húmero izquierdo ni en la rodilla derecha...

—Por tanto...

—Por tanto, sire, si esta es la cabeza del mariscal Ney, desde luego puedo adelantaros que este no es su cuerpo...

El cirujano levantó la mirada hacia los dos hombres mientras hacía girar su escalpelo entre los dedos de su mano izquierda. Decazes había palidecido levemente y se mordía los labios de forma casi imperceptible.

—¿Estáis completamente seguro? —preguntó al fin, mirando con fijeza al galeno.

—Completamente, señor, sin asomo de duda.

—Bien... Thierot, depositen el cuerpo de Auguié en su féretro y vuelvan a enterrarlo junto al otro, en la misma disposición exactamente. Señor Bonaventure, si no tenéis inconveniente podréis entretanto finalizar la disección de este cadáver y redactar un informe completo y confidencial. ¿Os resulta posible hacerlo aquí mismo? ¿Qué tiempo necesitáis?

—Por supuesto, excelencia. Esta misma tarde estará listo.

—Thierot vendrá a buscarlo, pues. No debéis hablar con nadie y le entregaréis en mano el informe. Y no tengo que reiteraros la necesidad de que guardéis un escrupuloso silencio.

—Podéis estar tranquilo a ese respecto, señor —concluyó el cirujano con absoluta calma.

—¿Enterraremos el segundo ataúd vacío? —terció Thierot.

—Exactamente —sentenció el ministro.

—¿Y qué haremos con el segundo cuerpo?

—Cuando el señor Bonaventure os haya entregado el informe, hacedlo desaparecer. Eso es todo.

El duque Élie Decazes, ministro de Policía del gobierno de su majestad, abandonó aquel establo en el villorrio de Charonne con la convicción de que sus próximos días discurrirían por cauces extraordinarios y acaso no muy halagüeños, a menos que aprovechara los intentos del duque de Richelieu por defenestrarlo y aceptara el ostracismo de una embajada en Moscú. Ignoraba cuál de las dos bombas que sostenía en cada mano estallaría antes, pero no podía sustraerse a la tentación de jugar a malabares con ellas.

Sarrelouis, martes 29 de febrero de 1780

Michel salió como alma que lleva el diablo del colegio de los agustinos, arriesgándose a descalabrarse en las calles heladas. Una vez más debía entregar al padre una nota reprobatoria redactada de su propio puño y letra por el rector. No era su falta de devoción por los latines o la aritmética, cuyos exámenes superaba con calificaciones aseadas, la justa causa que periódicamente amparaba la advertencia, sino su obsesión lúdica por organizar asaltos y batallas a la menor ocasión, erigiendo parapetos con pupitres, improvisando baterías con compases y misales, reclutando con pasmosa autoridad hasta las almas más cándidas entre los niños de seis a doce años que cursaban sus estudios en la venerada institución de la ciudad. A sus diez años, Michel no encontraba obstáculos para dirigir las operaciones bélicas con suma diligencia y hasta los niños de mayor edad aceptaban su liderazgo con el furor guerrero más irracional. No acababa de hallar sentido al horror de los padres agustinos por la disciplina militar, cuando con tanto ahínco les insistían a diario en la bondad de semejante virtud, ni entendía el muchacho qué mérito podía tener guardar la compostura en situaciones de paz y recogimiento, tan naturales a la molicie. Barruntaba, no sin razón, que no debía de ser mal ejercicio que en los momentos de recreo y asueto pudieran poner en práctica el arte de la subordinación en escenarios de caos y desorden, donde a todas luces habría de mostrarse más útil y provechoso. No era esa, desde luego, la opinión de los padres agustinos.

No tardó en llegar al taller de su padre, donde esperaba distraerse de sus preocupaciones hasta el momento propicio para el sacramento de la confesión y de la penitencia. La forja crepitaba y Pierre Ney departía alegremente con el herrero, que golpeaba el metal que pronto serviría de zuncho. Michel sorteó las cubetas de agua que calentaban las duelas y se escabulló hacia el otro extremo del taller, donde los toneles eran sometidos al proceso del tostado. Nada le complacía más que el olor de la madera de roble blanco recién flameada. Era la fragancia más antigua e intensa, un aroma acogedor como el hogar en invierno. Aspiraba las emanaciones de un barril cuando la mano de su padre se posó sobre su hombro.

—¿Ves, Michel?, el tostado es lo que hace definitivamente un buen tonel. Cuando se llene de vino liberará toda su esencia y se mezclará con él a través del tiempo, añejándolo.

—Lo sé, padre, me lo has contado muchas veces.

Pierre Ney sonrió; estaba a punto de reanudar su conversación con Michel cuando el señor De Sachs hizo su aparición en el establecimiento. Pierre fue a recibirlo con la reverencia que merecía su ilustre cliente. Michel conocía bien al estirado De Sachs, cuyo primogénito solía mostrarse desdeñoso y recalcitrante ante los juegos bélicos del resto de sus compañeros, y montaba en cólera si por azar su camisa de seda resultaba pringada de tinta o empolvada como consecuencia de las batallas. De Sachs miraba por encima del hombro al buen Ney, acaso molesto porque un artesano hubiese sido capaz de prosperar hasta el punto de enviar a sus hijos al mejor colegio de Sarrelouis. Pero sus bodegas necesitaban buenos toneles, y desde el Rin hasta el Mosela no los hallaría mejores que los facturados con la maestría de Pierre

Ney. El trato se despachó con presteza y el tonelero se volvió hacia la forja, no sin antes conminar a Michel para que regresara ya a casa.

Dos horas después, Pierre Ney subía los tres escalones que separaban la calzada de la vivienda número 11 de la Rue de la Bière. Los postigos de las dos grandes ventanas que adornaban la parte inferior de una fachada de piedra gris amarillenta estaban ya cerrados, y disfrutó del calor del hogar antes de abrir la gran puerta principal de madera de castaño sin desbastar. La pequeña Marguerite debía de estar acostada; a la señora Marguerite Ney, nacida Groevelinger, se la oía refunfuñar desde el vestíbulo. Pierre se acercó a la espaciosa sala iluminada con velas blancas que hacía las veces de comedor. Mientras Jean Baptiste, su primogénito, cenaba con apetito, Michel no había tocado su plato. Con los codos sobre la mesa y los puños en las sienes, desordenando sus cabellos de color castaño muy claro, mantenía la vista baja mientras su madre le dirigía una filípica en toda regla. El extraordinario rubor que cubría sus mejillas denotaba el esfuerzo por mantenerse disciplinadamente callado. Parecía una granada a punto de estallar y su enrojecimiento pareció aliviarse cuando vio que su padre entraba en la estancia.

—¡Oh, estás aquí! —suspiró su esposa—. Tu hijo ha vuelto a hacer de las suyas. Otra vez el rector nos envía una carta de reprobación...

—¿Por qué esta vez? —se interesó Pierre Ney mientras tomaba asiento entre sus hijos y se echaba un trozo de pan negro a la boca.

Michel apenas abrió la suya para justificarse, cuando su madre contestó:

—¿Por qué va a ser? Lo de siempre... Esta vez fue en el refectorio donde organizó una trapatiesta de mil demonios.

—Parece que al niño dotes de mando no le faltan.

—Sí, tu haz bromas y alecciónalo, que es lo que le hace falta.

La cena transcurrió entre las recriminaciones de rigor y los vanos intentos de disculpa, como siempre desde que los niños son niños y los padres, padres. Y a medida que el estómago se llenaba y el sopor de la digestión se mezclaba con el calor de la chimenea, los rigores se iban aplacando y la rutina se imponía en ademanes y palabras.

Mientras Marguerite recogía la mesa y ordenaba la cocina, Pierre Ney encendió con un gesto mecánico su pipa y se sentó en su sillón frente a la chimenea. Escuchó con deleite cómo el tictac dulce de su Morbier se mezclaba con el crepitar de la leña y el susurro de la combustión de las brasas. Como cada noche, sus hijos se sentaban un rato a su lado antes que Marguerite acabara su faena y emitiera una orden terminante para que se acostaran.

—Y bien, Michel. ¿Qué batalla has recreado esta vez en el refectorio?

—Rossbach, padre —contestó Jean Baptiste—. Siempre es la misma. No se sabe otra...

—¡Eso no es cierto! —protestó Michel—. Es solo que es la que más me gusta, porque padre estuvo allí y fue condecorado...

—Y dime, Michel —terció Pierre Ney—, ¿qué papel te asignaste hoy en la batalla?

—El... general Von Seydlitz —titubeó Michel.

—¡Ah, veo que has traicionado a la patria y te has pasado a las filas enemigas! ¡Sabes que yo luché a las órdenes del príncipe de Soubise, y que fuimos derrotados! ¡Bribón!

El tono burlón de su padre animó a Michel.

—En fin, padre, si uno puede elegir el papel, mejor que sea el de vencedor...

—Es un error, hijo. En las batallas nunca hay vencedores, solo vencidos... —Pierre Ney retomó el relato predilecto de sus hijos—. Fue el 5 de noviembre de 1757. Yo apenas tenía veinte años. Era un día frío, como el de hoy. La batalla fue corta, fulgurante... Nuestro campamento estaba oculto a los ojos de los prusianos y el plan de Soubise y Hildburghausen no era malo... Teníamos que desplazar nuestras columnas sigilosamente hacia el flanco izquierdo de los prusianos, pero la tropa era obtusa e indisciplinada y necesitamos toda la mañana para ponerlos a marchar en fila de a tres. La caballería imperial precedía a nuestra primera línea de infantería. A las tres de la tarde, aproximadamente, Federico se dio cuenta de que la vanguardia de la caballería austriaca se desplazaba a su izquierda y ordenó a la caballería de Von Seydlitz que cargase frontalmente con todo... El monte Janus nos ocultó, además, el movimiento de sus tropas, que lograron disponer las baterías de artillería en su cima, y desde allí, a un cuarto de legua, nos machacaron a conciencia. El encuentro de las caballerías fue duro, pero pronto los prusianos nos desbarataron, y entonces su infantería descendió del monte a través de una hondonada que nos impedía apreciar sus maniobras. Seydlitz opuso su caballería frente a nuestro flanco derecho. Nos rodearon y bloquearon, y solo siete batallones pudimos desplegarnos para tratar de frenar a la infantería prusiana... Cuando Seydlitz cargó por la derecha, nuestro ejército se perdió, y con suerte Hildburghausen pudo cubrir la retirada. En menos de dos horas la batalla había concluido y cinco mil camaradas habían muerto...

—Padre, ¿por qué solo eras sargento? —preguntó Michel con ingenuidad.

—¿Solo? Era todo a lo que podía aspirar, hijo. Para ser oficial tienes que ser noble. Si no lo eres, no importa ni el coraje ni el cerebro. Nunca dejarás de ser un soldado con una paga ruinosa, sin más futuro que perecer tarde o temprano en cualquier campo de batalla, tan pobre y despreciado como cuando te enrolaste. Carne de cañón, hijo.

—Entonces, padre, ¿ni Michel ni yo podríamos ser oficiales? —se interesó Jean Baptiste.

—No, pues ni tu padre ni tu madre son nobles.

—¿Y De Sachs...?

La voz de Michel al formular la pregunta revelaba su turbación. Pierre aspiró una buena bocanada de humo y meditó sus palabras.

—De Sachs podría ser tu general, hijo, aunque no tuviera más mérito que su blasón. Y le daría un ardite enviarte a ti con tu legión de camaradas a una muerte segura, por incompetencia o por inconsciencia, que tanto da... Sin embargo, hay muchos oficios más allá del Ejército que os permitirán codearos con la nobleza, incluso granjearos su envidia... El comercio, las artes, la administración, las leyes... Para ser buen abogado hay que estudiar y acreditar dotes excelentes, y eso exige trabajo, dedicación, esfuerzo... Por eso pocas cosas aborrecen más los nobles que a un buen abogado. Y todo eso estará a vuestro alcance...

Jean Baptiste y Michel intercambiaron una mirada furtiva. Si las volutas de humo de la pipa no le hubieran estorbado la visión, Pierre Ney habría comprendido en el brillo de sus ojos que preferían una muerte honrosa en el campo de batalla, ordenada por el mismísimo De Sachs, a la vida tan rentable como oscura de un leguleyo de Sarrelouis.

París, martes 1 de diciembre de 1818

Marcel de Brivazac hizo detener el *fiacre* en la ribera izquierda del Sena, después de haber cruzado el río a través del Pont Royal. Miró de soslayo al Palacio de las Tullerías y emprendió su camino a pie por el Quai Voltaire, sorteando buquinistas que recogían su mercancía. El Pont Royal había cambiado de nombre el mismo año en que su padre había muerto defendiendo el palacio junto a un puñado de nobles y guardias suizos: Pont National, Pont des Tuileries..., para acabar retornando a su origen, como si nada hubiese ocurrido, como si miles, cientos de miles, millones de almas no hubiesen sufrido el calvario, el destierro, la humillación y la muerte. Un cambio de denominación, un decreto, y todo parecía volver a su orden. Las aguas del Sena no habían dejado de fluir, y los restos de los cuerpos degollados del marqués de Mandat o del barón de Brivazac se hallarían tan lejos de París como del recuerdo. Pero quedaban las viudas desposeídas y los hijos desheredados y huérfanos. Los bienes podían reponerse o restituirse; no así el tiempo, ni las memorias vacías, ni la ausencia del padre, o los silencios de la madre...

Ya en el Quai Malaquais Brivazac se detuvo ante la guardia del *hôtel* del Ministerio de Policía. Extrajo su salvoconducto y lo mostró. Franqueó la entrada y fue conducido por uno de los guardias al primer piso, donde el duque Decazes disponía de sus apartamentos privados, e introducido en la biblioteca. Decazes no tardó en aparecer y ambos amigos se saludaron con cálido afecto.

—Me alegro de verte, ministro.

—Yo a ti también, Marcel. Siéntate, por favor.

Decazes parecía ensimismado y a Brivazac no le pasó inadvertida su inquietud. Le había resultado extraño ser recibido en sus dependencias privadas, por más que los uniera una antigua amistad. Decidió ayudar a su amigo conduciendo la conversación.

—¿Tu esposa está bien?

—¡Oh, perfectamente! Como sabes está encinta... Es tan joven que a veces no es consciente de la situación... He tenido que prohibirle severamente que cabalgue... Es su afición predilecta.

—¿Y por lo demás? ¿Sigues empecinado en nacionalizar a la realeza y «realizar» a la nación?

—No seas irónico, Marcel. ¿Qué se comenta en los salones de París?

—Se dice que tu situación es crítica. Richelieu aprieta al rey para que abandones el gabinete y te exilies en la embajada de Moscú...

—Es cierto, y estaría dispuesto a hacerlo si no fuera por la situación de mi esposa... Si el rey lo estima, le pediré que me deje retirarme a La Grave... Pero de momento estoy a su servicio.

—Los ultras ganarán la partida, entonces...

—Es posible, Marcel. No entienden nada. Traicionan al rey y parece que no han aprendido del pasado. Ser realista es proteger al rey, y si queremos garantizar el trono hay que ser moderado y dialogante...

—¿Incluso con los jacobinos y los regicidas?

—Incluso con ellos, Marcel. Sé que no te hace mucha gracia. Imagino por lo que has tenido que pasar: huérfano, emigrado, desposeído... Pero se trata, precisamente, de no volver ni a la República ni al Imperio.

—Mis viejas cuentas son personales, Élie. No son políticas. Que haya sido un emigrado no significa que simpatice con los *chevaliers de la foi*... Pero supongo que no me habrás llamado para una tertulia de salón...

—No, en efecto...

El ministro de Policía se levantó de su sillón, se acercó a un *bureau* y extrajo dos cigarros de una caja de caoba. Ofreció uno a Brivazac, que declinó la invitación. Encendió el suyo con parsimonia y se situó frente a Brivazac, quien cruzó las piernas, apoyó los codos sobre los reposabrazos de su sillón y entrelazó sus manos haciendo girar despacio un pulgar alrededor del otro: sabía que tendría que calibrar con mucho tino las palabras de su amigo.

—Marcel, solo confío en ti para una misión en extremo delicada y confidencial.

—¿Es personal u oficial?

—Ni una cosa ni otra. Podríamos decir que es personal... del rey. Solo él, tú y yo estaremos al tanto. Por razones operativas también mi ayudante: Thierot. Algunas otras personas pueden conocer algún aspecto del asunto, pero su silencio está garantizado...

—Dispara, entonces —le animó Brivazac sin tratar de disuadir a su amigo de la ingenuidad de su último aserto.

—Hemos recibido desde América informaciones cruzadas sobre la posibilidad de que un individuo que se hace llamar Peter Fox pudiera ser el mariscal Michel Ney.

—¿Ney? ¿El hombre al que fusilamos...? ¿Cuándo fue?

—El 7 de diciembre de 1815.

—No lo debimos de fusilar muy bien, al parecer.

—Es posible. Hace una semana desenterramos su cuerpo.

Decazes se acercó al mismo *bureau* y extrajo una carpeta.

—En este portafolio encontrarás el informe del cirujano

que hizo la autopsia y la disección del cadáver, y que conocía bien las heridas del mariscal. No tiene dudas de que el cuerpo que desenterramos no era el suyo.

Brivazac comenzó a hojear pausadamente los documentos, mientras Decazes paseaba de un lado a otro de la biblioteca tratando de expresarse con precisión.

—El rey está francamente preocupado. Recuerdo perfectamente cuando Ney fue detenido. Yo era por entonces prefecto de Policía a las órdenes de Fouché y tuve que interrogarlo. Conseguí que el rey retirara de la lista de proscritos que había redactado el duque de Otranto a Montalivet y a Benjamin Constant. Ir más allá habría enfurecido a los ultrarrealistas y al conde de Artois. Con el beneplácito del rey hicimos todo lo posible para que fueran advertidos y pudieran huir. Pero ni La Valette ni La Bédoyère ni Ney pudieron, ni tal vez quisieron, aprovechar la oportunidad. No olvido las palabras del rey cuando hube de transmitirle la detención del mariscal: «¡Desgraciado! Dejándose atrapar nos hace más daño que el que nos infligió el 13 de marzo pasándose a las filas de Bonaparte.» Pues bien, el rey quiere saber si ese sujeto es verdaderamente el mariscal Ney, y en tal caso quién, cómo, por qué y para qué facilitó su evasión.

—¿Es mera curiosidad? —preguntó Brivazac con la intención de desdramatizar el tono de su amigo.

—¡Claro que no! Un hecho como ese puede ser fuente de múltiples preocupaciones, y la menor de ellas no es que los ultrarrealistas puedan utilizarla contra el propio rey y su gabinete, acusándolos de ser los responsables.

—¿Y la misión consiste en localizar a ese sujeto, comprobar si es el mariscal Ney y entonces... fusilarlo como Dios manda?

—No, en modo alguno... o al menos en principio. Desde luego tendrás que viajar a América y averiguar todo sobre ese hombre. De momento tengo desplegados allí a mis agentes haciendo pesquisas. He pensado en ti, porque has proporcionado muy valiosos servicios al rey como espía en Inglaterra durante el Imperio; por tu dominio del inglés... Conociste personalmente al mariscal... Pero, sobre todo, porque eres una persona leal y discreta, un amigo, Marcel... He pensado que tal vez antes de la primavera puedas realizar indagaciones aquí, en París, en Europa. Tienes carta blanca y crédito ilimitado. Thierot te asistirá en todo momento y únicamente despacharás conmigo. Tendrás todos los salvoconductos y acreditaciones que garanticen tus plenos poderes y puedes utilizar cuantos documentos falsos y verdaderos precises. Gozas de inmunidad absoluta... En ocasiones, sin embargo, no convendrá que se sepa que eres mi delegado...

—¿Por ejemplo?

—Seguramente el duque de Otranto agradecería tu visita, pero dudo mucho que te muestre la misma hospitalidad si sabe que yo te envío. Es una entrevista que te recomiendo, porque intuyo que, como siempre, si alguien sabe algo de todo este embrollo podría ser ese viejo zorro... Parece que en su exilio se aburre y le complace sobremanera recibir visitas que le permitan rememorar su pasado intrigante... Te sugiero empezar por indagar las circunstancias del fusilamiento. Es evidente que, si se evadió, alguien tuvo que asistirlo desde que salió del Palacio de Luxemburgo hasta que cayó abatido ante aquel muro del Observatorio... Tal vez halles algún cabo suelto... En la carpeta encontrarás toda la información que puede serte útil, incluido el informe oficial sobre la ejecución. No obstante, si precisas cualquier cosa no tendrás más que decírselo a Thierot... Confío en ti, Marcel...

—¿Dónde sugieres que trabaje?

—Lo mejor sería que lo hicieras desde tu propia casa. Podría levantar sospechas que alguien tanto tiempo vinculado al servicio exterior y a la Policía frecuentase este ministerio... Apenas puedo dar un paso sin ser espiado. Thierot estará en contacto constante contigo y únicamente nos transmitiremos la información de su mano, sin otros intermediarios. Cualquier cosa que necesites házselo saber. Pasará a verte todos los días.

—Está bien, Élie. Quizá me venga bien volver un poco a la acción. Siento que me estoy entumeciendo limitándome a supervisar rentas y documentos de venta...

—¿Y *mademoiselle* de Beaumont?

—Aquello no prosperó, Élie.

—Vas a cumplir cuarenta años, Marcel. ¿No te preocupa tu legado?

—¿Legado? No tengo ningún legado... —El barón de Brivazac omitió pronunciar las palabras que le vinieron a la mente. No consideró oportuno expresar en voz alta que acaso el afán de venganza era el único legado que podía transmitir. En su lugar, prefirió bromear—. Y en cuanto a mis bienes, descuida: siempre acaba apareciendo un heredero...

—No hemos hablado de los honorarios por tus servicios...

—Vamos, Élie, me basta con que cubras mis gastos. Seguro que hallaré alguna recompensa en todo este asunto.

Marcel de Brivazac se levantó de su silla estimando que el asunto había terminado y que debía ahorrar a su amigo una conversación de cortesía que seguramente no estaba en condiciones de mantener por mucho tiempo, acuciado por más graves ocupaciones. Decazes entendió perfectamente el gesto y apreció en Marcel su instinto incomparable para saber estar en todo momento. Reconocía en él una inteligencia diferenciada, lejana de las ambiciones comunes, centrada en sus propios asuntos, estoicamente anclada en recuperar la memoria de su padre, su dignidad y su honor. Tal determinación había costado la vida a algunos regicidas y su papel en la Restauración no había sido menor, pero Decazes sabía de sobra que Marcel ajustaba sus propias cuentas... Mientras estrechaba la mano de su amigo adivinó en el brillo de sus ojos gatunos que leía complacido sus pensamientos.

El barón de Brivazac abandonó sigilosamente su lecho para no despertar a *madame* de Claris. Se acercó a tientas a su escritorio y encendió una bujía. Mientras extraía de una carpeta dos documentos, se volvió para comprobar si su amante seguía dormida. Admiró la belleza de su rostro sobre la almohada y se complació de poder holgar en su compañía siempre que la requería. Sabía amar y sabía callar. Le entregaba su cuerpo por el placer de hacerlo y él la gozaba sin otros requerimientos. Sabía bien que al día siguiente no lo importunaría con solicitudes que no estaba dispuesto a atender, y le confortaba que ella no esperara de él más que su compañía, casi reservada a su intimidad nocturna. No le desagradaba su conversación y apreciaba su desinterés. Era una bellísima compañera de juegos y la más hábil amante que recordaba.

Convencido de su soledad, examinó nuevamente a la única luz de una vela blanca ambos documentos, buscando el origen de una inquietud inconsciente. Levantó dos pliegos a la misma altura y los separó un poco de su vista para enfocar correctamente la caligrafía dispar, una nerviosa y otra contundente. Reparó entonces en aquello que su mente había retenido mientras escuchaba a Élie y se convenció de que no era necesario haber sido el cirujano del mariscal Ney para revelar la flagrante contradicción. Al falso cadáver le sobraba, al menos, una de las once balas halladas en el interior de su cuerpo y en el féretro. Intuyó entonces que aquella bala de más podría encerrar buena parte de las claves del enigma. Recogió cuidadosamente los pliegos, apagó el candil y regresó al lecho. Apenas se había acostado cuando Martine de Claris le susurró: «¿No puedes dormir?» Marcel de Brivazac no dijo nada. Se limitó a acariciar sus cabellos mientras ella jugaba con el vello de su pecho y lo besaba. Tampoco ella volvió a preguntar. Deslizó su lengua por su vientre muy despacio. Él ya sabía dónde acabarían sus labios y cómo luego se erguiría sobre él para cabalgarlo dulcemente, y apreció casi con ternura la virtud de su compañera de juegos para amar en silencio.

Sarrelouis, viernes 5 de diciembre de 1788

Pierre Ney atizaba el fuego del hogar reprimiendo a duras penas sus ansias por golpear a Michel y marcar su dura cabeza con el hierro candente. Marguerite se deshacía en llantos sordos, tapándose la suya entre las manos. Su segundo hijo se mantenía de pie en el centro de la sala, cabizbajo, con los brazos cruzados ante sí, las mejillas arreboladas, apretando los labios con un gesto inequívoco de firmeza. Pierre Ney extrajo el atizador y lo esgrimió señalando a su hijo mientras lo recriminaba.

—¡Seis años, seis años en los agustinos, para que tuvieras un futuro...! Abandonaste la notaría de *monsieur* Valette en menos de dos años. Decías que te aburría escribir minutas, que aborrecías las leyes... Dejaste los estudios y un futuro prometedor... Parecía que te asfixiabas en aquellas oficinas... Pues bien, te fuiste a las minas de Appenweiler, y parece que aquello no te desagradaba, ¿verdad? Es más: recuerdo que al principio estabas entusiasmado y no dejabas de hablar del mineral, del proceso de transformación... y tampoco aguantaste ni siquiera dos años. Y ahora te cansas de vigilar las fraguas de Saleck...

—Padre, tengo ya diecinueve años —trató de justificarse Michel.

—¡Diecinueve mierdas! —atajó Pierre Ney—. Sabes lo que pienso del Ejército. Te lo he repetido toda tu vida. ¡No basta con que tu hermano se haya enrolado! ¡Tú también! Mira qué disgusto tiene tu madre... Nos hemos sacrificado toda la vida por daros algo mejor; ¿para qué, Michel?

—Padre, me desgarra ver llorar a madre y sufro al veros disgustado, pero yo debo elegir...

—¡Debes elegir! ¡Debes elegir, es cierto! Pero no cuentes con nuestra aprobación...

Pierre Ney se dejó caer en su sillón. Apenas oía ya los sollozos de su esposa. Se convenció de que ninguna escena podría frenar la decisión de su hijo y se preguntó si realmente su furia era cierta o fingía para contentarla a ella.

—Padre, me he desviado de mi ruta para venir a veros y comunicaros mi decisión. No quise enrolarme sin antes decíroslo, pero me iré a Metz con vuestra bendición o sin ella.

—No la tienes...

Michel reprimió las lágrimas, frunció el ceño y con paso firme cruzó la sala, abrió la puerta de madera de castaño sin desbastar y salió a la calle, creyendo, como su padre, que nunca más regresaría. Solo Marguerite Ney tenía la convicción de que no iba a ser así.

Una vez expuesto al viento gélido sobre el pavimento escarchado de la Rue de la Bière, Michel reparó en que no disponía de otra vestimenta que la puesta y ni un *liard* en los bolsillos. Metz se hallaba a quince leguas, era mediodía y no tenía más transporte que sus pies. Decidió no perder tiempo en elucubrar planes, se encaminó por las calles del oeste de Sarrelouis y franqueó la Porte de France en dirección a Felsberg.

Recorrió las primeras cinco leguas sin apenas fatiga, ensimismado. Se proponía alcanzar la gloria en pocos años y se imaginaba regresando al hogar entre la admiración de sus vecinos y el orgullo de sus padres. Se había ido a pie y regresaría enfundado en un brillante uniforme de húsar sobre un corcel nervioso, negro como el azabache, y luciendo en su pecho las condecoraciones ganadas en el campo de batalla. Sabría ganarse el aprecio de sus superiores y nadie como él los serviría en la batalla. Debía tener los ojos bien abiertos, aprender de cada escaramuza, esmerarse en los ejercicios y mantener una disciplina ejemplar. Sería el primero en el ataque y el último en la retirada, y sus virtudes serían de tal envergadura que alcanzaría el grado de oficial valiéndose del propio interés de sus generales.

Cinco horas después, la fatiga y el hambre comenzaban a hacer mella en el joven Michel Ney. Se detuvo en el poblado de Teterchen cuando ya la noche se había cerrado. Media luna brillaba en un cielo despejado, que hacía bajar las temperaturas varios grados bajo cero. Ney reposó en aquel enclave de labradores, desolado y oscuro. Del caño de una fuente apenas se deslizaban unas gotas de agua helada que resbalaban por un carámbano. Bebió con dificultad. Sentía los pies lastimados dentro de sus botas, y las manos, congeladas. Orinó sobre ellas y el calor pareció devolverles la vida. No apreció luz alguna en las casuchas del pueblo; no tuvo arrestos para llamar a las puertas, así que decidió seguir adelante... Retomó el camino y prosiguió, a sabiendas de que había recorrido escasamente un tercio de su andadura.

Sus lucubraciones se fueron trocando más prosaicas según avanzaba hacia Boulay. Trataba de concentrarse en mantener un paso uniforme y ligero. El ejercicio mantenía a duras penas el calor de su cuerpo. Sentía la humedad de la noche calando sus costillas, y las ampollas y rozaduras de sus pies convertían cada paso en un suplicio. El gabán protegía su cuerpo, pero sentía entumecidos el rostro y las manos.

Transportado en igual medida por su obstinación y por su orgullo, consiguió llegar a Boulay a las diez de la noche. Una hermosa iglesia recién construida, de sencillas proporciones y original piedra rosácea, saludaba al caminante al poco de entrar en la población. Michel empujó el portón, que se abrió. La temperatura en el interior del templo no difería mucho de la del exterior y apenas pudo reconfortar su cuerpo. Avanzó con sigilo. Desde una puerta entreabierta, a la izquierda del ábside, se proyectaba un tenue haz de luz, apenas más intenso que el claro de luna que se filtraba a través de los vitrales. Se acercó y pudo ver a un sacerdote sentado, que apoyaba sus codos sobre una mesa mientras leía un viejo códice. Michel golpeó la puerta con los nudillos y el cura dio un respingo.

—¡Por todos los santos! ¡Qué susto me habéis dado! ¿Quién sois y qué hacéis aquí a estas horas? —exclamó apenas repuesto del sobresalto.

—Disculpadme, padre. Voy camino de Metz y estoy hambriento. Si me facilitarais algún alimento os estaría eternamente agradecido.

—Esta es la casa de Dios, joven. Y Dios es caridad. Pero ¿qué hace un muchacho como tú vagabundeando de noche cerrada y en pleno invierno?

—Voy a Metz, con la intención de alistarme en el Ejército, señor.

—¿No tenéis mejor fortuna?

Michel iba a intentar alguna explicación, pero el padre Frank le hizo un gesto explícito para que no se tomara la molestia y le pidió que lo acompañara. Salieron a la calle mientras le explicaba a Michel que había entrado en una nueva iglesia consagrada a Saint-Étienne, primer mártir de la cristiandad. A pocos pasos del templo moraba el buen sacerdote, que apabullaba a Michel con una verborrea proverbial. Sin dejar de hablar, lo hizo entrar en una pequeña salita, donde trató de avivar con poco éxito el fuego, a partir de las brasas que languidecían en el hogar. Con la ayuda de Michel y un par de troncos, la lumbre se recobró y fue suficiente para calentar un puchero en que hervir un caldo al que engordaba un pedazo de tocino más bien rancio. El brebaje, con todo, resucitó a Michel y le pareció manjar de dioses. Agradeció al sacerdote su hospitalidad y por tres veces declinó su invitación a pasar la noche bajo techo.

—¿Qué camino es el vuestro, joven, que con tanta premura habéis de recorrer? —se interesó el buen cura, admirado por la férrea voluntad del muchacho.

—Lo ignoro, padre. Únicamente sé que es mi camino —acertó a contestar.

—Sentís que es vuestro camino y lo seguís, muchacho. Bien hecho. Los sentimientos parecen encerrar la verdad, pero no os equivoquéis. No siempre la verdad es el camino. La razón es la mejor consejera, y ella os invitará alguna que otra vez a cambiar de senda. Hacedlo sin dudar. Los sentimientos pueden nacer por igual de la virtud que del vicio, y ambos son verdades, querido joven, como Dios y Satanás. Pero si albergáis un buen corazón, entonces dominadlo y leed en él, buscad en vuestro interior quién sois en realidad y hallaréis vuestra alma, y ella nunca os abandonará.

—Gracias, padre... Creo que sé quién soy y por eso voy en busca de mi destino...

—¿Y qué veis en él?

—La gloria, padre.

El padre Frank miró a aquel joven con aire condescendiente. Pensó que los años le enseñarían más que sus sermones y no se tomó la molestia de desencantarlo. Lo miró con calidez.

—Aunque no la gloria de Dios, imagino... ¿Cómo os llamáis?

—Ney, Michel Ney.

Conocer el nombre de su huésped animó al cura a tutearlo.

—Puede que algún día, Michel, repares en que has mirado hacia ti como en un espejo, convencido de la fidelidad de la imagen. Conozco la obra de un sabio de Königsberg que podría ilustrarte mucho sobre los engaños de nuestros sentidos..., aunque probablemente no entenderías ni siquiera los puntos ni las comas. Piensa, pues, que acaso te veas como en ese espejo y confundas tu mano derecha con la izquierda... No lo olvides, muchacho.

—No lo olvidaré, padre.

El padre Frank le dio a Michel Ney un viejo morral con medio pellejo de vino y un mendrugo de pan, y lo despidió con varias bendiciones. Salió de Boulay cuando ya se había doblado el cabo de un nuevo día y, a pesar de que le faltaba casi medio camino por recorrer, sintió los pies ligeros y sus fuerzas recobradas. Columbró que acaso la vida se renovaba con cada feliz encuentro con un ser humano que mereciera tal nombre, que la sabiduría se alimentaba de las personas más que de los libros. Ignoraba, desde luego, que los aprendizajes no son tan sencillos y que muchos años después habría de sonreír rememorando al padre Frank y la ingenua creencia de que no podría sentirse más frío que el que había padecido aquella noche extraña en Boulay.

Tras haber seguido sin interrupción la vieja ruta romana, atravesando Condé-Northen, Les Étangs, Glatigny, Noisseville y Borny, Michel llegó por fin a Metz y se presentó en el cuartel del regimiento Coronel-General, al tiempo que sonaban los últimos compases de la alborada.

Su amigo Desgranges no era más que un teniente, pero bastó su auspicio para ser reclutado en el acto, obteniendo, como recompensa, un viejo uniforme y un par de botas usadas. Michel Ney se enfundó su nuevo atavío y se halló elegante. Los galones amarillos resaltaban sobre la casaca azul oscura de húsar, que contrastaba con su pelliza de tela roja forrada de borrego blanco. Completaba su atuendo un portapliegos rojo, que llevaba bordadas las armas del duque de Chartres, y un chacó negro con un colgante rojo y un penacho blanco. La espada presentaba una empuñadura de bronce y una vaina en piel, rematada con idéntico metal. En la madrugada de ese mismo día, se vio reflejado en el cristal de un amplio ventanal y le satisfizo su imagen. Si hubiera apreciado la sutil enseñanza de aquel sacerdote de aldea que leía a Emmanuel Kant, acaso habría descreído de su propio reflejo, y quién sabe si, justo el mismo día, veintisiete años más tarde, no habría afrontado, vestido del mismo color azul oscuro, las armas de un pelotón de fusilamiento cargadas de munición que no pertenecía al enemigo.

París, miércoles 9 de diciembre de 1818

El jefe del Estado Mayor del Departamento del Sena y de la Villa de París, el conde Louis-Victor-Léon de Rochechouart, aparentaba más aplomo que el que hacían presumir sus treinta años recién cumplidos. Brivazac presentaba unas credenciales suficientes para generar cierta preocupación, incluso en alguien tan renombrado como el inquilino del lujoso *hôtel* del Gobierno Militar de París. Rochechouart había confiado en que su meditada y detallada declaración iba a dispensarle de molestias adicionales, y en su fuero interno le desagradaba un interrogatorio imprevisible, por más tranquila que pudiera tener la conciencia. Mientras él esperaba sentado en su amplio despacho, decorado aún con toda la pompa del Imperio, Marcel de Brivazac acababa de releer su declaración antes de despedir al cochero en la Place Vendôme:

A las nueve horas del 7 de diciembre de 1815, siguiendo fielmente las instrucciones recibidas por mi superior, general Despinois, teniente general comandante de la primera división militar, el señor Ney descendió de su confinamiento, nos saludó y subió al coche dispuesto, en compañía del cura de Saint-Sulpice y dos oficiales de la gendarmería. El señor Ney iba vestido de paisano, lo que me alivió sobremanera, pues de tal forma no me vería obligado a degradarlo y a arrancarle los galones antes de la ejecución. Bromeó acerca del día de perros que hacía e invitó al sacerdote a que subiera al coche antes que él, añadiendo que «enseguida pasaría él el primero». Nos detuvimos a unos centenares de pasos de la verja del Luxemburgo, en la avenida del Observatorio. Yo estaba montado sobre mi caballo, por lo que tenía una perfecta visión. El señor Ney se sorprendió de que hubiésemos llegado con tanta presteza, pues imaginaba que el lugar sería la planicie de La Grenelle, como es acostumbrado en las ejecuciones militares. Rechazó, por supuesto, ponerse de rodillas o que le fueran vendados los ojos, y se limitó a preguntar al comandante del pelotón, conde de Saint-Bias, cómo debía situarse. Él mismo ordenó a los soldados que preparasen armas y dispararan cuando se llevase la mano al corazón. Con calma y dignidad ejemplares, sin jactancia alguna, se quitó el sombrero y pronunció las siguientes palabras: «Franceses, protesto contra mi procesamiento, mi honor...» En ese momento se llevó la mano al corazón y el pelotón abrió fuego. Cayó fulminado hacia delante. Eran las nueve horas y veinte minutos. Antes que transcurrieran los quince minutos de rigor, un caballero inglés galopó hacia el cadáver e hizo saltar sobre él a su cabalgadura, huyendo a renglón seguido sin que fuera posible arrestarlo. Como no estaba presente ningún miembro de su familia, conforme a lo ordenado para tal caso el cadáver fue transportado en el mismo coche al Hospital de La Maternité. Mi misión había terminado, pero fui a dar cuentas al presidente del Consejo de Ministros, duque de Richelieu.

Ambos hombres se sentaron frente a frente, mientras Armand Thierot los observaba desde un segundo plano.

—Quiero agradeceros, general, la diligencia con que me habéis remitido vuestra declaración —comenzó diciendo Brivazac de forma amable y conciliadora—. Ha sido de mucha ayuda y confío en no importunaros si os hago algunas preguntas.

—Estoy a vuestras órdenes, barón —respondió Rochechouart con idéntico tono.

—Nos gustaría que nos relataseis con detalle las circunstancias previas al fusilamiento el día 7 de diciembre.

—Un ayuda de campo del general Despinois me despertó a las tres de la madrugada. Me entregó un sobre lacrado en que se me ordenaba personarme de inmediato en el Palacio de Luxemburgo para hacerme cargo del condenado y presentar la orden al conde de Sémonville y al coronel de Montigny. Para garantizar la seguridad se ponía bajo mi mando la gendarmería acuartelada en la Rue Vaugirard y la guardia nacional en servicio en el Luxemburgo. Nada más llegar al Luxemburgo me dirigí a la estancia del condenado. Estaba acompañado de dos granaderos de la guardia real y charlaba con el señor Cauchy.

Thierot tomaba nota de las respuestas de Rochechouart. Aprecio el conde la estudiada estrategia de Brivazac, que permanecía impávido con la mirada fija en su interlocutor, escudriñando con sus ojos glaucos de gato resabiado la reacción más imperceptible de cada uno de sus músculos y de sus nervios. Apoyó los brazos sobre la mesa y cruzó las manos, confiando en que Brivazac no apreciara las perlitas de sudor que empapaban su cuello.

—Me instalé en una sala de la planta baja. Allí recibí una nueva nota del general Despinois en que me informaba del permiso real para que el condenado pudiera recibir tres visitas: su esposa, su notario y el confesor. Montigny leyó a Ney la autorización y el prisionero decidió recibir en primer lugar a su notario, el señor Batardy, y luego a su familia, pero manifestó que no quería ver a ningún confesor... Uno de los granaderos que lo custodiaban le hizo cambiar de opinión...

—¿Cómo? —interrumpió Brivazac, mientras sus ojos despedían un destello de profunda curiosidad.

—Bueno, vino a decirle que se equivocaba. Le mostró sus galones y con algo de solemnidad le participó que aunque no era tan ilustre como él, era tan veterano... y que siempre había afrontado con mayor ardor y valentía la batalla después de haber recibido los santos sacramentos... Ney pareció impresionado, se levantó y le dio unas palmadas en el hombro, reconociendo que quizá tenía razón y que se trataba de un buen consejo... En fin, ignoro si todo esto puede tener algún interés...

—Descuidad, general —lo tranquilizó Brivazac—. Nunca se sabe cuándo los detalles pueden ser relevantes, pero no os preocupéis por ello; simplemente tratad de no omitir nada. ¿Recibió, pues, las tres visitas?

—Así fue. El notario no se demoró en exceso. Creo que Ney ya había tomado las medidas pertinentes con antelación. Su esposa entró con sus tres hijos mayores, mientras Tamnay, mi ayuda de campo, entretenía al más pequeño, que no parecía percatarse de la situación.

—Fue una entrevista dolorosa, imagino...

Rochechouart se figuró por un instante que Brivazac era estúpido, pero su inquisitiva mirada le hizo sospechar que el comentario no debía de ser tan ingenuo y empezó a vislumbrar, con cierta serenidad, que su papel en aquel asunto, cualquiera que fuese, era el de un mero espectador, un simple comparsa sin protagonismo alguno.

—Fue desgarradora, barón. Duró al menos una hora, y fue el propio Ney quien puso fin al delirio de su esposa, conminándola para que fuera a las Tullerías con el fin de pedir clemencia, a sabiendas, claro está, de que resultaría inútil. Se separaron entre lágrimas... Por último, recibió al cura que Montigny le propuso: De Pierre, el abad de Saint-Sulpice. Obviamente, hice salir a todo el mundo...

—¿Nadie permaneció en la estancia?

—No, por supuesto...

—¿Y cuánto tiempo duró la confesión?

—Una hora larga...

—¿No os pareció excesivo para un hombre que se había burlado del sacramento poco antes?

—Lo cierto es que no... Ese hombre estaba a punto de enfrentarse a la muerte...

—Disculpad la interrupción, general, y proseguid, por favor.

—Bien, durante ese tiempo recibí una serie interminable de órdenes del general Despinois. Ponía bajo mi mando al teniente de la gendarmería del Sena, me daba instrucciones para reclutar al pelotón de fusilamiento...

—Os ordenaron componerlo por cuatro sargentos, cuatro caporales y cuatro fusileros entre los hombres más veteranos de la compañía de suboficiales encargados de su custodia, ¿no es cierto?

—Así fue... Debía disponerlos en fila de a dos...

—¿Los elegisteis vos personalmente?

—No, en realidad fue el propio comandante del pelotón, el conde de Saint-Bias...

—¿Y quién lo eligió a él como jefe del pelotón?

Rochechouart empezó a sentir que el sudor no solo empapaba su alzacuellos, sino que se acumulaba en pequeñas perlas en su frente; tuvo la seguridad de que el barón de Brivazac se complacía con ello. Hizo un esfuerzo por reponerse y no alterar la serenidad de su testimonio.

—Fui yo mismo.

—¿Al azar?

—Era mi ayudante de campo de máxima confianza, comandante del batallón, y me había sido recomendado por el conde de Revel, que como sabéis es hijo del mariscal de Saint-André.

—Tengo entendido que es piamontés y apenas habla francés...

—Cierto. Creí que no era mala idea evitar que un francés diera la orden de fuego.

—Aunque eso os creó algún problema y Saint-Bias fue recriminado por el general Despinois.

—Es correcto. No se entendió bien con el pelotón, y en lugar de dar la señal al uso que exigían las órdenes tuvo que gritar: «¡Fuego!»

—Luego el pelotón disparó a su orden, y no, como decís en vuestra declaración, al ver el gesto del mariscal poniendo su mano en el corazón...

—Puede ser que ambas cosas se dieran al mismo tiempo, barón —se impacientó el conde—. Debéis entender que todo fue muy rápido y confuso. Ney dio unos pasos al frente para seguir su parlamento; la gente requería la lectura de la sentencia; había un gran nerviosismo...

—Lo comprendo muy bien, general. Supongo que no fue plato de gusto.

—No lo fue, creedme, ni para mí ni para La Rochejaquelein. He de confesaros que ambos lamentamos aquella ejecución y que fue muy duro cumplir con nuestro deber.

—Lo imagino... Saint-Bias debía reconocer el terreno previamente e inspeccionar las armas, ¿no es cierto?

—En efecto.

—¿Cuándo fue enviado a cumplir esa misión?

—Él se encargó de reclutar al pelotón, darle las instrucciones e inspeccionar las armas...

—Aunque no hablaba bien francés...

—Bueno, es algo sencillo... Lo de inspeccionar el terreno fue más complejo... Solo tuve conocimiento del lugar en que se llevaría a cabo la ejecución media hora antes de la hora fijada. Un ayudante de campo de Despinois me lo comunicó verbalmente..., de forma que poco pudimos reconocer.

—¿Os dijeron por qué no sería en La Grenelle?

—Se decía que la Policía tenía informaciones acerca de un posible plan de evasión, y se temían desórdenes.

—A pesar de todo, había público en el Observatorio.

—Cierto. Las órdenes pretendían discreción, pero a la vez organizaban un cortejo que no podía pasar desapercibido: la escolta de gendarmes y granaderos de La Rochejaquelein, la compañía de veteranos suboficiales, un piquete de la guardia nacional, el pelotón de fusilamiento y su reserva, la guardia nacional montada...

—Casi una parada...

—Así es. Algunas personas que habían seguido el proceso hicieron guardia a las puertas del Luxemburgo y no les fue difícil seguir a la procesión...

—¿Podríais recordar a algunos?

—Había un general al servicio de Rusia de origen holandés... Van Bu... no sé qué. Cuando el zar Alejandro se enteró de su presencia y de sus cabriolas, lo apartó de su servicio y se lamentó de que no fuera ruso para poder degradarlo.

—¿Alguien más?

—Uniformes prusianos, rusos, ingleses, curiosos y ciudadanos que se encontraban en las cercanías; nadie más que pudiera reconocer, aparte de quienes cumplíamos allí una misión..., excepto una mujer, conocida hace años como *madame* Moreau cuando era la mantenida del malogrado general, y que se hacía llamar Ezelina Van Aylde...; parecía profundamente abatida.

Brivazac hizo una pausa y observó de soslayo cómo Thierot tomaba sus notas. Rochechouart no pudo disimular un suspiro de alivio, creyendo que aquel interrogatorio había terminado. Apreciaba, sin embargo, las cualidades de Brivazac, la facilidad con que, sirviéndose de amables preguntas, le revelaba a él mismo sus propias contradicciones, y la habilidad para apuntar detalles significativos. Habría dado una fortuna a cambio de averiguar qué demonios estaba buscando el barón. Estimó oportuno ofrecerle un cigarro; esta vez Brivazac aceptó complacido. Lo alumbró despacio, en su propia mano, uniformemente. Permaneció sentado, convenciendo con su parsimonia a Rochechouart de que el interrogatorio no había concluido. Aspiró con éxtasis una buena bocanada, exhaló el humo por la boca y volvió a inhalarlo por la nariz, y con un gesto expresivo, adelantando sus labios y frunciendo el ceño, alabó la calidad del tabaco. Rochechouart devolvió el cumplido asintiendo con la cabeza.

—Hay un par de detalles, querido general, que me interesan sobremanera —dijo finalmente Brivazac—. En vuestra declaración afirmáis que el cadáver permaneció tendido sobre su torso los quince minutos preceptivos. Luego fue envuelto en una manta y trasladado al Hospital de La Maternité, que no dista más allá de cien toesas, pues ningún familiar reclamó el cuerpo. El transporte se realizó en el mismo coche y fue el sacerdote quien lo acompañó en todo momento. ¿Es así?

—Eso es.

—¿No hubo tiro de gracia?

Rochechouart llevaba un buen rato esperando esa pregunta, y le satisfizo poder contestarla sin titubear.

—Las instrucciones no lo establecían y, además, el mariscal cayó fulminado, sin mover un músculo.

—Sin embargo, en las ejecuciones militares el tiro de gracia es algo usual...

—Convendréis conmigo, señor de Brivazac, que no puede decirse que esta ejecución fuera usual...

Rochechouart se figuró esta vez que su oponente había sido *touché*, y se repantigó en su silla. Brivazac captó el refresco de su víctima y decidió recurrir, él sí, al tiro de gracia.

—En el informe oficial de su fusilamiento señalasteis que había recibido once impactos. ¿Lo comprobasteis *in situ*?

—No... —Y esta vez Rochechouart comprendió que Brivazac lo ponía en evidencia de manera definitiva y decidió que la sinceridad era la única estrategia razonable—. No; debí hacerlo, pero no lo hice en ese instante. Me preocupaban las reacciones, así que preferí no hacerlo y retirar el cuerpo cuanto antes.

—Pero tuvisteis quince largos minutos...

—Tal vez fueran menos, barón...

Brivazac asintió con la cabeza y se dirigió a Thierot, instándolo a que no tomara nota de las últimas respuestas del conde y a que no lo hiciera en lo sucesivo. Rochechouart lo miró con admiración y solo entonces comprendió que no era él a quien perseguía, sino la verdad. Brivazac podía leer esos pensamientos en sus ojos y tuvo la certeza de que por fin la presa estaba en sus manos. No tuvo que seguir interrogando. Rochechouart sabía la pregunta que sobrevendría y decidió simplificar el asunto.

—Antes de dar cuenta al duque de Richelieu, reconocí el cadáver en el hospital e hice un sumario de sus heridas. Durante la ejecución observé perfectamente que algún disparo había impactado en el muro, muy desviado del objetivo. No me extrañó, pues, encontrar solo once heridas. Aun así, envié a un oficial a inspeccionar el muro.

—¿Recordáis el lugar exacto de la ejecución?

—Creo que aproximadamente a la altura en que Le Jardin des Lilas media con La Chartreuse... Y, en efecto, se hallaron allí los restos de un impacto, muy por encima de la altura de la cabeza del condenado. Era imposible fallar, así que tuve la certeza de que uno de los soldados había errado el tiro de manera voluntaria, pero decidí no hacer pesquisas que difícilmente conducirían a nada...

—Tres de sus heridas estaban en la cabeza...

—Dos en la cabeza y una en el rostro... Seis en el pecho, otra en el brazo y una le atravesó el cuello.

—Estaría desfigurado...

—Por completo, barón... Y ensangrentado. No es una imagen que me complazca recordar.

—Señor conde, habéis sido muy paciente, y vuestra relación, de inestimable ayuda. Os lo agradezco vivamente.

Rochechouart estimó sinceras las manifestaciones de Brivazac y ardía de curiosidad. Cuando los dos hombres se hubieron levantado y procedían a saludarse respetuosamente, no pudo evitar ser él quien preguntara.

—¿Puedo saber qué estáis buscando, barón?

Brivazac lo miró de hito en hito, esbozó una sonrisa casi imperceptible y contestó:

—No, no podéis, señor conde. Y os recuerdo, en nombre de quien me envía, que esta conversación debe quedar en el más absoluto secreto.

Rochechouart se arrepintió al instante de su afán de saber. Ignoraba que su afortunada inquisición había convencido definitivamente a Marcel de Brivazac de su candidez e inocencia. Cuando este salió junto a Thierot en busca de un *fiacre*, solo pensaba en unir tres cabos sueltos: el conde de Saint-Bias, el cura de Saint-Sulpice y un caballero inglés; o tal vez cuatro, si era capaz de hallar a un veterano devoto.

Metz, octubre de 1791

A través del ventanuco de su calabozo en el cuartel del regimiento de húsares Coronel-General, el brigadier Ney observaba el movimiento en las calles estrechas que separaban los barracones, ordenados en perfectas cuadrículas. Esperaba el consejo de guerra que quizás acabaría con su ajusticiamiento y su corta aventura militar. No podía arrepentirse de una conducta que dictaban el honor y la camaradería. Al fin y al cabo, había sido escogido por unanimidad entre los suboficiales para defender el buen nombre del regimiento, ultrajado por Malasson, maestro de esgrima de los cazadores de Ventimiglia, y vengar de paso las heridas infligidas por el temible espadachín a su propio preceptor. No había tenido tiempo de cruzar las armas con su oponente. Demasiados voceros y la elección de un lugar poco discreto permitieron al coronel impedir el encuentro; él mismo había aferrado a su brigadier por la coleta para hacerlo arrestar por haber contravenido con aquel duelo una de las reglas más severas de las ordenanzas militares.

Para entonces ya se había ganado también el aprecio de sus subalternos y de sus superiores, y los oficiales se presentaron en masa ante el coronel para reclamar su gracia. En el Ejército se procuraba atemperar la severidad ante unas tropas en las que también fermentaba el germen revolucionario. El confinamiento no duró mucho, no hubo consejo de guerra y su falta se saldó con una simple, aunque seria, advertencia.

Apenas había abandonado el calabozo cuando sus compañeros de armas lo rodearon con alborozo. Bebieron a la salud del brigadier y entonaron cánticos para celebrar su reincorporación; pero no habían cejado en su empeño. Una nueva cita con Malasson había sido concertada; esta vez las cautelas y la discreción iban a permitir que la querella se solventase en combate singular. Ney no dudó ni midió riesgos o consecuencias. Se limitó a aceptar el envite nuevamente.

Amanecía en un claro del bosque de Plappeville cuando el brigadier Ney, acompañado de sus camaradas, desmontó. Malasson esperaba ya en compañía de su camarilla y un cirujano bien dispuesto a ofrecer sus servicios por un puñado de monedas. Malasson blandía su sable, calentando sus músculos con una coreografía estudiada y una tranquilidad no fingida. Había lisiado ya a una buena docena de reclutas y a un número nada desdeñable de expertos esgrimistas del regimiento de húsares, a quienes gustaba de provocar a la mínima ocasión. Su fama de pendenciero y temible espadachín lo precedía, y los oficiales de su regimiento lo dejaban hacer, complacidos por el éxito de su embajador. Ney se despojó con parsimonia de su casaca, observando los movimientos de su enemigo. Alzó las mangas de su camisa y desabotonó el cuello para facilitar sus movimientos. Extrajo de la vaina su sable número 04.532 de la serie B, que un día perteneciera al oficial Hauduroy, antes que la fiebre amarilla lo trasladase a la lista de bajas. Ney deslizó con suavidad su pulgar izquierdo a lo largo de la hoja. Su pericia con las armas blancas había llamado la atención de todo el regimiento y fundaban en él las únicas esperanzas de hacer frente al infausto Malasson.

Ney se aproximó a su oponente y elevó la empuñadura de su sable en señal de saludo. Malasson respondió con desgana a su gesto, mirando al joven brigadier con condescendencia. El propio cirujano hizo las veces de árbitro del duelo, indicando que ambos combatirían como caballeros y que el combate cesaría cuando las heridas de cualquiera de ellos los inhabilitaran para proseguir. Se apartó con solemnidad casi ridícula y el espacio quedó libre para los contendientes.

Malasson comenzó a caminar muy lentamente alrededor de Ney, que se mantenía impasible con las piernas abiertas y las manos bajadas. Su mano izquierda abrazaba la muñeca de su mano derecha, en la que aferraba el sable que rozaba el suelo. Mientras Malasson giraba, Ney apenas movía los pies para mantenerse enfrente y no dejaba de mirar fijamente a los ojos de su contrincante. A Malasson se le antojó una extraña forma de concebir el combate cuerpo a cuerpo, que no dejó de inquietarlo. Sin perder su altanería se decidió a probar la sangre fría de aquel muchacho rubicundo lanzando un ataque vertiginoso al propio cuello. Sin moverse de su sitio, Ney retrasó su pierna derecha y paró el golpe de su adversario. Sus empuñaduras estaban a la par y Ney empujó con tal fuerza a Malasson que a pique estuvo de hacerle perder pie. Malasson se repuso, consciente de que esa vez la tarea requeriría cierta prudencia.

Ney seguía impertérrito. Buscaba en su pecho algún signo de opresión o inquietud, pero sentía los latidos inalterados y acompasados de su corazón. Como solía ocurrirle cuando la acción llegaba, comprobaba aún con asombro cómo el tiempo adquiría otra dimensión. Los movimientos de las personas y de los objetos se hacían más lentos a sus ojos, los sonidos se atemperaban, pero su mente respondía a la velocidad usual y sus miembros lo obedecían con idéntica presteza. Experimentaba, entonces, como en la clase de esgrima, una superioridad natural frente a los movimientos de sus oponentes, siempre demasiado lentos, artificialmente meditados, absurdamente torpes. La hoja de un castaño se desprendió de una rama y comenzó a girar sobre sí misma. Ney calculó su caída y estimó que llegaría a tierra entre ambos espadachines. En ese momento, Malasson alzó su sable y avanzó dos pasos hacia él. Ney vio su mano izquierda dispuesta a descargar el golpe sobre su flanco derecho. Hizo una rápida finta y el arma de Malasson hendió el aire y con su inercia acabó horadando la tierra. Para cuando intentó reponerse y blandir de nuevo su sable, Ney ya hacía que el suyo rasgara el aire en una trayectoria horizontal. La cuchilla alcanzó a su enemigo en la muñeca armada, seccionó arterias y tendones y quebró el hueso casi hasta la amputación. Malasson vio con incredulidad cómo su mano muerta dejaba caer el sable. Sin ocuparse de la sangre que brotaba a borbotones, miró con asombro al húsar y esbozó una mueca patética.

Ney atrapó la hoja de castaño antes de que se posara en el suelo. Miró a su contrincante, al que el cirujano ya practicaba un torniquete, y persuadido de que el combate había terminado limpió la sangre de su sable con la hoja del árbol, y se retiró hacia donde sus camaradas lo esperaban conteniendo el júbilo con una afectación fingida. Subieron a sus caballos y desparecieron con rapidez del escenario del duelo.

Los festejos en honor de Ney se prodigaron a lo largo de los días siguientes. El brigadier se sentía satisfecho por haber defendido el honor del regimiento y vengado a su maestro de armas, además de complacido por el reconocimiento de sus camaradas. Una nube, sin embargo, nublaba su rostro y lo apesadumbraba. Muchos años después, convertido en mariscal, habría de tener noticias de Malasson. Incapacitado de por vida, subsistía a duras penas en la más absoluta pobreza. El propio brigadier que lo había humillado removería cielo y tierra para dar con su paradero y proporcionarle una pensión que aliviaría su penosa existencia.

París, martes 15 de diciembre de 1818

Los cabos sueltos se enredaban a la vista de Marcel de Brivazac, se entrelazaban e iban componiendo un nudo gordiano que ni la espada de Alejandro Magno sería capaz de deshacer. Montigny juraba que había sido el veterano granadero que custodiaba al prisionero quien había recomendado como confesor de Ney al cura de Saint-Sulpice. El guardián había desaparecido sin dejar rastro, como Saint-Bias. Solo pudo hallar pistas de uno de los doce soldados del pelotón, y terminaban con su cuello rebanado en una reyerta tabernaria. Los tenientes de gendarmería Pain y Martin no arrojaban mucha luz con su testimonio. El informe que había elaborado la Policía secreta a las órdenes de Decazes, entonces solo prefecto, resaltaba la presencia de numerosos ingleses, aparentemente contrariados por la ejecución. Recordaba una frase que había atraído la atención de los informantes y que le resultó enigmática: «Los franceses actúan como si no hubiera historia ni posteridad.» Había un dato llamativo en ese informe, que aparentaba coincidir con la declaración de Rochechouart, pero que en realidad la alteraba por completo: «Manos anónimas habían ensanchado sendos agujeros que tres balas habían hecho en el muro, convirtiéndolo en uno solo.» El doctor Poumiès de la Siboutie, por entonces un joven interno en el

Hôtel-Dieu, confirmaba con seguridad que varias balas de plomo habían desportillado el muro del jardín de los Carmelitas, y que se había sorprendido de la facilidad con que los proyectiles habían atravesado el cuerpo y de la fuerza que conservaban al impactar contra la pared. De ser así, al cuerpo exhumado le sobraban un puñado de balas, y al recuento de Rochechouart cuando menos media docena de heridas, pues la hipótesis era descabellada. Parecía más claro que el cadáver había quedado expuesto no más de cinco minutos y que, en efecto, un oficial inglés había hecho saltar su caballo sobre él, poniendo en peligro la integridad del sacerdote, que se mantenía arrodillado y orando junto a Ney desde que había caído abatido.

Difícilmente podrían haberse llevado a buen término más pesquisas en apenas dos semanas. Con todo, Marcel de Brivazac no podía desprenderse de la convicción de que se movía circularmente en torno a un mismo punto, y el vértigo empezaba a impacientarlo. Aunque hubiese extraviado algunos cabos, estaba dispuesto a hallar el hilo de Ariadna y a salir del laberinto, así tuviese que recorrer de un cabo a otro todos los hilos de la rueca de Penélope. Mientras formulaba este propósito, Brivazac se preguntó si las evocaciones míticas tendrían algo que ver con la vocación trascendente de las dos personas a quienes contaba con ver aquella jornada, y si los lugares santos que iba a visitar proporcionarían alguna luz inspiradora a su descreído entendimiento. El coche se detuvo en la Rue de la Bourbe y convino en que pronto lo sabría.

La hermana Teresa recibió al barón de Brivazac en la sala de visitas del oratorio, donde decenas de expósitos estaban a su cuidado. Brivazac calculó que debía de frisar la cincuentena. A pesar de su cuerpo diminuto y enjuto, apreció en el brillo de sus ojos grises y en sus manos huesudas y cuidadas la determinación de carácter que solo cabe en las personas voluntariamente desposeídas. Despertó en él una simpatía inmediata y Marcel columbró que la mañana sería fructífera. La hermana le ofreció asiento y un vaso de agua fresca, y se sentó frente a él, cruzando las manos sobre su hábito.

—Señor barón —advirtió con una voz tan suave como firme—, no dispongo de mucho tiempo. Los niños requieren atención, por lo que os ruego que seáis preciso y todo lo breve que sea posible.

—Descuidad, hermana —la tranquilizó Brivazac—, solo os robaré el tiempo imprescindible para cumplir la misión que el rey me ha encomendado.

—Desde luego —observó la mujer con una leve sonrisa—, pero no olvidéis que mi misión es encomienda de un monarca más alto.

Brivazac comprendió que no podría intimidar a la hermana Teresa como a Rochechouart, pero estaba convencido de que sería inútil, pues aquella mujer ni mentiría ni tendría inconveniente en dar al césar lo que del césar era.

—Hermana, tengo entendido que fuisteis vos quien recibió el 7 de diciembre de 1815 el cuerpo del mariscal Ney.

—En efecto —precisó la hermana—. Yo me ocupé del cuerpo del hombre fusilado aquella mañana.

A Brivazac no le pasó desapercibida la referencia impersonal.

—¿Recordáis en qué condiciones llegó?

—No muy buenas, barón. Era un cadáver —contestó la hermana Teresa con cierta ironía.

—Disculpadme, hermana. —Sonrió Brivazac—. Quería saber qué señales, qué heridas presentaba el cuerpo. Lo amortajasteis, ¿no es verdad?

—En efecto, señor. Cuando la muchedumbre que desfiló ante él desapareció, con ayuda de otras hermanas lavé su cuerpo, lo amortajé y lo pusimos en un ataúd.

—¿Recordáis cómo era el ataúd?

—¡Claro! Era de humilde madera de pino, como todos los que empleamos en esta institución.

—Lo velaron hasta el amanecer, ¿no es cierto?

—No había amanecido cuando se llevaron el cuerpo... Debían de ser las seis de la madrugada del día 8 de diciembre.

—¡Tenéis buena memoria, hermana!

—Dios me ha dado esa cualidad y yo procuro no viciarla con demasiadas distracciones, barón.

Brivazac comprobó que el halago resbalaba en la virtud de la hermana Teresa con la misma facilidad que la intimidación.

—Hermana, ¿recordáis cuántas heridas de bala tenía su cuerpo?

—Doce —respondió la religiosa sin titubeo.

—¿Estáis segura? —inquirió Brivazac sin poder ocultar un asomo de incredulidad, que la hermana Teresa observó sin ofenderse.

—Tenía seis orificios en el torso, dos en la frente y uno en el rostro, uno en la cadera, otro en el brazo y finalmente uno en la parte anterior del cuello con salida por la parte posterior.

Brivazac estaba convencido de que ni el cirujano Bonaventure ni el prefecto de Policía podrían haberlo expuesto con mayor detalle y concisión.

—Decidme, hermana, ¿el resto de impactos no tenía orificio de salida?

—No, señor. El impacto del brazo debió de incrustarse en el hueso, muy cerca del codo. El resto también presentaba solo un orificio.

—¿Extrajeron los proyectiles?

—Señor de Brivazac, ¿creéis que somos cirujanos? ¿A qué fin íbamos a hacerlo?

—Hermana, os hicisteis cargo del cuerpo inmediatamente después de llegar al hospital, ¿verdad?

—Así es. Era la principal responsable aquella mañana.

—¿El cuerpo sangraba? ¿Manchó el suelo, la litera...?

—No, señor: estaba cubierto de restos de sangre, pero sus heridas no sangraban ya.

—¿Y su rostro?

—Estaba desfigurado por los impactos y amoratado y erosionado como por efecto de algún golpe... Supongo que debido a su caída al ser abatido.

—Tengo entendido que aquel día pasó a ver el cadáver mucha gente.

—Así fue. Gentes de toda índole: pares, extranjeros, embajadores...

—¿También el conde de Rochechouart?

—Él fue el primero en ver el cadáver.

—¿Estabais presente?

—Sí.

—¿Qué hizo?

—Levantó la manta que lo cubría, ordenó abrir su camisa y observó el cuerpo.

—Lo destapó completamente.

—No lo creo...

—¿Creéis que podría haberse percatado de su herida en la cintura?

—Lo ignoro, pero no es probable. Yo misma no lo hice hasta desnudarlo. La bala se había alojado en la parte más superficial del hueso y apenas había signos del impacto en sus ropas.

—Toda la procesión pudo ver el cuerpo, ¿no es así?

—Demasiada gente, a mi juicio, y poco respeto por un cadáver en semejante estado —se atrevió a opinar la religiosa—. Recuerdo que uno de los guardas que custodiaba la entrada del hospital se acabó molestando con el número de oficiales ingleses interesados en ver el cadáver y los recriminó con ingenio, diciéndoles que no se habían atrevido a acercarse tanto al mariscal en España o en Waterloo...

—Una última pregunta, hermana: ¿vino su esposa o alguno de sus familiares durante ese día y esa noche?

—No, señor.

—Hermana Teresa, habéis sido muy amable y os agradezco vuestra colaboración. Os preguntaréis por qué indagamos estos hechos tanto tiempo después...

—No, señor de Brivazac, no me lo pregunto en absoluto, y siento desilusionaros a este respecto si esperabais otra cosa. Me acucian otros interrogantes bien diversos... Si hemos terminado, os deseo un buen día y que Dios os acompañe.

La hermana Teresa se levantó de la silla y salió de la sala sin añadir una palabra o un gesto más. Brivazac se complació admirado del talante de aquella mujer, y comprendió cuán vano y sencillo resultaba descollar en los salones de la ciudad y qué difícil debía de serlo entre aquellas abnegadas mujeres. Le alivió que aquel no fuera su mundo y sintió una cierta ansia de placeres mundanos. Cuando salía de La Maternité y subía de nuevo al coche, pensó que podría festejar su aniversario cenando en la intimidad con *madame* de Claris antes de cerrar el dosel de su lecho y entregarse a los juegos impúdicos de la dulce Martine. Pero antes lo esperaba otra visita en la incómoda compañía de su asistente Thierot y estimó que no era mala idea recuperar fuerzas con una buena colación. Asomó su cabeza por la ventanilla y ordenó a su cochero que dirigiera sus caballos hacia la Rue de la Comédie, pues se proponía almorzar en el *Procope*.

Marcel de Brivazac despidió al cochero y decidió pasear hasta la cercana iglesia de Saint-Sulpice. Aún disfrutaba el regusto del caldo borgoñón en su paladar y se hallaba de buen humor. Thierot lo esperaba al pie de la escalinata. Era un ayudante eficiente, no siempre discreto, pero lo suficientemente anodino para no resultar molesto. Lo saludó con cortesía y ambos entraron en el templo. Avanzaron por la nave hasta llegar a la altura del coro. Brivazac echó un vistazo a su izquierda. Recordaba el gnomon; se figuró que tal vez en el trazado de ese eje imaginario podría encontrar la guía para hallar el centro de su pequeño universo de círculos y elipses de giros caprichosos y caóticos. Caminó hacia la derecha y entró en la sacristía. Admiró la belleza de las *boiseries* de estilo Luis XV, cuyo brillo realzaba la tenue luz de diciembre filtrada por los amplios ventanales, y la geometría enigmática del suelo de mármol. El abad estaba sentado, leyendo unos legajos depositados sobre una mesa situada oblicuamente respecto de los ventanales. Se percató de la presencia de ambos hombres y se levantó con una agilidad impropia de su edad avanzada para recibirlos con deferencia. Hechas las presentaciones, invitó a los dos visitantes a pasar a una sala contigua, mucho más humilde, donde podrían hablar con mayor recogimiento.

—Padre De Pierre —dijo Brivazac, aún animado por los vapores del vino y en un tono alegre que sorprendió a Thierot—, antes de entrar en el asunto que nos trae aquí, quiero manifestaros mi satisfacción por poder conoceros personalmente. Tengo noticias de vuestro arrojo durante el Terror. Tuvisteis el valor de decir misa clandestinamente en sótanos y buhardillas, consolando a pequeños grupos de fieles; velasteis, disfrazado, a enfermos y moribundos, impartiendo los sacramentos, y os aventurasteis hasta el pie del cadalso para dar las últimas bendiciones a los condenados; durante años arriesgasteis la vida y con el Concordato rechazasteis más altos designios para permanecer aquí y organizar la parroquia... Para un emigrado, como yo, es un honor poder presentarme ante vos...

—Me honráis en exceso, barón —respondió el viejo sacerdote con humildad.

—Me atrevo a molestaros, padre, para interrogaros en relación con una investigación puramente rutinaria, de interés para los archivos que nuestro rey quiere ordenar con el fin de legar a la posteridad una historia fidedigna de su azaroso reinado.

—Es un loable propósito, no cabe duda, y os ayudaré en lo que pueda, señor de Brivazac.

Thierot estaba convencido de que el cura no creía una sola palabra de las que había pronunciado el barón y estaba seguro de que este tampoco se hacía ilusiones al respecto, así que mientras anotaba las respuestas del sacerdote pensó que el número de resortes que era capaz de accionar su superior según cada circunstancia era mayor, y proporcionaba más combinaciones y variables, que el total de notas que sería capaz de conjugar el descomunal órgano que ocupaba todo el ancho de la nave del templo.

—Gracias, padre... Quiero hablaros del mariscal Ney...

Brivazac hizo una pausa y concentró su mirada en los gestos del abad, sin que pudiera percibir la más leve alteración de sus facciones.

—Fuisteis vos, tengo entendido, quien le administró el último sacramento...

—Así fue.

Esta vez Brivazac sí pudo leer en la mirada del cura la determinación más firme y ligeramente desdeñosa, como si viniera a decir: «¡No pensarás por un instante que vaya a contarte nada de su confesión!» Pero Brivazac no iba a forzar una respuesta que ya conocía.

—Según tengo entendido, padre —prosiguió—, tuvisteis la oportunidad de reconfortar su alma durante casi una hora...

—Es muy posible, sí.

—Y lo acompañasteis en el coche hasta el lugar de ejecución...

—Hasta el final. Le di la última absolución frente al pelotón de fusilamiento.

—¿Recordáis algún detalle de ese instante?

—Me dio una cajita de rapé labrada en oro y me pidió que se la hiciera llegar a su esposa como recuerdo... También extrajo de su bolsillo un puñado de luises de oro, que me entregó para que los destinara a los pobres de la parroquia...

—Me refiero más bien al momento de su ejecución.

—Me temo que no recuerdo muchos detalles, barón. Todo fue muy rápido y yo me limitaba a concentrar mi pensamiento en las plegarias por su alma.

—Lo comprendo, padre... Cuando cayó abatido, os acercasteis de inmediato al cuerpo, ¿no es así?

—Es exacto. Me arrodillé y oré por su alma.

—Estaba inerte...

—Absolutamente.

—Y sangraba...

—En abundancia... Había un reguero de sangre a mis pies...

—¿Os extrañó que no le dieran un tiro de gracia?

—¡Oh, no! Por piedad no hubiese sido necesario... Habría sido un ensañamiento abominable. ¡Su cuerpo estaba acribillado!

—¿Os asustó el caballo?

—¿El caballo?

El abad comenzaba a dar muestras de cierto desconcierto y Thierot supuso que Brivazac debía de ser un fino espadachín. Con sus fintas y requiebros trataba de hacer bajar la guardia del cura.

—Sí, el caballo del oficial inglés que saltó sobre el cadáver...

—¡Ah, sí! Lo recuerdo... Me desconcertó, sin duda, y sobre todo me indignó esa falta de respeto ante la muerte de un ser humano...

—Después de eso recogieron el cadáver y lo llevaron, en el propio coche que los había trasladado desde el Palacio de Luxemburgo, hasta el Hospital de La Maternité... ¿Es eso correcto?

—Así es...

—¿Quién os acompañaba en el coche?

—El cochero...

—¿Y dentro? ¿Solo usted?

—No, señor Brivazac... —El anciano sacerdote clavó su mirada vidriosa en las pupilas fulgurantes de aquel emigrado realista y esa vez fue él quien jugó con las pausas—. Estaba el cuerpo inerte de un hombre y el Espíritu Santo, que no son poca compañía.

Brivazac lo supo entonces. No podría torturar a aquel anciano venerado por todos los ultras de Francia para sonsacarle la verdad, pero era innecesario. Él ya la conocía y sabía la implicación del cura en ella, y le habría disgustado dañar sin necesidad a un hombre valeroso con cuyos credos todos comulgaban. Únicamente en honor a sus principios debía disipar cualquier duda de su interlocutor y participarle cuán consciente era de su reserva y de su acción.

—Amén, padre, amén —sentenció Brivazac en un tono que no pretendía ocultar el cinismo—. Tengo una última pregunta... Quizá dos... Antes de ese día, ¿conocíais personalmente al condenado?

—No —contestó secamente el cura.

Se levantó el barón y Thierot hizo lo propio sin perder detalle de la escena. Brivazac miró entonces fijamente al sacerdote, que permanecía impasible observando el brillo enfermizo de las pupilas de su interlocutor.

—Pero tal vez sí conocisteis al padre Defrennes, antiguo párroco emigrado de Saint-Symphorien en Versalles... ¿Me equivoco?

—No os equivocáis, barón. Que Dios os acompañe.

Thierot se reconocía perdido, y menos aún comprendía la abierta sonrisa con la que Brivazac abandonaba a paso ligero la iglesia de Saint-Sulpice, tras un interrogatorio que se le evidenciaba por completo inútil.

—Señor, creo que me he perdido —confesó mientras trataba de acoplar sus zancadas al vivo caminar de Brivazac, sin saber adónde los conducían sus pasos.

—Querido Armand, sois de nueva escuela: despierto e inteligente; pero debéis aprender el valor del trabajo concienzudo. ¿Recordáis que os pedí que recopilarais toda la información de los archivos de la Policía política y militar acerca del mariscal Ney?

—¡Claro!

—Era un buen número de legajos, ¿verdad? Pues bien, los repasé con lupa y me llamó la atención una referencia de un comisario intrigante, ansioso acaso por salvar el pellejo a los pocos días del fin del reinado del Terror y del ajusticiamiento de Robespierre. Formulaba acusaciones contra el mariscal Ney y el ciudadano Gillet. Gillet era el representante del pueblo y delegado del Gobierno para el Ejército. Acababa de promover a Ney al grado de ayudante-general jefe de batallón, a instancias del general Kléber. En aquel verano de 1794, Ney se había destacado bajo el mando del general en la lucha contra los austriacos. En varias ocasiones había apresado a franceses emigrados, bien porque combatían con los austriacos, bien al ocupar sus territorios. Había orden de represaliar a los emigrados en venganza por la crucifixión de voluntarios republicanos. Pues bien, en una ocasión sus exploradores atraparon a dos curas, que llevaron medio muertos de miedo, hambre y fatiga a presencia de Ney. En público los increpó con violencia jurando que serían guillotinados, pero se quedó con ellos en privado con la excusa de interrogarlos. Entonces los tranquilizó, los alimentó y les facilitó dinero, dándoles instrucciones precisas acerca de cómo huir del campamento y atravesar las filas francesas al día siguiente. Cuando se descubrió su huida, Ney escenificó una fingida cólera, pero Gillet estaba convencido de su complicidad y con ironía se lo hizo saber a Kléber, diciéndole que «su amigo Ney sabía muy bien cómo ahorrar sangre de sus compatriotas»...

—¿Todo eso aparece en los legajos?

—Sí; uno de los desharrapados de la Policía de Robespierre denunció a Gillet, y seguramente su broma le habría costado la cabeza. Pero cuando el informe llegó a la Policía, Robespierre ya había sido guillotinado y probablemente el informador también debió de serlo o desapareció...; por fortuna, el informe no. Y uno de esos curas salvado por Ney, querido Armand, era medio hermano de nuestro abad De Pierre...

—Luego...

—Luego tenía un buen motivo para tratar de salvar su vida. Y a estas alturas ya estoy seguro de que el mariscal no fue fusilado. El cura fue un pequeño eslabón de la cadena y, aunque no hallemos todos los eslabones perdidos, tened la seguridad de que encontraremos los suficientes para recomponer el complot.

—Sois admirable, barón... Pero ¿adónde demonios vamos con tanta prisa?

—Vos no sé, querido Armand. Yo voy a mi casa. Tengo un asunto que lleva rondándome todo el día y me gustaría dedicarme a él.

Armand Thierot se detuvo e hizo un medio gesto de despedida. Reconoció admirado la inteligencia y la competencia de Marcel de Brivazac y no lamentó la leve mancha que oscurecía su virtud al hacerla tan evidente.

Pellemberg, julio de 1794

El general Kléber no simpatizaba con el comisario Gillet ni tenía tiempo para atender sus requerimientos. Ya sabía lo que significaba caer en desgracia ante los representantes del pueblo y no temía volver al calabozo si era necesario. Su única idea era empujar a los austriacos hacia el corazón de Europa, ahora que mostraban alguna debilidad. Lo despachó sin muchos miramientos y salió de su puesto de mando desastrado y sudoroso. Su gigantesca talla y su corpulencia hacían difícil hallar un caballo capaz de sostenerlo más allá de una legua, así que su palafrenero se desvivía para reservar cualquier montura digna de su porte. Por suerte, ese día tenía listo a *Bucéphale*: un cuadrúpedo descomunal que habría arredrado al propio Alejandro Magno. Kléber montó con agilidad inopinada; su estampa, con su canosa melena al viento, habría sido digna de cualquiera de los jinetes del Apocalipsis. Un piquete de reconocimiento perteneciente al cuarto regimiento de húsares, al mando del capitán Ney, esperaba sus órdenes.

Cabalgaron durante una hora a lo largo del frente, hasta que una colina les permitió divisar las posiciones de retaguardia del enemigo. En el flanco izquierdo una espesa mancha boscosa disimulaba la fortaleza de Gaumont.

—Esos cerdos pueden contar con reservas ocultas en el bosque y en el castillo —estimó el general con un marcado acento alemán, mientras observaba el campo de batalla a través de la lente de un catalejo.

—No creo que les sirviera de mucho, general —apuntó el capitán—. La posición es ciega; si lográsemos cortar su flanco izquierdo en un ataque frontal, quedaría separada de la vanguardia y sin fácil retirada.

—Cierto.

—Unos pocos hombres situados al este del bosque con dos o tres cañones les impedirían avanzar y permanecerían aislados.

—¿Un señuelo, entonces?

—Llevan días retirándose, general, y lo lógico es que contemplen la posibilidad de seguir haciéndolo. Si quisieran atacarnos con convicción, habrían girado sus líneas hacia al norte, amenazando con cortar nuestras líneas de aprovisionamiento.

—Es una observación inteligente, capitán. Entonces, ¿creéis que su disposición es defensiva?

—Creo que han ocupado el bosque y la fortaleza para que desistamos de atacar el flanco izquierdo o lo hagamos con el grueso de nuestras tropas. Seguramente se retirarán, confiando en que ocupemos el bosque y la fortaleza y así podrían presionarnos en el flanco derecho y ponernos en la misma difícil posición, cortando nuestras líneas.

Kléber observó a aquel joven oficial con interés. Hablaba con tanto desparpajo como humildad. Analizaba la situación con precisión y lógica, y sus respuestas eran convincentes.

—Si vuestra suposición es acertada, capitán, la retaguardia y las fuerzas de refresco deben de estar detrás de su flanco derecho.

—Sí. Hemos observado durante días las rutas de aprovisionamiento y confirman esa idea, general.

—Luego, a vuestro juicio, ¿deberíamos centrar el ataque en ese flanco derecho? ¿Y si nuestra estimación es equivocada? Imaginad que hay más fuerzas de las que creemos en ese condenado bosque y hacen retroceder su flanco derecho para envolvernos luego desde donde no sospechamos.

—Hay una forma ventajosa de saberlo, general.

—Estoy deseando oírla, capitán.

—Lancemos un primer ataque decidido contra el flanco izquierdo y comprobemos si reciben asistencia desde el bosque. Si no es así, en cuanto muevan el flanco derecho podremos atacar con todas las fuerzas, y estoy seguro de que dudarán y emprenderán la retirada por donde tienen previsto.

—No es mala idea, capitán, pero existe un pequeño inconveniente: en ese flanco izquierdo están los húsares de Blanckenstein...

—Nosotros también tenemos húsares, general...

Kléber miró al capitán y recordó cuando servía a las órdenes del ejército austriaco con su misma edad, como un oficial menor sin ninguna posibilidad de ascenso. El Imperio no permitía a un plebeyo, hijo de un vulgar constructor de Estrasburgo, escalar en los rangos reservados a la nobleza. Bendijo a la Revolución, que medía a los hombres por su valía, y pensó que debía reconciliarse con Gillet al regresar al puesto de mando.

—Decidme, capitán, ¿cómo os llamáis? —se interesó.

—Ney, mi general. Michel Ney.

—¿De dónde venís?

—De Sarrelouis.

—¿Vuestro padre fue soldado?

—Combatió en Rossbach, señor, pero ahora se dedica al comercio...

—¿Y qué vende?

—Toneles, general.

—Sois hijo de un tonelero...

—Así es, general.

Kléber asintió con la cabeza, volvió grupas y dio orden de regresar.

El general Kléber pidió a su ayuda de campo Pajol que transmitiera al capitán Ney, del 4.º de húsares, la oferta de servir en su Estado Mayor. Mientras Pajol cumplía su misión, Kléber sirvió a Gillet un vaso de vino y apuró el suyo.

—Querido representante de la nación, amigo Gillet. Debemos concluir lo que empezamos en Fleurus. Los partidarios de Austria ganan terreno y la población está agitada. Nuestra subsistencia es penosa y hemos de garantizar nuestras líneas de comunicación. Los enemigos cubren el campo en Pellenberg, amenazan Lovaina, y tenemos que echarlos de allí si queremos revertir la situación; así que voy a tomar la iniciativa.

—Vos sois el general —contestó el comisario mientras bebía tras alzar su copa en un gesto de brindis.

—Y vos la brida, querido representante, pero voy a beberla a mi manera...

—¿La agarraréis con las muelas, general?

—O con el alma de Satanás, si lo preferís, pero ya sabéis que no podréis frenarme, querido amigo.

Gillet sonrió. Admiraba a Kléber y se congratulaba por que estuvieran ambos tan lejos de París cuando era imposible predecir quién se asomaría al día siguiente a la ventana nacional.

Al poco, Pajol regresó con la noticia de una agradecida negativa del capitán Ney a abandonar su regimiento de húsares, al que acababa de regresar y en el que contaba permanecer en el futuro. A Kléber no le cogió por sorpresa. Se echó al coleto otro vaso de vino.

—No importa; tengo siempre una reserva lista. Decidle al capitán Ney que se persone. Tengo otra misión para él.

Desde un promontorio, el general Kléber observaba con atención los movimientos de su ayudante-general Buquet. Su encuentro con el escuadrón de caballería austriaco no había dado el resultado apetecido. Muchos caballos habían sucumbido bajo el fuego de los fusileros y, pese a su determinación, Buquet se retiraba para salvar al resto de sus hombres, repleto él mismo de heridas. El capitán Ney lo cubría al mando de treinta dragones del 7.º y algunos cazadores. Frente a ellos, más de doscientos húsares de Blanckenstein festejaban con vítores su éxito en la escaramuza. Gillet se encogió de hombros, dando por terminada la acción, e hizo ademán de abandonar el puesto de observación. Oyó al general jurar en voz baja mientras permanecía impasible y atento al lugar de las operaciones. A la cabeza de sus escuálidas reservas, el capitán Ney cargaba frontalmente contra las filas austriacas, seguido a duras penas por cuatro docenas de hombres. Gillet puso una mano sobre sus cejas para evitar que la luz del sol lo deslumbrara, y asistió con incredulidad a aquella carga tan ayuna de criterio como rebosante de coraje. Kléber no hizo el mismo diagnóstico: la audacia del capitán no era descabellada. Un cuchillo blandido sin firmeza deviene un arma inocua y pueril, pero un clavo hendido con violencia puede resultar mortal. El capitán atacó en un momento de confianza y reposo del enemigo; lo hizo con rapidez y furia tales que al primer choque desbarató y puso en desorden a los húsares de Blanckenstein. El efecto fue fulminante y toda la línea se deshizo. Fusileros y caballeros se refugiaron en el flanco derecho de las tropas austriacas desplegadas en el campo, que en pocos minutos emprendían en bloque una retirada estratégica.

Kléber se limitó a descender de su promontorio y a tomar posesión del terreno, lo que equivalía a garantizar la posición de Lovaina de manera definitiva. El capitán Ney felicitaba a los dragones a su mando y asistía a los heridos en el encuentro en medio del alborozo de los soldados, que lo vitoreaban: «¡Rougeaud!, ¡Rougeaud!» Kléber descabalgó y se dirigió a aquel hombre rubicundo con los brazos abiertos. Se abrazaron al tiempo que ambos estallaban en una estentórea carcajada. Gillet los observaba encantado, imaginando las muchas metáforas y otras figuras retóricas con que podría describir la escena y hacer gala del fervor más revolucionario en el informe en que propondría el ascenso del ciudadano Ney al grado de ayudante-general, jefe de batallón del ala izquierda del ejército del Sambra-Mosa.

París, miércoles 23 de diciembre de 1818

Martine de Claris dudaba entre las perlas y los diamantes. Las primeras realzaban su cuello y sus hombros, y los segundos, su dignidad. Eligió las perlas, convencida de cuáles eran las mejores armas de una mujer, cualquiera que fuera la corte o el escenario. Ensartó sus pendientes a juego mientras admiraba el efecto en el espejo de su tocador. Marcel había insistido en que lo acompañara a la cena en el Ministerio de Policía, y la deferencia le agradaba. Entretanto, su acompañante recibía la inopinada visita de aquel hombre de mirada huidiza, que se había hecho omnipresente durante los últimos días y que a menudo la observaba de forma que a ella le parecía lasciva, y a Marcel, admirada. Se complació del bello juego de líneas tangentes que componían la caída de su collar y los arcos perfectos que conformaban la parte superior de sus senos, y despejó de su mente la imagen de Armand Thierot.

Marcel de Brivazac estaba pulcramente compuesto para la cena de gala cuando Thierot vino a importunarlo. Las razones sobraban a su ayudante, y su desagrado se trocó en satisfacción cuando vino a proporcionarle un magnífico colofón al informe que pensaba transmitirle esa misma noche al ministro Decazes. Acompañaba a Thierot el señor Claveau, policía de servicio la mañana del 7 de diciembre de 1815 en el cuartel de la Rue Vaugirard. Claveau había decidido inspeccionar por su cuenta los alrededores del Observatorio, al haber apreciado un inusual movimiento de gentes desde primeras horas de aquella mañana. Asistió al fusilamiento y en su mente de buen policía había registrado un sinnúmero de detalles, imágenes y palabras, en los que acaso no habría reparado un mortal menos comprometido con la vocación de informador y responsable del orden. Brivazac lo hizo pasar a la biblioteca y se limitó a escuchar el relato que Thierot traía ya bien trillado y anotado.

—El mariscal se situó a unos ocho pasos del muro, frente al pelotón. El comandante avanzó hacia él con una venda en la mano y Ney lo recriminó: «¿Ignora usted que durante veinticinco años he acostumbrado a afrontar las balas y la metralla?» El comandante se quedó perplejo y dubitativo. El mariscal tomó entonces la palabra y dijo: «Protesto ante Dios y mi patria contra la sentencia que me condena. Apelo ante los hombres, ante la posteridad y ante Dios.» Estas palabras parecieron congelar aún más la voluntad del comandante y del pelotón. El general Rochechouart tuvo que intervenir: «¡Cumpla con su deber!», le dijo. El oficial estaba más confundido que la víctima, así que el condenado se acercó al pelotón y les dijo: «Mis valientes camaradas, cuando ponga mi mano en el pecho haced fuego, y aseguraos de que apuntáis al corazón.» Entonces él mismo, quitándose el sombrero, exclamó en voz bien alta: «¡Soldados, directo al corazón: fuego!»

—Señor Claveau, decís que Ney avanzó aún más hacia el pelotón antes de caer muerto. ¿A cuántos pasos del muro podría estar?

—A una docena de pasos, al menos.

—¿Y qué ocurrió inmediatamente después?

—El cuerpo cayó fulminado, de frente. La gente volvía la cabeza; no se oía ni el aleteo de un pájaro.

—¿No hubo gritos de «¡Viva el rey!»?

—No en ese momento, señor. Solo el cura reaccionó. Se acercó al cuerpo, se arrodilló ante él y comenzó una plegaria.

Todo el mundo bajó la cabeza. Una dama de cierta alcurnia se desmayó en brazos de sus acompañantes...

—¿La conocíais?

—No, señor, pero alguien me dijo que era una dama holandesa o italiana de origen noble, que había sido actriz y mantenida del general Moreau...

—¿Qué ocurrió entonces?

—El general Rochechouard descendió de su caballo y pareció encaminarse hacia el cadáver. En ese instante, muy cerca de mí, un oficial inglés de alto rango susurró una palabra a un capitán que había a su lado, y sin pensárselo dos veces este espoleó su caballo y saltó sobre el cuerpo del condenado, con grave riesgo de herir al cura. La irreverencia fue tal que rompió el estupor y el silencio, y arrancó las quejas airadas de buena parte del público. Un soldado del pelotón de reserva llegó a apuntar al jinete, y habría disparado si el comandante no lo hubiera impedido con un gesto decidido. El revuelo que se formó fue imponente, y el general Rochechouart miraba angustiado a todos los lados. Rápidamente, el sacerdote cubrió el cuerpo con una manta; ayudado por dos veteranos lo trasladó al *fiacre* en que habían llegado y partieron hacia el Hospital de La Maternité.

—¿Quedaron restos de sangre en el lugar?

—Sin duda, señor; algunas personas, y entre ellas varios ingleses, recogieron piedras manchadas con la sangre del mariscal, como si fueran reliquias.

Los ojos de Brivazac brillaban más que los diamantes que Martine de Claris había desechado sobre su tocador. Se acarició el mentón y con voz pausada se dirigió al policía:

—Señor Claveau, su testimonio aporta mucha luz y, no lo dude, constituye un gran servicio que el Gobierno sabrá recompensar. Me consta que habéis entregado a mi ayudante una copia de las notas que tomasteis el mismo día por si pudieran ser de interés para vuestros superiores, aunque parece que nadie les prestó la atención que merecían. Os agradecería que cualquier cosa o detalle que recordarais en adelante nos lo hicierais saber; pero decidnos: ¿cuál fue la palabra que creísteis haber oído pronunciar al oficial inglés?

—Yo diría que «Hutchinson», barón.

Marcel de Brivazac alzó su mirada hacia los anaqueles más elevados de su biblioteca, donde apilaba clásicos griegos y latinos, cuya aburrida lectura no pretendía reiterar. No reparó en los lomos gastados de volúmenes de diálogos, sátiras y comedias, cartas a Lucilio y otros ensayos filosóficos... Puso sus ojos en blanco, aspiró hondo y reprodujo con énfasis las tres sílabas que componían aquel apellido que, por primera vez, ponía nombre a la trama: «¡Hut...chin... son!» Volvió en sí como de un éxtasis, que lo había aletargado unos segundos que Claveau y Thierot emplearon para mirarse con cierto asombro cómplice. Brivazac abrió de nuevo los ojos y su mirada, enriquecida por un nuevo brillo, se posó en ambos hombres otra vez. Agradeció a Claveau su ayuda y le rogó que esperara unos segundos en el vestíbulo. Un sirviente lo acompañó, mientras Thierot permanecía en la biblioteca.

—¡John Hely Hutchinson! —exclamó Brivazac.

—Eso pensé, señor. Fue condenado un año después a tres meses de prisión por haber contribuido a la fuga de La Valette.

—Apostaría por que el oficial que le dio la orden era el propio Robert Wilson.

—Es muy probable, señor.

—Bien, no cabe duda de que tenemos una pista inglesa.

—Y quizás algo más...

—Vamos, Thierot, no me digáis que hay algo más. Esto es el colmo de la felicidad.

—Saint-Bias no ha aparecido, pero hay una coincidencia interesante con su mentor, el conde de Revel. Ambos son masones...

—¡Por Dios, Armand! También Decazes, la familia real, Fouché que lo capturó, o Kellerman y otras decenas de pares que votaron por su muerte... Decidme que no pertenecéis a ninguna logia...

—No al menos a L'Ancienne Fraternité, en cuya lista figuran Saint-Bias y Revel, y que tiene ramificaciones muy solventes en la masonería británica...

—No olvidaremos semejante coincidencia... Thierot, hacedme un favor: acompañad al señor Claveau... Y, por cierto, debo reconocer que por vuestro celo merecéis ser considerado un eminente representante de la vieja escuela...

Thierot esbozó una sonrisa de agradecimiento y salió en pos de su feliz hallazgo. Cuando Marcel de Brivazac abandonaba la biblioteca, su pareja bajaba las escaleras con una majestad y una gracia que arrancarían los más devotos cumplidos de todos los hombres invitados a la cena y provocarían el despecho y las murmuraciones de todas las damas. Él gozaría con lo primero, y ella, con lo segundo.

Élie Decazes admiraba la sangre fría de su joven esposa, que conversaba amablemente con sus verdugos, manteniendo la dignidad de su casa, de su marido y de su linaje con aplomo y determinación propios de Antígona. Égédie había recibido del propio rey una cálida carta que no dejaba lugar a dudas, poco después de que su marido le aconsejara que diera la orden de empaquetar sus pertenencias. Era bien consciente de la perfidia de esos hombres, que recompensaban los desvelos de su esposo obligándola a emprender un viaje a Rusia que, en su estado de gravidez, podría entrañar la muerte de su primer hijo y acaso la suya misma. No estaba dispuesta, sin embargo, a rendir su vida ante aquellos intrigantes ni ante el propio rey. Sentada entre Molé y el embajador Pozzo di Borgo, su palidez y su melancolía fueron objeto de conversación.

—Señora Decazes, últimamente parecéis no gozar de buena salud —se interesó cínicamente el ocasional diplomático ruso de origen italiano.

—En efecto, caballeros, mi estado no es bueno y confío en que el rey me permitirá ir al Mediodía a recuperarme...

—¡Bah! —intervino Molé—. Todas las mujeres piensan

que un clima cálido les será conveniente, pero cuando van al norte no les sienta nada mal.

—Es mejor el norte que el sur —insistió Pozzo di Borgo—. Basta con taparse bien. Si vais a San Petersburgo, señora, y si me lo permitís, será un honor para mí haceros llegar un abrigo de las mejores pieles.

Decazes se admiraba de la capacidad de su esposa, casi una niña, para no dejarse llevar por la indignación que debían de producir en ella las inconveniencias crueles de aquellos dos hombres sin corazón. Sintió que la amaba en ese instante más que nunca y se enorgulleció de ella. Envuelto en sus pensamientos, creyó no prestar la atención que merecía el informe que Marcel de Brivazac le hizo en un aparte, tras los postres.

—En definitiva, Élie, estoy convencido de que el fusilamiento fue un simulacro. Acribillaron con doce balas un cuerpo que debía de tener cierta semejanza con el mariscal, pero una atravesó el cuello. El resto fueron a parar, dentro del cadáver, al ataúd de pino que desenterraron. Los once proyectiles estaban allí, como acreditó el señor Bonaventure, pero solo debían ser diez. Una bala, al menos, se estrelló contra el muro, muy por encima de la altura de su cabeza. Tal vez fueron algunas más, pero alguien se encargó de borrar el rastro. En ninguna circunstancia cabría atribuir el impacto a la bala que le atravesó el cuello. Luego el cadáver no podría haber recibido doce impactos ni albergar once proyectiles, en ningún caso.

—¿Qué crees que ocurrió?

—Resultaba sencillo saber que la ejecución sería encargada preceptivamente al conde de Rochechouart. También era previsible que Rochechouart ordenara a Saint-Bias ocuparse del pelotón de fusilamiento. Saint-Bias seguramente eligió a veteranos fieles al mariscal y bien introdujo balas de fogueo, bien acordaron disparar al muro. El cura de Saint-Sulpice debió de ser el encargado de preparar a Ney durante la confesión y tal vez le facilitó alguna bolsa con colorante para que en el momento preciso la hiciera estallar contra su pecho. Se dejó caer hacia delante y el cura se ocupó de evitar que nadie se acercara. Cuando Rochechouart estuvo a punto de hacerlo, el capitán Hutchinson hizo saltar sobre él su cabalgadura, lo que provocó un revuelo que aprovecharon para introducir el cuerpo en el *fiacre* y sustituirlo allí mismo, o quizá durante el trayecto, por el cadáver falso. El cuerpo que introdujeron en La Maternité no era ya el del mariscal.

—Resulta increíble...

—Audaz, en todo caso.

—Así que tenemos una conexión inglesa, un cura, varios veteranos y camaradas... Es una conspiración ciertamente compleja.

—Tengo más claro el «cómo» que el «quién», pero es posible que haya alguna conexión masónica...

—¡Vamos, Marcel! Hay masones entre los revolucionarios, los moderados, los bonapartistas, los ultras... Es una moda...

—Lo sé, Élie. Tú mismo lo eres... pero no podemos descartar algunas pistas en ese sentido...

—Finalmente, pues, ese Peter Fox podría ser el mariscal —concluyó el ministro.

—Así es...

Élie Decazes parecía recibir la información con menor entusiasmo del que había empleado al encomendarla. Por encima del hombro de su amigo, su mirada se perdía al otro lado del salón, donde Égédie Decazes conversaba con sus invitados como una perfecta anfitriona.

—Dime, Élie —inquirió Brivazac—: ¿es cierto que dejas el Gobierno?

Decazes pareció salir de su ensimismamiento.

—Es muy posible, Marcel. De momento este asunto debe esperar. Si se confirma lo que parece, es probable que en dos o tres días abandone el Gobierno y entonces tu misión quedará seguramente abortada.

—Sería una lástima. Me pica la curiosidad. Confiaba en poder cruzar el Atlántico y encararme con ese individuo, y cada vez me apetece más rendirle una visita de cortesía al duque de Otranto.

—Veremos... —concluyó Decazes sonriendo sin mucha fe—. Por cierto, tu acompañante luce espléndidamente.

Brivazac se volvió para apreciar cómo un corrillo de autoridades agasajaba a Martine de Claris y ella, con aire fingidamente distraído, acariciaba sus perlas con el único fin de que pudieran apreciar la perfección de sus manos.

Las manos de Marcel de Brivazac atenazaban las de Martine de Claris. Podía gozar de su dulce tacto al tiempo que observaba sus mejillas encendidas, iluminadas por la luz de un candelabro que se filtraba a través de las gasas del dosel. La poseía con tiento; le gustaba ver cómo sus ojos se cerraban con cada acometida, brevemente si era violenta, lentamente si era contenida. Sus suspiros se acompasaban a su ritmo y él besaba su cuello, sus senos perfectamente simétricos y tangentes... Vestida solo con sus perlas, se complacía Marcel de Brivazac viéndolas rodar arriba y abajo, y sintió que bailaba, que también él rodaba dentro de ella, e imaginó cuántos hombres habrían deseado iniciar aquel baile que la noche solo a él reservaba. Supuso Brivazac, casi al mismo tiempo que su excitación daba a fin, que el último pensamiento de un hombre ante el pelotón de fusilamiento, aferrándose a la vida, bien podría estar conformado con recuerdos tenues y silenciosos de bailes semejantes. Mientras evocaba a la muerte presintió en la belleza de Martine la esencia de la vida, y no dejó de admirarla tras humedecer su vientre...

Maguncia, diciembre de 1794

El general Kléber nunca imaginó que podría llegar el momento de añorar al representante Gillet y los días del Terror. Hubiera preferido volver al calabozo antes que escuchar las órdenes del nuevo representante del Directorio. Merlin de Thionville por un momento temió que las chispas de los ojos del general fueran a saltar sobre su levita, convirtiéndolo en una antorcha humana. Lo habría preferido, pues en su lugar el gigante se alzó de su asiento y se abalanzó sobre el abogado, reconvertido en artillero por necesidades del servicio, avanzando con la guía de sus manos crispadas, que más parecían las zarpas de un oso herido. Se detuvo a un palmo del rostro de Thionville, cuando la lona ya le impedía recular y su espalda se alineaba con ella sin permitir intersticio alguno. Los ojos parecían salírsele de sus órbitas al mensajero, como si quisiera captar la última luz de su vida en toda su cromática variedad, antes de descender a las oscuridades del Hades degollado por aquellas extremidades sobrehumanas. Se sorprendió, esperanzado, de que el monstruo se detuviera, aunque el horror no lo abandonó mientras las crines del general se erizaban, el rostro enrojecía, los ojos se cerraban, acreditando la fuerza colosal incluso de los músculos faciales, y abría la boca para proferir el grito más extraordinario que hubo oído en su vida, que atravesó como un repique de campanario todo el campamento: «¡El bloqueo de mis cojones!»

Thionville encontró cierta dificultad para convencer al general de que sus partes pudendas no habían sido del todo consideradas a la hora de ordenar el bloqueo de Maguncia, precisamente en aquel invierno endemoniado, cuyo rigor no encontraba parangón en la memoria de los más viejos del lugar y que había llevado al armero Courier a sospechar que nunca había estado tan próximo a la cristalización completa. Thionville buscaba con la mirada la asistencia del coronel Ney, que, impávido, asistía a la filípica de su general. Kléber se lamentaba histriónicamente de la estupidez de aquellos dirigentes, hatajo de leguleyos afeminados, que hacían la guerra desde sus cálidos salones parisinos y venían a ordenar lo imposible como si la madre Naturaleza fuera una de sus putas. Las eminencias del nuevo orden se mezclaban en sus blasfemias con afortunadas alusiones míticas y más escabrosas referencias escatológicas, que por lo común precedían al fin de la tempestad, justo antes de que el general decidiera poner en práctica las órdenes que juzgaba imposibles. Esta vez, sin embargo, clavó sus ojos inyectados en sangre en la figura insignificante del representante popular y sentenció: «¡Lo haré, pero vive Dios que no salís de este campamento mientras dure el asedio, y a ver si la próxima vez tenéis arrestos para traerme semejante mierda de orden!»

La nieve caía constantemente en copos inmensos y se endurecía con tal rapidez que la labor de cavar fosos, erigir barricadas y construir empalizadas resultaba en extremo penosa. Por añadidura, el enemigo había tomado sus vigorosas medidas: una defensa había sido levantada para dificultar las maniobras de bloqueo del ejército francés, aprovechando una falla del terreno. El coronel Ney tomó la determinación de asestar un golpe de mano al enemigo y ocupar la posición. Al amparo de la bruma del alba, condujo por una ruta oblicua y desviada a un puñado de caballeros, procurando desplazarse con el mayor sigilo posible. Cuando calculó que estaban a no más de doscientos pasos de la quebrada, dio la orden de ataque y comenzó a galopar al frente de su partida. No imaginó el coronel que la trinchera estuviera protegida por un terraplén de gran envergadura, y su corcel estuvo a punto de rehusar el asalto. Por fortuna —creyó—, lo espoleó a tiempo y la montura superó el obstáculo, yendo a caer ante los sorprendidos defensores. Dando sablazos a diestra y siniestra, recorriendo toda la longitud de la defensa, Ney intuyó que algo iba mal al no oír más gritos que los suyos. Miró hacia atrás y se percató de que su escolta no había podido superar el obstáculo y había dado media vuelta ante el furor de los fusileros enemigos advertidos de su presencia. Estaba solo. Volvió grupas entre una cortina de balas y acertó a hacerse camino, saliendo por donde había entrado. Ya a salvo, notó que la sangre corría por las riendas al mismo tiempo que un ardor paralizaba su brazo. Miró la manga de su casaca y se dio cuenta de que la bala había atravesado su antebrazo izquierdo. Más herido se sentía en su amor propio por la fracasada intentona.

El cirujano de primera clase Bonaventure no podía facilitar al general Kléber las buenas noticias que todos ansiaban. El húmero se había astillado, el coronel padecía el tétanos, y su fiebre era muy alta y en ocasiones le hacía delirar. La amputación podría ser necesaria para salvarle la vida. Si aparecía el más mínimo síntoma de gangrena, habría que actuar con rapidez.

—¿Se lo habéis comunicado al herido? —se interesó Kléber.

—Sí, general, y no se lo ha tomado muy bien. Me ha dicho que no quería saber nada de amputaciones, que se curaría con agua de Colonia y que, si le rebanaba el brazo, él me rebanaría a mí...

—Ahorraos los detalles, Bonaventure. Puedo imaginármelo. Haced todo lo que podáis por salvarle el brazo. Tenedme informado.

Cuando el médico hubo salido, Kléber se quedó pensativo y abatido. Thionville no tenía mejor ánimo y Kléber se dio cuenta.

—Merlin, si perdemos a Ney el sitio de Maguncia se habrá cobrado un precio que ni vos ni yo podemos imaginar. Ese hombre es una división en sí mismo. Él solo puede salvar a un ejército, a una nación...

—Comparto vuestra opinión, general. No deja de asombrarme con sus hazañas. Ayer lo vi tan postrado que traté de animarlo diciéndole que lo propondría para un ascenso como general de brigada. Me mandó a paseo. Dijo que me ahorrara el informe, que no aceptaría el ascenso... Temo que su postración se deba más a su frustración por haber fracasado en su golpe de mano que a sus propias heridas...

—¿Cómo podríamos animarlo?

Merlin de Thionville era un hombre de bien. Sus creencias políticas no eran impuestas. Profesaba devoción a las ideas rousseaunianas y creía en los derechos del hombre, porque ante todo creía en el individuo. Perdonaba los excesos de Kléber, pues apreciaba en el fondo su coraje, su honestidad inusual, tan lejana del afán de rapiña de tantos mandos del ejército revolucionario. Y Ney era su alma gemela.

—General, tengo una ocurrencia disparatada que me avergüenza confesaros.

—No os avergoncéis, querido amigo. Os escucho...

La propuesta de Thionville no debió de parecerle tan aberrante al general. Esa misma noche una corte de músicos y jóvenes bailarinas de Bingen, bien conocidos de ambos hombres y de buena parte de la tropa, brindaron un buen concierto al pie del lecho del coronel convaleciente. Su primera reacción fue de desconcierto e ira, pero la visión ridícula del colosal general ensayando una farandola con Merlin de Thionville le arrancó una risa franca. Al día siguiente su fiebre había remitido y Bonaventure estimó que ni el coronel ni su extremidad corrían ya peligro y hubo de dar por buenas las propiedades curativas del agua de Colonia. Al recibir la noticia, Merlin de Thionville dio unas palmadas en el hombro de Kléber y se fue a visitar al enfermo.

—Mi bravo amigo —le dijo—, idos y completad vuestro restablecimiento en el Sarre, en vuestra casa paterna. He ordenado a Bonaventure que destine a uno de sus pupilos para que os acompañe. Volved pronto, ciudadano, y proporcionadnos vuestra poderosa ayuda contra los enemigos de la patria. ¡Salud y Fraternidad!

El coronel del 26.º, en compañía de un doctor aún más joven, recorrió las rutas cubiertas de nieve que separaban Maguncia de Sarrelouis, renombrada ahora como Sarre-Libre por la nueva república. Ney rememoraba un gélido día de invierno, seis años antes, en que había franqueado la Porte de France en busca de su destino. Las últimas semanas de sitio en Maguncia le revelaron la ingenuidad de su convicción, aquella noche en Boulay, de que nunca habría de pasar tanto frío. Ahora no se atrevería a afirmarlo, aunque le resultaba inimaginable concebir que un ser humano pudiese soportar temperaturas más bajas que las que había sufrido en los últimos días y durante su corta travesía hasta la casa paterna. Con todo, su estado era palpablemente mejor con cada hora que transcurría y se figuró que el placer del paisaje inmaculadamente blanco había reconfortado su alma tanto como su cuerpo. La fiebre había desaparecido y las molestias de su herida remitían. Ignoraba, sin embargo, si su experiencia le había permitido profundizar en el conocimiento de sí mismo, que con tanta vehemencia le había aconsejado el padre Frank.

Pierre y su hija Marguerite, acompañados del señor Valette, recibieron con nerviosismo a Michel al pie de los escalones de su casa en la Rue de la Bière. El hijo del tonelero retornaba por primera vez con solo veinticinco años, pero con las huellas severas en su rostro de la fatiga de tres campañas. Se había ido con lo puesto y regresaba enfundado en su uniforme de oficial del Estado Mayor: levita azul marino ajustada al talle por un cinturón dorado, bicornio y capa sobre los hombros. Dos ordenanzas de amplio mostacho y aspecto poco tranquilizador portaban sus equipajes y un baúl lleno de obsequios. El vecindario asistía extasiado y boquiabierto al efusivo recibimiento del hijo del tonelero, convertido en un héroe de leyenda, acompañado de sirvientes y un médico personal, y cantaba las alabanzas de la Revolución que hacía posible el milagro.

Marguerite asumió su papel de ayudante del doctor, recibió sus instrucciones, practicó la primera limpieza de la herida y disimuló el horror que le produjo la visión de la profunda hendidura que mostraba el antebrazo de su hermano. El único dolor de Michel fue rememorar a su madre mucho más vívidamente que tres años antes, cuando había recibido la noticia de su muerte. Las estancias, los muebles, los olores... componían una imagen extraña que señalaba una ausencia difícil de concebir en el escenario incólume de la infancia.

Pierre Ney esperó con impaciencia a que Marguerite y el doctor terminaran la cura. Hacía tiempo que había mudado su disgusto por el orgullo de las hazañas de su hijo, cuya narración en laudatorias misivas enviadas por bienintencionados camaradas leía una y otra vez entre lágrimas. Marguerite había dispuesto un lecho en la sala principal de la planta baja, mejor caldeada, con la idea de que Michel no tuviera que fatigarse bajando y subiendo escaleras durante su convalecencia. Después de que el doctor y Valette se despidieran por fin, Pierre Ney encendió su pipa y se sentó al pie del lecho de Michel.

—¿Estás cómodo, hijo?

—Perfectamente, padre: algo fatigado del viaje y contento de poder descansar aquí.

—Me alegro, me alegro... —Y Pierre Ney no supo guardar por más tiempo las cuitas que ardía en deseos de plantear a Michel—. El señor Merlin de Thionville ha escrito... Un hombre encantador... Dice que has renunciado al grado de general de brigada...

Michel sonrió condescendiente. Podía leer en los ojos de su padre un orgullo desmedido y comprender la rabia que ocultaba por no poder vanagloriarse del generalato de su hijo. Sabía cuánto significaba para aquel soldado reconvertido en tonelero. Su frustración daba por buena, sabiendo que había proporcionado a su hijo los principios, la formación y el valor para merecer la gloria y el reconocimiento.

—Padre, no rechacé el ascenso por mera modestia. Es algo más complicado. Claro que quiero ser general, pero cuando me sienta realmente listo para ello. Es una cuestión de experiencia...

—Te has pasado estos años siempre en la línea de fuego, expuesto a todo... Quizá tengas más experiencia de la que crees...

—Cumplir las misiones no es lo mismo que diseñarlas y ordenarlas. No es lo mismo mover un escuadrón o un regimiento que un batallón o una división. Aún me queda todo por aprender de la estrategia en las grandes batallas...

Pierre Ney admiró a su hijo como nadie mejor que él podía hacerlo. Conocía su ambición, su afán de liderazgo y de gloria. Había reconocido ese defecto cuando era un niño rebelde en el colegio de los agustinos. Ya había alcanzado una edad madura, suficiente para aprender que el vicio es la cruz de una moneda, cuya cara siempre es una virtud. No hay moneda sin dos caras, y no hay temperamento que no esconda un defecto tras una virtud, y viceversa. Lo admiró entonces, porque halló que en la moneda de su hijo la ambición no iba acompañada de la imprudencia, y tuvo para él que si la cara era la prudencia, acaso no podía imaginarse mejor cruz que la ambición moderada por ella.

París, viernes 8 de enero de 1819

Élie Decazes decidió esperar a su visita en la biblioteca. Echó un vistazo a la voluminosa colección de ejemplares que se limitaban a ornamentar las estanterías. Asediado por minutas, informes y correspondencia, no recordaba la última vez que había abierto un buen libro. Decidió aprovechar su nueva condición para organizar frecuentes desayunos, comidas y veladas, y rodearse de artistas y pensadores. A Égédie le agradaría el trasiego y él necesitaba descansar de tantos meses de intrigas políticas con agradables conversaciones filosóficas y culturales. Tomó un pequeño ejemplar editado in-octavo de las poesías de Malherbe y lo abrió al azar: «*Voyez comme en son courage, / quand on se range au devoir, / la pitié calme l'orage / que l'ire a fait émouvoir.*»* Los versos de la *Oda a Enrique el Grande* se le revelaron propicios. Tras la tempestad provocada por la ira de los ultrarrealistas, la paz requería que administrara su triunfo con la máxima piedad.

El anuncio de la llegada puntual de Marcel de Brivazac interrumpió su lectura cuando Malherbe lo invitaba a apartar de sí las vanas quimeras de odios y rencores, y a desterrar de

---

* «Ved como en su valor / cuando nos sometemos al deber / la piedad calma la tormenta / que la ira ha desatado.»

su corazón la mera sospecha de amargos sentimientos. Dejó el libro en su lugar, ordenó que hicieran pasar a su amigo y se dispuso a recibirlo con alegre camaradería.

—¡Enhorabuena, señor ministro del Interior! —saludó enfáticamente Brivazac—. ¿O tal vez debería decir: señor presidente *de facto* del Consejo de Ministros?

—¿Es que no confías en el liderazgo de Dessolles?

—No, mi buen amigo. Ha sido una jugada maestra. Te libras de Richelieu, pero no lo reemplazas. Dessolles hará frente a los ultrarrealistas, mientras tú y el rey os dedicáis a gobernar.

Decazes invitó a Brivazac a sentarse. Se tomaron su tiempo antes de entrar en el fondo de su asunto común, charlando relajadamente acerca de la nueva situación política, los rumores de la corte, el estado de Égédie y de Martine...

—Debo pedirte disculpas por no haberte prestado la atención debida durante nuestro último encuentro —se excusó Decazes.

—Comprendo perfectamente que no era el mejor momento para concentrarte en mi informe...

—Después he tenido ocasión de pensar mucho en todo lo que dijiste. Has hecho un gran trabajo, y es muy probable que la pista inglesa sea fiable. De hecho, es más que posible que el duque de Wellington pueda estar implicado.

—Se le acusa, sin embargo, de pasividad —observó Brivazac—. No se doblegó en su entrevista con *madame* Ney, no cedió a las presiones de sus propios correligionarios, y contestó la carta que le dirigió Ney durante el proceso afirmando a diestro y siniestro que la amnistía contemplada en el artículo 12 de la Convención de Saint-Cloud no obligaba al rey. Parece poco verosímil que...

—Wellesley es un viejo zorro —opuso Decazes—. Ni a su política exterior ni a sus intereses internos les viene bien la imagen de intervencionista en los asuntos de Francia. Pero hay algunos datos que no son de dominio público y pueden sustentar su papel en una operación clandestina. Se lavó las manos ante la mariscala y también lo hizo, según mis espías, ante lord Holland y lady Hutchinson, que imploraron gracia para Ney.

—¿Lady Hutchinson?

—La madre de un caballero inglés a quien conoces bien. —Sonrió Decazes.

Marcel de Brivazac trataba de ordenar sus ideas y evaluar en su justa medida la información. Decazes se levantó y sirvió dos vasos de málaga antes de continuar.

—Y hay más... La víspera del fusilamiento el duque pidió ver en privado al rey. Lo hizo poco antes de la recepción prevista para ese día. Por desgracia, no estaba solo. Tenía a su costado al conde de Artois. El rey nos había dado instrucciones para facilitar la fuga del mariscal hasta el último momento, pero ese necio no aprovechó ninguna de las oportunidades que le brindamos. Entonces ya era tarde. El rey podía afrontar una huida, una defección, pero no habría podido sostener el difícil equilibrio de su cetro ante su hermano y los ultras si la salvación de Ney era fruto de sus propias órdenes; así que tuvo que mostrarse firme e incluso insolente con Wellington, negando cualquier posibilidad de gracia. Llegó a darle la espalda y Wellington no se contuvo. Recuerdo sus palabras: «Olvida su majestad que yo comandaba el ejército que lo repuso en el trono. Nunca más me verá en su presencia.» Impropias de su flema, ¿verdad? Solo el conde de Artois, el rey y yo pudimos oírlas, por fortuna.

—¿Pero qué interés podría tener Wellington en salvar a Ney?

—Ninguno, aparentemente. No creo que lo hiciera por vengar el desplante de Luis XVIII. Wellesley es mejor estratega que todo eso. Pero es inglés.

—¿Qué quieres decir?

—Estos ingleses son tipos bien extraños. Tienen un sentido de la caballerosidad extravagante. Wellesley desprecia a sus propios soldados, los considera carne de cañón, una basura. Pero sabe admirar a un enemigo caballeroso, y no se ocultaba al contar que desde la guerra en España se consideraba en deuda con el mariscal Ney. Al parecer todo guarda relación con la suerte de un tal Charles Napier. Era un oficial inglés apresado durante la retirada por mar en La Coruña. Ney lo encontró medio agonizante en un hospital e hizo que lo curaran. Era alguien de importancia, al parecer, y un capitán inglés se entrevistó con Ney para conocer su estado. Le contó que la madre de Napier estaba muy envejecida y casi ciega, y suspiraba por ver a su hijo antes de morir. Ney lo liberó para que viera a su madre, bajo la palabra de honor de que regresaría como prisionero una vez cumplido el viaje. Napier regresó, pero para incorporarse al cuartel general británico. Ney se hizo popular en Inglaterra por su gesto; el propio Gobierno, avergonzado por la poca gallardía de Napier, liberó en contrapartida a un par de marinos franceses y al sobrino del propio mariscal. Dicen que fue el mismo Wellington quien exigió ese gesto, furioso por la conducta del influyente Napier.

—¿Y te parece suficiente motivo para una empresa tan complicada y absurda?

—Querido Marcel, conozco muy bien la rigidez de tus convicciones, pero la conciencia de un hombre es una sima insondable. Y cuando ese hombre tiene poder, no dudes de que su conciencia guiará sus más nimias decisiones.

—Parece que hablaras de ti...

—Siempre hablamos de nosotros.

—Bien, querido ministro. En todo caso, estarás de acuerdo conmigo en que es algo prematuro abandonar otras hipótesis. La conexión masónica sigue pareciéndome plausible.

—No son excluyentes, aunque Wellington no mantiene contactos con la masonería. Bonaparte tuvo que ser vencido con una alianza de extraños compañeros de filas. Tal vez para salvar a su mejor mariscal fuera preciso un contubernio de cierta magnitud. De todas formas, recuerda que únicamente me intereso por saber quién está implicado por razones políticas y no policiales. Necesito saber el porqué y para qué, y confío en que saber quién me inspirará...

Marcel sonrió y se levantó.

—Querido Élie, saldré para América en cuanto sea posible. Pero antes debo rendir una visita clandestina al añorado duque de Otranto.

—Recuerda que en modo alguno podrás utilizar en esa cita tus credenciales oficiales.

—No sé por qué tengo la sensación de que no voy a necesitarlas.

Decazes compartía la intuición. Sonrió, elevó su vaso de málaga, brindando por la suerte de Marcel, y lo apuró con un gesto de complacencia. Cuando Marcel de Brivazac desapareció, Élie Decazes se sorprendió de cómo se habían prendido en su mente los versos gratos de Malherbe: «*Arrière vaines chimères/ de haines et de rancoeurs;/ soupçons de choses amères,/ éloignez vous de nos coeurs.*»*

Marcel estaba de buen humor, como acostumbraba la víspera de un nuevo viaje. Deshizo el camino a lo largo del Quai Malaquais hacia el Pont Royal. Con la noche bien entrada, apreció la bajada de las temperaturas y no se extrañó al ver cómo algunos copos de nieve empezaban a caer. Las calles estaban desiertas, pero sintió los pasos de un hombre tras él. Detuvo su marcha en la confluencia de la Rue de Baune y reparó en que la persona que lo perseguía a cierta distancia se detenía también y trataba de ocultar su presencia arrimándose a las fachadas de las casas. Decidió variar el rumbo y se dirigió hacia el sur por la misma Rue de Baune, caminando con sigilo. No albergada dudas: lo seguían. Viró hacia la Rue du Bac y de nuevo orientó sus pasos hacia el norte. Su perseguidor también tomaba la dirección contraria. No cabían, pues, las casualidades. Marcel adoptó una determinación: sin inmutarse, comenzó a caminar a paso ligero y a atravesar el Sena

---

* «Atrás, vanas quimeras/ de odios y de rencores/ sospechas de amarguras/ alejaos de nuestros corazones.»

por el Pont Royal. En medio del puente la oscuridad era total. Miró hacia atrás y no pudo ver al insistente perseguidor. Con agilidad salvó el muro del puente y se aferró al pretil por la parte exterior. A los pocos segundos oyó unos pasos apresurados. Cuando tuvo la convicción de que había pasado de largo, volvió a encaramarse y entonces fue él el perseguidor. Casi al otro lado del puente, frente a las Tullerías, un hombre embozado en una capa estaba detenido y miraba a ambos lados, tratando de adivinar la dirección que Brivazac había tomado. Marcel ya podía verlo. En la ribera norte del Port des Tuileries los granaderos debían de hacer guardia ante el palacio. Marcel avivó el paso y avanzó a voz en grito.

—¡A mí, granaderos! ¡Detened a ese hombre!

El hombre se volvió hacia Brivazac y descubrió su delicada situación. Dos granaderos le hacían gestos mientras se dirigían precavidos hacia él. Brivazac recortaba la distancia por el lado opuesto. Tras un momento de duda, emprendió la carrera hacia Brivazac. A pocos pasos de él saltó sobre el pretil y se dejó caer a las aguas negras del Sena. Para cuando Brivazac y los granaderos se asomaron por el lugar de la caída, ya no cabía distinguir nada. Solo oyeron el discurrir de un caudal crecido y rápido como el que un día arrastró el cuerpo decapitado del barón de Brivazac.

Winterthur/Colmar, mayo-junio de 1799

Al general de división Ney no le agradó leer el despacho del general Masséna. No compartía la idea de que un comandante de la vanguardia careciera de línea de comunicación directa con el comandante en jefe, máxime si el eslabón superior era el incompetente Tharreau. Comunicó a Masséna sus reflexiones y se avino a ejecutar las órdenes recibidas hasta que llegara una respuesta. En su fuero interno renegaba del grado que le habían obligado a aceptar. Se sentía a su gusto recibiendo órdenes directas y claras que pudiera ejecutar con el mayor celo posible. Comandar una división era una responsabilidad que lo incomodaba. Carecía del poder de dominar toda la escena, y al mismo tiempo debía mover tropas numerosas y valorar situaciones complejas sin confiar en que sus superiores manejaran el mismo calibrador.

Se esperaba un ataque austriaco para la mañana siguiente. Al amanecer, Ney decidió desplegar la caballería de Walther hacia Frauenfeld, mientras reconocía el terreno un par de leguas al norte de Winterthur al mando de poco más de tres mil infantes. Las colinas boscosas impedían una visión del campo al frente, de forma que apostó en los terrenos más altos de su flanco izquierdo a dos batallones al mando de Roget, con el fin de cubrir el avance de los cuatro batallones de Gazan a través de la depresión. Ignoraba que lo esperaban quince mil austriacos, que pronto aparecieron ante la infantería francesa entre las masas arboladas que coronaban el valle. Las descargas de mosquetería del flanco de Frauenfeld anunciaban la retirada de la caballería de Walther y el fuego en el flanco izquierdo atestiguaba que Roget también estaba siendo atacado. El grueso de las fuerzas austriacas avanzaba de frente. Ney comprendió que estaba en franca inferioridad, y los refuerzos prometidos por Tharreau no llegaban. No cabía otra alternativa que la retirada.

Ordenó el repliegue hacia Winterthur sin dejar de mantener una enconada lucha, confiando en que tarde o temprano, a izquierdas o a derechas, pudiera aparecer alguna ayuda francesa. Ney se movía de un lado a otro, dando órdenes firmes con su voz serena y segura, que atravesaba el fragor de la batalla. La retirada se efectuaba sin titubeos, alternando los destacamentos por turnos regulares sin perder en ningún momento la cara al enemigo, hostigándolo con descargas de mosquetería efectivas, y llegado el caso a golpe de bayoneta en combate cuerpo a cuerpo.

A las puertas de Winterthur sus fuerzas opusieron una última resistencia. Ney cabalgaba a lo largo de los flancos de sus batallones: impartía órdenes, daba ánimos, se exponía con desprecio a las incesantes ráfagas de mosquetería. Sus soldados conocían bien el aplomo con el que «el león rojo» maniobraba, y confiaban tanto en su valor al arrostrar los peligros como en su buen juicio táctico. Una descarga cerrada abatió al comandante y a su cabalgadura. El caballo había muerto y Ney se irguió con dificultad. Había sido alcanzado por una bala en una rodilla. Con tranquilidad dio la orden a Gazan para que dirigiera la retirada hacia Winterthur, cruzó el Töss, hizo vendar su herida y envió a buscar otro caballo. Tardó pocos minutos en regresar a la primera línea de combate y asumir de nuevo el mando. Los franceses defendieron durante hora y media la línea defensiva que proporcionaba el cauce del río, pero las fuerzas enemigas eran tan superiores que resultaba imposible abarcar todo el curso y acabaron vadeándolo. Ney ordenó la retirada hacia un bosque de pinos que dominaba las alturas, al sur del río, y siguió defendiéndose del ataque, hasta que nuevamente su caballo fue abatido. Había sido herido en un pie por una bayoneta y su mano izquierda estaba inutilizada por un balazo. Incapaz de proseguir la lucha, cedió el mando a Gazan. Poco después los austriacos se contentaban con ocupar Winterthur, y Gazan y Roget se retiraban, bajo la cobertura de Walther, hacia el Limmat.

Sus heridas no impidieron al general de división escribir un informe dirigido a Masséna, lamentándose de sus ochocientas bajas y cien prisioneros, y despotricando contra Tharreau por incitarlo al combate sin brindarle ningún apoyo. Pidió permiso para recuperarse de sus heridas en Colmar junto a Lorcet, su oficial del Estado Mayor, herido de bala en una costilla. El tono de su misiva ocultaba con dificultad su desazón por haber perdido su primera batalla como general de división. Ignoraba que durante aquella jornada había puesto en práctica una forma de combatir que, por definición, se le antojaba impropia y que, con el tiempo, ejecutaría con mayor maestría que ningún otro guerrero conocido. Cada hora de su vida se había desvelado con poco éxito en el afán por conocerse a sí mismo; la mirada inquisitiva del padre Frank se le aparecía en sueños, reiterándole aquel mandato que ignoraba inspirado en una pared del templo de Delfos. Temía que a cada grado que ganaba, la lejanía de semejante saber era mayor y el espejo le reflejaba una imagen impuesta. Miró su maltrecha mano izquierda y comprendió que en cualquier espejo siempre sería la derecha; le alivió comprender que podría seguir blandiendo el sable con la misma fuerza, aunque fuera con la mano izquierda que reflejaba un cristal tintado con plata.

Michel gustaba de pasear a la orilla del Lauch a su paso por La Petite Venice, tratando de que el ejercicio desentumeciera poco a poco su rodilla. La herida había cicatrizado, pero la flexión resultaba aún dolorosa e imaginaba que cabalgar tampoco sería fácil. Colmar era una ciudad agradable durante la primavera. Los macizos de flores adornaban las balconadas de las casas que tan familiares le resultaban. Gustaba de sentarse a mediodía en alguna taberna de la Rue des Marchands; almorzaba con apetito, trasegando generosas cantidades de vino alsaciano, que acaso había sido envejecido en los toneles que su padre había fabricado durante muchos años en Sarrelouis. Le agradaba el efecto narcótico del caldo: apuraba no menos de dos botellas, mientras departía con sus camaradas. Parecía casi inverosímil que las noticias que recibían de un frente no muy lejano fueran tan poco estimulantes. Masséna había perdido la primera batalla de Zúrich y hubo de retroceder hasta el Rin, apostándose en Basilea.

Aquella tarde tibia del mes de junio regresó más tarde de lo acostumbrado a su residencia en el viejo edificio del cuerpo de guardia. Desde la ventana de su estancia podía apreciar la belleza austera de la colegiata de San Martín, rebautizada ridículamente por la Revolución como la catedral Constitucional del Alto-Rin. Sobre su escritorio, como de costumbre, su asistente había depositado el correo del día: un sobre sencillo y un enigmático paquete envuelto en papel vulgar. Ney sintió curiosidad y abrió el paquete. En su interior halló una flauta travesera con signos evidentes en su embocadura y en su cuerpo de haber sido utilizada durante muchos años. La puso en sus labios y emitió torpemente algunas notas estridentes y tristes. Reparó entonces en que una carta de su padre acompañaba al instrumento. La abrió y leyó:

Querido hijo:
¿Te acuerdas del padre Folbish, el flautista? Lo enterramos la semana pasada. Me dio la flauta para ti. Decía que tú sabías tocarla. «Para mi gran Michel —decía—: él la reconocerá.» ¡Pobre viejo Folbish! Tenía razón, sin embargo. Cuando te bautizamos, él la puso en tus labios y tú soplaste. Cuando oyó el par de sonidos que conseguiste

arrancar a aquel juguete, dijo que era claramente el compás de una marcha militar. Y, ¡qué diablos!, no se equivocó...

Michel acabó de leer la carta de su padre, donde le hablaba de las preocupaciones domésticas y le daba noticias insustanciales de Marguerite, de vecinos y amistades. Retomó la flauta y trató sin éxito de obtener una nota más sonora y entera. La dejó sobre el escritorio y abrió maquinalmente el pequeño sobre que casi había olvidado. Bastaron unas pocas líneas para que palideciera y las lágrimas inundaran sus ojos. Se le participaba con toda la prosopopeya que bien conocía la muerte de su hermano Jean Baptiste en Italia, durante la batalla del Trebia. No había tenido contacto con él en los últimos años o lo había evitado. Lo azaraba presentarse ante su hermano mayor como un brillante general de división, cuando él apenas había alcanzado el grado de teniente tras servir más años en el Ejército. Tal vez fuera un desconocido, pero Michel recordó únicamente a aquel niño un poco mayor que él que lo hacía rabiar a menudo y al tiempo lo protegía si era menester. Rememoró sus juegos comunes, cómo recreaban batallas imaginarias a lomos de los elefantes de Aníbal, al mando de hoplitas macedonios, defendiendo las Termópilas del avance de los persas, y descreyó por un momento de las traiciones que esconde el afán de gloria. Había visto muchas muertes anónimas y terribles para ignorar cómo habrían sido las últimas horas de su hermano. Años de sacrificio y desvelos, de marchas agotadoras, temores incontenibles, esfuerzos sobrehumanos, para terminar ensartado en el filo de una bayoneta, observando incrédulo su propio vómito de sangre; o, en el mejor de los casos, con los sesos esparcidos por la metralla de una granada, ante la mirada impávida de camaradas y enemigos; tal vez fuera en las primeras escaramuzas de una batalla, olvidado su cuerpo en retaguardia, mientras los cuervos vaciaban las cuencas de sus ojos; quizás en un mal paso, cuando la orden de retirada ya había sido ordenada y cualquier resistencia era vana; acaso desangrado poco a poco, con un miembro amputado irremisiblemente, en tanto el corazón bombea nuestra vida fuera de nosotros mismos a un ritmo que la angustia acelera, como si se compadeciera de nuestra agonía. Demasiadas formas de morir para una única vida frágil y atada a los caprichos del azar; morir tan absurdamente como no es posible vivir: sin motivo, sin razón, sin gloria alguna.

Tragó saliva, procuró representar en su mente la mirada atenta de Jean Baptiste cuando escuchaba las historias de Pierre Ney a la luz de la lumbre, apoyó de nuevo los labios en su flauta, presionó los dedos en los agujeros, y emitió un sonido triste y continuo, dos notas limpias como el agua bendita del padre Folbish deslizándose tiernamente sobre su nuca; y cada una de ellas procuró el trazo de dos últimas lágrimas, que arrasaron sus mejillas erosionadas por diminutas picaduras y quemaduras de pólvora negra como la muerte, como los cuervos, como el olvido.

Linz, jueves 4 de febrero de 1819

El lujo de la mansión del duque de Otranto contrastaba con el provincianismo triste de Linz. En su fastuoso salón, la figura de Fouché parecía aún más empequeñecida, en tanto que la condesa radiaba su extraordinaria belleza con el mismo brillo que toda la sociedad había admirado en el baile una semana antes. De nada le valía al antaño todopoderoso ministro de Policía de Bonaparte y de Luis XVIII haber abandonado Praga con el objeto de alejar a su esposa de su amante Thibaudeau, y a él mismo del tormento de las burlas satíricas de los periódicos realistas. Marcel había llegado a sentir lástima del viejo regicida, contemplando cómo su joven esposa coqueteaba sin recato con cualquier apuesto oficial austriaco y aceptaba complacida todas las invitaciones a la danza, mientras él permanecía sentado junto a la chimenea, embebido en su soledad y enfundado en su sempiterno frac azul y sus pantalones blancos, desluciendo con su facha la Gran Cruz de Leopoldo. Su vientre hinchado por la hidropesía amenazaba con hacer saltar sus botones de oro, y las medias blancas realzaban la inverosímil fragilidad de sus canillas. No le fue difícil a Marcel entablar conversación con aquel hombre de rostro grisáceo y repulsivo. Se presentó con sus credenciales falsas de bonapartista emigrado y abnegado masón. Fouché apenas prestó atención al nombre falso con que Marcel se dio a conocer. Hubiera entrado gustoso en conversación con cualquier empleado. Hacía tiempo que nadie se interesaba por él, con excepción de los comerciantes de Linz, poco acostumbrados a clientes millonarios y a duquesas pródigas y munificentes. No le fue difícil, pues, ser invitado a la casa alquilada en la Domgasse para disfrutar de una cena en familia.

Marcel se sentaba al lado de la hija de Fouché, casi de la misma edad que su madrastra. Contrastaba la fealdad de la primera con la belleza de la segunda; Marcel pensó que la animadversión entre ambas mujeres era demasiado evidente para intentar ocultarla. La duquesa, nacida condesa Castellane, se quejaba de la aburrida vida de Linz y se mostraba aliviada por el permiso dado por Metternich para que por fin pudieran establecerse en Trieste. Estaba ansiosa por abandonar esa ciudad de burgueses, campesinos, barqueros y artesanos, a la que daba poco lustre un puñado de viejos aristócratas rancios, que apenas se distinguían en sus modales. No concebía cómo podían vivir en una ciudad sin ópera, sin teatros, sin una biblioteca ni siquiera.

Marcel se preguntó cuándo sería la última vez que la duquesa había leído un libro, mientras ella lo miraba a los ojos con aire complacido y procuraba atraer su atención hacia sus senos de cánones griegos, valiéndose por igual de su verborrea y de sus manos al deslizarse sobre sus perlas. Marcel fingía no caer en el ardid y se esforzaba por no apartar su mirada del rostro de la duquesa. Las perlas le habían recordado a Martine de Claris, y lamentó no poder amarla aquella noche.

La duquesa seguía perorando, apenas replicada por la hija de Fouché, que con cinismo manifiesto expresaba la idea de que Linz no debía de ser tan desagradable para una aristócrata como la duquesa, acostumbrada a la idílica tranquilidad de las provincias. Era fácil leer entre líneas su desprecio por ese matrimonio concertado ante la bendición del propio rey y fundado en las expectativas de una condesa venida a menos, que había vendido su belleza por el oro falso de las riquezas y el poder de su marido, trágicamente convertido a las pocas semanas en un exiliado y en el hombre más odiado de Francia. Poco habían durado las fiestas en la corte y en el *faubourg* Saint-Germain; escaso fue el goce de tomar posesión efímera de un castillo, fincas y palacios de cuentos de hadas. Y se vengaba ahora gastando a manos llenas su patrimonio infinito y abriendo su alcoba a capricho. Marcel se compadecía de la impotencia de Fouché y lo imaginaba expatriado asimismo del lecho nupcial por aquella mujer, cuya hermosura debía de provocarle deseos naturales y una rabia indecible por no poder poseerla como por ley le correspondía. La naturaleza, sin embargo, impone sus más perentorias leyes, pensaba Marcel, y resultaba difícil imaginarse la armonía de dos cuerpos tan lejanos como las almas que albergaban.

Marcel temió que la sobremesa no fuese a terminar nunca; respiró aliviado cuando su anfitrión lo invitó a una partida de ajedrez. Ambos se trasladaron a la biblioteca después de despedirse de las damas y desearles plácidos sueños. Fouché dejó a su invitado el honor de comenzar el juego con fichas blancas de sedoso marfil, sobre un extraordinario tablero de maderas nobles repujadas en oro y piedras preciosas. El duque de Otranto se vanagloriaba de haber jugado en el Café de la Régence con Philidor y se jactaba de haber ganado siempre al emperador, que tenía fama de hábil jugador, pero Marcel se percató pronto de que era un ajedrecista mediocre. Mientras la partida avanzaba, Fouché enlazó las habilidades ajedrecistas de Bonaparte con picantes anécdotas de su último gobierno, y Marcel se mostraba complacido con sus relatos. El duque se mostraba locuaz con aquel atento visitante que lo rescataba del ostracismo, y por momentos su rostro cobraba color y se encendía al narrar sus funambulismos políticos entre revolucionarios, bonapartistas y realistas. Marcel trataba de atraerlo hacia los acontecimientos de los primeros días de la Restauración, y dudaba de si dejar al duque avanzar en su ataque decidido sobre su reina o darle el golpe de gracia con sus caballos y su alfil, cuya ubicación habría aplaudido el propio Kermur Sire de Légal. Pensó que ganar la partida podría incomodar al duque, pero era más probable que su enfermizo afán de predominio lo impeliera a reivindicar la revancha y que se sintiera más confiado ante un hombre que no teme ofender a su anfitrión, y vence con franqueza y sin dobleces.

Por fin pudo Marcel introducir en la conversación la lista de proscritos, aludiendo a ella con aparente desinterés y sin acritud. Fouché se figuraba que su agradable visitante era un emigrado bonapartista, de forma que trató el espinoso asunto con sincero realismo. Adujo que había tratado de evitarlo, ofreciendo al rey una lista con centenares de nombres, a sabiendas de que el monarca únicamente buscaba unas decenas de víctimas para aplacar a los ultrarrealistas. Por desgracia, el ladino Talleyrand se olió la jugada y se prestó a ir tachando uno tras otro los nombres, hasta dejar reducida la fatídica lista a una treintena. Por supuesto, su bastardo, Charles de Flahaut, había sido el primero en ser borrado. El duque de Otranto se lamentaba de aquella ordenanza del 24 de julio ante Brivazac, aunque confesaba que alguno de los nombres, como el de Carnot, no le inspiraban ninguna piedad. «Me escribió airado el muy estúpido —decía—, preguntándome adónde se iría ahora. "¡Donde tú quieras, imbécil!", le contesté». Y dejó escapar una carcajada mientras Marcel, sonriente, lo prevenía: «¡Jaque mate, duque!»

El instinto dormido del hábil sabueso se había despertado: Fouché decidió prestar más atención a su invitado, antes de ofrecerle una nueva partida. Le sirvió un vaso de licor y fingió cambiar de asunto. Brivazac mordió el anzuelo y forzó la vuelta al tema de los proscritos, aceptando que, finalmente, el rey se había mostrado magnánimo, pues muy pocos de los que figuraban en la lista pagaron con su vida.

—Claro que algunos eran ilustres —apostilló—. Como el mariscal Ney...

—¡Oh, sí, Ney! Fue una lástima. Vino a verme después del desastre de Waterloo y me hizo un relato muy jugoso de la batalla. Tenía una aguda percepción de sus consecuencias. Le facilité un pasaporte falso a nombre de Michel Theodore Neubourg y le aconsejé que huyera a América, pero era un hombre de principios, tal vez volubles, pero de principios al fin y al cabo. Algunos dirían que un imbécil...

—Un imbécil ilustre, en todo caso —opuso Marcel.

—No es mi criterio. Era un buen soldado, sin más, pero ni se preocupaba ni se movía bien en política. El caso es que ni él ni La Bédoyère se prestaron a mis planes de fuga. Aún recuerdo el escalofrío que me recorrió cuando el prefecto Decazes, que mal rayo le parta al muy traidor, se presentó en mi propia casa a una recepción a la que no estaba precisamente invitado. Celebraba mi segundo matrimonio y vino a advertirme de que La Bédoyère había sido detenido. No daba crédito... Intenté maniobrar pidiéndole a Jay que publicara en *L'Indépendant* un artículo favorable a la amnistía, pero solo conseguí que cerraran el periódico. Por entonces, Decazes ya había conseguido desacreditarme ante el rey, embobado con su dulzona prosopopeya... Llegó a ingeniar un intento de fuga solo para desbaratarlo y hacer aparecer dos pasaportes en blanco firmados por mí, con el único objeto de darme el golpe de gracia. Un joven tan listo como falso ese Decazes... ¿Lo conocéis?

—No tengo el gusto —repuso Brivazac con aplomo.

—¡Mejor para vos! El caso de Ney fue aún peor. Su muerte no interesaba a nadie. El rey era el primero que aplaudía mi política de fuga, pero el conde de Artois y la estirada duquesa de Angulema, apoyados por ese cafre del duque de Berry y por todos los ultrarrealistas, le ataron las manos... La duquesa nunca me perdonó que votara por la muerte de su padre... «Muerte», una palabra de cuya pronunciación nunca me arrepentiré bastante...

—¿Por qué la pronunciasteis, entonces?

Marcel de Brivazac, en contra de su costumbre, se había dejado llevar por su interés personal y se arriesgaba a perder la información que buscaba tras un largo e incómodo viaje. Pero la tentación de interrogar a alguien que podría haber asesinado a su padre con la misma frivolidad con que se emiten dos sílabas resultaba insuperable.

—Querido amigo... —prosiguió Fouché tras una breve reflexión—, cuando uno es joven y pobre, como era mi caso, se lucha primero por la supervivencia; luego, tal vez por las ideas. Ambas cosas nos convierten en rebeldes. Pero no importa: al final todos acabamos luchando por la influencia y en último término por el poder. Es un instinto natural que no cabe contrarrestar. Y no creáis que, alcanzado, el poder sirve a las ideas. No os engañéis, buen amigo. El poder ya solo sirve entonces al poder. Si un hombre os confiesa tener ideas, desconfiad de él. Únicamente ambiciona el poder. Y acaso sea el poder la única idea digna de un hombre...

—Pero no habéis contestado a mi pregunta...

—Claro que sí, pero sois demasiado ingenuo para daros cuenta. Creo que es el momento de que me concedáis una revancha en el tablero de juego.

Marcel de Brivazac asintió y Fouché se dispuso con más entusiasmo a la nueva partida. Cuando las piezas estaban colocadas, correspondiendo las negras a Marcel, su oponente se repantigó en su silla y miró fijamente a Marcel.

—Querido señor de Vivier: el ajedrez es un juego de niños que ejecutáis con maestría, pero no es propio de hombres. Es un combate imaginario y falso, donde las piezas de un bando se mueven al unísono para batir a las piezas de otro bando. Y creedme, puedo aseguraros que semejante planteamiento poco tiene que ver con la vida.

—No entiendo, duque —repuso con sinceridad Marcel de Brivazac, aún aturdido por el asomo de ironía con que Fouché había pronunciado su nombre falso.

—En la vida real los ministros de Policía nos ocupamos de infiltrar en las filas enemigas a algunos espías e intrusos, de forma que la unidad de sus huestes queda viciada.

—¿Y entonces?

—Jugaremos al ajedrez de la vida esta vez. Debéis elegir entre mis fichas blancas un peón y cualquier otra que no sean los reyes. Yo haré lo mismo con las negras. Entonces podremos en cada turno optar por mover nuestras piezas o la que hayamos infiltrado en el enemigo.

Fouché parecía haber rejuvenecido. Sus ademanes eran más decididos y se expresaba con ardor. Puso su mano en el peón de la reina y comenzó el juego.

—Siento debilidad por los alfiles —confesó el duque, desvelando al primero de sus intrusos al cabo de pocos minutos—. Amo su movimiento diagonal, siempre fiel a sus colores, sin pisar suelo de otros tonos, trazando hermosos triángulos imaginarios, rompiendo líneas... Tal vez es la pieza más masónica del tablero, ¿no creéis?

Marcel trataba de contrarrestar sus movimientos, pero la variante propuesta había trocado el pasatiempo en una batalla bien diferente. No acertaba a coordinar la táctica habitual con los movimientos de sus figuras-espía, mientras Fouché combinaba las jugadas con una audacia mortífera.

—Con todo —proseguía Fouché sin dejar de devorar las piezas de su adversario—, el alfil no deja de ser un siervo, un capitán, siempre al servicio de un rey, aunque sea un torpe monarca, con sus pasitos cortos de entendederas, casi inválido, sin aliento. La reina puede mucho más, y así se entiende con sus alfiles; puede alejarse del rey a paso rápido y reunirse en un beso con cualquier alfil, en suelo blanco o negro. Es una puta infiel que camina en todas las direcciones sin freno, ¿no os parece?... ¡Oh, habéis perdido ese caballo! Es un ser irracional, como su movimiento, el único que no es lineal, pero acaso más inteligente que el de la torre de piedra que habéis elegido en la creencia del poder aparente de su recto movimiento; aunque no veo que os ayude mucho. En cambio, me interesan los pequeños pasos de esos peones que se aprietan en sus filas como los soldados de infantería. En su acción colectiva está su fuerza, así que emplead a vuestro espía para tratar de desbaratar mis filas, querido amigo... Lo hacéis francamente mal y pecáis de confiado, aunque ya os veo consciente de vuestro propio desconcierto.

Marcel tenía la convicción de que el duque jugaba con él como el gato con el ratón. Hacía tiempo que su partida habría podido finalizar con una humillación, pero agotaba el juego para acreditar su dominio. La representación le devolvía el poder perdido y Marcel apreciaba esa lección tan simple. En el mero juego del poder está la recompensa. No hay ideas ni ideales que valgan, sino vencer, engañar, sobrevivir a las fuerzas crueles que cruzan el tablero en todas las direcciones en una realidad voluble y cambiante. Tan pronto te sientes vencedor como vencido; un cambio del viento altera tus planes y debes emprender la retirada; atacas con convicción y dejas tu flanco al descubierto sin saberlo... Y las piezas van cayendo y debes vencer, porque en la supervivencia no está la esperanza, sino el placer, el mandato que el ser humano esconde bajo su apariencia sofisticada para no ser comparado con cualquier fiera o ser vivo, que sigue con más derechura las órdenes de su instinto sin otra idea que predominar, vencer, perpetuarse, sobrevivir... Tamaña lección entrañaba el singular entretenimiento de Fouché, y Marcel no ocultó por más tiempo su claudicación.

—Os habéis dado jaque mate vos mismo, con un poco de mi ayuda. Vuestros espías os han traicionado —concluyó el duque de Otranto—. Si venís a verme más veces, temo que podáis emularme... Pero algo me dice que no volveréis.

Fouché hizo caer al rey enemigo con un gesto de estoica resignación. Levantó la mirada y por primera vez desde que la partida había empezado clavó sus ojos en su invitado, que a su vez lo observaba serenamente, reconociendo su derrota.

—¿Quién sois en verdad, señor, y por qué buscáis al mariscal Ney?

—No puedo deciros quién soy, sire. Pero es cierto: busco a Ney.

—¿Y por qué no empezasteis por ahí, señor... digamos: de Vivier?

Fouché no esperó la respuesta. Se levantó de su silla, ofreció un vaso de licor a su huésped y se sirvió otro. Permaneció de pie frente a Marcel, calibrando sus palabras. Marcel abandonó cualquier impostura y se atuvo serenamente a la reacción de aquel viejo, sin duda extraordinario.

—Lo buscáis porque sospecháis o sabéis que vive —prosiguió Fouché como si hablara para sí—. Y eso quiere decir que es posible que huyera de algún modo, a pesar de la apariencia de haber sido fusilado... Por desgracia para vos, querido amigo, las posibilidades son variadas. Podéis descartar al conde de Artois y a los ultrarrealistas. Ellos fueron quienes forzaron su condena y clamaban venganza. También al duque Decazes; lo quiso muerto con la única idea de defenestrarme y ocupar mi puesto, y a fe que lo consiguió. El rey está fuera de sospecha igualmente: su intención era ahorrar su ajusticiamiento para no irritar a una parte de la opinión pública, pero una vez que se llegó a la pantomima del fusilamiento no podía obtener ningún beneficio de su huida ante esa misma opinión pública. Es sencillo, pues...

—¿Sencillo? —Se sorprendió Brivazac sinceramente.

—Claro, mi buen amigo. Alguien lo salvó porque le convenía en una estrategia contra el rey o, muerto este, contra su sucesor: el conde de Artois, o el duque de Berry... Podrían ser bonapartistas, partidarios del duque de Orleans, Bernadotte... ¡quién sabe!

—¿Podría estar alguna logia detrás de su fuga?

—Querido amigo, sois más inocente de lo que creía. Ney era masón, por supuesto, de las logias de Saint Jean de Jérusalem, Las Nueve Hermanas y La Candeur. Cuentan que en La Coruña salvó la vida de un oficial español que hizo el gesto de la fraternidad. Como siempre, el mariscal se tomaba muy a pecho sus convicciones. Sus abogados Dupin y Berryer son masones, el uno de la logia Salomon y el otro de Les Trinosophes. Bernadotte es el gran maestre de la francmasonería sueca, como lo fue José Bonaparte del Gran Oriente en Francia, al que yo pertenezco posiblemente, aunque recuerdo haber aprobado el cierre de todas las logias durante el Terror. Decazes ocupa un rango preeminente en el Consejo Supremo de Francia. El rey, Monsieur, Luis Felipe, Talleyrand, Wellington, todos pertenecen a alguna logia. En la mayoría de los casos son meros clubes misóginos, más bien inocuos y aburridos, pero es cierto que algunos siempre han sido caldo de cultivo para conspiraciones y tramas. Sirven de excusa para organizaciones de otra índole, cuyos únicos credos son el poder y la preponderancia. De hecho, querido amigo, ellos se sirven de los reyes y gobernantes para sus fines, y no a la inversa. Solo el emperador supo manejar a las logias para sus propias ambiciones y las de su familia...

—Señor duque, ¿qué le dice «L'Ancienne Fraternité»...?

—¡Ah, mi querido amigo, esto es más serio de lo que parece!

Los ojos cansados y ojerosos de Fouché adquirieron un brillo inusitado. Se sentó muy cerca de Brivazac.

—Si tenéis pistas de que L'Ancienne Fraternité está de por medio, el juego es entonces más ambicioso. Hablamos de alianzas diplomáticas, de vínculos que superan a las naciones y a los partidos de Francia, querido amigo. Hablamos del verdadero juego del poder y, desde luego, de Inglaterra. La Revolución tuvo mucho que ver con nuestra enemistad con Inglaterra y con esa guerra en América que nos arruinó. Los ingleses no hicieron mucho por salvar a Luis XVI. Francia ha sido siempre su enemiga acérrima... y Bonaparte odia a los ingleses. Ellos nos odian a nosotros y apoyan a Luis XVIII, porque su moderación y debilidad les conviene, no lo dudéis. Pero temen el porvenir, y sobre todo al conde de Artois y al duque de Berry. Si fuera por ellos, Francia estaría reinada por el duque de Orleans, un cachorro liberal amamantado por ellos. Están jugando la partida del futuro, no lo dudéis... Y en ese juego hay otros antiguos francmasones reconvertidos. Salvar al mariscal Ney sería una buena jugarreta y desde luego provocaría la ira de los *chevaliers de la foi*... Artois los llama su «congregación». Algunos de ellos fueron miembros de la logia de La Parfaite Estime, como Ferdinand de Bertier. Luego, no es descabellado que la fuga del mariscal responda a una lucha de congregaciones rivales, sin duda poderosas y con múltiples tentáculos, pero no acabo de ver a qué os lleva todo eso.

—Imaginaos que quiero encontrar a Ney y saber para qué fue rescatado de la muerte.

—¡Oh, querido amigo! ¡Ambición, por amor de Dios! Debéis de querer saberlo todo. ¿Quién es Ney? ¡Es un alfil! Un buen alfil, no cabe duda: un guerrero irreemplazable. Bonaparte lo sabía y se tragaba todos los sapos por tenerlo junto a él en la batalla. Cualquiera querría tener en su lado del tablero a ese alfil, a quienes los peones siguen con fe ciega, que penetra en el bando enemigo sin reparar en riesgos. Pero despejad vuestra mente: ¿quién inicia una partida para atrapar y comerse a un alfil? No es una pieza definitiva para la victoria, puede ser sacrificada llegado el caso. No es Bernadotte, ni Bonaparte, ni el rey. Solo es un capitán, querido amigo. El jaque siempre requiere hallar la posición del rey. Buscad al rey, no al alfil, o buscad a este para que os conduzca hasta el rey.

—Creo, duque, que me he perdido, como en la última partida, pero debo agradeceros vuestras lecciones —observó Marcel de Brivazac, mientras se levantaba de su sillón—. No había tenido el placer de conoceros y veo que no os juzgué convenientemente. Os reconozco como un maestro, sire, y no olvidaré los frutos de este viaje que se me antojaba demasiado largo y tedioso. Vine a esta casa como un impostor, tratando mediante ardides de obtener información de vos. Mi soberbia me traicionó. No calibré debidamente a quién había de enfrentarme y os pido disculpas con la misma efusión con que os prodigo mis agradecimientos.

José Fouché siempre valoraba la sinceridad en el reconocimiento. Brivazac, en sus manos, habría sido un pupilo aventajado. Ambos hombres se estrecharon la mano.

—Ya es madrugada, señor duque, y he abusado en exceso de vos. Antes de despedirme me gustaría haceros dos preguntas para calmar mi ansiosa curiosidad.

—Por favor —le invitó Fouché mientras tiraba del llamador.

—¿Por qué me habéis ayudado, a pesar de mi impostura?

—Porque me habéis entretenido, querido amigo, y no hay nada que me reconforte más en la soledad en que me hallo. Además, a estas alturas no tengo ya nada que ganar ni que perder y experimento una agradable sensación diciendo la verdad. Y, por si fuera poco, tengo la corazonada de que ayudándoos conseguiré que, sin imaginarlo, vos me prestéis a mí un gran servicio, saldando algunas de mis cuentas pendientes.

—Por último, duque, ¿me dejasteis ganar la primera partida?

—¡Oh, por supuesto! Es de buen anfitrión procurar la confianza y el bienestar de nuestros huéspedes; y, sobre todo, lo relevante es ganar una única partida: la última, mi querido barón de Brivazac. ¿No es cierto?

—Es cierto. —Sonrió desarmado el barón.

—Disculpadme si no os acompaño hasta la puerta —se excusó Fouché, al tiempo que un lacayo entraba en la estancia—. Me retiraré a descansar tras esta divertida velada. Os acompañarán. Adiós, barón.

—Adiós, duque.

El lacayo precedía a Brivazac. Habían comenzado a bajar la escalera cuando el sirviente se detuvo y en voz muy baja se dirigió al huésped:

—Señor, he de daros un mensaje confidencial.

—Dádmelo, pues —repuso Marcel extendiendo la mano.

—Me temo que no es un mensaje escrito, señor.

—Bien: hablad.

—La duquesa, mi señora, me ordena deciros que, dado que durante la cena no tuvisteis ocasión de peritar de manera adecuada el valor de sus perlas, estaría muy dispuesta a recibiros en sus aposentos para que pudierais evaluarlas convenientemente.

Marcel sonrió. Miró estupefacto al lacayo y trató de recordar si alguna vez en su vida había sido invitado a una velada tan sorprendente y extravagante.

—Te felicito muy sinceramente —contestó—. Eres un servidor de envidiable memoria, pues el mensaje no parece sencillo de recordar. Lástima que tu inteligencia no vaya acompañada de la prudencia, ni de la fidelidad que debes a quien paga tu sustento.

Pese a la débil luz del candelabro que portaba el lacayo, Brivazac pudo apreciar cómo palidecía; apostó a que no estaba acostumbrado a que los destinatarios de mensajes tan jugosos lo pusieran en aprieto alguno. Al contrario, debía de estar habituado a sustanciosas recompensas por la discreción con que llevaba a cabo misiones tan comprometidas.

—No te inquietes. No te delataré, e incluso te recompensaré, a condición de que lleves mi respuesta a la duquesa... Aquí tienes un luis de oro para ti y este otro se lo darás a la duquesa. Dile que tengo excesiva prisa para gozar de su compañía, pero que dejo pagados sus servicios para la próxima ocasión.

—¡Señor...! —se escandalizó el lacayo.

—Si no lo haces, yo mismo lo haré, y aprovecharé para poner en antecedentes al duque de tu conducta...

El hombre asintió aterrado y Brivazac lo tranquilizó con un par de palmaditas sobre los hombros. Bajó la escalera sin esperar a que lo iluminara el candelabro del asustado mensajero, abrió la puerta y salió a la calle. El frío de la madrugada lo reconfortó y echó de menos las manos cálidas de Martine de Claris deslizándose por su espalda mientras la amaba.

París, primavera-verano de 1802

Michel Ney acudía con puntualidad a la cita en la Rue de Babylone. Hacía años que deseaba poner rostro a aquella mujer que lo asediaba con cartas apasionadas, escritas en una prosa romántica que jamás sabría cómo corresponder. Su afición le había costado a Ida Saint-Elme la separación del general Moreau, que durante años la había mantenido con reverencia, habilitándola a utilizar el título de «*madame* Moreau», hasta que por error le envió una de las explícitas misivas dirigidas a Ney. Michel experimentaba más curiosidad e intriga que pasión por aquella actriz aventurera, siempre envuelta en un halo de misterio. No pudo evitar recordar a su primera amante más o menos seria, una muchacha bávara que había conocido en Frankenthal, y con quien disfrutó durante unos meses deliciosos en su nueva posesión de La Petite Malgrange, donde Pierre Ney se había retirado tolerando a regañadientes a la «*petite femme*». Se había prometido ahora a Aglaé Louise Auguié y estaba dispuesto a serle fiel una vez que formulara su compromiso ante Dios. Estimó, pues, que si el azar le deparaba una aventura con la señora Saint-Elme, aquel era el único momento propicio.

No hubo azaramiento en su primer encuentro. Ida le mostró con naturalidad su encantadora residencia y la conversación pronto se tornó fluida y franca. Al cabo de una hora, Michel Ney relataba a Ida Saint-Elme cómo había conocido a su prometida. Era una buena amiga de Hortènse, la hija de Josefina de Beauharnais. Ambas habían convencido a Bonaparte de que Aglaé podía ser un excelente partido para el general Ney; de todos era sabida la afición de Napoleón por casar a sus generales conforme a una política matrimonial de dudosa motivación. Algunos sospechaban que Josefina procuraba recrear una suerte de nobleza del nuevo régimen; otros atribuían a Bonaparte la creencia de que un general con familia asumía necesidades y gastos que únicamente las campañas podían atender.

Ida Saint-Elme acogía con naturalidad y comprensión las confidencias de Michel Ney. No era el matrimonio lo que ella ansiaba. Era una mujer libre, diva frustrada, de cuyo origen todos dudaban, salvo ella. Sobrevivía con dignidad gracias a sus propios recursos, viajaba incansablemente y amaba a los hombres que ella escogía, siempre deslumbrada por la virilidad del poder y del mando. Sentía predilección por los caballeros de uniforme, y no pocas veces se disfrazaba como un varón para recorrer las líneas de los frentes y observar al objeto de su adoración con sus propios ojos, en pleno combate. Ya había perseguido a Ney en sus maniobras y, ante su sorpresa, le confesó su admiración por la hazaña de Mannheim. Tres años antes, Ney se había disfrazado de paisano para entrar en la ciudad que ocupaban las tropas del elector del Palatinado. Valiéndose de su lengua paterna, logró pasar desapercibido, y evaluar las defensas y las fuerzas que defendían la plaza. Regresó a su campamento y al día siguiente bombardeó certeramente el centro de la ciudad con una cincuentena de cañones durante diez minutos. Cruzó de nuevo el Rin en una embarcación, haciendo ondear la bandera blanca, y se entrevistó con el comandante de la guarnición y las autoridades de la ciudad. Amenazó con arrasarla hasta los cimientos y los conminó a evitar una carnicería. A la mañana siguiente, la plaza se rendía y Ney desfiló con sus ciento cincuenta dragones ante las desarmadas tropas austriacas: cerca de setecientos hombres que fácilmente habrían sostenido el asedio. Ney llevó la capitulación al boquiabierto Bernadotte, que se aprestaba descorazonado a semanas de sitio. Ida narraba con entusiasmo la hazaña ante el sorprendido héroe. Conocía muy bien su fama de audaz conquistador de ciudades, que había iniciado con la toma de Maastricht. «¡Ah, si yo pudiese —exclamó—, sabría muy bien seguiros en medio de vuestros trabajos gloriosos y la fatiga ya me parecería una recompensa!»

Ney comprendió que aquella mujer entrañaba más peligros que todo un cuerpo de ejército enemigo. Nada había en ella de común; todo le resultaba extraordinario, y no pudo evitar el deseo de poseerla, de conocer cómo amaría una mujer tan apasionada y extravagante. Su sinceridad al confesarle sus votos parecía no haberla decepcionado. Al contrario, se diría que acendraba aquella admiración irracional hacia su persona. Cuando la cita declinaba y Ney hizo ademán de partir, Ida contuvo su deseo de rogarle una nueva cita. Él apreció su contención y se expuso:

—Aún soy libre... Si lo deseáis, podría veros mañana. ¿A qué hora estaréis en vuestra casa?

—A todas horas —repuso Ida plenamente feliz—. Me he quedado en París solo por veros; elegí este retiro únicamente para recibiros; y lo abandonaré, abandonaré París, abandonaré Francia cuando ya no pueda esperaros...

—Sois en verdad peligrosa.

—Jamás lo seré para vos. Sé que nuestros destinos no se unirán, pero prefiero vuestra gloria a mi felicidad. Si os pierdo, amar en soledad no puede ser un crimen y bastará para mi felicidad.

—Decidme, Ida: ¿de qué forma he podido inspiraros un sentimiento semejante?

—Desde el primer momento en que oí hablar de vos a vuestros camaradas.

Michel Ney regresó la noche siguiente. La charla fue entonces más breve. Ida lo arrastró a su lecho y lo amó con la pasión que contenía desde hacía años. Aquella primera vez apenas pudo Ney prestar atención al cuerpo divino inmortalizado por Lemot en una escultura enigmática, que Talleyrand rapiñaría de entre los bienes subastados del general Moreau para que sus curvas mórbidas de mármol frío lo atormentaran de por vida. Ney tenía entre sus brazos la calidez de aquel cuerpo de piel inmaculadamente blanca, tersa como la seda; besaba los labios ardientes, muy distintos a la frialdad de la piedra, y sentía contra su pecho los senos erguidos de aquella criatura. Mas no podía aprehenderla, dominarla, retenerla... Se le escapaba de entre las manos; amaba a su antojo, de forma desaforada y violenta, y al general se le figuró que amar a aquella mujer era lo más parecido a una carga de caballería. No estaba seguro de si tan desusada conducta se acomodaba a su predilección, pero a la noche siguiente descubrió que era la única manera posible de que ella se entregara. Su excitación requería algo más que aquello que la convención está dispuesta a reconocer. No atinaba a discernir cuándo su contrincante en realidad se daba por vencido, y no había forma de expresar la rendición ni admitir armisticio alguno. La extenuación o la aniquilación completa eran las únicas vías de procurar la paz, y Michel comprendió que aquella era una suerte de cortejo tan trabajosa como adictiva, de forma que una cita sucedía a la otra y el calor de cada encuentro aumentaba con la cercanía del estío.

Diez días antes de su boda con Aglaé, como habían acordado, se despidieron. Ida no pudo amarlo aquella noche como si fuera la última, pues siempre lo hacía como si la hora del juicio final fuera a sonar a medianoche, así que Ney abandonó el lecho con la misma sensación de derrota que de costumbre. Besó a su amante con ternura, sin apreciar asomo alguno de melancolía en su expresión. Era la misma mujer encantadora y alegre que le había mostrado su agradable retiro el primer día. Pensó que no volvería a verla, pero se equivocaba.

Cuando Aglaé Louise Auguié entró en la capilla del castillo de Grignon para salir de ella como *madame* Ney ante Dios, acompañada de la bendición del abad Bertrand y con el testimonio del general Savary, presintió que el orgullo de su padre sobrepujaba acaso su amor. Aún recordaba cuánto le había decepcionado aquel hombre timorato, de pocas palabras y modales rudos, con sus largos cabellos atados en una cola y sus pobladas patillas tan fuera de moda. Hortènse había insistido en que le diera alguna oportunidad, invocando sus cualidades de hombre valeroso y brillante. Aglaé no estaba muy convencida de que los méritos de un general en la batalla fueran un buen reclamo para un feliz matrimonio, pero le agradó su semblante cuando, debidamente aconsejado, se presentó a una segunda cita con sus cabellos recortados con cuidado a lo Titus. Apreció entonces que su torpeza para moverse en sociedad no obedecía tanto a su falta de educación como a la incomodidad que le producían las personas que se prodigaban en ambientes distinguidos. Su sencillez le reveló, pues, su propia frivolidad y comenzó a descubrir en aquel hombre de conversación franca convicciones más profundas de las que imaginaba. Empezó a admirar su humildad, a asombrarse por la misma deferencia sincera que le mostraban hombres prominentes y de baja condición, y sobre todo a reconocer la generosidad con que dispensaba su trato, igual para todos. El día en que, durante una fiesta, uno de los invitados ensalzó la batalla en que el general Ney había visto cómo abatían por siete veces su cabalgadura y ella lo corrigió, advirtiendo que habían sido once en realidad, se percató de que en su corazón había anidado un sentimiento que, si no era amor, al menos significaba el inicio de cierta devoción.

Michel admiró la belleza serena de su esposa: alta, morena, de expresivos ojos oscuros, ademanes elegantes, con un sencillo traje blanco y una corona de rosas sobre su velo. Lo sorprendió que una mujer tan bella y educada, de inteligencia despierta y conversación sobresaliente, pudiera haber visto algo atractivo en un soldado más bien torpe y sin maneras, como él. Estaba íntimamente satisfecho de su suerte. Ella lucía la sencilla joya que le había obsequiado, sin perlas ni diamantes, y había aceptado entusiasmada el gesto con que Michel Ney quería mostrar su orgullo por su humilde origen, pese a lo fastuoso del escenario. Pierre César Auguié había gastado una fortuna en la restauración y decoración del castillo de Grignon, que había diseñado, al igual que el propio festejo, el célebre Isabey. El pasillo y el techo de la capilla estaban ornamentados con guirnaldas y arreglos florales. Las velas blancas desplegadas en candelabros, medio ocultos en macizos de flores, iluminaban por doquier y una banda militar ocupaba el coro. Él lucía su uniforme de gala de general y el suntuoso sable oriental del pachá de Aboukir, regalo de Bonaparte. Pero tras ellos, frente al altar, una pareja de venerables ancianos, paisanos de una granja cercana, esperaban el oficio para conmemorar sus bodas de oro. Michel le había sugerido la idea a Aglaé. Podía ser un buen augurio estar acompañados de aquel matrimonio ataviado con el traje típico de la región y al tiempo le recordaba a él y a todos los asistentes su humilde origen. Aglaé aceptó encantada y confirmó los valores que sospechaba en su prometido.

Una fiesta rústica fue ofrecida en los jardines ingleses a los invitados y lugareños, amenizada por una representación teatral protagonizada por las hermanas de Aglaé y algunos de sus amigos. Terminada la representación, de la espesura del parque oscuro se elevó el sonido de una flauta dulce, primero titubeante, luego más firme y entero, reproduciendo el compás a la moda del *Ariodant* de Méhul, que todos entonaron a media voz: «Mujer sensible, oyes el gorjeo de esos amantes que celebran su pasión... El tiempo se escapa... Apresurémonos a ser felices...» Cuando Ney apareció de nuevo, hubo de reconocer que se había acalorado más que en Hohenlinden, tratando de acertar con aquellos agujeros tan separados... Para Aglaé fue la mejor sorpresa de la fiesta de Isabey y no pudo evitar abrazar a su esposo, animada por Hortènse.

Al atardecer sonó la música de la banda militar, mientras entre los árboles se iluminaban transparencias con los nombres de las batallas donde el general se había destacado. Los campesinos dedicaron una canción a los novios, y uno de ellos, el propio Isabey disfrazado, los invitó a pasar a una cabaña donde una vieja zíngara les auguró un futuro de felicidad y larga vida. La gitana no era sino la célebre preceptora *madame* Campan, tía de Aglaé, y, al igual que su madre, antigua dama de compañía de María Antonieta. Ney abrió el baile danzando con la anciana esposa que había compartido su ceremonia, mientras Aglaé lo hacía con su viejo esposo. Fuegos artificiales interrumpieron las danzas, que se prolongaron hasta medianoche.

Aglaé siempre habría de recordar la felicidad compartida de aquel día en que comenzó en verdad a amar a su esposo. El recuerdo de su madre, que trece años antes había abandonado voluntariamente el mundo sobre los adoquines de la Rue de Richelieu, enajenada por la persecución y muerte de la reina a quien servía, impedía una felicidad casi completa, que la pareja pronto trasladó desde Grignon a La Petite Malgrange, al sur de Nancy. En aquella modesta hacienda trascurrieron seis semanas de paz, que ambos confiaban iban a ser muchas más. Michel había renunciado a su puesto de inspector de caballería para poder descansar y dedicarse plácidamente a su matrimonio.

A finales de septiembre, Bonaparte le encomendaría una misión diplomática en Suiza, que llevaría a cabo con tan inopinado tacto que habría de provocar la admiración del propio Talleyrand y el afecto del belicoso pueblo suizo. Al año siguiente bautizó a su primer hijo con el nombre de Napoleón José, pero un año después su segundo vástago sería conocido como *Aloys* Ney, en honor al bravo Aloys von Reding. Durante un tiempo hubo de encarcelarlo en la fortaleza alpina de Aarburg, donde le procuró una prisión dorada, que trataba de hacer más llevadera con constantes visitas y agasajos. Sus largas conversaciones durante las pocas semanas que duró su cautividad fueron suficientes para apreciar la envergadura intelectual y humana de aquel patriota, y profesarle una admiración tal como para honrar a su hijo con su onomástico. Pese a todo, aquellos meses fructíferos en Suiza, que acrecentaron un perfil político que únicamente Bonaparte había sospechado y dieron fe de sus cualidades como hombre capaz de hallar la paz sin abusar de la fuerza, le dejaron la sensación de haber interrumpido una felicidad que jamás volvería a hallar tras aquellas idílicas seis semanas en La Petite Malgrange.

Dunkerque, miércoles 24 de febrero de 1819

A juzgar por la calidad y el precio del pescado, la taberna del Poisson Volant* merecería llamarse del Poison Voleur.** Marcel de Brivazac reconoció cierto ingenio en el juego de palabras de Armand Thierot; se amparó en él para encargarle la misión de comprobar la correcta estiba de su equipaje en sus camarotes del buque que debía transportarlos al otro lado del canal de la Mancha. Mientras apuraba otro vaso de vino, por desgracia no tan añejo como el pescado, se entretuvo observando a través del amplio ventanal el vaivén de gentes y mercancías en el muelle del puerto de Dunkerque. Un hombre llamó su atención. Su atuendo era elegante y su tocado, impecable. Apoyaba ambas manos en un bastón y parecía mirarlo a su vez. Decidió no apartar los ojos de aquel individuo, que al poco tiempo abandonó su inconmovible quietud y comenzó a caminar en línea recta hacia Marcel con paso lento y levemente renqueante. El barón palpó su levita para comprobar que su daga damasquinada estaba, como siempre, en su lugar, sin perder de vista al extraño, en quien hallaba algo familiar. Cuando estuvo a su altura, el caballero se destocó con

* Pez Volador.
** Veneno Ladrón.

la mano izquierda y Marcel se percató de que su mano derecha estaba inútil. Al mostrar su frente, dejó a la vista una profunda cicatriz que arrancaba de su ceja derecha y penetraba generosamente en el cuero cabelludo. Marcel estimó que debían de ser ambos de edad pareja.

—Barón de Brivazac, seguramente no me conocéis y es muy posible que nunca hayáis oído hablar de mí —se presentó—. Mi nombre es Armand François Bon Claude y mi título, conde de Briqueville.

Marcel invitó al conde de Briqueville a tomar asiento, lamentando no haber tenido el placer de conocerlo hasta ese momento. Mentía. Había oído hablar del coronel de Briqueville, fiel bonapartista, que se había topado al mando de sus lanceros con la escolta prusiana que acompañaba a Luis XVIII en su primer retorno a París el año de 1814. Había intimidado a la guardia prusiana y convencido al rey de que debía entrar en Francia con una escolta compuesta de soldados franceses. Y así, lo había acompañado hasta el castillo de Saint-Ouen. El rey agradeció su gesto y quiso tenerlo a su servicio, pero François de Briqueville se disculpó aduciendo sus juramentos de fidelidad prestados y se retiró del servicio. El barón prefirió ocultar su información: un ficticio desconocimiento siempre proporcionaba una ventaja estratégica.

—Debéis saber —prosiguió Briqueville— que he sido coronel de los ejércitos imperiales y que combatí hasta el final, en Waterloo e incluso en Rocquencourt, donde obtuve este pequeño recuerdo que cruza mi cabeza.

—Lamento vuestras heridas, conde —contestó secamente Marcel.

Briqueville pareció fijar la vista en el destrío que reposaba en los platos casi intactos que yacían sobre la mesa. Con un gesto, Marcel pidió que los retiraran y ordenó que asearan el mantel y sirvieran la mejor botella de su mejor vino.

—Yo sé quién sois, barón. Y conozco vuestra misión. No ha lugar a que me preguntéis por qué.

—No contaba con hacerlo, señor de Briqueville.

—Sé que sois un realista y estuvisteis emigrado.

—No fue mi elección, caballero. Mi padre murió en las Tullerías, no muchas horas después que el marqués de Mandat, y su decapitado cuerpo también fue arrojado al Sena. Quizá deba recordaros que, pocos años después, la sobrina del marqués, la dulce Félicité de Mandat, fue guillotinada. Tenía veinticuatro años, y el propio Fouquier-Tinville llegó a decir ante el tribunal que no había nada en absoluto contra la ciudadana Félicité, pero que era una Mandat y, en consecuencia, pidió su muerte. Comprenderéis que tal vez mi madre, cuyos orígenes eran ingleses, acertara al habernos trasladado a Inglaterra después de la muerte de mi padre. Y también que no me apenara mucho la muerte de aquel bastardo al año siguiente de haber obtenido la condena de aquella pobre chica.

Marcel sirvió dos vasos de vino, ofreció uno a su inesperada visita y brindó por las fronteras que sirven a la salvación de los inocentes. François de Briqueville bebió de buen grado.

—Vos y yo, barón, no somos tan distintos. Mi padre era un *chouan* normando. Luchó toda su vida por la causa de los Borbones, y fue fusilado por ello en Coutances, dos años después que Félicité, cuatro años después de morir vuestro padre. Yo tenía once. Lo último que me dijo fue: «Doy mi vida a los Borbones, pero no los sirvas jamás: son unos ingratos.» Imaginad el peso que las últimas palabras de un padre pueden tener para un hijo.

—Lo comprendo, conde —repuso Marcel—. En todo caso, debéis sentiros feliz por haber podido hablar con vuestro padre antes de morir. Yo no tuve tal privilegio. Pero supongo que no me habéis abordado para que nos lamamos mutuamente las heridas de nuestra común orfandad. ¿Me engaño?

—Sin duda no os engañáis, barón. Pero cuando un hombre quiere hablar francamente con otro, del mismo modo que si fuera a retarlo a duelo, el honor obliga a saber quién es exactamente el contrincante.

—Espero que no vayáis a retarme a duelo, conde. Francamente, he reparado en que estáis lisiado; y habríais de defenderos con vuestra mano izquierda.

François de Briqueville guardó silencio. Miró a su oponente y se figuró que acaso el resentimiento nublaba su evidente nobleza. Había visto demasiada miseria y sobrada sangre para sentirse agraviado en un honor malentendido. Ninguno de ellos guardaba la gallarda inquietud de la juventud y no sintió rencor alguno. Marcel apuraba un nuevo vaso de vino con la agria sensación de haber ofendido de forma gratuita a un hombre a quien, en realidad, no conocía, y cuyos ademanes y palabras reflejaban mucho más respeto y educación que los que él mostraba.

—Disculpadme —se apresuró a decir—. No he debido deciros tal cosa. Por lo demás, apostaría a que podríais vencerme con una mano atada a la espalda. Soy un insensato.

François de Briqueville bajó lentamente los párpados, reflejando con un gesto cansado su comprensión.

—Señor barón, no me he sentado a esta mesa para importunaros. No os he seguido hasta aquí para tratar de haceros daño alguno. Si hubiese sido esa mi intención, os aseguro que de nada os habrían valido vuestra pericia ni vuestras precauciones, ni la compañía del señor Thierot; tampoco esa daga que guardáis bajo la ropa. Olvidemos las reservas, señor, y hablemos con claridad, si tenéis a bien.

—Os escucho, conde.

—Sé a quién buscáis y por mandato de quién lo hacéis, y no tengo la vana intención de interferir en el cumplimiento de vuestra misión. No es esa mi pretensión. Hace tiempo que quiero hablaros, que necesito que sepáis algo más. Habéis llevado a término muchas pesquisas y de seguro a esta hora os habréis hecho una buena composición de quién era el mariscal Ney. Conocéis quién os envía y cuál es el objeto de vuestra misión, pero, al margen de las órdenes, todo ser humano tiene finalmente un recurso a su libre albedrío para decidir en su fuero interno qué es lo que debe o no debe hacer, qué cosas quiere o no quiere llevar a cabo. Apelo a vuestra libertad y a vuestra dignidad para que recibáis toda la información precisa que os ayude a calibrar vuestra decisión y el alcance de vuestros actos. Por eso estoy aquí.

François de Briqueville introdujo la mano sana bajo su capa. Extrajo un documento apretado y firmemente enrollado con dos guitas de cáñamo y se lo tendió a Marcel. Lo tomó este con un gesto de agradecimiento.

—No hay grandes secretos en los pliegos que os entrego. Los escribí hace seis años, cuando regresé de la campaña de Rusia. No os proporcionarán pista alguna sobre la muerte del mariscal, os lo aseguro. Pero tal vez os iluminen acerca de su extraordinaria personalidad. Sé que os habéis sentido defraudado por muchas gentes que han protegido su memoria y habéis conocido a algunos de sus valedores. Después de leer mi relato, confío en que comprenderéis los motivos que nos animan a muchos de nosotros a salir en su defensa. Si sois un hombre de bien, señor barón, y confío en ello, sabréis ver más allá de las miserias de la política y del oportunismo. Divisaréis su alma y no reconoceréis en ella motivo alguno para el odio ni el rencor. Os agradezco infinitamente vuestro tiempo, señor.

Armand François Bon Claude de Briqueville se levantó, se cubrió la cabeza ocultando su profunda cicatriz y puso los dedos anular e índice de su mano izquierda en el ala del sombrero en señal de saludo. Marcel lo vio alejarse con el mismo caminar sereno, mientras el viento boreal hacía ondear su capa. Entonces cayó en la cuenta de por qué su forma peculiar de caminar le resultaba familiar y supuso que el conde debía de ser un gran nadador, que habría vadeado ríos más anchos que el Sena y sorteado a la parca en más de una batalla. No se engañaba.

Elchingen, lunes 14 de octubre de 1805

El mariscal Ney plegó su despacho con las órdenes del emperador, lo introdujo en su bolsillo y montó a caballo para situarse a la vanguardia del ataque. Antes de espolear a su cabalgadura se volvió hacia Murat y con tono irónico lo invitó: «Venid, príncipe, venid conmigo y haced vuestros planes en presencia del enemigo.» Cuando el mariscal salió al galope, Bonaparte interrogó con la mirada a Lannes y al propio Murat, que guardaron un escrupuloso silencio. La frase era cosecha del propio Murat, en la víspera de la batalla de Ulm, cuando no quiso atender la advertencia de Ney, sometido a sus órdenes, en contra de un avance que dejaba expuesto a Dupont. Este fue batido y el emperador se había despachado contra el avance de Ney, que no quiso entonces poner en evidencia a su cuñado.

Aún a la vista del emperador, el bicornio del mariscal Ney drenaba el agua, que incesantemente caía sobre su capote. Un soldado extraviado le acababa de preguntar dónde debía incorporarse. Había manifestado su deseo de integrar la compañía de carabineros que debía cruzar el puente. Su comandante lo autorizó, a sabiendas de que la mayoría de aquellos hombres no llegaría viva a la ribera norte del Danubio. La lluvia arreciaba y empapaba a las tropas, que se hundían en el fango hasta las rodillas. Los cañones de los fusiles se llenaban de agua con facilidad y quedaban inutilizados. El mariscal oteaba la altura en que destacaba la abadía fortificada que dominaba toda la llanura, defendida vigorosamente por la artillería austriaca y quince mil solados enemigos, bien emboscados en aquella especie de anfiteatro que conformaban el templo y las edificaciones y jardines próximos.

—¿Qué os parece, capitán? —preguntó el mariscal a Coignet.

—Inexpugnable, señor, salvo quizá para vos.

—Habrá que comprobarlo, ¿no creéis?

—No lo dudaba, señor.

Bajo una incesante lluvia de balas y proyectiles, el mariscal, imperturbable, se aproximó a la cabecera del puente, seguido por todo su Estado Mayor. Los jinetes ofrecían un blanco más fácil y las balas silbaban a su alrededor. Los austriacos, previsoramente, habían levantado buena parte de los maderos que conformaban el entablado del puente. Resultaba imperioso reconstruirlo. Mientras los soldados de Villatte iban transportando una a una las traviesas, los pontoneros se afanaban en asegurarlas. Cada pieza costaba una media de tres bajas. A veces todos los porteadores caían acribillados al mismo tiempo y era necesario despejar la superficie del puente arrojando los cuerpos al río, sin comprobar si sus heridas tenían posible reparación. Sus compañeros trataban de rescatarlos vanamente corriente abajo. Media hora después, la sangre hacía resbaladizos los maderos, dificultando la labor de los pontoneros. Ney contemplaba, íntimamente angustiado, el coraje de aquellos hombres enviados a una misión tan suicida como su impávida exposición al inspeccionar las tareas y animar a sus hombres. Uno de los oficiales había desmontado y se mantenía tras su cabalgadura a cierta distancia del grupo. Ney lo increpó, lo obligó a montar de nuevo y le ordenó situarse justo a su lado, al pie de sus soldados.

Por fin el puente parecía practicable. Sobre las inseguras viguetas los carabineros del 6.º Ligero y los granaderos del 39.º se precipitaron hacia la otra orilla. Los pontoneros caían alrededor del mariscal, que se mantenía incólume bajo una granizada de balas. Su mera presencia infundió suficiente ánimo para repeler a los tiradores austriacos y asegurar el paso.

Ney llamó a su lado al coronel Colbert. Había decidido destacar a la élite de sus fuerzas en un ataque en abanico. El primer batallón del 6.º Ligero hacia la abadía, el segundo en la línea de Ober-Elchingen y finalmente el primer batallón del 39.º contra la capilla de Saint Wolfgang. A mediodía la lucha era encarnizada y general. Colbert cargaba junto a Brun y libraba a los tiradores del 76.º de ser masacrados a sablazos, acuchillando él mismo a algunos ulanos. El fuego desde las almenas y troneras del convento hacía estragos entre los franceses. Ney aparecía en todas partes, impartiendo órdenes a todas las líneas. Las casas del pueblo eran tomadas una a una a la bayoneta y se escalaban las defensas. Se había conseguido cercar la abadía y las tropas de refresco habían entrado en acción, procurando una concentración de fuerzas en la altiplanicie.

Se luchó palmo a palmo durante horas, hasta que el 6.º Ligero se apoderó de la abadía y del pueblo, capturando a ochocientos prisioneros. En la planicie, el enemigo resistía con mayor ardor frente al 69.º y el 76.º, comandados por el general Roguet. Ney ordenó entonces su maniobra favorita: extendió su flanco derecho hacia las alturas y desde allí lo hizo pivotar hacia la izquierda con la disciplina de una parada, acabando por desbaratar la resistencia del enemigo en aquel punto y el riesgo de que se emboscara para reconquistar Elchingen. Cortado en dos, el ejército austriaco se retiró. Cuatro horas había durado la batalla, que abriría las puertas de Ulm y anticipaba la gran victoria en Austerlitz.

Olía a azufre y a madera quemada. A pesar del diluvio, el fuego se imponía al agua, al aire, a la tierra... La ceniza y la pólvora se mezclaban con el sudor, dejando una pátina característica en el rostro del guerrero, una especie de máscara fantasmagórica que igualaba los rostros y las personalidades, ocultando las expresiones propias de horror, miedo, estupor, satisfacción o cansancio. Todos parecían miembros del mismo coro y Ney apenas se distinguía por sus galones como el corifeo. Padecía la picazón de garganta provocada por la inhalación del humo cargado de partículas en suspensión. Aún era capaz de reconocer entre aquellos olores fétidos el aroma grato de la madera de roble chamuscada, que le traía a la memoria el proceso de tostado de los toneles en el taller de su padre. Ney se deshizo de su uniforme, convertido en un pingajo de agua y lodo, se aseó con ayuda del agua tibia de una jofaina, que dejó convertida en un fluido del color y la textura de la tinta de un octópodo, y se enfundó un nuevo uniforme y un flamante par de botas. La victoria había sido épica y el emperador había podido seguir de punta a cabo sus evoluciones. Ney miró por el ventanal de la estancia, orientada al sur. La lluvia contribuía a extinguir los fuegos, y los soldados y oficiales se movían lentamente de un lado a otro, trasladando prisioneros o heridos, recogiendo munición, sacrificando cabalgaduras, organizando la compleja administración de una victoria. Los zapadores y pontoneros reconstruían el puente erizado de astillas sobre fundamentos más sólidos, que sirvieran a una retirada eventual. Las aguas del Danubio discurrían lentamente, luciendo un característico color a medio camino entre el gris y el marrón, que a esas alturas había diluido la sangre de cientos de combatientes. Algunos cuerpos flotaban aún sobre la plácida corriente, inertes, abandonados al fluir sereno e imperturbable de un agua que nunca es la misma y siempre lo es. A su vista, el mariscal Michel Ney se preguntó, por primera vez desde que había abandonado su hogar para alistarse, por qué luchaba.

Él luchaba por Francia, su patria. Era un soldado, era francés y esa era su obligación. ¿Por qué luchaba Francia? ¿Quién era Francia? Aquellos cadáveres mecidos por las aguas de un río extraño no podrían contestar si ellos eran Francia y si combatían por ella o por un magro jornal y la expectativa de un enriquecimiento mediante el saqueo y la rapiña al enemigo vencido. Nunca había guerreado por un rey, sino por una nación, por una idea. ¿En qué se había convertido aquella idea? En el fragor de la batalla, a menudo uno solo sabe que lucha y la lucha acaba siendo un fin en sí mismo. ¿Pugnaba ahora por un emperador? ¿Bonaparte era Francia? Él había saludado entusiasmado la coronación del cónsul y lo había empujado a aceptar el cetro del Imperio. Pero no batallaba por él. El mismo emperador era un vasallo de la nación, de Francia, y su papel era engrandecerla, hacerla poderosa, influyente, propagando por Europa un nuevo credo. Concluyó que aquellos sacrificios bien merecían la pena y se confirmó en su deseo de obtener un pedazo de gloria, de concitar el reconocimiento a su valor y a su valía, a su sacrificio y a su éxito, por anteponer a su propia vida la defensa de una idea justa, de una patria compartida...

El emperador entró en la abadía con sus pasitos nerviosos, ataviado con el uniforme azul de los granaderos de infantería. El mariscal se presentó ante él. El corso parecía aún más pequeño ante la envergadura de Michel Ney. Se mantuvo a dos pasos de distancia y con solemnidad y alegría contenida le espetó: «Mariscal, este es uno de los hechos de armas más bello que pueda recordarse.» Tres años después, Bonaparte decidiría que tan hermosa acción podría adornar el nombre del ducado de Michel Ney, porque la gloria nunca es huérfana y siempre camina acompañada.

Londres, jueves 4 de marzo de 1819

A Marcel de Brivazac le había resultado sencillo obtener una invitación a la cena servida en la galería de Londonderry House, mansión que lord Castelreagh acababa de inaugurar en Park Lane. Durante su exilio en Inglaterra había prestado buenos servicios al vizconde, mientras este ocupaba la cartera del Ministerio de la Guerra. Ministro y emigrado habían entablado una amistosa relación al tiempo que intercambiaban informaciones de diversa índole para causas las más veces comunes. Marcel esperaba tener ocasión de conversar con el duque de Wellington, que observaba con curiosidad el artesonado de la galería, sin duda sorprendido de su sospechosa semejanza con las dependencias de Apsley House. Ni siquiera podía conjeturar el barón de Brivazac las sorpresas que le aguardaban durante aquella velada.

Por fortuna, su lugar en la mesa no estaba muy lejos del que ocupaba Victor de Fay, flamante nuevo embajador francés, que mantuvo una animada conversación con el duque de Wellington. Wellesley se interesó por las circunstancias en las que el marqués de Latour-Maubourg había perdido una pierna. Se contaba que en Wachau, en el transcurso de la batalla de Leipzig, un proyectil había herido de tal forma su rodilla que el afamado cirujano Dominique Jean Larray había tenido que amputarla de forma inmediata bajo el fuego enemigo, empleando para ello no más de tres minutos. Con todo, la leyenda ponía en la boca del herido unas palabras cuya veracidad Wellington quería confirmar. El marqués le aseguró que, en efecto, ante las molestas lamentaciones de su asistente y mientras la sierra comenzaba a mellar su hueso, no se le ocurrió otra cosa que recriminarle diciendo: «¿Por qué gritas tan desaforadamente, hombre? ¿No te das cuenta de que ahora solo tendrás que lustrar una bota?» La concurrencia rio la anécdota y aplaudió la gallardía del embajador. Lord Castelreagh quiso saber si Wellington y él se habían visto las caras durante la campaña de España. El marqués de Latour-Maubourg había servido como comandante de caballería bajo las órdenes de los mariscales Bessières, Victor y Soult, y hubo de reconocer que, para su desgracia, se había encontrado con el general inglés en Albuera, poco antes de la batalla de Usagre, donde había salvado el pellejo con mucha suerte y ciertas dosis de audacia. Wellesley rindió tributo a su valentía. Marcel de Brivazac dudaba de si resultaría oportuno introducir en la conversación alguna referencia a las diferencias entre Soult, Masséna y Ney, que podrían haber facilitado la magistral estrategia del duque de Wellington, cuando desde el otro extremo de la mesa una voz serena y firme de mujer, que revelaba un acento indefinible, se impuso con una sencilla pregunta:

—¿No servisteis, señor embajador, bajo las órdenes del mariscal Ney? He de decir que siento un vivo placer viendo conversar a dos valientes guerreros sobre sus pasados enfrentamientos y hallándolos ahora bien avenidos, y no puedo dejar de lamentar que el mariscal Ney no haya tenido derecho a la misma oportunidad...

La intervención de aquella dama, cuya identidad Brivazac ignoraba por completo, produjo un desasosiego palpable en toda la concurrencia, aunque lord Castelreagh parecía divertido con al azoramiento de muchos de los presentes. El embajador francés, poniendo en evidencia las cualidades para el nuevo servicio que se le había encomendado, supo romper el hielo.

—No, mi querida señora. No serví en las filas de Ney en España, pero me batí muy cerca de él en Friedland y en Borodino, y puedo aseguraros que jamás conocí a un hombre más difícil ni más valeroso que Michel Ney.

—¡Sobrevivisteis, general, a la retirada de la Grande Armée en Rusia! —se interesó la señora.

—Así fue, *madame*.

—Dicen que las hazañas en retaguardia del mariscal Ney fueron tales que probablemente vos y todo el ejército francés le deben la salvación.

—Cumplió su deber de soldado ejemplarmente en aquella ocasión, desde luego —repuso el marqués, tratando de dar por concluida la conversación con aquella curiosa dama y volviendo su rostro hacia Wellesley.

—Y, sin embargo, señor embajador, votasteis por su muerte en la Cámara de los Pares.

La dulzura con que la sorprendente desconocida había lanzado aquella afirmación no podía ocultar su desprecio; y el silencio se apoderó del auditorio. Todas las miradas estaban fijas en el embajador, salvo la de Brivazac, prendado de la audacia de aquella singular comensal.

—Así fue, *madame* —adujo al fin el marqués—. Por desgracia, Ney cometió traición y yo respondí en conciencia a lo que reclamaba la gravedad de su delito. Lo hice con la misma convicción que tristeza, una tristeza muy parecida a la que siempre me invadió al ordenar una carga de caballería a sabiendas de que enviaba a la muerte a muchos y buenos amigos. Pero el deber presenta a veces exigencias ineludibles...

—No lo dudo, marqués —pareció atemperarse la señora—. También el duque de Wellington hubo de rechazar su intervención y la gracia, pese a que de seguro debió de admirar a quien le puso en el peor trance de su carrera en Quatre-Bras y en Waterloo.

—Tiene usted toda la razón, estimada amiga —terció Wellesley con absoluta flema—. Jamás vi a ningún enemigo cargar con la temeridad y la fuerza de ese hombre. Fue un contrincante colosal. Lamenté su muerte, como cualquier verdadero militar, pero comprenderá usted que no estaba a mi alcance ni era procedente que yo interviniera en un asunto que competía al rey y a Francia.

La inquisitiva mujer pretendió aún apostillar las palabras de Wellington, pero un rumor espontáneo y cómplice lo impidió; Brivazac quiso ver un ademán del anfitrión tratando de que la dama se aquietase.

La cena transcurrió, tras el incidente, de forma agradable y convencional, y los invitados pasaron a continuación al salón de baile. A esas alturas, Brivazac ya había percibido que Wellington no era el hombre requerido por todos. Lord Castelreagh, secretario del Foreign Office, atraía todas las atenciones, y Wellesley, a pesar de ser un servidor confidencial de su majestad británica y de haber sido durante muchos años la imagen de la Pérfida Albión, daba una cierta sensación de preterición. Tuvo ocasión, pues, de aproximarse a él y trabar conversación.

—Señor duque, he apreciado mucho vuestras serenas palabras acerca de la condena del mariscal Ney. ¿No creéis, sin embargo, que políticamente la clemencia del rey hubiera sido deseable?

—En política, señor barón, es difícil conocer siempre los motivos.

—En todo caso, para un hombre de vuestro talante, capaz de reconocer el mérito, habrá sido sin duda desagradable esa muerte ignominiosa.

—Desde luego. Ney era un hombre gallardo, valiente y generoso, pero se equivocó y lo pagó. No hay que darle más vueltas. A veces cometemos esos errores en la batalla y en la política, y simplemente lo pagamos. La balanza se inclina en ocasiones con el peso de una pluma.

Por más circunloquios y requiebros que intentó, Marcel de Brivazac no pudo obtener ni una palabra más de aquel hombre adusto e impenetrable y no se agotó en vano en el intento. Buscó a lord Castelreagh y se interesó por la misteriosa dama, que bailaba ahora alegremente con uno de los invitados.

—Es un caso extraordinario. Su nombre es Elzelina van Aylde-Jonghe, pero se hace llamar Ida Saint-Elme. Fue amante del general Moreau y quizá también del mariscal Ney y del propio Bonaparte, y actriz mediocre, según dicen. Afirman que desciende de un conde ruso emigrado a Holanda, Tolstoy o algo así, pero ¡quién sabe!... En todo caso puedo garantizaros que es una mujer fuera de lo común. Debe de tener casi cuarenta años, pero a fe mía que no los aparenta, ¿no creéis, barón de Brivazac?

—Desde luego que no, milord —acertó a responder Marcel, sin quitar los ojos de Ida y sin dar crédito a tan asombrosa coincidencia.

Era mucho más de lo que soñaba encontrar en su escala en Londres, apenas improvisada para aprovechar algunos días muertos antes de su partida a América desde Liverpool. Y se sintió obligado a apurar la fortuna que tan contadas veces el azar procura. Se acercó a Ida y la invitó a danzar. Se presentó de inmediato como el barón de Brivazac, emigrado por razones de familia, amigo del duque de Broglie y admirador del mariscal Ney, en cuya rehabilitación creía que tenía el deber de empeñarse. La felicitó por su arrojo, y a los pocos minutos ella había caído en sus redes y desahogaba un corazón que únicamente parecía palpitar por el mariscal. La noche se hizo corta para el cúmulo de confidencias que pretendía desgranarle, así que ambos se mostraron encantados de asistir juntos al día siguiente a la representación de *El mercader de Venecia*, con el célebre Kean en el papel de Shylock.

Eylau, del 7 al 9 de febrero de 1807

El joven teniente Raymond Aymeric Philippe Joseph de Montesquiou-Fézensac tomó un trineo para cumplir la misión encomendada por el mariscal Ney. Era noche cerrada y nevaba copiosamente. Acababa de abandonar los suburbios de Landsberg cuando el suelo se hundió bajo los pies de sus caballos y el mensajero salió catapultado, con la buena fortuna de quedar al borde de un precipicio que no tuvo oportunidad de ver. Retornó a la ciudad y tomó un caballo de silla, marchando a la carrera hacia el cuartel general de Bonaparte. No menos de seis veces su montura se derrumbó en medio de la tormenta de nieve. Milagrosamente logró llegar a Eylau. La ciudad estaba sumida en el caos más absoluto. Coches y tropas circulaban en todas las direcciones, los heridos eran transportados a los improvisados hospitales, los ciudadanos huían presa del pánico, todo ello en medio de la oscuridad de la noche y la intensa nevada. Fézensac tuvo dificultades para encontrar la casa ocupada por Berthier y el Estado Mayor, a quien pudo por fin entregar el despacho en el que el mariscal Ney anunciaba su salida desde Landsberg hacia Kreutzburg para la mañana siguiente. Por fortuna, los oficiales estaban improvisando su cena y Fézensac aprovechó la ocasión para disfrutar de una ración. Recibió órdenes de dormir esa noche en Eylau y así lo hizo sobre un banco, teniendo la precaución de atar su caballo a una carreta, muy cerca de él, ensillado y sin desembridar.

A las nueve horas de la mañana siguiente, el emperador montó a caballo para afrontar una batalla decisiva. Ordenó a Fézensac regresar en busca del mariscal Ney, ponerle al tanto de la situación de ambos ejércitos y entregarle la orden de abandonar su ruta y dirigirse a la mayor brevedad a reforzar el ala izquierda del ejército uniéndose al mariscal Soult. Fézensac comprobó que su caballo aún estaba exhausto. Introdujo su mano en una faltriquera y extrajo veinticinco luises de oro. Salió a la calle y dio el alto a un soldado que montaba un caballo de buena apariencia. Saldó el trato y partió, casi al mismo tiempo que tronaban los primeros cañonazos. La cabalgadura parecía rebelde, pero obedeció bien a las espuelas del teniente.

Fézensac dudaba acerca de la ruta a seguir. Seguramente el mariscal habría salido de Landsberg tres horas antes en dirección a Kreutzburg y lo más directo sería llegar a Pompiken. Pero Lestocq debía de precederlo a poca distancia y corría el riesgo de caer en manos de los prusianos. Encontrar una escolta o un guía, pese a la importancia de su misión, era tan inverosímil como la forma que había debido emplear para hacerse con un caballo. Bien sabía él la certeza con que se suponía que un oficial tiene un corcel excelente disponible en todo momento, conoce el país, jamás es apresado ni tiene accidentes y, por descontado, siempre llega presuroso a su destino, por lo que nunca se envía un segundo mensajero. Pensó que más valía llegar tarde que no llegar y optó por dirigirse a Landsberg y retomar desde allí la carretera de Kreutzburg.

El sexto cuerpo del ejército francés avanzaba por la ruta de Kreutzburg tras los pasos de la retaguardia de Lestocq, ignorando la treta del general prusiano, que ya había reunido sus tropas con las de Benningsen y combatía al emperador junto a los rusos en las llanuras heladas de Eylau. Resultaba imposible adivinar las fuerzas ni la dirección del enemigo. La ruta apenas era visible bajo dos palmos de nieve y la niebla impedía ver más allá de un puñado de brazas. La vista no se acostumbraba a la blancura absoluta, y cuanto más se forzaba menos dejaba vislumbrar.

A las dos de la tarde, después de una escaramuza con la falsa retaguardia de Lestocq, el teniente Fézensac se presentó agotado y congelado ante el mariscal Ney. Su caballo había reventado en la alocada carrera. Ney no dudó en abandonar la ruta e iniciar una marcha a paso de carga en dirección este, cuando ya caía la noche. Al cabo de dos horas, los cañonazos eran perceptibles. Ney cabalgó hacia un promontorio y pudo atisbar el resplandor de los fogonazos de la nutrida artillería. El sexto cuerpo del ejército francés marchó en línea recta hacia la batalla. A las seis de la tarde se toparon con la infantería prusiana que defendía las ruinas humeantes del puente de Dransitten, que acababan de quemar. En pocos minutos los defensores del paso habían sido masacrados y los pontoneros no tardaron en reparar el puente y habilitar el paso del sexto cuerpo. Por fin, a las ocho de la tarde la división Marchand contactaba con el flanco derecho del enemigo, al que conseguía repeler en un combate cuerpo a cuerpo. La llegada de Ney fue decisiva para que Benningsen decidiera abandonar el campo y retirarse.

El mariscal y su Estado Mayor pasaron la noche en una granja de Schmolditten. Cenaron frugalmente y durmieron sobre un duro lecho. Pensaban que la batalla se reanudaría al día siguiente y confiaban en desempeñar un papel protagonista. Si fuera necesario, les dijo Ney a sus oficiales, desmontaría espada en mano y contaba con que todos ellos lo siguieran. Todos aseguraron su orgullo por vencer o morir a su lado. A pesar de la dureza de las bancas, entraron en un profundo sueño.

A la mañana siguiente, el enemigo había desaparecido. El ejército francés estaba demasiado diezmado y desorganizado para poder iniciar una persecución. Mientras se recomponía,

Bonaparte ordenó al sexto cuerpo, más fresco, que inspeccionara el campo de batalla del día anterior y entrara en la ciudad de Eylau.

La llanura estaba sembrada de cadáveres. La sangre vertida se filtraba en la nieve blanca y no se camuflaba en el barro como en tantos otros escenarios de la guerra. El rojo prevalecía sobre el blanco. Cuando un año más tarde Fézensac vio el cuadro pintado por Gros, le pareció una visión excesivamente amable e idealizada. La realidad se conformaba con miles, decenas de miles de cadáveres congelados de rusos, prusianos y franceses, conservando el gesto de su último estertor. Cuerpos humanos despedazados mezclados con caballos, cascos, fusiles, carretas, cañones, armas y restos de todas las especies. El mariscal Ney cabalgaba a la cabeza de sus hombres en el más absoluto silencio, con la emoción pintada en su crispado rostro. Cuando atravesaron todo el campo de batalla, Ney se volvió y, como hablando para sí mismo, exclamó: «¡Qué masacre! ¡Y todo para nada!»

Todas las casas de Eylau estaban repletas de heridos rusos y franceses. Muchos ya estaban muertos y eran arrojados por las ventanas. A la puerta del cuartel general podían verse dos montones de cadáveres apiñados para hacer sitio al emperador y a su Estado Mayor. Ney entró y divisó a Bonaparte sentado frente a una mesa, con la cabeza apoyada en las manos y aire abatido. Cuando vio reunidos a todos sus comandantes pareció salir de su ensimismamiento, se puso en pie y exclamó: «Aún somos los amos del mundo; estoy esperando a cuatro hermosos regimientos que llegan de Francia...» Y prosiguió, como era su costumbre cuando sufría un revés, haciendo una detallada relación de las fuerzas con las que contaba, henchido de satisfacción. Ney no le hizo mucho caso. Pensó de qué formas extrañas los cálculos del emperador podrían devolver la vida a tantos miles de hombres que habían muerto inútilmente en un campo helado, demasiado lejos de su patria. Se preguntó si no resultaba impúdico combatir con optimismo y alegría, sabiendo de la angustia y la pena que mañana sentirían miles de padres, viudas y huérfanos. No obtuvo respuesta. Su única convicción radicaba en el cumplimiento de su deber, en afrontar la lucha con el mismo talante y valor, con idéntico riesgo al de un caporal cualquiera de *voltigeurs*.

La calesa enviada por el mariscal Ney para transportar a Ida Saint-Elme acababa de franquear la verja y entraba en el patio del cuartel del Estado Mayor del sexto cuerpo del ejército francés. El propio mariscal tomó en sus brazos a la joven amazona y la llevó hasta un lecho preparado en la entreplanta del edificio. Las ocho leguas atravesando difíciles caminos a una temperatura heladora habían hecho mella en la convaleciente y la fiebre había subido. Ida sonreía entre el dolor y el delirio, feliz por ver a su idolatrado mariscal, exultante por poder abrazarlo en su victoria, aunque por el momento fuera solo figuradamente. Ney dio orden a su cirujano para que supervisara sus heridas. Mientras lo hacía, salió de la estancia e interrogó a Hantz.

—Os buscaba, señor; estaba empecinada en alcanzar la ruta de Schmolditten para encontraros y quería enviarme a explorar los caminos. Me negué a abandonarla por un solo instante, pero entre la nieve y la noche acabamos mezclados en plena batalla con la caballería francesa. Cuando sonaba la carga vi cómo su caballo partía al galope empujado por el impulso de todos aquellos corceles. Alcancé a unirme a ella, pero era imposible salir de aquella vorágine. Acabamos en medio de la carnicería y el puntazo encima de su oreja debió de recibirlo involuntariamente de uno de los coraceros al esgrimir su sable.

—¡Dios mío, qué locura!

—Pude aferrarme a su brida y logramos retroceder cien pasos. Sangraba abundantemente y su rostro estaba inflamado. Me asusté de veras. La vendé con un pañuelo como pude y nos refugiamos en una granja. Una campesina pudo aliviar su dolor y la hinchazón con unas compresas. Luego la vio un cirujano del ejército y le hizo la cura. Fue entonces cuando os hicimos llegar el mensaje.

—Hantz, esto no puede seguir así —sentenció el mariscal con tono severo—. Estos arrebatos delirantes tienen que terminar. No puede perseguirme por todos los campos de batalla de Europa...

—Señor, vos la conocéis... ¿Qué puedo hacer yo? O la dejo ir sola o me veo obligado a acompañarla para tratar de que no cometa más dislates aún...

Ney comprendió las buenas razones de Hantz y lo consoló dándole unas palmadas en el hombro. Al cabo de pocos minutos el cirujano salió de la habitación y facilitó su diagnóstico.

—No es nada grave, mariscal. La herida es muy leve y superficial, y está limpia. Ha sangrado mucho y tiene fiebre, pero pronto se restablecerá y la cicatriz desaparecerá bajo el cabello. No hay motivo de preocupación.

—¿Está dormida?

—¡Oh, no! Podéis verla sin problema alguno.

Ney entró en la cámara. Ida, sonriente, levantó las manos hacia él. El mariscal se sentó al borde de la cama y tomó las manos que le ofrecía.

—Bueno, puede decirse que ya somos hermanos de armas —bromeó—. Esta herida, cuando menos, vale la cruz.

—De ningún modo... Me encontré en medio de la batalla sin querer y porque no pude retirarme, y tuve un miedo terrible.

—Cuando se tiene miedo, no se viene tan cerca del peligro, ¿no creéis?

Ney se mostró dulce y comprensivo. No tenía arrestos para reprenderla. Al fin y al cabo, su devoción y su amor sublime la impelían a cometer aquellas locuras. Se sintió obligado a corresponder a una entrega que rozaba el desvarío y fue dulce y afectuoso durante las dos horas que estuvieron juntos.

—No puedo daros más que este instante —repuso al cabo—. Y vos debéis partir, querida amiga, y regresar a París, en cuanto la fiebre remita y os repongáis un poco. Si no hay inconveniente, en cuarenta y ocho horas os pondréis en camino con Hantz y un escolta. Os dirigiréis a Nancy y llevaréis una carta a mi familia para que podáis restableceros allí.

—¿Y podré hablar de vos? —preguntó Ida.

—Sí y no. Podréis hablar de mí como un amigo de vuestro marido, que está bajo mis órdenes, pero en modo alguno bajo los impulsos de vuestra imaginación italiana.

—Ya entiendo —concluyó Ida—. Podré hablar de vos como de un protector y con la reserva de un reconocimiento convencional... ¡No, no! Me iré a Italia, sola, libre, y allí cuando menos me quedará el placer de hablar de vos como lo siento...

—Como deseéis. Tengo en mi ejército mulas de carga mucho menos empecinadas y necias que vos, así que haced lo que queráis, pero si os vuelvo a ver en el frente de batalla, juro por lo más sagrado que no volveréis a verme ni a oírme, ¿queda entendido?

Ida miraba a Ney con una mezcla extraña de resignación y gozo. Apreciaba la ternura de su trato, su interés por su seguridad, y al tiempo no imaginaba de qué forma podría atemperar su necesidad por estar a su lado todo el tiempo, y en especial cuando su vida corría peligro y arrostraba con heroísmo las hazañas más inverosímiles. ¿Qué mujer era su esposa, capaz de quedarse en retaguardia, en la regalada vida de París, mientras su esposo coqueteaba con la muerte y se mostraba más bello y resplandeciente que ningún otro mortal, como un Ayax inefable? Ella era su verdadera mujer, capaz de afrontar la última apuesta solo por verlo conquistar el mundo, desafiar la metralla y alcanzar la gloria erguido y sin mácula. Ella quería reconfortarlo tras la lucha, desnudar su cuerpo, lavar sus heridas y lamerlas, darle el descanso del guerrero y acallar sus pasiones de hombre con la desesperación de una noche que podría ser la última. Ella debía estar a su lado para que en la batalla supiera que el placer recompensaría sus fatigas, daría calor a sus manos entre sus pechos y le ofrecería una mesa puesta con los manjares y vinos mejor aderezados, para que él descansara en su agradecido regazo, confiando en la victoria mañana, y en su amor a la noche... Su amor era lo bastante ciego para no poder imaginar que el mariscal Ney, tras la batalla, gustaba de cenar solo, acostarse a dormir de inmediato y en modo alguno tener que atender a los requerimientos de una dama.

Londres, viernes 5 de marzo de 1819

Kean cautivó al auditorio con el célebre lamento de Shylock: «Si nos pincháis, ¿no sangramos? Si nos hacéis cosquillas, ¿no sonreímos? Si nos envenenáis, ¿no nos morimos? Si nos ultrajáis, ¿no nos vengaremos?» Pero su genio al declamar como nadie el pentámetro yámbico se quintaesenció poco después, al acometer con ardor: «*Thou call'dst me dog before thou hadst a cause, but since I am a dog, beware my fangs...*»* Brivazac apenas prestaba atención a las desventuras del mercader judío. Se limitaba a observar la devoción con que Ida absorbía cada uno de sus gestos, las inflexiones inopinadas de su voz. Se fijó en la agitación de su pecho, en su respiración entrecortada por la emoción, en la forma sugerente en que sus senos se elevaban bajo la gasa transparente de su chal. Ida estimaba que el papel estaba hecho a la medida de la figura y de las cualidades de Edmund Kean, hábil en el tránsito de la solemnidad a la trivialidad, pletórico de registros y bruscos cambios de tono, gesto y actitud. Su pequeña estatura y facha algo patizamba y cargada de hombros acompañaban al personaje, sin desproveerlo del encanto hipnótico de

---

* «Me has llamado perro antes de tener motivo, pero ya que soy un perro cuídate de mis colmillos.»

su fisonomía y de su voz envolvente y seductora; sin llegar a la sublimidad de un François Joseph Talma, lo convertían a ciencia cierta en el mejor actor inglés del momento. Todas aquellas apreciaciones traían sin cuidado a Marcel, que fingía compartir y admirar el buen juicio de Ida, mientras apuraban una copa de oporto en cada entreacto. No se complacía Marcel de Brivazac con aquellas representaciones tan lejanas de la vida común. El teatro de la vida colmaba todas sus pretensiones y se le antojaba más interesante y pleno que semejantes declamaciones sobreactuadas y enfáticas, propicias para caballeros y damas de escasas vivencias y aburridas costumbres. La vida le había reservado a él un teatro en el que vocalizar con énfasis no era siempre la mejor opción, y los gestos más sencillos y desdibujados se revelaban como piezas fundamentales de una trama donde los secretos y las verdades circulan en susurros o a media voz. La muerte no espera a que su víctima se consuma en un alegato final solemne y conmovedor. Generalmente corta las palabras a medio discurso, como las balas sobre el cuerpo de un Ney tal vez incapaz de concluir su parlamento. Las tribulaciones del judío vengativo no le parecían, por lo demás, un asunto de excesivo interés o enjundia, de forma que mientras el oporto iba regando sus venas, él se entretenía en observar los rasgos exquisitamente finos de aquella mujer madura, que seguramente había compartido su lecho con Michel Ney y asistido a su último suspiro oficial. Lo subyugaban sus cabellos de color dorado, que convenían a su piel inmaculadamente blanca. Sus pequeñas orejas, perfectamente simétricas, brindaban delicadeza a un rostro expresivo, dominado por una mirada penetrante y decidida. Sus labios eran carnosos y sensuales, y su figura respondía al canon más ortodoxo, de forma que Brivazac supuso que difícilmente el mariscal se habría podido sustraer a las demandas de Ida, cuya belleza madura hacía difícil imaginar qué pasiones habría provocado con veinte años menos. Convino en que el placer que le proporcionaba su contemplación debía de ser notable, pues los cinco actos pasaron fugazmente y la representación dio a fin antes de que pudiera experimentar el más mínimo hastío.

Brivazac se ofreció a acompañarla de regreso a su alojamiento. El Teatro Real de Drury-Lane se hallaba muy cerca de la residencia de Ida en Saint-Martin's Lane y la noche era agradable, a pesar de la estación, por lo que decidieron pasear. Dieron un rodeo hasta la ribera del Támesis, y el rumor del agua pareció despertar en Ida los recuerdos. Fue narrándole a Brivazac los pormenores de su conocimiento del mariscal. Marcel se sintió aliviado, pues, por una vez, no hubo de esforzarse en ejercitar sus cansinas artes interrogatorias y se limitó a escuchar con atención la extraordinaria narración de Ida, admirado por un discurso ayuno de hipocresía, de afectación, incluso del más mínimo pudor. Ida lo puso al tanto de cómo se había interesado por Ney al escuchar de sus compañeros de armas los relatos de sus extraordinarias hazañas. Se sintió subyugada por su valentía, su pundonor, su desinterés... Admiraba a los hombres capaces de despreciar su vida a cambio de la gloria propia y de la patria, y en Ney confluían además otras cualidades aún más inusitadas. Era un hombre humilde, incapaz de enriquecerse con la rapiña, reverenciado por sus soldados, generoso y cortés hasta el extremo con sus subordinados, y altivo y beligerante con los poderosos. Magnánimo con los enemigos, respetaba la vida con la misma pasión con que la victoria lo impelía durante el combate a matar, a destruir, con un coraje contagioso. Comenzó a obsesionarse con él cuando el nuevo siglo sobrevino. Le envió cartas que no contestaba, y decidió remitirle una más explícita. Ida Saint-Elme la recordaba de memoria y parecía poner un énfasis muy parecido al de Kean mientras la recitaba:

> Obedezco a mi corazón; no busco en absoluto vanas excusas. Ignoro el arte de ocultar los sentimientos; por lo demás, algo en el fondo de mi alma me dice que si mi impulso falta a la conveniencia acaso plazca a la noble franqueza de vuestro carácter.

Una vez nada más mis ojos os hallaron, y vuestra imagen quedó grabada en mi corazón. Atada a vos por el pensamiento, he temblado por todos vuestros peligros, he gozado con vuestros triunfos y he aplaudido entusiasmada el relato de vuestras hermosas hazañas.

Mi suerte resplandece y algunas mujeres la encuentran digna de envidia; renunciaría gustosa a todo este éxito a cambio de obtener el derecho de asociarme a vuestros peligros.

La estima y el reconocimiento me unen al general Moreau. Haceros esta confesión en una carta como esta, ¿no implica el riesgo de resultar despreciable a vuestros ojos? Sin embargo, no puedo combatir la irresistible inclinación de mi corazón. Al confesaros el sentimiento que turba mi reposo, solo puedo pensar en haceros saber que lejos de vos existe una mujer para quien vuestra gloria no resulta menos querida que vos mismo.

La turbación la llevó a cometer un funesto error, pues introdujo en sendos sobres las dos misivas que había escrito a Ney y al propio Moreau, equivocando las direcciones respectivas. Ney no debió de reparar en lo absurdo del mensaje destinado a Moreau, pero el contenido de la segunda carta era demasiado explícito para que Moreau no lo comprendiera. A Ida no le importó dejar de ser *madame* Moreau, pues finalmente Ney acudió a una cita, a la que siguieron muchas otras, noche tras noche, en París, en aquellas semanas que fueron las más hermosas de su vida. Luego sobrevino el matrimonio y la lejanía. Siguió escribiéndole, buscándolo. Volvió a forzar su encuentro en los campos de Boulogne, en Innsbruck, en Eylau, en España, en Rusia, en Waterloo... Pocas veces logró acompañarlo ni consolarlo. Él solía molestarse por su audacia y la despedía hacia París a la mínima ocasión, pero ella no podía sustraerse a aquel magnetismo que la hacía desvariar.

Marcel de Brivazac escuchaba con atención, no exenta de admiración, el relato de Ida, mientras ambos, inconscientemente, volvían sobre sus pasos una y otra vez para retrasar la llegada a su destino.

—Después de Waterloo, su desesperación lo devolvió a mi intimidad —confesaba Ida con un deje de tristeza—. La atmósfera de inquietud y delación resultaba asfixiante; nos veíamos en tabernas vulgares y a veces cenábamos un estofado con una botella de suresnes. Me hablaba de su padre, «ese viejo bondadoso y respetable» que iba perdiendo las facultades y a quien quería asegurar el futuro. Me participaba su intención de emigrar a América. Al parecer, la mariscala tenía un pariente rolandino establecido en Albany. Decía que a los cuarenta y seis años aún podría hallar allí una nueva vida y a renglón seguido tomaba la determinación de escribir al banquero Pontalba para que le abriera crédito en América. Al poco tiempo su mente torturada volvía a Waterloo y me explicaba cómo resultaba inverosímil que entre todo aquel hierro y plomo hubiese podido salir ileso, cuando sus caballos habían ido sucumbiendo a la metralla uno tras otro. Volvió a amarme en aquellos días de julio, como en el mismo mes de julio anterior a su boda. Y luego..., ya sabéis.

—¿Lo visteis en el último instante? —preguntó Brivazac con fingida curiosidad.

—Sí, seguí todo su proceso con inquietud e hice guardia aquella noche ante el Palacio de Luxemburgo. Cuando vi salir a la comitiva me apresuré a seguirla hasta aquel muro cercano al Observatorio. Lo vi descender del coche, erguido, majestuoso, imponente como un héroe homérico. Él miró a la concurrencia con dignidad, sin altivez, y cuando sus ojos se encontraron con los míos esbozó una tímida sonrisa... Luego no fui dueña de mí misma, y antes incluso de que tronara la descarga de fusilería me desmayé y mis acompañantes me retiraron de aquel horrible lugar... Esta es mi historia, barón, y espero que me consideréis ahora con más indulgencia y podáis perdonar mi impertinencia durante la cena de anoche.

Marcel fue sincero cuando afirmó su comprensión, pero pronto hubo de volver a las medias verdades y a las falsedades enteras cuando ella se interesó por las causas de su devoción compartida. Animado por la romancesca historia de Ida, Marcel inventó un hermano del alma, opuesto a él en sus credos, fiel bonapartista, que consiguió retornar al hogar tras la retirada de Rusia, maltrecho y enfermo, pero vivo, gracias al coraje de un mariscal a quien idolatraba. Sus relatos vívidos, expresados apenas entre lágrimas, habían calado en su corazón, de tal forma que cuando por efecto de las penalidades pasadas, acosado por la enfermedad, hubo de asistirlo en su lecho de muerte, no le costó atender a su petición postrera y jurarle por su honor hacer todo lo posible por rehabilitar la memoria del mariscal Ney.

Ida escuchaba con entusiasmo el relato de Marcel. El dramatismo de sus palabras era tan sincero que hubiera sido digno más de un Talma que de un Kean. Ida había sido una actriz mediocre y abucheada, y no vio o no quiso ver la impostura de Marcel. Observaba su cabello largo y entrecano, las señales del sufrimiento en las arrugas que nublaban su frente, la piel tostada por una vida amante de los espacios libres, sus ojos penetrantes de brillos fosforescentes, y se sintió arrebatada como si ambos fueran los únicos desdichados de una balsa de La Medusa, que tal vez en aquellos precisos instantes el genio de Géricault acababa de inmortalizar. Ambos compartían la misma desesperación y sintió unas ansias irrefrenables de abandonarse a él.

Marcel aceptó la invitación para caldearse en la coqueta residencia de Ida. Les fue servido un té hirviendo, mientras se desentumecían frente al amor de la lumbre. Al barón no le pasó desapercibido el leve gesto con que Ida había hecho desaparecer a su sirvienta y estimó que las pocas bujías que alumbraban la sala, con la tenue ayuda de la encina que ardía ante ellos, proporcionaban una luz demasiado íntima para la naturaleza de su visita. Observó cómo, sin pretenderlo, ambos conversaban con voz queda, en apenas un susurro, aceptando los silencios que únicamente quebraba el crepitar de los leños. Hacía rato que Marcel barajaba la posibilidad de un requiebro y abiertamente aceptaba la hipótesis de satisfacer el deseo que le rondaba desde el día anterior. Pero no necesitó esmerarse en la seducción. Ida se levantó de su silla y se sentó junto a él. Se deshizo del vaso de té que Marcel conservaba en su mano, poniéndolo sobre la mesa con descuido. Sostuvo la misma mano contra su pecho y lo besó en la boca. Marcel la dejó hacer y, sin saber muy bien cómo, se vio rodando, abrazado a Ida, sobre el mullido tapiz oriental. Habría de recordar esa escena a lo largo de su vida, sin poder desentrañar el misterio acerca de la forma en que pudieron acabar completamente desnudos, aunque Ida no dejara de besarlo por un solo instante. Con mucha dificultad le permitió la pasión de aquella mujer apreciar la belleza de su cuerpo. Cabalgaba sobre él aferrada a sus hombros, a su cuello, y cuando levantaba su torso podía ver los reflejos del fuego de la chimenea en su cabello dorado; en sus senos medianos, exquisitamente redondos, que parecían de alabastro; en la pared lisa de su vientre ebúrneo dividido desde sus pechos por una hermosa línea de sombra vertical. Tuvo la sensación de que aquella mujer nunca había sido poseída y de que quizá su espíritu libérrimo y ajeno por completo a la convención se inspiraba precisamente en la forma en que era ella quien poseía a los hombres como él, como Ney... Tratando con dificultad de seguir el ritmo y la variedad de su coreografía, reparó Marcel en que aquella mujer era el primer eslabón tangible que lo unía al mariscal Ney, y se preguntó si el aguerrido soldado habría estado a la altura de los requerimientos de su amante... Nunca antes había amado Marcel de Brivazac a una mujer en su misma edad madura. Ninguna de sus amantes sobrepasaba la treintena, y se imaginó que aquella forma de amar tan cercana a la desesperación vendría impuesta de alguna forma por la juventud que se escapaba. Contrastaba con los ademanes delicados y sutiles de Martine de Claris, con la forma dócil en que se dejaba amar y se entregaba por igual al capricho dulce o violento del barón de Brivazac. Apreció en aquella dama experimentada y romántica una cualidad insuperable para amar apasionadamente, y se sorprendió de hallar en su cuerpo maduro una belleza inopinada. La facilidad con que se acoplaba a él y obtenía un placer insospechado acreditaba una sabiduría imposible de alcanzar solo con la experiencia propia; acumulaba la memoria de generaciones de cortesanas, conocimientos atávicos transmitidos en su propia sangre. Todos estos pensamientos pasaban por la mente de Marcel, que procuraba enfriar las poderosas sensaciones que le arrancaba su amante.

Brivazac creyó cumplir con cierta dignidad lo que Ida debía de esperar de él y le satisfizo recomponerse mientras un vistazo a los enseres de aquel salón le atestiguaba la inusitada violencia de su primer encuentro. Suspiró algo aliviado por que nada estuviera roto y ligeramente avergonzado por el efecto que el ruido de la batalla hubiera podido producir en los sirvientes. Tenía la impresión de que había sabido sincronizar a la perfección sus deseos con los de ella. Mientras se vestía, Ida se había echado sobre su cuerpo una bata de muselina, salida Dios sabía de dónde, y le ofreció un vaso de oporto, que Marcel apuró aún jadeante tras besarle la mano y dejarse caer en el sillón. Ella se acercó a él y se arrodilló a su lado, mientras apuraba otro vaso. Se sonrieron sin decir nada. Apenas apuró el generoso caldo, Ida acarició la pierna de Marcel hasta la ingle y besó sus labios. Marcel se persuadió de que su noche de pasión no había hecho más que comenzar y dudó de si aquel paso había sido en verdad inteligente. Por primera vez, pensando en Michel Ney, sintió algo que bien podría ser admiración.

París, viernes 10 de junio de 1808

Madame de Rémusat descendió de un desenfadado *cabriolet* a la altura de los números 74 y 76 de la Rue de Lille. Admiró la impresionante fachada del *hôtel* de Claude-Louis de Saisseval, vecino del *hôtel* de Salm, construido en las vísperas de la revolución por Antoine-Charles Aubert, y adquirido por el mariscal Ney, que celebraba una recepción para festejar su nombramiento como duque de Elchingen. Las fastuosas estancias de su mansión se abrían a una terraza sobre el Quai d'Orsay. El gran salón, con sus paredes cubiertas de espejos, bullía de gente. El duque departía con el joven príncipe de Sajonia-Coburgo en el salón azul, mientras la duquesa, radiante, cumplimentaba a otros invitados en el tocador plateado, sin duda la habitación más refinada de su palacio. Las paredes achaflanadas estaban tapizadas con tafetán amarillo, el mismo color de las cortinas estilo *quinze-seize* con amarantos recamados en seda e hilo de plata. Todo el mobiliario —mesa, sillas y lámparas— era de madera o bronce plateado, tapizado de seda amarilla rayada.

Madame de Rémusat halló al objeto de su mayor estima en el salón verde. El seductor Charles de Flahaut charlaba animadamente con una nube de elegantes damas que revoloteaban a su alrededor, mientras el oficial suizo Nicolas Bronner, inspector de finanzas, intercambiaba miradas de complicidad con su amante, el diamante de la Comedia Francesa, *mademoiselle* Mars, y esperaba la ocasión para pedir a la mariscala el honor de que amadrinara el primer hijo que su esposa Isabelle Rosat iba a darle en breve plazo. Algunos otros charlaban en el patio, cuya fachada se enaltecía con un pórtico semicircular de columnas jónicas.

Sonó la hora de la cena; los invitados se reunieron en el vasto comedor y tomaron asiento en las ricas sillas de caoba y cuero rojo. Un centro de mesa de cristal de Mont-Cenis, rodeado de candelabros y de figuras de bronce dorado, atraía la atención de los comensales. Pronto gran variedad de manjares fueron servidos sobre la vajilla de plata labrada por Odiot, el orfebre del emperador. Se afanaban solícitos los lacayos, impecablemente ataviados con la librea de la casa. Ney departía con Levavasseur, Lefebvre y Colbert acerca del levantamiento en Madrid. La cena transcurrió con alegría y a los postres se brindó por el duque de Elchingen, momento que aprovechó *madame* de Rémusat para deslizar en la mano de Charles de Flahaut un mensaje escrito por Hortènse de Beauharnais.

Mientras la concurrencia se trasladaba al salón de música al objeto de apreciar las indudables dotes musicales de su anfitriona, el abogado D'Aurevilly ironizó sobre el lujo fastuoso que rodeaba a los mariscales de Francia. Ney no pudo evitar escucharlo y le espetó: «Si tenéis a bien que vayamos al patio y recibís a quemarropa una ráfaga de cuatro mil disparos, mi fortuna es vuestra. Eso es todo lo que yo he hecho.» Laure Junot se sentó frente al piano, cuya caja de resonancia estaba fabricada en fina madera de palisandro. A un lado enmudecía el arpa manufacturada asimismo por Sebastián Érard. El aire de minueto comenzó a sonar y Flahaut entonó con calidez de envidiable barítono las notas que correspondían a *Don Giovanni*: «*Là ci darem la mano...*», que encontraron su justo eco en la bella voz de soprano de Aglaé emulando a Zerlina.

Michel subió a sus aposentos. Abrió los ventanales que daban al Sena y dejó que la brisa fresca y húmeda inundara su dormitorio... Se desvistió a medias en el guardarropa y se aseó en el *cabinet de toilette*. Al regresar a su alcoba, reparó en los motivos alegóricos de los vasos que adornaban cada extremo de su chimenea: la armonía y la reflexión. Como casi todos los ornamentos de su casa, no habían sido elegidos por él, y se preguntó si el recordatorio de semejantes virtudes sería puro fruto del azar.

Decidió ir a su biblioteca y fumar un cigarro. Tres cuerpos de estanterías con veintiocho puertas acristaladas con cortinillas verde oliva cubrían la mayor parte de las paredes. No le agradaba la ostentosa escultura del despertar de Venus por Adonis sobre su escritorio de cilindro de caoba moteada. Tomó asiento sobre la silla de la misma madera, incrustada de ébano y plata y guarnecida de mullido cuero verde. Emborronó un papel con la tinta y la pluma, suministradas desde *chez Despilly*, mientras se dejaba mecer por el tictac elegante del péndulo Bréguet. Su sonido se le antojaba menos dulce y más imperioso que el del viejo Morbier de su casa paterna, y recordó el día en que había abandonado el hogar sin una sola moneda en sus bolsillos. El padre Frank voló a su mente desde aquella flamante iglesia de Boulay; se preguntó en qué encrucijada había errado su camino. La mariscala disfrutaba a ojos vistas con el esplendor de su hogar. Gozaba sorprendiendo a sus invitados con el lujo y la magnificencia desplegada a golpe de costosas facturas, que el arquitecto Bonnard y el ebanista Jacob debían de engordar con dolo. Poco imaginaban aquellos pillastres afectados que el oro que los enriquecía provenía del sacrificio de ciudades conquistadas, de la expoliación a la que el duque ya se había entregado en sus últimas campañas, de los premios otorgados con munificencia por el emperador a cambio de millares de vidas sacrificadas.

Ney abrió al azar varias de las puertas acristaladas y se sorprendió del número de libros que poseía y que nunca había tenido tiempo ni ganas de leer. Junto a las partituras de ópera italiana de su esposa, abundaban los tratados y escritos militares que había devorado durante su estancia en Suiza, poco más o menos cuando había reclutado a Jomini. No lograba recordar de dónde habían salido las obras completas de Racine y Rousseau, la edición *Beaumarchais* de Voltaire, los ejemplares de Tácito, Montesquieu, Corneille, Molière, Fielding... Tomó un ejemplar de *Don Quichotte* que ignoraba poseer y lo abrió al azar: «La libertad, Sancho, es uno de los más preciados dones que a los hombres dieron los cielos; con ella no pueden igualarse los tesoros que encierra la tierra ni el mar encubre...» Así Don Quijote invitaba a Sancho a la reflexión, al salir del castillo de los duques... «Tal vez fuera de los duques de Elchingen», dijo Michel Ney para sí. Volvió a colocar el libro en su lugar vacío del anaquel y abrió otra puerta en el cuerpo de la librería que ocultaba el paño opuesto, donde guardaba sus mapas. Revolvió durante unos minutos sus rollos y legajos y, por fin, extrajo un mapa de España firmado por el barón Von Pufendorf. Ney situó la capital en primer término. Le sorprendió la abrupta orografía de aquel país de cordilleras sucesivas cruzando de este a oeste y de norte a sur una meseta elevada, en una península que comprometía tanto el ataque como la defensa en caso de grandes batallas. Aquella potencia pobre, despoblada y olvidada, cuya capacidad para la guerra había sido acreditada durante siglos, no parecía suscitar la menor preocupación en el emperador. Volvió a colocar los mapas en su lugar, arrojó el cigarro a la chimenea apagada y se asomó una vez más a la corriente del Sena. Los tesoros que la tierra encierra y la mar encubre estaban en sus manos, y las sentía vacías. Había alcanzado más que la gloria, sin habérselo propuesto. Tenía el respeto, la admiración y la posición en aquel país que era dueño del mundo, y los había ganado con el coraje, con esfuerzo, sirviendo a una devoción sincera hacia su patria. «La verdad no siempre es el camino», le había dicho aquel cura. ¿Dónde habría perdido el suyo?

Océano Atlántico, jueves 18 de marzo de 1819

La proa del *Albion*, de cuatrocientas cuarenta y siete toneladas, apuntaba a poniente. Los vientos bonancibles habían acompañado la primera semana de travesía desde que zarpara del puerto de Liverpool con destino final en Nueva York, previa escala en Charleston, donde debía cargar sus bodegas con algodón. El capitán John Williams, como cada noche que la mar lo permitía, había invitado a cenar en su espaciosa cámara a media docena de sus pasajeros de primera clase. Una digna colación había precedido a la animada sobremesa, en que el capitán y su primer oficial, Henry Cammyer, solían narrar a sus curiosos invitados las anécdotas de muchos años surcando los mares de un mundo a otro. Marcel de Brivazac participaba con gusto en la conversación, ya hastiado de la monotonía de la navegación. Celebraba, por lo demás, poder conocer más de cerca a la única dama que los acompañaba en la singladura. Poco sabía de ella hasta aquella noche. La saludaba con frecuencia cuando ambos se cruzaban en las cubiertas. Vestía de luto y supuso que era viuda. Calculaba que tendría alrededor de los treinta y cinco años. Aunque sus atuendos eran sencillos y muy adecuados a la incomodidad de una travesía oceánica, mostraba en sus ademanes una distinción difícil de disimular. La había visto leyendo un par de libros, apoyada sobre la borda o sentada en una banqueta en el castillo de popa. La intimidad de la cena le había permitido ahora conocer más detalles de aquella mujer. Su nombre era Angela Oakley, hija de un comerciante y mecenas inglés que se había establecido en Carolina del Sur. Había contraído matrimonio con sir Henry Oakley, un barón inglés al que había enterrado un año antes y que le había dejado algunas posesiones en las islas. Decidió afincarse definitivamente en Charleston, donde sus dos hijos la esperaban en la casa de su abuelo materno. Había viajado a Inglaterra para ocuparse de la herencia de su marido. Llegado el turno, Brivazac hizo también su fingida presentación como hombre de negocios francés, interesado, ahora que la paz reinaba, en establecer alguna relación de negocios en el viejo continente para importar algodón y otras mercancías hacia Francia. Thierot, que esa noche cenaba en su camarote, lo acompañaba en la travesía como su hombre de confianza.

La presencia de una dama en la mesa del capitán acentuaba la cortesía de los pasajeros, disuadiéndolos de abordar ciertos temas de conversación que consideraban tal vez impropios o escabrosos. De esta forma, la velada fue transcurriendo de forma amable y galante. Brivazac reparó en que la cena debía de haberse servido sobre la mesa de trabajo del capitán. Observó arrinconados sobre una mesita los mapas, un compás, un sextante y un catalejo, debidamente asegurados. Pero le llamó la atención, por lo inusual, que en una esquina de la cámara hubiese un pequeño clavicémbalo firmemente anclado a la cubierta. Brivazac se interesó por el instrumento.

—Hace ya cinco años que me acompaña. Lo transportamos en un viaje y se quedó olvidado en las bodegas. Nadie lo reclamó y aquí sigue —explicó el capitán—. El aire salino del mar y la humedad no parecen sentarle bien, y de vez en cuando hago que lo revise y afine un amigo lutier de Nueva York.

—¿Sabéis tocarlo, capitán? —preguntó lady Oakley.

—Un poco, señora. Me entusiasma la música, de forma que cuando llega la noche y la mar lo permite le arranco algunas notas antes de dormir.

—Normalmente es entonces cuando se cierne la tormenta sobre nosotros —bromeó el primer oficial, provocando la risa de los comensales.

—Estoy convencida de que no es así. ¿Por qué no tocáis algo para nosotros, capitán? —le propuso lady Oakley.

—No me haré rogar por una dama —respondió, galante, John Williams.

El capitán se levantó de la mesa y se sentó ante el instrumento, arrancándole con gracia y mediana técnica las notas de una composición de Couperin. Brivazac apenas atendía a la ejecución del capitán. Observaba los leves movimientos de lady Oakley siguiendo el compás, su gesto amable y comedido, la ausencia completa de coquetería, tan distinta a la conducta acostumbrada entre las damas parisinas. Angela parecía querer disimular la sensualidad de sus labios; recogía de forma humilde su hermoso cabello negro ondulado de reflejos azulados. Su tez rosada, ayuna de afeites y polvos, era la expresión de una naturalidad hermosa, realzada por la mirada serena y segura de sus ojos negros. Halló en su rostro humildad y dignidad, pero también una expresión constante de beneplácito, una sonrisa apenas apuntada que irradiaba resignación, conformidad, tal vez satisfacción... Su expresión revelaba inteligencia, autodominio, un afán contenido y prudente de gozar del instante. La encontró misteriosamente bella.

Sus pensamientos se interrumpieron cuando el capitán concluyó su interpretación y el auditorio aplaudió condescendiente. Los invitados se miraron con gestos de afirmación para demostrar su complacencia. Angela volvió su mirada desde el clavicémbalo hacia los ojos de Marcel y comprendió que la observaba desde hacía tiempo. Le sonrió y fingió no haber reparado en ello. Cuando los ecos del aplauso se apagaron, Marcel tomó la palabra.

—Lady Oakley, no he podido evitar darme cuenta de que seguíais la ejecución magistral del capitán marcando las notas, lo que me lleva a pensar que vos también debéis de dominar este arte. Y si es así, os ruego que culminéis esta agradable velada deleitándonos con ello.

El calor de la música había distendido en buena medida la reunión y los otros seis hombres insistieron en la idea al percatarse de que Brivazac había acertado. Lady Oakley sonrió.

—Sin duda sois un hombre muy observador y agudo, señor de Brivazac —adujo, divertida, la dama—. Y temo que os habéis aliado con estos caballeros para ponerme en una situación comprometida, pero no es mi intención desairaros. Debo confesaros que no soy virtuosa de instrumento alguno, pero trataré de defender con mi voz lo que mis manos no alcanzan.

Lady Oakley se sentó frente al clavicémbalo ante la expectante atención de los caballeros y comenzó a deslizar sus manos pequeñas, finas y blancas sobre las teclas, desgranando una melodía en tempo *larghetto* que ni Marcel ni los demás comensales pudieron reconocer. Tras algunos compases, la hermosa voz de soprano de Angela Oakley inundó la sala. La belleza de la melodía y la limpieza de la entonación en aquella hermosa lengua cautivaron a la reunión. Solo se escuchaba la música rasgando el silencio, pues el sonido de la proa del barco hendiendo el mar parecía responder al mismo ritmo de tres por cuatro, como un metrónomo cósmico aliado en clave de sol con el milagro de la música de Händel, cual si los elementos quisieran acompasarse a tanta belleza. Angela atacó de nuevo el *leitmotiv* de la composición: «*Lascia ch'io pianga... mia cruda sorte... e che sospiri... la libertà.*» Marcel sintió cómo un cosquilleo subía por su espina dorsal, hormigueaba su nuca y sus ojos se humedecían; se mordió los labios para que las lágrimas no saltasen de sus ojos, aturdido y a un tiempo avergonzado por la emoción tan inusual que lo embargaba. No debió de ser el único. Cuando los dedos de lady Oakley dejaron de presionar el teclado, durante un segundo solo se dejó oír el rumor del agua dividida por la proa del barco en olas fosforescentes, hasta que todos los presentes estallaron en una ovación que pudieron oír los pasajeros de tercera clase que trataban de dormir en lo más profundo de la bodega del *Albion.*

El resto de la velada fue una continua catarata de elogios a las cualidades de lady Oakley y a la belleza de la obra que había interpretado con tanta maestría. Se trataba de un aria de una ópera olvidada del gran Händel, que se había dejado de representar hacía muchos años. Todos conocían los himnos, corales y alguna que otra ópera bufa del célebre compositor alemán que se había afincado en Inglaterra, pero ignoraban que pudieran existir partituras tan celestiales y tan tristemente relegadas. Celebraron el descubrimiento y el celo coleccionista del malogrado sir Henry, que había recopilado para su esposa ediciones y copias de los pentagramas más raros de sus compositores dilectos.

Bien entrada la noche, los invitados agradecieron al capitán una velada tan extraordinaria y se despidieron. Hacía un par de horas que el señor Cammyer había salido para relevar al mando del navío a Edward Smith, segundo oficial del *Albion.* Los pasajeros se retiraron a sus camarotes en la cubierta de alojamiento de primera clase. Lady Oakley se refugió en el número 5, tras despedirse con una sonrisa de sus compañeros de viaje, que aprovecharon para felicitarla de nuevo por su memorable actuación. Marcel ocupaba el número 11, justo enfrente del que acogía el sueño de Armand Thierot. A Marcel le hubiese gustado charlar con alguien, incluso con su adusto ayudante, tal vez para calmar la excitación que lady Oakley había provocado en su espíritu. Le complacía pensar que quedaban aún tres semanas de travesía encerrados en aquel navío incómodo, en las que tal vez podría desentrañar algunos de los misterios que adivinaba en aquella mujer tan sencilla en apariencia. Animado por la idea se tumbó en su hamaca y decidió mantener un candil encendido para leer algunas de las páginas de su libro de cabecera: *Vie du maréchal*

Ney, de Raymond Balthazard Maizeau, publicado en París por la editorial Pillet en 1816. Saltaba a la vista que el relato no había tenido grandes problemas en sortear la censura. Marcel hubiera preferido un texto menos complaciente con los Borbones y más ecuánime. A todas luces el autor trataba de hallar la gracia del monarca y de los realistas, y sus juicios eran poco fiables. Con todo, resultaba sorprendente que no hallara la forma de minimizar las hazañas militares de aquel general. Por más que las presentara torticeramente, las tergiversara o las describiera con desgana, aquellas proezas parecían tener vida propia y más resaltaban si eran expuestas con objetividad, sin pasión. Marcel ya las podía haber leído en *Le Moniteur* y en muchas otras obras hagiográficas y comprometidas con el Imperio. No diferían mucho de lo que podía inducirse de la pobre obra de Maizeau y, lo que era más sorprendente, tampoco de los testimonios que había recolectado entre sus enemigos. Los españoles, siempre dispuestos a reconocer la grandeza y el honor de un guerrero, conservaban el mejor recuerdo del gobernador de Galicia. Los rusos no eran menos. Al poco tiempo de la Restauración y de su fusilamiento, un grupo de emigrados bebía en uno de esos clubes de la orilla derecha del Sena donde se reunían oficiales de todos los ejércitos de ocupación. Los realistas despotricaban contra el mariscal Ney y brindaban por su desaparición. Marcel se encontraba allí casualmente, y no olvidaba cómo los oficiales rusos se dirigieron con desprecio a los realistas, recriminándoles su actitud: «No dudamos de que seáis franceses, pero tampoco de que no estuvisteis en la campaña de Rusia de 1812. Si hubiera sido así, no os atreveríais a actuar de ese modo.» La intromisión a pique estuvo de provocar una reyerta.

¿Quién era ese hombre extraordinario, capaz de provocar la admiración y el respeto de unos enemigos a quienes destruía con su ardor y con su habilidad para la guerra? ¿Quién era esa mujer de apariencia sencilla, cuya voz ordenaba el régimen de los vientos y de las mareas, que prendaba con su mirada a siete comensales de origen y condición tan diversos, que casi había arrancado de sus ojos unas lágrimas que Marcel no recordaba haber vertido desde que su madre le comunicó su orfandad? Eran demasiados misterios para una sola noche: el barón Marcel de Brivazac dejó que lo rindiera el sueño.

La Coruña, jueves 9 de marzo de 1809

Desde su despacho usurpado al gobernador de La Coruña, el mariscal Ney, duque de Elchingen, podía admirar el mar embravecido estrellando sus olas contra un litoral que de ningún otro modo podría haberse bautizado con más tino que como «costa de la muerte». Ante la inmensidad de la naturaleza y su potencia colosal, cualquier ejército de hombres se antojaba una vana pretensión de emular una fuerza incomparable, y acaso observar la creación de Dios debería bastar para borrar la soberbia de nuestro corazón.

El mariscal se levantó. Odiaba la humedad de aquella tierra, que se adueñaba del granito y la madera, de los papeles y del acero, con la misma facilidad con que penetraba en los huesos y parecía pudrirte el tuétano. El reuma mortificaba al soldado inquebrantable... «No, la soberbia es infinita y perenne», se decía. Cuando un puñado de espantajos desharrapados había conseguido por primera vez ridiculizar al ejército imperial en Bailén, Bonaparte lo atribuyó a la bisoñez de los reclutas: «Envié corderos a España y los españoles los devoraron —había dicho—. Ahora enviaré lobos que los devorarán a su vez.» Y así el sexto cuerpo al mando del lobo mayor se había enterrado en aquel país odioso. No había nada que reprochar al emperador. Ney mismo había calificado alegremente la guerra de España como una «guerra de comedia». La necedad siempre es demasiado audaz. Nadie podía imaginar la forma inopinada de combatir de aquel pueblo salvaje, donde no había ejército, porque todos eran combatientes. Hombres, ancianos, mujeres y niños eran el enemigo, aleccionado no por generales ni príncipes, sino por curas y visionarios. Resultaba imposible interrogar a ningún habitante acerca del camino a seguir o de cualquier circunstancia que fuera. Jamás contestaban si no se limitaban a mentir; y resultaba indiferente que fuera un campesino, un notario o una puta. No importaba si una ciudad asediada no contaba con tropas. Había que reducirla a cenizas, como si fuera Cartago, porque hasta los perros y los gatos parecían luchar. Podían dispersarse las fuerzas enemigas, vencer en todas las batallas: era en vano. No había manera de enviar un mensajero, una columna o un transporte sin que aquellos bandoleros los masacraran de la forma más cruel imaginable, crucificándolos, quemándolos o despellejándolos vivos. Se los podía diezmar, pero no era suficiente. En aquellos páramos despoblados, que se convertían en tundras en invierno y en desiertos en verano, sobrevivían como lagartos, como ratas, como cucarachas, mientras que los franceses se iban consumiendo poco a poco. Sus gentes solo permanecían tranquilas una vez muertas. Bailén había traído a los ingleses, que parecían entenderse a las mil maravillas con aquellas columnas de guerrilleros desastrados y sin disciplina alguna.

Ney echaba de menos al galante Colbert. Recordaba sus gloriosas cargas en Eylau y en Friedland, y no se resignaba a que hubiera muerto en una escaramuza miserable en Cacabelos, después de una peripecia atravesando el Guadarrama bajo una tormenta de nieve que jamás habría imaginado en esas latitudes, donde por fin —eso creía él— había descubierto el frío supremo, la congelación absoluta, que habría hecho derretirse al cristalizado armero Courier ante los muros de Maguncia de haber podido siquiera imaginarla. Su añoranza del apuesto Colbert fue interrumpida por un ordenanza, que anunció la visita esperada para aquella mañana.

Al cabo de unos minutos, una docena de mujeres vestidas de negro entraron en el amplio despacho del gobernador. Ney las invitó a sentarse. Advirtió enseguida quién de entre ellas debía de ser la Coronela, viuda del coronel Neira y carismática líder de aquel grupo de esposas y viudas de oficiales y soldados gallegos del ejército regular español alistados en las filas del marqués de La Romana, y considerados rebeldes frente al nuevo gobierno de José I. Sus esposas y viudas, ahora separadas de sus maridos en territorio conquistado, no recibían ni un real de sus pensiones y haberes, y sobrevivían a duras penas en la más triste indigencia. Ney había tenido noticia de esa situación y esperado en vano recibir de ellas alguna solicitud. Decidió, pues, convocar a una representación. Los rasgos angulosos y nobles de la Coronela llamaban la atención, y no era casualidad que hubiera ocupado de forma natural el centro entre sus compañeras. Ney se dirigió a ella.

—Señoras, os agradezco que hayáis atendido mi llamada —comenzó diciendo el todopoderoso comandante del sexto cuerpo—. Tengo noticias de que buena parte de las tropas del marqués de La Romana proviene de esta región, y que por tanto son muchas las mujeres y viudas de oficiales y soldados que malviven sin ningún sustento. ¿Es eso cierto?

—Es tal y como lo exponéis, excelencia —contestó la Coronela.

—Sin embargo, no me habéis solicitado ayuda alguna para paliar vuestra menesterosa situación...

—No lo hemos hecho, excelencia, ni vamos a hacerlo de ningún modo. Aún nuestro ejército sigue combatiendo y no se ha rendido, que sepamos.

—Es cierto, señora... de Neira, ¿verdad? —La Coronela asintió con la cabeza—. ¿Pero qué tienen que ver vuestros maridos y el ejército con ustedes?

—Señor, en este mismo momento esos maridos quizá duermen al raso, sufren las fatigas de la marcha, sienten hambre, luchan y mueren... Nosotras no portamos armas, pero también luchamos a nuestra manera; mantenemos el coraje y el orgullo como un ejemplo de resistencia... ¿Qué dirían los hombres si pidiéramos tregua y ayuda de nuestros enemigos? ¿Qué hacen vuestras mujeres cuando batalláis?

Michel Ney imaginó que Aglaé debía de solazarse preparando alguna recepción en su mansión de la Rue de Lille; o acaso llenando de figuras doradas y cristalerías suntuosas su nueva propiedad de Coudreaux; o arreglando su jardín inglés, las dependencias del castillo, el columbario o los establos. Imaginaba una legión de albañiles, carpinteros, caballerizos, guardabosques, mayordomos, jardineros, floristas y decoradores moviéndose como un ballet a las órdenes de su entusiasmada duquesa. Decidió no contestar a la Coronela.

—Señoras, la guerra es oficio de hombres. ¿Por qué porfiáis en este país por hacer de las mujeres y de los niños soldados?

—Os equivocáis, señor duque —contestó con aplomó la Coronela—. La guerra no es un asunto de los ejércitos ni de los militares. Compete a todo el pueblo. Cuando un pueblo lucha por la libertad, la guerra es el oficio de todos, cada cual a su guisa y manera. Esa libertad no solo es para los hombres. También es para nosotras y, sobre todo, para los niños. Es una buena enseñanza el que aprendan a defenderla desde su tierna infancia.

—¿Y a morir?

—La muerte es el precio de la libertad, sire.

Ney se levantó de su silla y se acercó al ventanal. Las olas del Atlántico rompían contra el espigón y la espuma saltaba sobre las losas del malecón.

—Señora de Neira —prosiguió—, me he informado de quién era vuestro esposo: un hombre eminente, marino, geógrafo, erudito... ¿Cómo es posible que os rebeléis contra la luz de la razón, que os levantéis para defender a un rey mentecato y absoluto que desprecia a sus súbditos, que obedezcáis los mandatos de un clero cerril que os oprime y explota?

—Señor Ney, es costumbre de estas tierras responder a menudo con una pregunta —repuso la Coronela—. Permitidme que lo haga y nos comprenderéis mejor: ¿Traicionaríais a vuestra patria abandonando el campo, solo porque en la mañana de la batalla llegarais a la convicción de que su rey o su emperador es un mentecato? ¿Aceptaríais que un extranjero le impusiera sus gobernantes, sus leyes, su propia lengua... y le ordenara qué debe hacer? El honor y el orgullo están muy por encima de la conveniencia, sire, incluso de la libertad.

—Tenéis razón, señora. Y no pienso doblegar vuestro orgullo ni mancillar vuestro honor. No os he llamado para reclamar vuestra sumisión, sino para pediros un favor: que aceptéis recibir de las exacciones obtenidas de estas provincias una cantidad equivalente a la mitad de los emolumentos o pensiones que os correspondan en razón del rango de vuestros maridos.

La Coronela no pudo disimular un gesto de sorpresa que dulcificó los rasgos severos que aquella mañana había sabido componer y mantener.

—Señora —prosiguió Ney ante su silencio dubitativo—, comprenderéis que la guerra es un oficio difícil, pero debemos mantener el honor, como decís, aun siendo enemigos. Y es el respeto que me merecen los hombres de mi oficio, aunque militen en el bando enemigo, el que me obliga en conciencia y honor a esta decisión. ¿Me ayudaréis a conformarme con las exigencias de la dignidad?

—¿Sois conscientes de que de esta forma estáis de alguna manera abonando la soldada de vuestros enemigos?

—Tanto como de que su honor, el vuestro y el mío quedan igualmente a salvo, pues sabéis que no me habéis pedido nada y que esta decisión es fruto de los imperativos categóricos de mi conciencia. ¿Podréis negaros, entonces?

—No podremos, sire, sin caer a su vez en la vileza. Pero sí podemos agradecer, reconocer y admirar la grandeza de un enemigo. Confío en que algún día, sire, podamos responder a su gallardía.

—Ya lo habéis hecho, señoras, no lo dudéis.

Cuando la última de las mujeres abandonó su despacho, Ney suspiró. Definitivamente ese no era un país sometido a las leyes del movimiento universal. Dudaba de que el sol no fuera a salir cualquier día por poniente para ocultarse por levante y por primera vez sintió que le pesaba el destino obtenido en aquel lugar inhóspito, primitivo, sin reglas ni convenciones, donde la guerra se sujetaba a unas leyes que hacían imposible vencer del todo ni adquirir la gloria, el precio de una victoria se pagaba con acciones viles y execrables, la derrota era más amarga y sucia. Con todo, no dejó de admirar la dureza de sus gentes, su forma aparente de gozar con el sufrimiento, aquel orgullo infinito que jamás sería capaz de comprender...

La comitiva llegó a Santiago de Compostela a primeras horas de la tarde. El barón de Léoncourt acompañaba al mariscal Ney en su cuarta visita a un convento de monjas; el turno correspondía en ese caso a las benedictinas recluidas en el monasterio de San Paio de Santealtares. Dejaron las cabalgaduras en la plaza del Obradoiro, tomaron un refrigerio y se dirigieron a pie hacia el vetusto edificio. La madre abadesa esperaba a la entrada del recinto. Les dio la bienvenida con aspereza y los acompañó hasta el refectorio, donde aguardaban todas las monjas y novicias, siguiendo las órdenes cursadas por el propio mariscal. La abadesa tomó asiento frente al púlpito, en el centro del banco corrido donde se alineaban las religiosas. Ney se sentó enfrente de ella, junto a los oficiales que lo acompañaban. El capitán Garcés subió al púlpito y leyó la traducción al español del comunicado que Ney había redactado. Empezaba el mariscal a atisbar el significado de aquella lengua de resonancias metálicas y guturales, tan lejana de la dulzura de otras lenguas latinas y tan impropia para transmitir mensajes conciliadores:

El Gobierno de su majestad José I os saluda con afecto, ciudadanas. Es voluntad de esta monarquía propiciar el progreso del pueblo español, y procurar la concordia con el vecino y hermano pueblo de Francia. La libertad de que gozan los ciudadanos de aquel país es ahora un don al alcance del pueblo español, oprimido durante siglos por monarcas, nobles y prelados. Este reino se compadece con el sentimiento religioso y lo respeta, garantiza el culto de la Santa Iglesia Católica Apostólica y Romana, pero abomina de la superstición y del terror. En consecuencia, es deseo del Gobierno de estas provincias que cada individuo pueda elegir libremente su vocación y garantiza a cada ciudadano la libertad de opción religiosa. Nadie puede ser obligado a recluirse en conventos y monasterios si no es por obra de su propio y libre albedrío. Como representantes del rey José I, venimos a esta casa para ofrecer a aquellas monjas que deseen abandonar su reclusión y a aquellas novicias que no estén dispuestas a realizar sus votos por propia voluntad la oportunidad de reintegrarse en la sociedad civil, para lo cual se las proveerá de forma que tengan garantizado su sustento y se les brindará la protección que precisen, recayendo las penas más severas contra todos aquellos que traten de impedir el ejercicio de su libre decisión o de cualquier forma tomen represalias por ello. Aquellas de entre ustedes que lo estimen pueden en cualquier momento solicitar su libertad a cualquier autoridad de este Gobierno en estas provincias y a cualquier oficial del ejército de liberación. Si esa es vuestra intención, no tenéis más que levantaros en este preciso momento y comunicárnoslo.

En sus visitas anteriores, solo en una ocasión una novicia se había acogido a la promesa, rendida por su pasión hacia un teniente francés con el que había acabado contrayendo sagrado matrimonio. No esperaba, pues, que fuera a dar fruto alguno aquella ocurrencia, propiciada por el rumor de que los claustros de aquellos conventos estaban atestados de adolescentes prisioneras, obligadas por sus familias o por el clero al enclaustramiento. Sin embargo, una muchacha de finos rasgos, de apenas quince años, se abalanzó a los pies del mariscal, implorándole de rodillas con las mejillas perladas de lágrimas. Sus ojos eran de un color azul intenso; su semblante, angelical; su piel, delicada y blanca como el marfil. Aquellos labios encantadores despedían palabras incomprensibles a una velocidad vertiginosa. Ney se figuró que aquella tierna criatura iba a recibir por fin la bendición que esperaba y disfrutaba pensando en el gesto hosco de la abadesa cuando la librara de su esclavitud. Cuando terminó su súplica no parecía que las religiosas se mostraran conmovidas. Ney ordenó a Garcés que le tradujera la petición de la chiquilla. Garcés carraspeó un par de veces y abandonó su español graciosamente afrancesado para tratar de resumir el ruego de la novicia:

—La novicia suplica a su señoría que haga uso de su influencia y de su condición de señor de estas provincias para que pueda tomar sus votos y hacer realidad su sueño de permanecer de por vida en este monasterio como monja benedictina. Aún no tiene la edad preceptiva para hacerlo y necesita una dispensa, concedida tanto por la autoridad eclesiástica como por la civil. Dada la situación de conflicto en que vive el país, teme que ello suponga una demora insufrible y... y afirma que en sus oraciones le fue revelado que en breve plazo vendría al convento una persona poderosa que le procuraría la dispensa, de forma que está convencida de que su destino está en vuestras manos y que vos sois a quien el cielo envía para socorrerla...

Ney miró a Garcés con incredulidad. Suspiró una vez más con profundidad y sin rubor alguno. Estaba escrito que aquella tierra le iba a arrancar más suspiros y lamentos que ninguna otra. La abadesa lo miraba con más conmiseración que vanagloria. Ney miró a la niña y luego a Garcés:

—Decidle que por el poder que me atribuye el propio rey puede entender concedida su dispensa y que haga de su vida lo que le plazca, agradeced a las monjas su paciencia y, por todos los santos, vayámonos de aquí...

La comitiva abandonó el refectorio mientras el capitán Garcés transmitía a la novicia la decisión del comandante, con la promesa de enviarle un documento oficial al respecto.

—¡Todo son patrañas, barón! —iba refunfuñando Ney—. ¡Todo es falso! Estas gentes no están sometidas a los curas. No hay novicias encerradas en los conventos ni pueblos aterrorizados por la Inquisición. Son ellos; son las gentes del pueblo las que abrazan esta forma de vida estúpida.

—Son siglos de miedo, sire... —opuso Léoncourt.

—No: son así. Estas gentes no creen en la vida, Léoncourt. Solo tienen fe en el más allá. Los sacrificios son bendiciones, la muerte es una ambición, el hambre los ilumina. Y si no es la fe, es esa forma tenebrosa que tienen de concebir el orgullo y el honor. Cuantos más sufrimientos les causemos, más felices y belicosos los haremos. No puede hacerse nada con ellos y el emperador se equivoca. A estas gentes no se las puede vencer ni conquistar. Les trae sin cuidado si hay o no hay rey. Aquí no hay nada que hacer; y acabarán con nosotros, uno a uno, sin necesidad de ninguna gran batalla. Haríamos mejor en dejar que se pudriesen en esta tierra desangelada.

Montaron a caballo. Ney no estaba dispuesto a quedarse ni un segundo más en aquella ciudad de peregrinos, curas y frailes. No le importaba a qué hora de la noche regresaría a su palacio. Ordenó partir y los cascos de los caballos retumbaron en los adoquines de la plaza del Obradoiro, mientras, a su izquierda, el templo del apóstol parecía burlarse de la fugacidad del tiempo.

Océano Atlántico, sábado 3 de abril de 1819

Después de cuatro días de mala mar, los pasajeros del *Albion* se apresuraron a salir a la cubierta principal en busca de una bocanada reparadora de aire fresco. El sol lucía y la mar encalmada por la ausencia de corrientes no ayudaba a que el buque avanzara dando bordadas para evitar una levísima brisa contraria. Marcel de Brivazac departía en la cubierta de intemperie con Armand Thierot cuando vio a lady Oakley aparecer con uno de sus inseparables libros en la mano, saludar con un gesto al capitán Williams, que charlaba con su piloto en el puente, y subir hasta el castillo de popa, donde solía leer sentada sobre una banquetita que subía consigo desde su camarote. Desde la memorable velada en que habían cenado por primera vez en la cámara del capitán, Marcel había tenido numerosas ocasiones de conversar con Angela Oakley. Habían hablado de los más variopintos asuntos, algunos personales; otras veces, de temas más convencionales. Marcel tenía la convicción de que ella compartía el agrado por su mutua compañía. Resultaba sencillo prescindir de convenciones y departir con naturalidad con aquella mujer observadora, aguda y plena de sentido común y sencillez. No parecían incomodarse porque la conversación declinara y a menudo habían sido capaces de compartir largos silencios, admirando hermosas tardes en que el orto se anunciaba con tonalidades violáceas, o esperando ambos a que el firmamento se fuera definiendo en la noche para jugar a identificar las constelaciones y adivinar el curso de la navegación según su posición. Angela le hacía olvidar el tedio de aquel paréntesis en su misión, pero no podía evitar, cada vez que la veía, que su mente se llenara de aquella música divina; se estremecía solo con recordar su voz vibrante y modulada, la facilidad con que su canto expresaba un sentimiento demasiado hondo y sutil para no despertar la curiosidad y la admiración. Había revelado entonces la grandeza de su alma amparada en las exigencias del arte, como un presente inesperado. Por lo común, Angela solía camuflar con su prudencia una virtud que Marcel intuía y que su trato sutilmente afable no podría nunca esconderle. Ella lo sabía y Marcel tenía la sensación de que nunca evidenciaría esa convicción ni una atracción que él confiaba o creía recíproca.

Abandonó la compañía de Armand Thierot y atravesó la cubierta para subir al castillo de popa. A Angela Oakley su compañía no pareció sorprenderla. Lo miró a los ojos, señaló su libro, lo cerró y esperó a que se acercara sin dejar de mirarlo.

—He interrumpido vuestra lectura, me temo —observó Marcel, acodándose en la borda de babor, justo a su lado, y mirando a estribor.

Angela se levantó de su banqueta y se apoyó en la borda, pero mirando al mar, con la vista perdida en el horizonte infinito y azul. Se hablaban, pero no se miraban.

—No me interrumpís, señor de Brivazac. La lectura es una forma simple de hacer más llevadero el paso del tiempo.

—¿Y puedo saber qué leéis?

—A un poeta inglés: lord Byron. ¿Lo conocéis?

—Temo que no, lady Oakley.

—Escuchad...

Angela abrió el libro que tenía entre las manos y no tardó en encontrar lo que buscaba. Leyó:

Ninguna de las hijas de la belleza
tiene la magia que tú tienes;
y es para mí tu dulce voz
como música en el agua:
como si tu sonido hiciera
detenerse al encantado océano,
resplandecen las olas en su quietud
y parecen soñar los sosegados vientos.

Y la luna de la medianoche teje
sobre el mar su brillante cadena;
su pecho palpita suavemente
como un niño dormido:
así el espíritu se inclina ante ti
para escucharte, para adorarte;
con la emoción suave y profunda
de las olas de un mar de verano.

—¿No creéis que es un poema hermoso para un día hermoso como el de hoy?

—Sin duda... —acertó a decir Marcel.

En el fondo, meditaba sobre la forma en que aquel lord Byron había podido profetizar sus pensamientos sobre la cubierta del *Albion*. Decididamente, aquellos poetas merecían más atención si eran tan hábiles para desentrañar los profundos y arcanos misterios del alma humana. Quizá los había menospreciado y sus virtudes insospechadas bien podrían alumbrar algunas incógnitas a quienes, como él, se encargaban de desentrañarlas. Se volvió y se apoyó en la borda, a su lado, mirando en la misma dirección indefinida, sin saber muy bien qué decir.

—¿Sabéis, señor de Brivazac, qué me gusta de navegar por alta mar?

—Lady Oakley, ¿por qué no me llamáis simplemente Marcel?

—Siempre que vos me llaméis Angela...

—Conforme. ¿Qué os gusta del alta mar, Angela?

—Podéis lanzar la vista a cualquier lado y solo veis el horizonte, un espejismo sin límites, que se aleja en cuanto os acercáis. Nada limita vuestra visión y entonces el pensamiento se ensancha; no se ve constreñido por lo que nos rodea cotidianamente.

—Las personas, las calles, los muebles, los paisajes definidos de la tierra firme... —añadió Marcel.

—Así es: todo lo que conforma vuestra existencia cotidiana modela vuestra memoria, da sentido a una vida incapaz de preguntarse sobre sí misma. En cambio, en la cubierta de este barco nada condiciona mis pensamientos...

—Estáis sola, estamos solos...

—Y es entonces cuando podemos vernos a nosotros mismos y reflexionar sin engaños sobre lo que nos espera en tierra firme... ¿Alguna vez pensáis así, Marcel?

—No lo creo, Angela. Tal vez la tierra firme nunca me abandona lo suficiente para olvidarme de ella. Pero puedo comprender lo que decís y hasta imaginarme vuestra sensación. Acaso tampoco repare en lo que me rodea en tierra firme y no tenga esa necesidad de desprenderme de mi memoria.

—Es una reflexión profunda, Marcel. Pero un ser humano siempre necesita tener algo bajo sus pies. ¿Dónde está vuestra tierra firme?

—Decidme primero cuál es la vuestra y tal vez así pueda hallar algún parangón.

Angela meditó algunos instantes, inspirándose en la línea del horizonte, que subía y descendía de forma casi imperceptible.

—Mi tierra firme son mis hijos, Marcel..., mi casa, mi piano, mis libros.

—Suficiente para sosteneros...

—Suficiente para sostenerme; tal vez no para conformarme. ¿Y ahora?

—Temo que sigo sin poder anclarme en vuestras referencias, Angela. Ni tengo hijos, ni casa que pueda considerar tal, ni piano, ni me preocupo por mi biblioteca.

—¿Qué os mueve, entonces?

—El recuerdo... —contestó Brivazac de forma casi instintiva.

—¿De una mujer?

—No, y siento que ello pudiera desencantar a nuestro romántico lord Byron.

Marcel no pensaba añadir una sola palabra más. Sin pretenderlo, como si dialogara consigo mismo, como si no notara el roce del brazo de Angela en su codo, siguió hablando a su pesar:

—Solo me guía una imagen de la infancia. Yo tenía once años, más o menos. Adoraba a mi padre. Era su único hijo y absorbía todo su tiempo y todas sus enseñanzas. Un día lo vi partir hacia palacio con gesto serio. Era un hombre imponente, recto y valiente como no he conocido otro. Mi madre temblaba y yo no entendí por qué se despidió de mí con solemnidad, encomendándome que cuidara de mi madre cuando él faltara y recitándome una especie de decálogo del perfecto caballero que yo ya conocía de memoria. No volvió aquella noche. Sabía que iba a morir. Mi madre logró recuperar su cabeza. Vinieron a vendérsela a casa y les dio lo que pidieron por ella. Nunca pudimos recobrar su cuerpo. Mi madre introdujo la cesta en que bailaba la cabeza de mi padre en el cuarto de aseo. Recuerdo la sangre que impregnaba el cáñamo y cómo goteaba sobre el suelo. Se encerró durante dos horas con él... con su cabeza. La limpió, la peinó y la envolvió en un lienzo de lino blanco. Al día siguiente la enterramos. Ella nunca volvió en sí de aquella desgracia. Huimos a Inglaterra, donde mi madre languideció, y no regresé a Francia hasta hace cinco años. Para un hijo que ha enterrado la cabeza de su padre, tal vez no sea extraño que no encuentre tierra firme bajo sus pies, ¿no creéis?

—No del todo, Marcel. Es una experiencia lo suficientemente dramática para marcar la vida de cualquiera, pero no estoy segura de que os haya dejado huérfano de tierra firme. El odio y el resentimiento que os oprimen no han sido su legado, sino el vuestro. Y con él habéis construido el suelo que pisáis y os ha cegado tanto que no habéis podido ver que vuestro padre afirmó la tierra bajo vuestros pies.

—¿Creéis sinceramente que lo hizo yendo a morir voluntariamente aquella noche, a sabiendas del daño que me infligiría? —repuso Marcel con ironía.

—En parte sí —opuso Angela con un tono dulce y conciliador—; pero decidme, Marcel, ¿recordáis su decálogo?

—¿El decálogo? —se sorprendió Marcel.

—En efecto, me habéis hablado de que esa última noche os leyó su «decálogo».

—Bueno, en realidad no era propiamente un decálogo de mandamientos. Eran sus máximas dilectas, que siempre me repetía y que grabó en mi mente a hierro y fuego. Esa última noche se limitó a enunciarlo con más seriedad.

—¿Lo recordáis? —insistió Angela.

Marcel no estaba muy seguro de que aquella conversación estaba teniendo lugar. Miró a Angela; la música del aria de *Rinaldo* sonaba en su mente con su movimiento suave de *larghetto* y le pareció que su propia voz seguía un compás de tres por cuatro en clave de sol mientras recitaba:

—«Piensa solo por ti mismo y hazlo en los demás; sé generoso con quien no sabe y severo con quien no quiere saber; defiende a quien no puede hacerlo por sí mismo; cumple con tu palabra, y con tu deber como si fuera tu palabra; vive honestamente y compensa tus créditos y tus deudas; sé generoso en la victoria y orgulloso en la derrota; busca lo que ignoras y no te jactes de lo que sabes; no hagas nada en nombre de Dios y limítate a honrar su nombre con tus actos; no dudes de tus actos si generan beneficio sin daño; y no trates de ser como tu padre, sino como querrías que fuera tu hijo.»

—Lo recordáis bien... —musitó Angela.

—Nunca lo había oído desde aquella noche, en realidad.

—Habéis debido de repetirlo para vuestros adentros más de una vez.

Angela deslizó su mano izquierda por la borda y la posó encima de la mano derecha de Marcel. El tacto suave de sus manos cálidas atravesó la piel de él: sintió que recorría su cuerpo como si circulara por sus venas o por sus nervios.

—Es un sabio legado, Marcel. Con él podríais haber asentado vuestra vida en tierra muy firme y también haberla expuesto como él lo hizo. ¿Habéis pensado que seguramente él murió tanto por cumplirlo como por que vos le dierais crédito? Tal vez haya afrontado la muerte pensando en ser digno de lo que esperaba que vos fuerais.

—Tal vez..., Angela. No sé por qué os cuento todo esto. Os estoy importunando...

—En modo alguno. Me complace que me hayáis hablado con tanta franqueza, porque confirma que la estima que os profeso es mutua.

Lady Oakley buscó en el interior de su libro la tarjeta de visita que utilizaba como separador. La extrajo y tendió la mano hacia Marcel para dársela.

—¡Tomad! —dijo—. Ha sido un placer conoceros. En un par de días llegaremos a Charleston y no quiero que abandonéis el barco sin que sepáis que valoro vuestra amistad; me gustaría volver a veros si se presenta la ocasión. Aquí constan mis señas y confío en que si tenéis oportunidad vendréis a visitarme.

Marcel retuvo la mano de Angela y la besó. Tomó la tarjeta y la guardó.

—Tenedlo por seguro...

Aquella noche Marcel no pudo conciliar el sueño. Su conversación con lady Oakley había removido la ciénaga de sus recuerdos y temía despertar en la noche en medio de sudores fríos, llamando a gritos a su padre, con la imagen de su cabeza sanguinolenta saliendo de aquella maldita cesta. No eran las separaciones de madera de los camarotes capaces de albergar la intimidad de sus pesadillas recurrentes; le avergonzaba despertar a Thierot o a los otros pasajeros con sus temores infantiles. Ignoraba que ese sueño se había desvanecido para siempre. Alimentó el candil de aceite y tomó en las manos el rollo de papel que François de Briqueville le había entregado en el puerto de Dunkerque y que aún no se había tomado la molestia de leer. Deshizo los nudos de las guitas que enlazaban los pliegos y comenzó a hacerlo.

Rusia, del 19 de octubre al 15 de diciembre de 1812
(según el relato de Armand François de Briqueville)

El 19 de octubre abandonamos la fantasmagórica ciudad de Moscú en dirección a poniente. El tiempo era agradable. Más que un ejército, parecíamos el pueblo de Israel en éxodo o una horda de tártaros de vuelta de una expedición afortunada. Las tropas marchaban sin disciplina alguna, con excepción de la guardia imperial y nuestro tercer cuerpo. Muchos soldados vestían prendas de armiño, visón o marta cibelina. Algunos se cubrían con chales, vestidos femeninos de raso y de terciopelo de todos los colores, y se tocaban con gorros de mujer. Otros se habían apoderado de ricas vestimentas sacerdotales y se servían de báculos y cayados con pomos de plata o se enfundaban sobre su uniforme las vistosas libreas de mayordomos y cocheros. Custodiaban carretas repletas de los objetos más variopintos: estatuas de oro, cajas de música con joyas engastadas, candelabros de plata... A cierta distancia los seguía una muchedumbre de rezagados, nutrida de civiles, mujeres y niños franceses que habían acompañado a aquella nación en movimiento. Entre ellos también se camuflaban algunos desertores de todas las nacionalidades y mujeres rusas que se habían amancebado o simplemente preferían emigrar hacia Francia. La línea de carruajes, carromatos, y hasta carretillas de mano, sobrecargados con el botín del colosal saqueo, ocupaba casi dos leguas. El mariscal Davout cubría la retirada de aquella ingente marea humana, siempre incomodado por los ataques sorpresivos y fulgurantes de los cosacos de Plátov.

El emperador había decidido retornar por la ruta de Kaluga, más al sur del camino que habíamos emprendido en nuestra conquista, con la pretensión de evitar la tierra quemada y baldía, y asegurar así nuestro suministro. Kutuzov, el viejo zorro, ya lo había previsto y el grueso del ejército ruso bloqueaba aquella vía de retirada. Los restos de la Grande Armée no estaban en condiciones de afrontar una batalla masiva y Bonaparte no tuvo más alternativa que regresar a la ruta principal, en dirección a Mojaisk. El 24 de octubre nuestra vanguardia, apenas dieciséis mil hombres, se encontró con casi setenta mil rusos a las afueras de Maloyaroslavets. Los batimos y causamos más de cuatro mil bajas entre sus filas. Kutuzov supo entonces que aún éramos una fuerza formidable y evitó enfrentarse a nuestro ejército. Pero nos vigilaba de cerca. Al día siguiente de nuestra victoria, el emperador estuvo a punto de caer prisionero en un reconocimiento del terreno, enfrentándose a una partida de cosacos de la que tuvo que defenderse con su propia espada, en compañía de solo cincuenta hombres. A partir de ese momento llevaba colgada del cuello una bolsita de seda negra que albergaba una dosis de veneno, pues no era su intención caer en manos de aquel enemigo.

Alcanzamos Mojaisk el 28 de octubre y entonces comenzó el invierno, una estación que merecería otro nombre en aquellas tierras. La nieve caía en espesos copos y cubría la tierra en un santiamén. El frío se hacía intenso y acampar o vivaquear se convertía en una tortura. Aquellos campamentos hacían de Rabelais un escritor poco imaginativo: los fuegos se alimentaban con muebles de caoba, con puertas y ventanas de maderas nobles centenarias. Cerca de ellos se extendían algunos tableros o lechos de paja húmeda, donde soldados y oficiales acomodábamos exquisitas sillas y sofás de seda, sobre los que nos sentábamos o acostábamos manchados de barro y tiznados por el humo. Yacían a nuestros pies mantos y chales de cachemira, tapices de oro de Persia o platos de plata donde habíamos cenado el más tosco pan negro que cabe imaginar, que acompañábamos con carne de caballo sanguinolenta y medio cocida entre las cenizas. Sin duda era un extraño contraste de abundancia y hambre, riqueza y mugre, lujo y pobreza.

Al día siguiente de abandonar Mojaisk, apreciamos el ambiente cargado de un olor nauseabundo. Tuvo que ser el coronel de Fézensac quien advirtiera, ante la curiosidad del mariscal Ney, que nos hallábamos en la proximidad de Borodino. El hedor provenía del campo de batalla. Ni la nieve ni el hielo conseguían aplacar la fetidez exhalada por miles de cuerpos descompuestos y a medio devorar por los lobos, flanqueados por los signos de su destrucción: cañones volcados en los barrancos, mosquetes y sables hechos añicos, fragmentos de cascos y corazas, tambores rotos, restos de municiones, jirones de uniformes y estandartes manchados de sangre. Vi como el duque de Elchingen se estremecía, pero ordenó seguir la marcha. La visión no fue menos horripilante cuando alcanzamos el monasterio de Kolotskoye, donde habíamos abandonado a los heridos incapacitados para marchar sobre Moscú. Un puñado de jóvenes cirujanos, sin medicinas ni medios, se afanaba por salvar la vida a muchos hombres, amputando algún miembro. Un vaso de vodka y una bala o un trozo de madera entre los dientes eran los únicos consuelos. En Gjatsz había heridos que yacían sin atender, al lado de cadáveres de más de tres semanas. Un pobre muchacho, que había perdido la razón tras recibir un horrible sablazo en la cabeza, se hacía llamar a sí mismo Napoléon, y cuando el mariscal se acercaba trató de que una hilera de cadáveres presentara armas. Hicimos lo que pudimos por aquellos desgraciados, pero muy pocos pudieron acompañarnos en la retirada y la mayoría hubo de perecer a nuestras espaldas.

El frío cada vez era más insoportable. Ya no marchábamos, sino que nos arrastrábamos por aquellos caminos impracticables, debilitándonos a cada paso, abandonando los equipos en las cunetas. El 31 de octubre alcanzamos Viazma, que rebautizamos como la «ciudad del *schnaps*», por la cantidad de espíritus que deambulaban sin rumbo. A medida que el helor aumentaba, la mortalidad de nuestras monturas se elevaba. Hacía ya tiempo que el propio mariscal y sus caballeros marchaban a pie, tratando de preservar las cabalgaduras para los correos. Con todo, la sopa de sangre de caballo se convirtió en nuestro menú diario. No había forma de afeitarse y nuestros rostros se tornaron barbudos. Mientras caminábamos penosamente hacia el oeste, aprovechábamos el más mínimo descanso para hervir la nieve en nuestras pavas reglamentarias y hundir nuestros dedos ateridos en el agua casi en ebullición. Los copos de nieve se congelaban en nuestra barba, nos cerraban los párpados, cristalizaban las mucosidades. La marcha era silenciosa. Únicamente se oía el ulular del viento y los crujidos de nuestras botas hincándose en la nieve.

A partir del tercer día de noviembre el invierno fue inclemente. La nieve y, aún peor, esa *raputitza* que no admite traducción, pues no hay barro ni fango que pueda comparársele, hacían terrible y penosa la marcha de los transportes y de los cañones. Y nuestros soldados estaban más por la labor de concentrar sus fuerzas en que su botín avanzara, aunque abandonáramos algunos cañones. Tal es la fuerza incontenible de la avaricia, que nos ciega hasta el punto de prescindir de lo necesario para sobrevivir. Ese mismo día, Ney recibió la orden de retroceder hasta Viazma para rescatar a Davout, cortado por el general Miloradovitch cerca de Fedorovskoye. Con el general Razout en vanguardia, combatimos durante cinco horas para abrir un corredor por el que las fuerzas de Davout pudieron retirarse, al precio de abandonar sus cañones y sufrir muchas bajas. El primer cuerpo del ejército estaba exhausto y desde aquel día fue sustituido por el tercer cuerpo, al mando del mariscal Ney, que se encargaría de sostener la retaguardia durante el resto de la contienda. Contábamos entonces con diez mil hombres de las más variadas nacionalidades. Buenas tropas, en cualquier caso.

Cerca de Dorogobuzh los cosacos empezaron a incordiarnos. Buscaban más bien expoliar nuestros carros y cadáveres abandonados que exponerse a una confrontación. El mariscal estaba más preocupado por nuestro propio ejército que por ellos. A cada paso nos topábamos con cañones y armas abandonados. El ejército se desintegraba ante nosotros. Oficiales de alto rango y soldados caminaban, ora en una columna de civiles, ora en otra, confundiéndose unos regimientos con otros, contagiando de pesimismo el espíritu de los veteranos. El mariscal envió un correo al emperador haciéndole ver la verdadera situación de la Grande Armée. En el fondo, nuestro cuerpo mantenía la disciplina y la dignidad, y nos escocía tener que sacrificar tantos buenos hombres únicamente para tender un puente de plata a semejante hatajo de cobardes y desertores. El emperador nos contestó, justificando su intención de alcanzar a marchas forzadas Smolensko, y allí tratar de reorganizar el ejército después de proporcionar a los hombres descanso y alimento. Para lograrlo era preciso sacrificar una víctima..., y semejante ofrenda éramos nosotros.

No creíamos que fuera posible padecer más frío. Pero aquel 6 de noviembre nos demostró lo contrario. El mariscal bromeaba al respecto, confirmando que el frío era la representación de Dios en la Tierra, pues era lo único en verdad infinito. Así lo había comprobado a lo largo de su azarosa vida, en Boulay, Maguncia, Guadarrama, decía. Al atardecer, sin apenas visibilidad, observamos que un buen contingente de rusos avanzaba a través de los bosques cercanos. No tardaron en atacarnos. Casi no podíamos mover dedos y miembros entumecidos y la tropa estaba descorazonada. El mariscal se precipitó en medio de los hombres, agarró una de sus armas y los conminó a reanudar el fuego, disparando él mismo. Exponiendo su vida como un simple soldado, con un mosquete en la mano, como si no tuviese esposa, padre o hijos, sin consideración a su hacienda, poder o condición, combatió como si no tuviera nada que perder y todo por alcanzar. Luchando como un recluta, no dejaba de ser nuestro general. Secundado con ardor por todos sus oficiales, aprovechamos bajo sus órdenes brillantes las ventajas que nos ofrecía el terreno, nos mantuvimos fuertes en una elevación, nos cubrimos debidamente y acabamos por hacer que nuestros perseguidores fueran perseguidos en retirada. Aquella acción proporcionó a la vanguardia de nuestro ejército veinticuatro horas preciosas.

Seguimos combatiendo de idéntica forma durante la semana siguiente. El día 10 de noviembre divisamos el Dniéper; al asegurar el paso al día siguiente hubimos de abandonar buena parte de nuestros carros y cañones. El 13 de noviembre los cielos adquirieron una tonalidad azul oscura, casi morada, y comprendimos que se anunciaba una tormenta. Fue algo más que eso. La temperatura descendió de los veinte grados bajo cero en la escala de Anders Celsius en nuestros termómetros de mercurio. El viento era espantoso y los copos de nieve, de un tamaño inimaginable, nos cegaban hasta perder de vista al hombre que llevábamos delante. En nuestros rostros tumefactos los labios eran un trozo de hielo bien sólido; y acaso nuestros cerebros también. Veinte veces al día debíamos formar en escuadra, mientras el mariscal permanecía fuera de la formación, mofándose de los cosacos de Plátov y animándolos a acercarse un poco más. Marchábamos durante horas hacia atrás, de espaldas, afrontando al enemigo y descargando sin cesar nuestros mosquetes. Así, sin detenernos tras la última noche de infernal tormenta, logramos alcanzar Smolensko la mañana del 14 de noviembre.

Varios oficiales entramos en la primera casa de la ciudad. Recuerdo que Michel Ney se dejó caer en el suelo y estaba ya dormido cuando apoyó su cabeza. En diez días habíamos perdido casi a la mitad de nuestro cuerpo. Contábamos únicamente con seis mil hombres, una docena de cañones y un puñado de caballos tan debilitados que apenas podrían arrastrarlos. La ciudad, por lo demás, estaba en ruinas. Aún permanecían en ella siete mil heridos y enfermos, pero el ejército ya había partido dividido en dos grandes columnas. Una, al mando de Saint-Cyr y Macdonald, había abandonado la ciudad por la ruta norte, mientras las tropas austriacas de Schwarzenberg lo hacían hacia el sur, en busca de su propio hogar. El emperador y su guardia imperial habían dejado la ciudad el día anterior. La hallamos completamente saqueada; si se habían tomado medidas para procurar provisiones a lo que quedaba del tercer cuerpo, estaba claro que no habían sido respetadas. Ney ordenó sacrificar y despiezar unos pocos caballos acabados e inútiles y hacer estofados con su carne.

Con todo, nuestras desgracias no habían hecho más que comenzar. El 17 de noviembre abandonamos Smolensko. Tuvimos que dejar atrás a los heridos incapaces para la marcha. «Sois veteranos de guerra —les dijo el mariscal—. Encontrar la muerte en el combate o en la marcha es parte de nuestro oficio, del vuestro y del mío.» Escucharon estoicamente su condena, pues bien sabían que era preferible quitarse la vida a caer en manos del enemigo. Al día siguiente llegamos a Krasnoi. La ciudad era un cúmulo de ruinas humeantes y sus alrededores estaban sembrados de cadáveres. A juzgar por sus uniformes, había sido una batalla cruenta y nuestro ejército se había llevado la peor parte. Atravesamos el campo de batalla sumidos en la niebla y en la desolación. Los graznidos de los cuervos rompían el silencio. De pronto, haces de luz multicolor, irisados, rasgaron la neblina, seguidos del ruido de decenas de cañones que disparaban regularmente. Entre la bruma pudimos ver ante nosotros un ejército ruso bien compuesto de una nutrida caballería y de una masa incalculable de infantes. Nos preparamos para el ataque, mientras la niebla acababa de evaporarse.

Un oficial ruso galopó hacia nosotros esgrimiendo una bandera blanca. Lo llevaron ante el mariscal. Su cuidado atuendo y su atildado aspecto contrastaban con el rostro de ojos hundidos de Michel Ney, que escondía una larga barba pelirroja de la que pendían varios carámbanos de hielo. El oficial explicó que había sido enviado para solicitar la rendición de las fuerzas de Ney. «Un mariscal de Francia no puede rendirse», le contestó nuestro comandante. El ruso pidió permiso para poder explicar la situación. Su jefe, el general Miloradovitch, tenía tan alta opinión del mariscal que no podría ofrecerle una rendición deshonrosa. La capitulación era ya inevitable. Seguir el combate implicaría el exterminio de todas sus fuerzas. La Grande Armée ya se había retirado tras una decisiva derrota, dejándolo aislado. Teníamos ante nosotros ochenta mil tropas, apoyadas por doscientos cañones: una trampa mortal. Habría una tregua durante la cual nuestros propios oficiales podrían comprobar la veracidad de sus informaciones. A nuestro jefe no le hizo mucha falta. A mediodía las fuerzas enemigas resultaban bien visibles.

Podríamos haber capitulado sin deshonor y Ney sabía bien que Miloradovitch era un hombre de palabra, pero por extraño que parezca él era el único en concebir que la rendición no era la única escapatoria. Cuando el oficial ruso hubo terminado su parlamento, una bala de cañón pasó sobre nuestras cabezas y cayó en retaguardia. «Sois mi prisionero —dijo el mariscal al atónito emisario—. Vuestros camaradas han hecho fuego mientras estabais en mis líneas y eso implica que habéis perdido la protección de vuestra bandera blanca.» Poco después recibimos un correo del mariscal Davout, confirmando que habían debido retirarse y urgiendo a Ney para que abandonara su desigual combate y pensara en salvarse él mismo. Devolvió al correo con un mensaje en que afirmaba que, en caso necesario, él mismo se ocuparía de todo el ejército ruso.

Nos preparamos para un ataque frontal con la esperanza vana de forzar el paso. Lo intentamos una y otra vez durante toda la jornada, acosados por la caballería rusa por ambos flancos y diezmados por las descargas de su infantería. Quedamos reducidos a mil quinientos hombres sin esperanza alguna. Muchos de nosotros estábamos heridos de gravedad. Una bala hirió mi pierna y la metralla de una granada mi mano derecha. El mariscal ordenó entonces que nos retiráramos hacia Smolensko. Todo su Estado Mayor quedó paralizado. Nos mirábamos unos a otros con incredulidad. «¡Si es necesario marcharé solo!», rugió. Nos encogimos de hombros. No era un farol. Llegada la noche encendimos fuegos, fingiendo vivaquear. Los heridos que no podíamos caminar fuimos cargados en los carros y con todo sigilo nuestra banda abandonó el campo en dirección este. La espesa niebla, que de nuevo lo cubría todo, nos ayudó en la fuga. Los rusos no pudieron imaginar semejante maniobra y dormían plácidamente confiando en exterminarnos al día siguiente. Atravesamos de nuevo Krasnoi y al atardecer aún debimos defendernos del ataque de una partida de cosacos. Nuestra moral estaba casi agotada, pero la presencia del mariscal era suficiente para resucitarnos. Confiábamos en él. Nadie podía imaginar una vía de salvación, pero creíamos en él y estábamos convencidos de que haría algo sorprendente. Cuanto más peligrosa era la situación, más sereno parecía su ánimo. Su confianza en sí mismo era tan fuerte como su coraje, y una vez que tomaba una decisión nos contagiaba su convicción de que tendría éxito. Su rostro no reflejaba nunca indecisión o ansiedad. Lo mirábamos, sin atrevernos a preguntar. De Fézensac se acercó a él y le inquirió: «¿Qué vais a hacer, mariscal?» «Cruzar al otro lado del Dniéper.» «¿Y cuál es el camino?» «Lo encontraremos. Iremos campo a través.» «¿Y si el río no está congelado?» «¡Por todos los santos, os digo que lo estará!»

Nuestros mapas y cartas eran pobres. Dejamos la carretera y enfilamos hacia el norte atravesando penosamente los campos nevados. Las cabalgaduras se hundían hasta el vientre y cada paso era una tortura. Ney se fijó en una hondonada. Se acercó al punto más bajo y con sus propias manos empezó a cavar. Sintió el hielo frágil bajo sus dedos y ayudado de su sable descubrió un arroyo que fluía: «Esta corriente nos llevará a la ribera del Dniéper.» Marchamos hacia el norte siguiendo el curso del arroyo y al amanecer llegamos a un poblado. Los campesinos habían huido, pero hallamos algunos pedazos de pan negro trufados de paja y granos de cebada, que nos parecieron un manjar de dioses. Encendimos multitud de fuegos para hacer creer a los cosacos que nuestras fuerzas eran muy superiores. Al día siguiente encontramos por fin a un ser vivo, un campesino que nos indicó la dirección del Dniéper, advirtiéndonos que, aunque había algunos témpanos, no podríamos atravesarlo fácilmente. A pesar de que todos estábamos impacientes, el mariscal ordenó esperar hasta medianoche, confiando en que las bajas temperaturas facilitarían el tránsito sobre su cauce. Se acostó a la ribera del río, se cubrió con su capote y durmió tres horas como un niño. Llegado el momento, tomamos la decisión de atravesarlo. En fila de a uno, la tropa y los caballos conseguían cruzar el Dniéper con cierta comodidad, pero bajo el peso de los carros el hielo crujía. Mi carromato fue uno de los que quebró por completo aquel puente natural y me vi sumergido en las aguas heladas. Creí llegada mi última hora y sentí cierto alivio por ello. Hice acto de contrición y opté por no perseverar en mi empeño de mantenerme a flote, cuando una mano me aferró y me sacó de la corriente. Era el mariscal Ney. Había saltado de un témpano a otro hasta llegar a mí y salvó mi vida. «¡Ah... capitán de Briqueville! ¡Me alegra que os hayamos sacado de ahí!», fueron sus palabras. Tuvimos que abandonar el resto de los carruajes y, lo que resultó más doloroso, los cañones y algunos caballos. Me transportaron en unas parihuelas improvisadas, como a otros heridos. Trazando un semicírculo sobre la ribera norte del Dniéper, emprendimos la marcha hacia Orsha.

Nos guiaba la inercia y la fe incombustible de aquel hombre. Nuestros labios sangraban, reventados por el hielo; sentíamos los ojos doloridos, la piel llagada por las quemaduras producidas por el reflejo del sol sobre la nieve, los pies desollados por las rozaduras de las botas desbaratadas. Confiábamos en que no hubiera soldados regulares rusos al norte del

Dniéper. Aun así, marchábamos al abrigo de frondosos bosques, seguidos por lobos hambrientos y perros salvajes. Cuando uno de nuestros hombres se dejaba caer a la orilla de la carretera, exhausto y entregado a su suerte, podíamos oír sus aullidos sordos al ser atacado, aun en su último aliento, por aquellas fieras. Muchos optaban por descerrajarse un tiro y evitarse ese último sufrimiento.

Dimos por fin con una carretera que había sido recorrida recientemente por numerosas cabalgaduras. Oímos el rumor de sus cascos a lo lejos y pronto divisamos en las colinas que teníamos enfrente a los caballeros, cuyas siluetas se recortaban en el horizonte gris. Los rusos estaban entre nosotros y Orsha. Varios escuadrones enemigos ocupaban las colinas de nuestro flanco izquierdo con cañones tirados por trineos de caballos. Y allí estaba el duque de Elchingen con un puñado de hombres, sin más suministros que los alimentos y los cartuchos que podíamos portar, sin artillería, sin caballería, sin aliento, pero con bayonetas. Ney confió a Pchebendowski un mensaje de ayuda que debía hacer llegar a Orsha. El oficial polaco cumplió fielmente su misión; luego supimos de la explosión de alegría que nuestras noticias produjeron en todo el ejército. El emperador se deshizo en elogios hacia sus águilas salvadas, jurando que habría dado los trescientos millones de francos que albergaban los sótanos de las Tullerías por salvar a Ney, el bravo entre los bravos. Davout se ofreció a salir en nuestro socorro de inmediato, acaso para acallar sus remordimientos tras habernos dejado a nuestra suerte. Entretanto, nosotros hubimos de marchar durante cuarenta y ocho horas bajo el acoso del enemigo, que nos hostigaba alternando las cargas de caballería con el fuego artillero. Por fin, el príncipe Eugenio apareció tras marchas forzadas y los rusos desaparecieron del campo. Eugenio buscaba angustiado a nuestro comandante. «¿Dónde está el mariscal Ney?», se le oía gritar agitado. No podía reconocerlo. Nuestro barbudo general le hizo un gesto: «¡Eugenio!» El príncipe desmontó; se abrazaron y las lágrimas rodaron por sus mejillas. Novecientos veinte hombres supervivientes del tercer cuerpo de la Grande Armée aún tuvieron fuerzas para gritar: «¡Hurra!» Era el 21 de noviembre.

Aquella noche tuvimos, después de muchos días, la posibilidad de lavarnos, descansar, comer, curar nuestras heridas... La mías eran menos graves de lo que esperaba y podía apoyar la pierna con ayuda de un bastón. El general Ney cenó con apetito y buen humor. No le reprochó a Davout su conducta cuando le expresó mil y una excusas: «Señor mariscal, no tengo ningún reproche que haceros. Dios es nuestro testigo y Él se encargará de juzgarnos.» En Orsha esperábamos obtener refuerzos, nuevos equipos y municiones, una buena cantidad de cañones y caballos, y sobre todas las cosas víveres en abundancia. Por desgracia, la mayor parte de nuestros deseos se escaparon en manos de la guardia imperial. Contábamos ahora con cuatro mil hombres y la redoblada misión de mantener la retaguardia hasta que el ejército pudiera unirse al noveno cuerpo que había sido dejado en Borisov al mando del mariscal Victor. Nuestras tropas debían reunirse en la orilla este del Beresina para forzar el paso a la otra orilla. Después del crudo invierno que había diezmado a nuestro ejército, el destino nos jugó una mala pasada y las temperaturas subieron lo justo para que la corriente del Beresina fluyera gélida, pero no congelada, impidiendo el tránsito de nuestras tropas. Eso obligó a buscar un vado aguas arriba, que el general Corbineau halló cerca de Studzionka. Se puso a trabajar a varios pontoneros en la reparación del puente de Borisov para confundir a los rusos, mientras seis compañías de pontoneros y zapadores fueron enviadas a Studzionka para habilitar dos puentes, que empezaron a construir la mañana del 26 de noviembre. Oudinot, ante la mirada del propio Ney, defendía la cabeza de ambos puentes, mientras los pontoneros del general Eblé se afanaban desesperadamente por terminar la obra. Hubieron de permanecer durante horas sumergidos en las gélidas aguas para asentar las bases, erigir los pilotes, sustentar los caballetes y tener listo el paso para la una de la tarde, y volver a repararlo poco después de que algunos insensatos del segundo cuerpo hicieran trotar los caballos que tiraban sus carros sobre el frágil pasadizo. Finalmente, a las cuatro de la tarde ultimaron su hercúlea tarea. Ninguno de ellos sobreviviría más de unos pocos días a las consecuencias de su inmolación. Tampoco el general Eblé.

El 28 de noviembre, Tchichagov ya había descubierto nuestros verdaderos planes. Los rusos atacaron con fiereza en ambas riberas del río. Oudinot sostuvo a treinta mil enemigos con sus ocho mil hombres en la orilla oeste. El mariscal fue gravemente herido y el emperador ordenó a Ney y a nuestro cuerpo que sostuviera la cabeza de puente del oeste. «¿Sabéis lo que se dicen unos a otros los monjes de La Trappe? —rugía el más bravo entre los bravos—: ¡Debemos morir, hermano, debemos morir! ¿Seremos menos que ellos?» Ney cargó a la cabeza de setecientos coraceros contra la artillería rusa que causaba estragos en nuestras filas de infantería. Atravesaron los bosques, aniquilaron a seis escuadrones de infantería rusos, y regresaron con cinco cañones y dos mil prisioneros. «Una vez más habéis salvado al ejército», le dijo Bonaparte.

Entretanto, en la orilla este se desataba el caos. Ante la presión de los rusos, se decretó el «sálvese quien pueda». Victor dejó al valiente general Partouneaux al mando de dos mil trescientos hombres para cubrir la retirada final. Cuando solo quedaban en pie cuatrocientos, hubo de capitular. Al poco, la artillería rusa machacaba los dos puentes habilitados. El pánico se extendió y hombres y carros se atropellaban y se precipitaban al río. El puente finalmente cedió y una vez más los pontoneros tuvieron que restaurarlo. Cuando el noveno cuerpo acabó de atravesarlo, los artilleros incendiaron el puente y se retiraron a la orilla oeste, donde los esperábamos para cubrir nuevamente la retaguardia. Habíamos sembrado ambas orillas del Beresina con treinta mil cadáveres. Noviembre terminaba.

Los días siguientes dejamos atrás los vastos territorios pantanosos. Quemábamos cada puente de madera que atravesábamos para estorbar los ataques de los cosacos, que no cesaban de acosar nuestros flancos y la retaguardia en apariciones súbitas. El helor se hacía más intenso en aquellos primeros días de diciembre. Vivaquear era penoso. Nos apiñábamos en torno a los tenues fuegos. Los más débiles no podían pugnar por un buen lugar y conformaban la línea exterior de aquellos círculos de muerte. A la mañana siguiente, la luz del día nos hubiera permitido trazar las huellas de aquellas gigantescas concentraciones, pues quedaban señaladas por los cadáveres helados que dibujaban la circunferencia exterior, demasiado alejados de las cenizas que señalaban su centro. Asemejaba un ojo que no parpadea nunca y era testigo del infierno que nos consumía. Los supervivientes reiniciábamos la marcha a temperaturas de treinta grados bajo cero. El frío extremo, la escasa alimentación y el agotamiento eran tales que muchos se echaban a dormir en las cunetas, a sabiendas de que su sueño era el de la muerte. Sentían un alivio tal tras tomar esa decisión que nos rogaban por el amor de Dios que los dejáramos tranquilos. Y cuando desistíamos de intentar levantarlos nos despedían con una sonrisa beatífica y agradecida.

Mi pierna había mejorado y montaba sin dificultad. Pude acompañar al mariscal a Smorgonie, donde el emperador debía reunirse con él. Cabalgamos bajo una espantosa tormenta de nieve y llegamos allí el 5 de diciembre. El emperador ya había partido hacia París, desde donde llegaban noticias preocupantes acerca de las intentonas de golpe de Estado. Murat se hacía cargo de la comandancia suprema y Ney, al mando de dos mil hombres, debía cubrir la retirada hacia Vilna, donde se esperaba reorganizar los restos de nuestro ejército, obtener suministros y forzar el paso del Niemen. Ney pidió al mariscal Victor que se hiciera cargo de la retaguardia durante unas horas, mientras recomponía nuestras filas. Victor no accedió y Ney lo maldijo. Victor votaría por la muerte de su camarada en la Cámara de los Pares y con ello acreditó su ignominia...

Llegamos a Vilna el 8 de diciembre. Murat creyó conveniente proseguir la retirada, dado el caos imperante. Tal vez fue un error, pues los días que iban a seguir serían catastróficos para nuestra supervivencia. Nos sostuvimos en los suburbios de la ciudad durante veinticuatro horas, para dar tiempo al grueso de nuestras tropas. Abandonamos la plaza el día 10, y los rusos acabaron tomando la ciudad. Hicieron veinte mil prisioneros, enfermos o heridos incapacitados, y se apropiaron de un enorme número de cañones y suministros, además del equipaje personal del emperador.

La disciplina apenas existía y únicamente la energía y el coraje del mariscal Ney lograban que actuáramos como un verdadero cuerpo del ejército. Entre las hordas enemigas y la muchedumbre que avanzaba hacia el oeste, nosotros éramos el único baluarte. Marchábamos durante la noche, y al apuntar el día tomábamos una posición ventajosa y nos apostábamos alerta, tratando de descansar y reponernos. Nos defendíamos de las escaramuzas y al ocaso levantábamos de nuevo el campo. A lo largo de los días el recuento de nuestras fuerzas iba menguando. De dos mil a mil, de mil a quinientos, de quinientos a sesenta.

A pocas leguas de Kaunas, nos olvidamos al partir de despertar a nuestros comandantes. Como fantasmas, caminamos hacia la última ciudad fronteriza en plena noche. Ney y Wrede marcharon juntos en la oscuridad, charlando amigablemente, según nos confesaron, hasta que nos alcanzaron poco antes de llegar a Kaunas. El general francés y el general bávaro fueron aquella noche la retaguardia de la Grande Armée. Aún tuvimos que hacernos fuertes en una colina para defendernos del último ataque de los cosacos, antes de penetrar en Kaunas. En la ciudad quedaban dos mil hombres, en su mayoría borrachos y extenuados. Ney aún tuvo arrestos para organizar una retaguardia y cubrir el paso final del Niemen. Emplazó dos cañones sobre un terraplén, orientados hacia la carretera de Vilna, y dispuso un par de compañías bávaras para apoyarlos, poniendo al mando a un oficial, antes de acostarse a dormir en una casita cercana. Una hora después nos despertaron las descargas de mosquetería y los cañonazos. Hallamos la defensa en plena retirada. El mariscal estaba a punto de ejecutar al oficial, cuando un proyectil estalló al lado de la empalizada y seccionó la pierna del infortunado a la altura del muslo. Viendo que su herida era mortal, se levantó la tapa de los sesos allí mismo. Ney imprecó a los soldados en su propio idioma y con la punta de su sable los obligó a defender la posición. Se hizo con un mosquete y abatió al cosaco que estaba más cerca. Animados, los bávaros descargaron sus armas y los rusos emprendieron la huida al galope. Aún hubimos de rechazar otro ataque dos horas después. Esta vez nos retiramos cruzando las calles de Kaunas, sin dar la espalda al enemigo, mientras disparábamos un puñado de mosquetes. Quedábamos treinta hombres en pie. Al día siguiente cruzamos el Niemen. Era el 15 de diciembre.

Tres hombres llegamos a la localidad prusiana de Gumbinnen, en la ruta de Königsberg. Nos detuvimos ante la casa de un médico reputado. De Fézensac y yo esperábamos en el recibidor. El tercero entró e interrumpió el desayuno que el general Dumas compartía con el barón de Saint-Didier, el ordenanza Combes y su anfitrión. «¡Finalmente ya estoy aquí!», exclamó el intruso. El general se quedó estupefacto al ver a aquel hombre envuelto en un capote pardo, con su larga barba, el rostro ennegrecido como si se hubiera chamuscado, y los ojos chispeantes y enrojecidos. «¿Quién es usted?», inquirió. «¿Cómo? ¿No me reconoces? —se sorprendió nuestro acompañante—. Soy la retaguardia de la Grande Armée. Acabo de disparar el último cartucho sobre el puente de Kaunas. He arrojado el último de nuestros mosquetes a las aguas del Niemen. He encontrado el camino hasta aquí a través de los bosques. ¡Soy el mariscal Ney! ¡He atravesado cientos de campos nevados, y tengo un hambre terrible, así que haz que alguien me traiga un plato de sopa!»

Sesenta mil hombres debían la vida a aquel harapiento y hambriento mendigo. Y una nación entera le debía su honor y su gloria. Y si algún orgullo me cabe como hombre es haber servido a las órdenes del mariscal Ney durante la campaña de Rusia. ¡Que Dios lo tenga en su gloria, ya que los hombres no han sabido tenerlo en la suya!

Conde de Briqueville

*Charleston, Carolina del Sur,
miércoles 7 de abril de 1819*

Dos habitaciones en el Hotel Cumberland, en pleno barrio francés de Charleston, servían de cuartel general al barón de Brivazac y a Armand Thierot. René Franquemont era el hombre de Élie Decazes en la región; entraron en contacto de inmediato. Marcel se persuadió muy pronto de que la ciudad, como toda América del Norte, era un nido de bonapartistas refugiados, que los obligaban a actuar con extrema cautela. Su segundo aprendizaje fue que una varita mágica, denominada dólar, abría más puertas que cualquier ariete, especialmente si era español, por ser de mejor ley y más pesado que el que acuñaba la Casa de la Moneda de los Estados Unidos de Norteamérica. Franquemont era un hombre joven y habilidoso, acostumbrado a sortear los poderosos círculos bonapartistas que dominaban la colonia francesa de Charleston. Las logias masónicas se habían extendido al abrigo de los antiguos revolucionarios, ahora todos bonapartistas, enemigos acérrimos de los Borbones. Habían conseguido captar la simpatía de los americanos y conspiraban conjuntamente contra la Francia de Luis XVIII. Pero Franquemont se movía bien entre compatriotas muchas veces necesitados, que acostumbraban con la distancia a olvidar sus principios a cambio de medios de supervivencia más seguros que la fe y la devoción por el inquilino de la isla de Santa Helena.

En el gabinete de su amplia estancia en el Hotel Cumberland, Marcel de Brivazac repasaba los informes redactados con un estilo pulcro y directo por el joven René, a la espera de su primer testigo. Philip Petrie era un marsellés pequeño, moreno y vivaracho, de aspecto desenvuelto y ojos diminutos que revelaban astucia. Franquemont había recompensado su discreción con generosidad y Philip no había hecho más preguntas de las necesarias. Como muchos otros, no estaba en América para buscar mejor fortuna, sino para huir de su propia suerte, y estimó que colaborar con caballeros en apariencia bien dispuestos con la monarquía a fuer de excelentes pagadores no era mal negocio dadas las circunstancias.

Brivazac lo invitó a sentarse, mientras con una rápida ojeada evaluaba la condición del testigo. Su aplomo lo satisfizo.

—Agradezco vuestra buena disposición, señor Petrie. El señor Franquemont me ha puesto al tanto de vuestra colaboración y me ha asegurado que habéis sido debidamente tratado. Confío en que vuestra ayuda será muy estimada aún y os reportará mayores satisfacciones. Espero que no os importe que reitere algunas preguntas.

—En absoluto, señor —repuso Philip con tranquilidad.

—Llegasteis a Charleston, según mis datos, en el buque *City of Philadelphia*.

—En efecto. Partimos de Burdeos el 26 de diciembre y arribamos el 29 de enero. Me enrolé como marinero para poder pagarme la travesía...

—Una buena travesía...

—Sin duda. Tuvimos buenos vientos y buen clima.

Marcel consideró conveniente no indagar acerca de los motivos que lo habían obligado a desertar del Ejército y huir a Francia tras la Restauración.

—Decís haber visto al mariscal Ney en la cubierta del buque a los pocos días de zarpar.

—Sí. Viajaba con otros tres caballeros en primera clase.

—Lo reconocisteis sin género de dudas.

—Estoy seguro. Cuando lo vi por primera vez, como comprenderéis, casi me da un vuelco el corazón. Lo observé varias veces bien de cerca, para cerciorarme.

—Debo entender —quiso aclarar Marcel— que lo conocíais personalmente muy bien.

—Absolutamente. Serví bajo sus órdenes en múltiples campañas. He compartido más horas con el mariscal Ney que con mi esposa.

—¿Os dirigisteis a él?

—No pude evitarlo. Cuando comprendí que era el duque de Elchingen lancé una blasfemia ante su propia cara: «¿Qué os ocurre?», me pregunta. «¿No os conozco, señor?», le digo yo. «No lo creo», me dice él. Y entonces yo insisto: «¡Pero sí, señor! Creí que habíais sido fusilado, pero aquí estáis!» «¿Quién creéis que soy?», sigue él negando. «Sé quién sois —le contesto con firmeza—: Os reconocería en cualquier parte, aunque sin vuestro uniforme me resultabais extraño. Vos sois mi antiguo comandante, mariscal Ney. ¡Alabado sea Dios!» Estaba a punto de abrazarlo, pero entonces me detuvo con un gesto y me aseguró que estaba equivocado, que el mariscal Ney había sido fusilado en París. Se dio media vuelta y desapareció de mi vista. No volvió a salir de su camarote hasta que el buque atracó en Filadelfia. Allí desembarcaron sus tres compañeros. Los vi descender por la pasarela y volverse para saludar a un hombre que los observaba desde el puente. Era él.

—Y seguisteis, pues, viaje hasta aquí...

—Así es. Yo estaba completamente intrigado, así que abandoné el barco muy pronto. Fingí desestibar algunos fardos y esperé a que descendiera. Lo oí discutir con algún oficial acerca de la pérdida de parte de su equipaje, un compás o algo así...

—¿Un compás?

—Eso creo... Dos hombres cargaron su equipaje y desaparecieron, pero él se quedó solo y se puso a caminar, así que decidí seguirlo. Miró un papel y le preguntó algo a un caballero, que pareció darle algunas indicaciones. Caminó por Broad Street en dirección oeste y finalmente llamó a la puerta de una casa en Chalmers Street. Entró en ella. No volví a verlo.

—¿Recordáis exactamente la casa?

—¡Claro! Era el número siete.

—¿No se detuvo ni habló con nadie en ese trayecto? —se interesó Brivazac.

—Bueno, a mitad de Broad Street estuvo un rato mirando un escaparate de una tienda de instrumentos musicales. Entró en ella y compró una flauta.

—¿Una flauta? ¿Estáis seguro?

—Sí, claramente. Lo observaba con disimulo desde fuera y él estaba de espaldas; no podía verme.

—No había visto ese detalle en vuestra declaración —apreció Marcel, notando cómo Franquemont se sonrojaba y al mismo tiempo adquiría conciencia de la maestría de su nuevo jefe.

—Bueno, ¿qué importancia puede tener? Yo os digo que era el mariscal Ney.

—Claro que sí, amigo mío, pero la flauta confirma además esa opinión. ¿Volvisteis a saber de él?

—Gaston, un camarada que se mofaba de mi historia, me juró haberlo visto un día. Llamó su atención, pero el desgraciado es cojo y al parecer el mariscal le dio esquinazo fácilmente.

—¿Recordáis si durante la travesía alguien lo llamó por su nombre o por algún otro?

—Oí a sus compañeros dirigirse a él como «Foch» o «Fox».

—Y hablando de sus compañeros de viaje, ¿reconocisteis a alguno de ellos, señor Petrie?

Philip cerró aún más sus microscópicos ojos y frunció el ceño en un gesto de concentración. Pareció sumirse en los abismos de su memoria sin acabar de rescatar la imagen o el nombre que sabía aleteando en los fondos abisales de su conciencia.

—No puedo afirmarlo con seguridad, señor. Uno de ellos me era por completo desconocido. El otro juraría que era el coronel Jan Lehmanowsky.

—¿Lo conocíais?

—Combatí muy cerca de él en Waterloo. Impartía órdenes a nuestros oficiales con un acento polaco muy característico. Se había dejado crecer el cabello y las patillas, pero usaba los mismos anteojos y lo oí expresarse con el mismo acento...

—¿Y el tercer hombre?

—Ignoro su nombre, pero juraría haber visto su rostro y puedo deciros dónde.

—Pues decídmelo.

—En Montmirail, cargando junto al mariscal Ney en la carrera más loca que cabe imaginar. Sé que estaba allí, pero no recuerdo a qué hombre, oficial, soldado o enemigo correspondía ese rostro. Debe de tener cuarenta o cuarenta y tantos, la nariz aguileña, el cabello negro rizado y revuelto, y un hoyuelo muy marcado en la barbilla. Lo reconocería sin pestañear.

El barón de Brivazac estaba de buen humor. Agradeció al testigo su colaboración y lo despachó con el ruego de que pudiera ser localizado si lo necesitaban. Había obtenido de Petrie más información de la que sospechaba. Ordenó a Franquemont que obtuviera la lista de pasajeros que viajaban en el *City of Philadelphia*. Thierot debía comprobar en las copias de los archivos que habían trasladado desde París los oficiales que habían servido bajo el mando del mariscal Ney en la batalla de Montmirail. Era preciso, además, recabar todo lo que fuera posible acerca de la presencia de Lehmanowsky en América.

—También debemos saber a quién pertenece el número siete de Chalmers Street... —añadió.

—Eso no es necesario —intervino Franquemont—. Petrie me acompañó hasta ella y ya he hecho la indagación. Consta en el informe...

—Es cierto...: John Mitchell.

—En efecto —prosiguió Franquemont—. La casa fue adquirida por él y utilizada por Frederick Delcho para reunir en ella al Consejo Supremo de los Soberanos Grandes Inspectores Generales...

—Del trigésimo tercero y último grado del Rito Escocés Antiguo y Aceptado... —añadió Thierot.

—Supongo que no estáis hablando en clave —bromeó Brivazac— y que ya tenemos de nuevo la conexión masónica que tanto os gusta, Armand.

—Os lo advertí, barón —ironizó Armand Thierot.

—Bien —concluyó Brivazac—, hagamos las correspondientes averiguaciones y mañana trataremos de cruzar todos los datos. Aquí, a esta misma hora.

Marcel observó su Bréguet de viaje. Marcaba las dos de la tarde, y le pareció que era una buena hora para cabalgar hasta la plantación de las colinas de Hickory y rendir su primera visita a Angela Oakley a la hora del té.

La hacienda Barrymore era más humilde que Boone Hall, pero su mansión de madera pintada de azul celeste lucía igualmente esplendorosa al final de una avenida plantada de robles. La propiedad estaba rodeada de campos roturados recién sembrados. Por todas partes Brivazac observaba a los esclavos negros afanándose en librar el terreno de malas hierbas que pudieran perjudicar el desarrollo de los brotes. Un hombre de color, vestido como una especie de lacayo o mayordomo, recibió al jinete.

—¿En qué puedo serviros, caballero? —le preguntó asiendo la carrillera de las bridas.

—Buenas tardes. Soy un amigo de lady Oakley y confiaba en hacerle una visita de cortesía.

—La señora no está en la casa, caballero, pero el señor Barrymore sí se encuentra. ¿Deseáis que le anuncie vuestra visita?

—Por favor.

Entró en la casa, precediendo al sirviente, que le tomó su sombrero y le rogó que esperara en una sala contigua al amplio recibidor. Al cabo de unos minutos regresó y le pidió que lo acompañara a la biblioteca, donde el señor Barrymore lo cumplimentaría. Marcel admiraba la luminosa construcción de la mansión, sencilla y funcional en apariencia e interiormente tan lujosa como cualquier palacio del *faubourg* Saint-Germain. Charles Barrymore recibió a su inesperado huésped con la cortesía natural de los colonos norteamericanos, aún no enteramente desprendida del formalismo inglés.

—Señor barón de Brivazac, es un placer conoceros en persona.

—Ruego disculpéis mi intromisión, señor Barrymore —se excusó Marcel.

—¡Oh, no os disculpéis! En América, al menos en el campo, no acostumbramos a anunciarnos. Hay demasiada distancia para poder hacerlo convenientemente y siempre es agradable recibir visitas cuando uno no está en la ciudad. ¿Un cigarro?

Marcel de Brivazac aceptó complacido un excelente tabaco habano y la copa de licor que su anfitrión ya le había preparado.

—¿Conocéis el whiskey de maíz?

—Creo que no.

—Proviene de Virginia —precisó Barrymore.

Marcel degustó el licor. Hubiera preferido una buena copa de armagnac, pero hizo un gesto de aprobación y admiración bastante verosímil. Los dos hombres se sentaron frente a frente en sendos sillones fabricados con elegancia por Chester Hatch & Co.

—Lo llamamos «bourbon». Espero que no os ofendáis si sois bonapartista.

—Soy todo lo contrario, señor Barrymore.

—Eso lo ignoraba. He de deciros que mi hija me ha hablado de vos y vuestra compañía parece haberle resultado muy grata durante el viaje.

—Puedo aseguraros, señor, que ha sido un sentimiento recíproco.

—No se ven ya muchos realistas por aquí. En los últimos años, como imagináis, la mayoría de los inmigrantes franceses son bonapartistas o viejos jacobinos. Generalmente son pacíficos, pero hay entre ellos algunos filósofos exaltados, que no juzgan conveniente el trato de los esclavos negros en nuestras plantaciones. ¿Qué opináis?

—Para seros sincero, no tengo una opinión al respecto. Hace muy pocos días que he llegado y no me atrevería a emitir un juicio sin conocer este país. Desde luego, resulta chocante, desde nuestra arribada, hallar a tantas personas de raza negra y tan pocas de raza blanca.

—Se ve que sois un hombre prudente, barón. Ni yo mismo tengo una opinión muy fundada. Tomás Moro no descartaba la esclavitud en la isla Utopía, pero la reservaba a los criminales. En mis campos no hay criminales, podéis estar seguro. Yo heredé esta plantación de mi padre..., una de las primeras. Y heredé los esclavos. Gracias a ello el negocio es bueno, pero creedme que no lo necesito para vivir. Hace tiempo que las acciones del banco de Charleston han hecho ricas a varias generaciones de mis descendientes. La plantación exige mucha atención y a veces me siento tentado de venderla, o simplemente de liberar a los esclavos y convertirla en un bonito jardín inglés. Creedme: si no lo hago, es por ellos. Si les doy la libertad no podrían ganarse la vida o se convertirían en fugitivos. Si los vendo, no tendría tranquila mi conciencia. Viven dignamente, me bendicen a mí y sobre todo a lady Oakley, que los tutela y vela por ellos... Pero creo que os aburro con todo esto.

—En absoluto, señor. Os escucho con atención. Me preguntaba si la libertad es un don que solo se aprecia cuando en realidad se conoce.

—Bella reflexión... Nosotros vivíamos tan cómodamente bajo el dominio inglés, y sin embargo escogimos la guerra.

—¿Luchasteis?

—Codo con codo con vuestros compatriotas. Serví bajo las órdenes del general Gates y participé en la batalla de Yorktown... Pero temo que estoy siendo muy grosero. Sospecho que pretendíais visitar a mi hija y en lugar de eso os veis comprometido a la cháchara de un viejo colono...

El trote apresurado de un niño de diez años llamando a voces a su abuelo interrumpió la conversación. Había entrado en la biblioteca sin reparar en el visitante y saltaba ante Charles Barrymore haciendo gestos de triunfo.

—¡Abuelo, lo conseguí! ¡He saltado el arroyo! ¡Lo he saltado! Y *Pegaso* me ha obedecido. Mamá no quería y Henriette no hacía más que chillarme...

—Magnífico, Paul —observó Barrymore con dulzura—, pero veo que has perdido tus modales de caballero y tenemos aquí la visita de un barón francés.

Paul se volvió hacia Marcel con sorpresa e hizo un gesto solemne tendiéndole la mano.

—Disculpad, señor...

—Llamadme Marcel.

—Señor Marcel, disculpadme. ¿Sois francés? ¿Venís de Francia? ¿Sois caballero? ¿Sois maestro de esgrima?

Ambos hombres disimularon la risa que les provocaba la insaciable curiosidad del muchacho.

—Sí, señorito Oakley. Soy francés, caballero, y aunque no he sido maestro de esgrima tal vez pudiera daros algunas lecciones si lo deseáis.

—¿De verdad? ¿De verdad? Abuelo, ¿has oído?

—Siempre y cuando contéis con el permiso de vuestra señora madre, claro está —añadió Marcel.

—Con el que no cuenta en absoluto, querido Marcel.

Angela acababa de entrar en la biblioteca, acompañada por Henriette, una niña dos años mayor que Paul. Marcel se prendó del sencillo atuendo de amazona que lucía su amiga, y se esforzó por ocultar su rubor y su turbación. Se saludaron cálidamente. Después de bromear con los niños y ocupar a Barrymore durante una hora, salieron al porche.

—Es un lugar hermoso, no me extraña que lo prefiráis a Inglaterra —apuntó Marcel.

—Es cierto, Marcel: tal vez estos campos son lo más parecido al océano. Me gusta la inmensidad de esta tierra, sus horizontes lejanos...

—Confío en que mi temprana visita no os haya molestado ni sorprendido... Vuestro padre es un hombre encantador y tenéis dos hijos preciosos. —Angela se limitó a sonreír—. Ahora comprendo mucho mejor vuestras palabras, Angela. Puedo ver y tocar la tierra firme que pisáis y que amáis...

—¿Y vuestros negocios, Marcel?

—¿Mis negocios? —se sorprendió Marcel, que había olvidado su coartada como un principiante—. ¡Ah, claro! ¡Bien, bien!

—Tal vez mi padre podría ayudaros a establecer algunos contactos.

—Sin duda —se azoró Marcel—, pero no me gustaría abusar de su confianza. Esperad al menos a que lo conozca mejor.

—Quiere eso decir que confiáis en tener esa oportunidad —ironizó Angela.

—En fin, claro..., quiero decir... espero que sí... —Y esta vez Marcel se sonrojó.

—Marcel, sois un hombre misterioso y contradictorio. Permitidme que os hable con franqueza. No estaba muy segura de volver a veros. Por una parte veo en vos algún extraño enigma, una serenidad dura. Me habéis hecho confidencias muy íntimas sobre vuestra vida y puedo deducir de dónde proviene ese talante, aunque sospecho que no lo explica todo. Y, por otra parte, a veces os mostráis dulce y vulnerable. Os habéis sonrojado con mis bromas crueles y tengo la convicción de que habéis cortejado a más de una dama...

—Angela, me desarmáis con demasiada facilidad —repuso Marcel con el aplomo recuperado—. Y temo no estar a vuestra altura. No vine a haceros una visita de cortesía. Vine porque deseaba veros...

—¿Y os ha costado decirlo?

—Pues sí, a decir verdad. O puede que haya perdido la costumbre de decir la verdad.

—¿Teméis poneros en evidencia?

—Nunca lo he temido.

—Eso me reconforta, porque denota que no poseéis un falso orgullo. Señor barón Marcel de Brivazac, me agrada que me hayáis visitado, y aún más que no lo hayáis hecho por pura cortesía. Y confío en que volváis a hacerlo pronto, porque ahora debéis regresar, pues cae la tarde y aún tenéis un buen trecho hasta la ciudad.

Marcel de Brivazac subió a su montura. Observó a aquella dama elevada por su sencillez, que lo miraba serenamente desde el zaguán de su casa de color azul vahído, como el cielo del ocaso, y se asombró de qué forma tan leve alcanzaba a desenredar el laberinto intrincado de su espíritu atormentado, de su alma enrarecida por tantos falsos testimonios, búsquedas inquisitivas y espionajes infinitos. Avezado en el arte de formular hipótesis, comenzó a disipar sus dudas más allá de cualquier método y a convencerse de que tal vez en los ojos de aquella mujer hallaría el espejo en que reconocerse a sí mismo. Sonrió y picó espuelas hacia el sur, sabiendo que únicamente la muerte impediría que volviera a verla.

Montmirail, viernes 11 de febrero de 1814

La granja Des Greneaux dominaba la ruta hacia París. Rusos y prusianos la ocupaban, atrincherados hasta el mentón y confiados en el apoyo artillero. Se combatía en el corazón de Francia, a las puertas de la capital. El mariscal Ney, duque de Elchingen, príncipe del Moscova, se apeó del caballo y pasó revista a los seis batallones de cazadores de la vieja guardia. Oteaba la posición que debía ocupar y se preguntó si aquella sería su última batalla. «Debimos firmar la paz en Dresde», murmuró en voz tan baja que ni el general Lefebvre-Desnouettes ni el capitán Parquin pudieron oírlo. Ya habían pasado seis meses desde que los últimos hados favorables al emperador los habían socorrido. Michel Ney había tenido que combatir desde la debacle rusa contra soldados que habían sido camaradas, como Wrede, maestros y mentores admirados, como Bernadotte y Moreau, oficiales tan íntimos como Jomini. Resultaba difícil saber en nombre de qué y por qué seguían luchando los unos y los otros. No se alegró cuando Moreau entregó su alma en las manos del zar Alejandro, mientras soportaba con estoicismo los vanos intentos de su cirujano por salvarle la vida por el incierto camino de amputar más miembros de los que un general está dispuesto a prescindir. La fortuna no acompañó al viejo republicano cuando decidió regresar de su cómodo exilio para luchar por última vez contra el odiado dictador. Y Ney se preguntó si en verdad eran ellos quienes defendían a la patria o si se limitaban a dilucidar sus enconos personales, saldando cuentas privadas.

Echó un último vistazo a los mapas. Su hombro, maltrecho en Leipzig durante la batalla de las naciones, aún le molestaba. «Debimos firmar la paz en Dresde», volvió a decir. Y esta vez todos sus oficiales pudieron oírlo. Le hubiese gustado ser un granadero, como le había dicho al incombustible Berthier la víspera de aquella desgraciada batalla. No le inquietaba verter su sangre y la de sus hombres, siempre que no fuera inútilmente. Pero al emperador no le importaba. La muerte de un millón de hombres no podía perturbar a un hombre como él, había dicho en alguna ocasión. Y a fe que lo había cumplido. Despreció la forma poco convencional en que los españoles luchaban y poco había aprendido de aquella lección. El propio mariscal creía que bien podrían haberse defendido emulando aquella estrategia, una vez que la invasión comenzó. Alsacia y Lorena se habrían sublevado y él habría sabido liderar las columnas de partisanos, hostigando al enemigo. Pero en aquella guerra no cabían generales como el emperador, y por ello había rechazado su propuesta. La misma soberbia le hizo despreciar a los soldados rusos, que contaba con despedazar a la primera ocasión, sin atender a las advertencias de quienes conocían a aquellos hombres sacrificados y testarudos, tan semejantes a los empecinados españoles. Menospreciaba el aspecto y la ignorancia de ambos pueblos, minusvaloraba sus tácticas pacientes, su facilidad para acomodarse a su tierra inhóspita y aliarse con ella... Y no había aprendido nada. En Dresde, en efecto, los hados habían sido propicios y todos sabían que la ocasión era pintiparada para llegar a un acuerdo, como en Tilsit. Ensoberbecido de nuevo, envanecido por una victoria debida más a la torpeza de Schwarzenberg que a su genio militar, no atendió a razones. Ordenó la marcha hacia Berlín. Luego vino Leipzig, el desastre, la sangría, de nuevo la retirada, y ahora la desesperada lucha en tierra patria, sin horizonte alguno... Decididamente la sangre correría de nuevo, y a sabiendas de que era en vano. Solo el honor de obedecer al ídolo sagrado empujaba a la vieja guardia. Estaban curtidos en mil batallas para hacerse ilusiones acerca del final de la contienda. Aún podrían ganar en algunas escaramuzas y pequeños enfrentamientos, pero la suerte del ejército francés estaba echada y todos lo sabían.

El príncipe del Moscova sintió un cansancio infinito, más hondo que las fatigas de la marcha infernal del invierno ruso. No estaba harto de sangre y de muerte. Eran familiares amigas y no las temía. Era la molicie que sucede a la rabia, la desazón de la sinrazón. Se había cansado de obedecer órdenes absurdas, de mantener un combate incesante y heroico sin sentido alguno, de ver cómo en su empecinamiento Bonaparte masacraba una tras otra las levas de generaciones de muchachos tan ardorosos como inconscientes; ignorantes, como el joven Ney en su marcha nocturna hacia Metz. Le vino a la memoria el rostro del padre Frank cuando le mencionó la gloria como su destino. Aquel cura anodino que leía a Kant debía de conocer los secretos de los imperativos categóricos, y Michel no había entendido el mensaje encriptado en su aparente burla. Claro que no era la gloria de Dios la que ansiaba, sino la del hombre, con minúsculas, una gloria que tiene un precio que nadie debería poder pagar. Ahora comprendía, demasiado tarde, la sorna del párroco de Boulay. Sonrió. Y reparó en que sus oficiales esperaban que saliera de su ensimismamiento para cumplir las órdenes del emperador.

El mariscal Ney plegó sus mapas; miró a sus soldados; ordenó que apartaran las cabalgaduras y desenfundó su sable. Caminó a la cabeza de sus oficiales hasta el lugar donde esperaban las tropas en formación, y mandó calar las bayonetas y vaciar de pólvora las cazoletas de los fusiles. Los soldados de la vieja guardia se miraban unos a otros y a sus oficiales, sin dar crédito a un empeño tan inusual. «¡Tomaremos la posición a la bayoneta, y no quiero que alguien reciba el disparo de algún torpe!», gritó el mariscal al percibir la sorpresa de sus hombres. Si les impedía disparar y los hacía marchar a paso de carga no tendrían más opción que correr hacia el enemigo o morir. No tuvieron ocasión de reflexionar y llegar a tan sencilla conclusión. El príncipe del Moscova gritó «al ataque» y salió corriendo hacia la posición enemiga sin volver la vista ni una sola vez, mientras una lluvia de metralla y fuego se abatía sobre los seis batallones que se lanzaron en su persecución. Los más cercanos a él no pudieron evitar sentir un escalofrío al oír cómo las carcajadas de su comandante sobrepujaban el griterío de los atacantes, el ruido ensordecedor de los cañones, las estampidas de la fusilería... Y lo temieron más que a sus enemigos, que a la propia muerte que los comenzaba a diezmar. Pocos minutos después, la granja y todos los cañones enemigos eran conquistados. El emperador se mostraba radiante y el príncipe, taciturno.

Camden, Carolina del Sur, lunes 3 de mayo de 1819

Chapman Levy hablaba un inglés indefinible y elegante que atraía la atención de Marcel de Brivazac. Su despacho en Levy & McWillie era sobrio y funcional, pero los muebles bien encerados reflejaban un gusto por la nobleza que iba más allá de las maderas. Las paredes estaban cubiertas de retratos, viejos planisferios y pergaminos. Llamaba la atención un detallado mapa de la península ibérica, enmarcado con cierto lujo y engalanado con un cordón de hilo dorado del que pendía una llave de tamaño inusualmente grande. Brivazac supuso que sus ancestros debían de pertenecer a la nutrida colonia de sefardíes afincados en Londres, acostumbrados a guardar celosamente las llaves de las propiedades que habían debido abandonar al ser expulsados por la Inquisición. Levy conservaba aquella evidencia que legaría a su hijo y este al suyo, sin la esperanza de que alguna vez retornaran a su patrimonio, pero satisfecho de alimentar la memoria de la que se nutría la supervivencia de su raza. Sus preferencias no se hallaban en las posesiones inmobiliarias, que despreciaba como un resabio feudal. No creía en más riquezas que las que podían transportarse con uno mismo, y semejante principio alcanzaba a las participaciones sociales, a las facultades para prestar servicios y, ante todo, a la propia sabiduría, que es la única virtud que nos permite renacer de nuestras cenizas con más gracia que el ave fénix. Haciendo gala del segundo de sus activos, había recabado para su cliente todos los testimonios posibles acerca del paso del falso Peter Fox por Georgetown. La provisión de dólares para recolectar y ordenar minuciosamente las declaraciones de los inmigrados franceses que juraban haber reconocido al mariscal Ney fue empleada con buen criterio y una habilidad poco común para discernir qué deposiciones eran fiables y cuáles más que dudosas. Ahorrar gastos innecesarios al cliente redundaba en el prestigio del abogado y le permitía presentar sus honorarios, ni menguados ni abusivos, como dignos emolumentos de un hombre de probidad y eficiencia garantizadas.

A Marcel la cuenta le importaba más bien poco, siempre que el esfuerzo mereciera la pena, y al fin y al cabo podía concluir que el mariscal Ney había vivido o pasado por Georgetown al menos durante un tiempo en los dos últimos años, y se le había visto por última vez unos cinco o seis meses antes de su visita al abogado Levy. Lamentablemente, no había por el momento pistas fiables de su paradero actual, pero Marcel tenía la sensación de que su fantasma se materializaría en breve plazo.

Chapman Levy recibió en metálico el precio de sus honorarios, ajustados a las costumbres de la barra de Columbia, pese a que la encomienda no entraba dentro de las actividades corrientes de su firma de abogados. Marcel añadió una jugosa provisión para que los subalternos del prominente jurista mantuvieran los ojos bien abiertos y los oídos prestos para obtener cualquier información que pudiera llevar al paradero de Peter Fox.

Marcel trató de recomponer todas las piezas de su mosaico en el trayecto hacia Columbia. El traqueteo de la diligencia no facilitaba la lectura, de forma que decidió meditar al tiempo que se deleitaba con la belleza del verde casi fosforescente de los prados y bosques que flanqueaban la carretera. Peter Fox había desembarcado en Charleston en el buque *City of Philadelphia* en enero de 1816. Había sido visto en la ciudad durante algunas semanas antes de desaparecer. Su rastro se hallaba en Georgetown al menos un año después y parecía haber reaparecido en la ciudad hacía solo unos meses para borrarse por completo. Georgetown, como toda Carolina del Sur, era un hervidero de franceses inmigrados, de forma que se hacía difícil concebir que Michel Ney hubiera podido vivir en la ciudad durante tres largos años logrando pasar desapercibido. Era seguro que había huido de Charleston hacia Georgetown y que conservaba algún tipo de vinculación con esa ciudad, pero Michel Ney nunca podría ocultarse con éxito en una gran población del este de Norteamérica.

Barruntaba Marcel la posibilidad de que Ney se hubiera reencontrado con sus compañeros de travesía. La lista de pasajeros que habían desembarcado en Filadelfia no arrojaba mucha luz. Igual que Peter Fox enmascaraba a Michel Ney, cualquiera de los nombres falsos de la lista podía responder a los seudónimos utilizados por Lehmanowsky, Lefebvre-Desnouettes y Luciani. Brivazac estaba persuadido de que eran los tres hombres del *Philadelphia*. El coronel Lehmanowsky había sido el único identificado por Petrie. Condenado a muerte un día después del fusilamiento de Ney, no había dudas sobre su complicidad en el retorno del emperador desde Elba, que llevó como estandarte hasta los campos de batalla de Waterloo, al mando siempre de su regimiento polaco. Su pista se perdía en las tierras salvajes al norte del río Ohio e incluso mucho más al oeste, hacia Indiana. El rostro del segundo hombre, que Petrie asociaba al combate de Montmirail, describiéndolo a la perfección, no podía ser otro que el del general Charles Lefebvre-Desnouettes, que había servido en aquella batalla bajo las órdenes del mariscal Ney. Condenado por contumaz, se había refugiado finalmente en Alabama. Era bien conocido que un grupo de inmigrados bonapartistas, con él a la cabeza, había obtenido en 1817 una concesión de tierras para crear en White Bluff una plantación de vino y olivos. El general había sido el presidente de la Vine and Olive Colony. Según las noticias que corrían por los conventículos de inmigrados, la convivencia con los indios choctaw había sido buena, pero la empresa fracasó con estrépito a pesar de la prodigalidad con que Lefebvre-Desnouettes había invertido las generosas sumas que el banquero Laffitte, emparentado de forma oscura con su esposa, le hacía llegar. La lista de socios abría una amplia panoplia de posibilidades acerca de la identidad del tercer hombre: los generales Lallemand y Clauzel, el profesor Lakanal, el coronel Cluis y algunos otros fugitivos bien conocidos por los espías del ministro Decazes eran candidatos potenciales. Marcel estaba convencido, empero, de que se trataba de Pasqual Luciani, emparentado con el propio emperador. Se sabía que Luciani había amparado el proyecto de White Bluff, pero desde aquel mismo año se había asentado en Filadelfia como ciudadano norteamericano y convertido rápidamente en un próspero hombre de negocios. Había, pues, un extenso triángulo que unía Filadelfia, en Pensilvania, con las remotas y salvajes tierras de Indiana, al norte, y de Alabama, al sur. Encontrar a alguien que quisiera ocultarse en la vastedad de las tierras que encerraban tales puntos cardinales sería un milagro. Marcel de Brivazac no creía en los milagros, pero su experiencia le dictaba que el azar es el mejor aliado de un policía y la traición, el más fiel sirviente del azar.

Fontainebleau/París, abril de 1814

Napoleón Bonaparte departía con Caulaincourt, Berthier, Bassano y Bertrand en su gabinete del Palacio de Fontainebleau. El duque de Vicenza los ponía al tanto de la situación en París, donde el zar Alejandro parecía reinar y ganarse el afecto de la burguesía, mientras Talleyrand procuraba su confianza para hacer regresar a los Borbones. Bonaparte escuchaba con impaciencia su relato de los últimos acontecimientos. En aquel momento, Ney, Lefebvre y Moncey pidieron audiencia. Antes de que les fuera autorizada ya habían irrumpido en el gabinete.

—¿Tenéis noticias de París, sire? —inquirió Ney, erigiéndose en portavoz de aquella delegación de generales.

—No hay noticias —repuso secamente el emperador, a pesar de haber recibido el detallado informe de Caulaincourt tan solo unos minutos antes.

—Pues yo sí las tengo —opuso Ney—. Debéis saber que el Senado acaba de pronunciarse por vuestra abdicación.

Bonaparte no se inmutó, demostrando a sus generales que estaba bien al tanto de la situación. Paseaba de un lado a otro del gabinete, con las manos a la espalda y la cabeza baja. De pronto, se detuvo.

—El Senado no tiene poder para tomar una decisión que

corresponde a toda la nación. En cuanto a los aliados, pienso aplastarlos. Necesitamos un último esfuerzo. Aún dispongo de fuerzas suficientes para vencer al zar en un golpe de mano. En cuarenta y ocho horas podríamos marchar sobre París.

El envejecido guerrero levantó la vista esperando concitar el asentimiento de sus generales. Caulaincourt guardaba silencio. Sabía de sobra que su oficio ahora era la política y que el emperador deseaba conocer la opinión de sus mariscales.

—Sire, no creo que hayáis olvidado las ruinas de Moscú. No queremos convertir París en un infierno de sangre y destrucción —sentenció Lefebvre.

Bonaparte escudriñó el rostro de los mariscales y comprendió que el viejo duque de Dantzig no se limitaba a expresar una opinión personal.

—Abdicaría gustoso a favor de mi hijo, ya que no queréis combatir, pero ¿creéis en verdad que mi gesto iría en beneficio de nuestra patria? ¿Deseáis el retorno de los Borbones?

Bonaparte posó su mirada fatigada en los ojos azules y vivos de Ney. Michel sintió lástima de la estampa caduca del emperador. Unas ojeras de tonalidad violácea acentuaban la apariencia macilenta de su rostro. Aquel hombre de vientre hinchado y aspecto enfermizo encarnaba la imagen de una Francia derrotada.

—Sabéis bien que no es lo que deseamos —respondió—. Únicamente la dinastía imperial es una garantía para nosotros. Si la monarquía se restaurase, la nobleza emigrada no tardaría en recordarnos de dónde venimos. Pronto yo mismo escucharía las voces acerca de mi humilde origen.

—Pues bien —se animó el emperador—, ¿en verdad creéis que si abdico disfrutaréis por mucho tiempo vosotros y vuestras familias del privilegio de vivir bajo el imperio de mi hijo? ¿No reparáis en que la idea de una regencia en beneficio del rey de Roma es una simple artimaña, una gran falacia que únicamente persigue que os separéis de mí, dividirnos y así perdernos? La emperatriz, mi hijo, no se sostendrían más allá de una hora antes de que se produjera una anarquía que acabaría con la vuelta de los Borbones. Además, hay secretos de familia que no puedo divulgar... ¡El gobierno de mi esposa es impensable!

A Ney le habría aliviado liberar sus pensamientos, hacer ver al emperador que a nadie importaban ya sus secretos de familia. Reparó entonces en lo poco que quedaba ya del glorioso soldado, trasmutado en un monarca del viejo régimen, únicamente preocupado por una regencia desesperada y la pervivencia de una estirpe efímera. Abrió los labios sin saber a ciencia cierta qué iba a decir, y se sintió reconfortado por que Oudinot y Macdonald entraran en el gabinete, interrumpiendo la conferencia. Bonaparte los recibió con alegría y trató de ganarlos para su causa, pero ambos confirmaron la penosa moral de las tropas y su rechazo radical a exponer París a la destrucción. Convenían en que el tiempo del armisticio había pasado y que la abdicación era la única forma de impedir una guerra civil.

—Por lo demás —añadió Macdonald—, ¿sabéis lo que pasa en París? Bordesoulle y otros generales incitan a sus hombres a la defección.

—Los hombres me obedecerán... —replicó Bonaparte.

—¡Los hombres obedecerán a sus generales! —corrigió Ney—. No temáis —añadió, sorprendido de su propia audacia—: no hemos venidos aquí a representar una escena petersburguesa...

Bonaparte detuvo su paseo, levantó la cabeza y miró uno a uno a los hombres que lo rodeaban, impertérritos, callados, expectantes, decididos...

—¡Sea! —concluyó, después de un largo silencio—. Abdicaré. He buscado la felicidad de Francia y no lo he conseguido, y no pretendo aumentar nuestras desgracias.

Convinieron en que el rey de Roma fuera su sucesor bajo la regencia de su madre. Pedirían una tregua y enviarían una comisión a París para negociar el armisticio. Ney se sorprendió de que fuera nombrado para semejante misión.

Marmont se había unido a Ney, Macdonald y Caulaincourt en Essonnes. A las tres de la madrugada del 5 de abril nadie dormía en el *hôtel* de la Rue Saint-Florentin de París. Fueron recibidos inmediatamente por el zar Alejandro. Ney mantenía viva en su retina la imagen depauperada del emperador de Francia, que contrastaba con la dignidad del zar de las Rusias; pronto su exquisita educación y buen sentido, sus maneras y modos corteses, cautivaron al mariscal. Alejandro insistía en la libertad de Francia, en que solo era concebible que un francés estuviera a la cabeza de la nación. Caulaincourt sospechó que su baza era Bernadotte, el febril revolucionario, mariscal del imperio y ahora enemigo del rey de Suecia. Insistieron en la conveniencia de que la dinastía imperial prosiguiera con la regencia de la emperatriz.

—No todos los franceses piensan así —opuso el zar.

—Lo harán si aprecian en los aliados vencedores la magnanimidad y la sabiduría de su decisión —hizo valer Macdonald.

—Algunos no quieren saber nada del Imperio.

—Sire —terció Ney—, si en verdad deseáis tener alguna consideración con los viejos guerreros que han alcanzado la gloria al precio de muchas desgracias, permitidles al menos atenerse al hijo del general al que han prestado juramento y devoción. Sire, esto es lo que piden los soldados abandonados por la suerte de la batalla a otros soldados, sus enemigos henchidos de felicidad; esto es lo que confían de su generosidad.

Alejandro parecía impresionado por el fervor que Ney ponía en sus palabras, pero la mirada de Dessolles entibió su emoción.

—Señores —prosiguió—, debéis reconocer que los Borbones tienen sus partidarios. Los reclaman en el Consejo de París, el Senado...

—¡El Senado! —protestó Ney—. ¡El Senado, sire, no hizo más que aplaudir las conquistas de Napoleón! Mientras, los soldados soportábamos los rigores de sus delirios de grandeza. Poned al Senado ante nosotros, señor, y veremos si se atreven a decir lo mismo.

—Hay algo de cierto en lo que decís, mariscal —musitó el zar.

—Sire —intervino Dessolles viendo el cariz que tomaba la conversación—, el régimen del rey de Roma bajo la regencia de su madre no haría más que encubrir el Gobierno de Napoleón. Europa no tardaría en estar de nuevo amenazada. Los aliados ya han declarado que no tratarán con Bonaparte y por ello muchas personas se manifiestan a favor de los Borbones. ¿Deberemos abandonarlos?

—En modo alguno, es evidente. En fin, no estoy solo... Debo consultar a los aliados... Nos veremos a lo largo del día —concluyó Alejandro.

Salieron de la recepción confiados en que mediaría a favor de sus condiciones para la abdicación de Bonaparte. Tuvieron entonces un molesto encuentro con Talleyrand y Beurnonville, miembros del Gobierno provisional, que maniobraban a favor de los Borbones, al igual que Dessolles.

Ney no pudo conciliar el sueño aquella noche. Se asomó al balcón de su gabinete poco antes de amanecer y su mirada se perdió en el fluir sereno de las aguas del Sena. Era el mismo eterno discurrir, idéntico al que había observado aquella otra noche, en el cenit de su gloria, cuando celebraba su ducado poco antes de partir para la guerra de España. «Todo pasa, y nada permanece.» No supo atribuir la cita al pensador griego, pero estaba convencido de que su destino estaba marcado por leyes inmutables que exigen que aquello que nace del fuego por el fuego debe morir.

Pocas horas después, los cuatro hombres que conformaban la delegación del emperador se desayunaban apaciblemente en casa de Ney. Un oficial del mariscal Marmont se presentó de improviso, solicitando ver con urgencia al duque de Ragusa. Marmont se ausentó para saber del coronel Fabvier qué acontecimientos tan urgentes interrumpían su desayuno. Volvió a entrar con el semblante descompuesto y lívido como un cadáver. Se dejó caer en la silla y ocultó el rostro entre las manos, murmurando: «¡Estoy deshonrado!...» Sus tres compañeros permanecían inmóviles, esperando una explicación. Marmont posó una mirada angustiada sobre ellos y confesó: «Mis tropas se han pasado al enemigo.» Una bomba sobre la mesa no habría causado más estupor. Se miraron en silencio, comprendiendo que su misión estaba perdida si Alejandro conocía a aquella hora la noticia. Sin el sexto cuerpo de su ejército, el emperador estaba acabado. Los soldados eran leales, pero habían caído en una encerrona, propiciada en buena medida por las negociaciones de Marmont durante los últimos días. Trataban de acordar una estrategia, cuando un mensaje desde la Rue Saint-Florentin les advertía de que la hora de su cita ya había trascurrido y el zar se impacientaba. Acudieron a ella para comprobar que todo había cambiado durante la noche. Alejandro, escoltado por Schwarzenberg, se limitó a exponerles que la restauración de los Borbones era una consecuencia inevitable para ahorrar males mayores. Napoleón abdicaría sin condiciones y recibiría un Estado independiente. En una última audiencia solo obtuvieron un armisticio de cuarenta y ocho horas para poder regresar a Fontainebleau y retornar a París con el documento requerido, única forma de ser recibidos para tratar de los intereses del Ejército, de Francia y del propio emperador y su familia.

Antes de partir, Ney se sentó frente a su escritorio. Tomó la elegante pluma adquirida en Chez Despilly y la impregnó de tinta. Sentía arder su frente y en sus sienes el dolor de mil agujas que le penetraban en sus sesos de forma inmisericorde con cada tic y cada tac de su Bréguet. Balanceó su mano y una gota de tinta se desprendió y fue a camuflarse en la caoba del escritorio. La secó. Se preguntó cuántos millones de gotas de sangre se habrían podido ahorrar con unas pocas gotas de tinta. Entonces vino a su mente la imagen ya velada, el perfil del rostro de Jean Baptiste que el tiempo había borrado de su memoria hacía demasiado tiempo. Ahora se mostraba tan claro y definido como el día en que recibió en Colmar la flauta del padre Folbish y la noticia de la muerte de su hermano. Recobró la firmeza de su pulso y con caligrafía que denotaba energía y determinación comenzó a escribir: «Del mariscal Ney a S. A. el príncipe de Benevento...»

Bonaparte acababa de conocer el fracaso de la misión. De madrugada, tras despachar con Caulaincourt, llamó al mariscal Ney a su presencia. El emperador sabía que el príncipe del Moscova era, entre sus generales, quien concitaba el mayor respeto y admiración de las tropas. Si tomaba la decisión de combatir, todos lo seguirían sin rechistar hasta el último infierno. Trató de enardecerlo y atraerlo a la causa de retirarse más allá del Loire, en dirección a Pithiviers. No podía imaginar que, antes de abandonar París, Ney había enviado una carta a Talleyrand anticipando que el emperador había consentido en la abdicación. Ni sus propios compañeros de embajada lo sabían.

—Aún tengo cincuenta mil hombres —exclamaba Bonaparte—. Y podría sumar algunos miles más. Ya he dado la orden de repliegue hacia el Loire y tengo un buen plan de campaña. No es la única alternativa. Podríamos hacernos fuertes en Italia...

—Sire, no insistáis. El ejército, los oficiales, incluso en el cuartel imperial, solo quieren la paz. No puedo responder por mis hombres, nadie puede. Desertarán. Si los alejamos de París la desbandada está asegurada. Vuestra propia guardia imperial se verá reducida a un puñado de hombres...

La discusión se prolongó durante buena parte de la mañana. Bonaparte agotó todos los recursos retóricos que antaño conseguían enardecer a sus oficiales y a toda la tropa. La impermeabilidad de sus generales a los recordatorios de la gloria, a tantos golpes de fortuna en un pasado heroico, a las virtudes guerreras que habían asombrado al mundo, acabó de persuadirlo de que su voz no tenía ya eco alguno. Se dejó caer sobre la silla frente a su *bureau*, tomó la pluma, la empapó de tinta y rasgó un papel con su escritura aún firme.

—¿Queréis descanso? Lo tendréis, pues. Ignoráis las tristezas y peligros que os acecharán en vuestros lechos de pluma. Unos pocos años de esta paz que pagaréis cara aniquilará más fácilmente a la mayoría de vosotros que la guerra, la guerra más desesperada...

Y firmó una abdicación incondicional que lo convertía en el soberano de la isla de Elba.

La sorpresa de los emisarios no fue poca al entregar el documento al zar y observar la efusividad con que Alejandro felicitaba a Ney por los servicios prestados a la paz. Un ejemplar de *Le Moniteur* con el texto de su carta a Telleyrand daba fe de lo que a todas luces parecía una traición al emperador. El príncipe del Moscova abandonó a sus camaradas, decidió no regresar a Fontainebleau y se quedó en París. No sentía remordimientos. Bonaparte era un cáncer para Francia, la patria exigía paz a toda costa y él se empecinaba en su propia supervivencia, como si Francia fuera él, arrastrándolos a una guerra civil. Lamentaba, en aquella hora, el día en que se había declarado afecto a su coronación con entusiasmo sincero. La patria no eran los hombres, pues todos valían igual. No fue aquella la enseña de la revolución. No era lícito sacrificar a un hombre en nombre de otro, pues el sacrificio, aun colectivo, solo se concibe si es en nombre de la patria. Menos aún masacrar a un pueblo, enterrar a cientos de miles, millones de vidas, a la ambición de un único hombre, ansioso de una guerra civil entre compatriotas. En eso había terminado el emperador, y Ney no quería volver a hablar de él.

Semanas después era armado caballero de San Luis, nombrado par de Francia y recibía en Besançon el gobierno de la sexta división militar que comandaba el general Bourmont, ahora su ayudante directo. Remitió una misiva a Dupont, nuevo ministro de la Guerra, insistiendo en que la correspondencia le fuera dirigida manteniendo sus títulos de duque de Elchingen y príncipe del Moscova. Francia volvía a ser ahora una monarquía y Michel Ney confiaba en que podría seguir sirviéndola.

Charleston, Carolina del Sur, agosto de 1819

Hacía más de dos meses que la investigación se hallaba en punto muerto. Peter Fox parecía haberse esfumado. Marcel no se impacientaba. El calor, acentuado por la humedad que proporcionaba la confluencia de cuatro ríos, se volvía asfixiante al mediodía. Durante la tarde solía llover de forma torrencial y por unas horas, a veces pocos minutos, el ambiente se refrescaba, hasta que el calor evaporaba de nuevo el agua caída y la misma sensación de bochorno y desidia sobrepujaba cualquier afán de movimiento o acción en el espíritu más emprendedor. Thierot ya debería de haber despachado con Decazes en París y probablemente surcaba el Atlántico de regreso a Charleston. De seguro el ministro se habría sorprendido por el inusitado celo de Brivazac, empeñado en permanecer en América para resolver el enigma y dispuesto a ceder a su lugarteniente un descanso en París, que sin duda lo habría aliviado. Tal vez el avispado Thierot habría confesado a Decazes —al fin y al cabo su auténtico superior— los verdaderos lazos que ataban a Marcel de Brivazac a la península en que el Ashley y el Cooper confluyen para formar el océano Atlántico.

Sin noticias frescas ni tareas pendientes, cada jornada Marcel cabalgaba de buena mañana hacia la hacienda Barrymore. Ya no precisaba ser invitado. Su presencia, casi a diario, se daba por descontada y era celebrada, no solo por lady Oakley. Barrymore sentía simpatía por aquel caballero de excelentes modales, discreción y buen criterio, que en buena medida le recordaba la agradable compañía de sir Henry Oakley. Observaba que a la serenidad de su hija en la viudez había retornado cierta alegría y veía con satisfacción la complicidad de Paul, encantado con los juegos que Marcel le proponía. Muchas tardes cabalgaban juntos el hombre y el niño, y Marcel excitaba la imaginación del muchacho con relatos ficticios y exagerados, a veces fidedignos, de caballeros andantes, castillos medievales, batallas épicas y lances asombrosos, describiendo con énfasis aventuras que el niño recreaba con su viva imaginación. Marcel había labrado un sable de madera a la medida de Paul y le había enseñado a blandirlo al tiempo que hacía trotar a su poni. Colocaban algunas manzanas o pequeñas calabazas sobre unas estacas y Paul trataba de abatirlas con el aplauso de su preceptor. Provistos de floretes de madera, en otras ocasiones el niño recibía las clases de esgrima de Marcel de Brivazac. Con la severidad de una verdadera escuela, Marcel enseñaba a Paul a mantenerse en guardia, hacer una línea o tirar a fondo, corrigiendo sus posturas y sus gestos. A Paul le entusiasmaba, más aún que las clases, que aquel hombre se dirigiera a él en verdad como a un adulto. Durante las prácticas, Marcel corregía al pupilo y añadía enseñanzas que iban más allá del arte de enfrentarse con un arma blanca a cualquier oponente: «No os precipitéis, señorito Oakley. Si queréis triunfar en la vida debéis aprender a esperar. Las victorias no se obtienen ni atacando ni defendiendo, sino esperando el momento propicio para cualquiera de las dos cosas... Mirad al frente, caballero, y no volváis la vista. Debéis aprender a utilizar el rabillo del ojo para percibir qué se cuece en vuestros costados, pero si volvéis la cabeza o los ojos, sois hombre muerto... Danzad, danzad, vuestro enemigo es el compañero de baile y debéis sentir sus inclinaciones y sus movimientos como si lo tomarais de la mano, un segundo antes de que los emprenda, y entonces buscad el momento de dejar de acompañarlo en la danza y darle una buena estocada. Y cuando os sintáis atraído por una señorita, acordaos de este consejo y ponedlo en práctica.»

Solo Henriette mostraba cierta animadversión hacia el asiduo visitante. Marcel se percató de ello y creyó adivinar la causa. Durante una sobremesa en el porche, Barrymore se quedó adormecido en su mecedora mientras tomaban un *bourbon*. Lady Oakley estaba en la casa con Paul, y Henriette paseaba por el jardín, observando el mar de copos blancos que se extendía más allá de lo que la vista podía abarcar. Marcel se acercó a ella.

—Es hermoso, ¿verdad? Parece un campo en que ha comenzado a nevar... —empezó a decir, sin lograr atraer ni la atención ni la simpatía de la niña—. Henriette..., ¿puedo hablaros en confianza?

—Si queréis... —repuso la niña, displicente.

—He notado que mis visitas no os agradan mucho, ¿me equivoco?

Tampoco esta vez respondió Henriette. Bajó la cabeza y frunció los labios en un gesto claramente afirmativo.

—Creo que sé por qué no veis mis visitas con buenos ojos y lo comprendo muy bien.

—¿Lo comprendéis? —se interesó la niña.

—Creo que sí. ¿Sabéis?, yo perdí a mi padre cuando tenía once años.

—¡Igual que yo! —observó la niña.

—Sí, por eso creo que os entiendo. Mi madre se quedó viuda. Yo no tenía la suerte de tener un hermano como Paul y nos fuimos a vivir a Inglaterra. Yo adoraba a mi padre. Mi madre era hermosa y rica. Muchos hombres la pretendieron, aunque ella nunca aceptó a ninguno. Ignoro si fue por su propia voluntad o por mi culpa. No soportaba que ningún hombre se le acercara y creía inconcebible que ella pudiera llegar a amar a otro hombre. El caso es que vivió sola el resto de su vida y murió sola. ¿Sabéis?, ahora que ya no soy un niño creo que a mi padre le habría entristecido cómo mi madre agotó su vida afligida por su recuerdo, casi muerta en vida ella también. No creo en verdad que lo mereciera. Fue una esposa y una madre devota y...

—Creo que le gustáis a mi madre... —lo interrumpió la niña—. Y es evidente que ella a vos.

—¿Tan evidente es?

—¡Pues claro!

—Y teméis que ella pueda amarme y olvide a vuestro padre... Henriette, de huérfano a huérfana, he de haceros una confesión. Es verdad que amo a vuestra madre; y una parte del amor que le profeso proviene de mi admiración por la dignidad con que recuerda a vuestro padre. Si algún día ella me amara, como teméis, jamás ocuparía el puesto de vuestro padre ni ella lo olvidaría. Tenedlo por seguro. Es más, vos y yo compartimos la misma triste experiencia y, ¡quién sabe!, podríamos ayudarnos mutuamente a mantener viva la llama de su memoria. En secreto, solos los dos, nos contaríamos uno al otro las historias y los recuerdos de nuestros padres...

Marcel de Brivazac no era un hombre habituado a comprender ni lidiar con la mente de los niños. Nunca había comprendido muy bien qué los distinguía. Él no recordaba haber pensado jamás como un presunto niño ni padecer molestias ni enfermedades que no aquejaran a los adultos. Se preguntó si su táctica había resultado funesta y sospechó que abordar directamente el corazón del asunto había sido una estupidez. El largo silencio de Henriette no presagiaba nada bueno. Entonces ella tomó la mano del hombre y le preguntó:

—¿En Francia hay campos de algodón?

—No hace suficiente sol, pero puedo aseguraros que nieva con frecuencia —respondió Brivazac, concluyendo que el espíritu humano es invariablemente el mismo, con independencia de la edad, el sexo o la condición. Miró a los esclavos negros que recogían las malas hierbas y se preguntó si se estaría volviendo jacobino.

Angela y Marcel solían cabalgar a primera hora de la tarde hacia el viejo molino donde la colonia de esclavos negros molía el maíz. Les gustaba descansar a la sombra de los robles de la ribera, mientras Paul y Henriette correteaban por los alrededores, pescaban o se entretenían con las faenas de los molineros. La vida en aquella hacienda le resultaba a Marcel verdaderamente sencilla. Muy lejos quedaban las intrigas de la corte de París, las insidias y enconos entre realistas y bonapartistas, las constantes contiendas de aquella vieja Europa que había olvidado las exigencias elementales de la vida humana. Se acostumbraba a la convivencia con aquellos esclavos que vivían su propia existencia obligada, lejos de su origen, organizando su rutina impuesta de forma resignada y práctica. En las colinas de Hickory las condiciones eran placenteras si se comparaban con las penalidades que sufrían tantos hermanos de raza en otros lugares, y muchos consideraban una suerte la bondad del amo Barrymore. Decididamente, pensaba Brivazac, la libertad solo se aprecia cuando uno es capaz de recordar en qué consiste. Recostado sobre la hierba, Marcel oía el rumor de la brisa que mecía las hojas de los robles y provocaba guiños de luz deslumbrante cuando los haces de rayos solares se filtraban a través de la espesa copa de un ejemplar centenario. «Acaso la esclavitud sea el estado natural del hombre, nacer para ser esclavo de mil formas y maneras, cautivo por causa de su pecado original. Tomar la manzana para alcanzar a Dios, no para gozar de su sabiduría, sino de su poder. La omnipotencia divina como anhelo sublime que nos hunde en la esclavitud de nuestro cuerpo, que pertenece a otro, o de nuestra alma, prisionera de nosotros mismos, de nuestros temores y deseos, como las de Henriette, Ney, él mismo...» Angela parecía comprender sus pensamientos y se fijaba en la forma en que las luces y las sombras alteraban el brillo de sus pupilas fijas en el cielo, oscurecían o iluminaban su piel morena, sus cabellos entrecanos y rebeldes. Hacía semanas que habían aprendido a compartir sus silencios, que se comprendían con facilidad sin articular palabra, pero ella seguía percibiendo el misterio y la complejidad de aquel hombre por el que se sentía atraída. Amaba su temperamento contradictorio, la firmeza con que esculpía sus convicciones y la flexibilidad con que respetaba el pensamiento de los demás, la dureza de sus juicios y la tolerancia de sus acciones. Le producía ternura la seriedad con que mostraba a Paul el arte de la esgrima, como si quisiera transmitirle toda la sabiduría de una madurez alcanzada a fuerza de combates singulares, y la facilidad con que podía convertirse en un niño travieso sin perder el aplomo de un hombre que descendía ya la colina de su vida. Había apreciado la forma sutil con que se había ganado a la difícil Henriette y la franqueza con que se había comportado con su padre. Definitivamente, amaba a aquel hombre y deseaba desentrañar sus misterios. Y lo deseaba. Le hubiera gustado poder acariciar su frente, deslizar las manos por sus cabellos y desenredarlos, acariciar su nuca, verse rodeada por sus brazos seguros, sentir el pulso firme con que marcaba la línea o tiraba a fondo.

La tarde parecía apacible, pero poco antes de regresar el cielo se oscureció súbitamente y ráfagas de viento caprichosas se levantaron con violencia, permitiendo adivinar la proximidad de la tormenta. Secos relámpagos rasgaban el horizonte. Decidieron retornar. El aguacero empezó cuando apenas se habían refugiado en el porche de la mansión, después de poner a cubierto sus monturas en las caballerizas.

Seguramente sería una de las últimas tormentas de verano y su violencia parecía entonar una canción de despedida. Se prolongó más de lo acostumbrado y los campos aparecían encharcados. Barrymore columbraba que, teniendo en cuenta la coincidencia de las mareas, Charleston podría muy bien estar inundado y el camino intransitable, y por añadidura la noche caía ya, de forma que prohibió a Marcel que regresara y lo invitó a quedarse hasta la mañana siguiente. Cenaron a la luz de las velas y, tras una agradable charla, ya cerca de medianoche, se retiraron. Marcel no tenía sueño. Tomó un candil y a la tenue luz de una bujía decidió leer uno de los libros que adornaban los anaqueles de la habitación principal de invitados. Hacía calor. Abrió la ventana, se echó desnudo sobre el lecho y se cubrió con la sábana de lino blanco. Abrió el libro. Un poemario de Wieland traducido torpemente al inglés empezaba a provocarle un agradable sopor. En algún lugar había oído que Ney había visitado a Wieland al ocupar una ciudad prusiana durante sus conquistas. Con seguridad, Ney lo había leído en alemán y tal vez en esa lengua sus versos resultaran más encomiables que en aquel inglés afectado y dulzón. Cerró el libro con el ánimo de apagar la bujía y rendirse al sueño, cuando su puerta se abrió. Angela entró en la habitación sin decir una palabra, ataviada con una bata y descalza. Se sentó a su lado sobre la cama, lo miró a los ojos, ladeó la cabeza y comenzó a acariciarle el cabello, despejando su frente. Él la dejó hacer unos segundos. Tomó su mano y la apartó con dulzura, mientras abría su sábana, invitándola con el gesto. Ella dejó caer su bata y se deslizó bajo la sábana. Al volver a cubrir sus cuerpos con ella, la bujía se apagó por efecto de la corriente de aire. Marcel la besó y comenzó a acariciarla con extrema lentitud. Había esperado mucho ese momento y quería reconocer cada pulgada de su cuerpo. Ella parecía hacer lo mismo; palpaba su nuca, medía sus hombros y recorría su espalda. Mientras se amaban, ella sentía la respiración profunda de Marcel; le excitaba el tacto rudo de su barba incipiente sobre su mejilla. Marcel descubría la dulzura de ese mismo tacto y le pareció que aquella era una forma incógnita de yacer. Sentía un placer reconocible, que venía acompañado de un éxtasis nuevo, de la satisfacción intransmisible de amar sintiéndose amado por aquella mujer de voz divina y alma única que le había hecho comprender con lágrimas de felicidad la mejor suerte y sentir con sus suspiros el significado de la libertad. Se durmieron aquella primera noche al igual que se entregaron, sin una sola palabra.

A la mañana siguiente la luz del sol se coló por la ventana abierta, anunciando a Marcel de Brivazac una nueva estación. Ella se levantó y se acercó con ánimo de cerrarla. Entonces, por primera vez, la vio desnuda, a contraluz, y admiró la belleza de su cuerpo, una hermosura que no había observado, ni requerido, ni sospechado en la madrugada. Al volverse, ella descubrió que estaba despierto y la admiraba. Sonrió y volvió a deslizarse bajo la sábana de lino, sin una palabra.

Lons-le-Saunier, domingo 12, lunes 13 y
martes 14 de marzo de 1815

El mariscal Ney llegó al Auberge de la Pomme d'Or a primera hora de la madrugada. A medio camino entre la plaza Grande y la iglesia, en la Rue Saint-Désiré, era el establecimiento más confortable de la población. Se calentó al fuego de la chimenea donde sesteaba el señor Boulouze, comerciante que llegaba de Lyon y que lo puso al tanto del entusiasmo con que el pueblo y los soldados habían escuchado la arenga del emperador en la *place* Bellecour. Ney seguía pensando que el desembarco de Napoleón en el golfo Juan era un desastre que anunciaba una guerra civil si, finalmente, no conseguía encerrarlo en una jaula de hierro y entregarlo así a las autoridades, como había prometido ante el pasmado rey antes de besar su mano y partir para tomar el mando de su sexta división en Besançon. Boulouze le tendió un periódico donde constaba la proclama de Bonaparte:

¡Franceses, exigís el Gobierno de vuestra elección, el único que puede ser legítimo! He cruzado el mar para recuperar mis derechos, que también son los vuestros. ¡Soldados, venid a alinearos bajo los estandartes de vuestro líder! Sus derechos son los vuestros y los del pueblo. La victoria marchará con nosotros a paso de carga y el águila con los colores nacionales volará de campanario en campanario hasta las torres de Notre-Dame.

El marqués de Vaulchier, prefecto del Jura, y el marqués de Sorans, ayuda de campo del conde de Artois, acababan de entrar en el albergue al tiempo que Ney concluía la lectura de la proclama.

—Nadie sabe escribir así hoy en día —sentenció, mostrándoles el periódico—. Napoleón sabe cómo enardecer el ánimo de un soldado. El rey haría bien imitándolo. De hecho, debería estar aquí, inspirando a sus tropas, aunque fuera sobre una camilla.

Cuatro horas después celebraba un primer consejo de guerra para preparar su marcha hacia Lyon y vencer a Bonaparte. Ney calculaba a aquella hora que sus fuerzas debían de ser parejas, en torno a los diez mil hombres. En el trayecto desde Besançon habían tenido tiempo de comprobar que la defección se extendía como un reguero de pólvora, y los gritos de «¡viva el emperador!» habían jalonado todo el trayecto. El jefe de escuadrón Beauregard envió a los gendarmes Vuillemot y Rémy hacia Lyon por dos vías distintas, confiando en que pudieran regresar con información fidedigna acerca del estado de las huestes de Bonaparte.

Durante la mañana los alrededores del Auberge de la Pomme d'Or eran un hervidero de curiosos, burgueses y soldados, deseosos de ver al mariscal y conocer sus disposiciones. El general Lecourbe acababa de llegar y con el general Bourmont conformaban aquel curioso Estado Mayor, mezcla imprecisa de militares y autoridades civiles. A mediodía se incorporaron el general Jarry y el general Guye, reclutado sobre la marcha. En aquellas horas, Michel Ney creía aún posible evitar la guerra civil y detener la loca carrera del emperador. Durante el almuerzo, el marqués de Sorans mostró su preocupación por la adicción de los soldados al emperador.

—Las tropas marcharán —le aseguró Ney—. Cumplirán con su deber.

—Confío en ello, mariscal. Gracias a vuestro talento y a vuestra reputación bien asentada nadie está en mejor disposición que vos para persuadirlos de que sigan el camino del honor.

—Sí, marcharán, sin duda. Seré el primero a su cabeza y haré el primer disparo, y si alguien rehúsa lo atravesaré con mi sable.

A lo largo de la tarde, las tropas provenientes de Besançon fueron agrupándose en la plaza Grande. Ney se acercó a ellos como un camarada más, charlando con la familiaridad que acostumbraba y había aprendido de Bonaparte, tan distinta al trato distante de los generales del viejo régimen. Percibió la angustia de los soldados, su fidelidad dolorosa, la desazón por tener que enfrentarse a sus camaradas; y comprendió cuánto habrían dado por que las circunstancias los hubiesen sorprendido en regiones más meridionales, en el otro bando. Al caer la noche se encerró en su estancia y declinó la invitación a cenar de Vaulchier. Se concentró en el estudio de sus cartas geográficas; las halló insuficientes y pidió unos mapas nuevos. Al cabo de una hora recibió a los oficiales de sus regimientos de infantería y caballería. Trató de concitar su adhesión con referencias solemnes al honor de sus juramentos al rey y aseguró que si alguno mantenía reservas lo licenciaría sin represalias y nadie impediría que regresara a su hogar. Levavasseur se había mezclado con la muchedumbre que se arremolinaba en las escalinatas del albergue y le dio cuenta de las murmuraciones que criticaban la actitud del mariscal. El conde de Grivel le transmitió sus informaciones acerca de la misión de varios granaderos de la isla de Elba, infiltrados entre las tropas para conseguir su defección. El príncipe del Moscova empezaba a sentir la vertiginosa sensación de que trataba de retener con la única ayuda de sus manos las olas de un mar embravecido.

A la mañana siguiente, Ney ordenó a sus coroneles que hicieran prestar juramento de fidelidad al rey a los suboficiales. Hizo detener a uno de ellos que se había manifestado partidario de pasarse a las huestes de Bonaparte y lo hizo trasladar a la ciudadela de Besançon. Envió al agente secreto Rochemont a infiltrarse en las tropas de Bonaparte y obtener información. Volvió a pasear entre sus tropas y confirmó el enrarecido ambiente que había notado el día anterior. Regresó a sus estancias y almorzó en privado. A primera hora de la tarde el conde de Villars-Taverny se personó con su flamante nombramiento de inspector de la guardia nacional del barrio de Poligny, ofreciendo la devoción y el celo de sus hombres, ansiosos por unirse al ejército en Lons-le-Saunier.

—No los traigáis aquí, caballero. Vos sois militar y podéis comprender que aquí no puedo batirme. Lons-le-Saunier no es una posición —advirtió Ney, a punto de perder la paciencia.

—Señor mariscal —repuso el conde—, no he tenido la indiscreción de preguntaros cuáles son vuestros propósitos. Basta con que me digáis si, una vez reunidos, debo conducirlos a Dôle o a otra parte. Siendo Poligny el punto central, contaba con reunirlos mañana.

—Bien, bien... Partid —lo despachó Ney—. Recibiréis órdenes en Poligny. Y acompañaos únicamente de hombres devotos y valerosos.

—Por desgracia, mariscal, las zonas rurales no nos proporcionan los mismos recursos que las ciudades.

—Dejad a los campesinos en sus casas. Servirán para las misiones de policía en los pueblos y defenderán las propiedades. No tengo necesidad de plañideras.

Aún no había salido el conde de Villars-Taverny cuando se introdujo el conde de Grivel ofreciendo a todos los voluntarios de su departamento y de la guardia nacional. Ney acabó estallando:

—¡Vuestros voluntarios marcharán cuando yo lo ordene! ¡Todo el mundo rebosa buenos deseos y nadie necesita ser alentado! ¡Pero no quiero plañideras a mi lado!

—Pero, señor mariscal —se ofendió el conde—, los voluntarios que os ofrezco no derramarán lágrima alguna. Son franceses devotos de su rey, dispuestos a armarse y equiparse a su propia costa. Al menos conviene prevenirlos y que estén listos...

—Bien: hacedlo... —concluyó Ney, descorazonado.

En las horas siguientes, el barón Capelle, prefecto de L'Ain, informaba que Bonaparte había pasado por Villefranche la tarde del día anterior, dirigiéndose a Mâcon con fuerzas incontables. El mayor Tissot, del 76.º de línea, acantonado en Bourg, daba cuenta del pésimo espíritu de los soldados, ganados por los lugareños. Desde Chalon-sur-Saône se confirmaba que la artillería enviada desde Auxonne a Lyon había sido arrojada al canal por el pueblo. Poco después de despachar a Sorans con una carta de fidelidad al rey, Beauregard se personó a entregar la información recolectada acerca de las fuerzas de Bonaparte y la evolución de sus movimientos. Ney despidió a su Estado Mayor y se encerró en su habitación.

Hasta medianoche no cesaron las constantes visitas. Un oficial de la guardia aportó una carta del prefecto de Saône-et-Loire revelando que abandonaba Mâcon, donde la enseña tricolor ondeaba por doquier. Otro trajo un despacho de Chalon-sur-Saône anunciando el triunfo de la revuelta. El general Pellegrin enviaba a un tercero confirmando que el regimiento de húsares del príncipe de Carignan enarbolaba la escarapela tricolor, forzaba las puertas de Auxonne y se dirigía a Dijon vitoreando al emperador. Finalmente, a altas horas de la madrugada, el conde de Grivel hizo pasar a la estancia del mariscal a dos oficiales de la guardia que provenían de Lyon con las últimas noticias. Ney no había podido dormir más de diez minutos seguidos. Se refrescó la cara y recibió a los oficiales.

—¿Qué informaciones me traéis? —preguntó temiendo que su perplejidad iba a aumentar.

—Señor, portamos una carta de nuestro general Bertrand y un mensaje confidencial del emperador.

Michel Ney miró a los oficiales con asombro. Les ordenó que cerraran la puerta y que hablaran en voz queda. Abrió las cartas y leyó el mensaje de Bonaparte: «Querido primo: mi jefe del Estado Mayor, el general Bertrand, os envía las órdenes de marcha. No dudo de que desde que tuvisteis noticias de mi llegada a Lyon habéis puesto a vuestras tropas bajo la bandera tricolor. Cumplid las órdenes de Bertrand y reuníos conmigo en Chalon. Os recibiré como lo hice después de la batalla del Moscova.» Levantó la vista e interrogó con un gesto a los emisarios.

—La revuelta triunfa en todas partes —intervino uno de ellos—. El emperador os comunica que su presencia obedece a un acuerdo entre las potencias extranjeras. El rey de Roma permanece en Viena y los Borbones huyen. La armada inglesa apoya al emperador. Ha renunciado solemnemente a hacer la guerra fuera de las fronteras de Francia, invoca una constitución liberal tras cuya promulgación el rey de Roma retornará de Viena, y asegura su ansia de que la paz reine en Francia. Su fuerza es imparable y os pide que os unáis a él.

Ney interrogó a los emisarios durante una hora. Relataron con énfasis las fuerzas con que contaba el emperador, la euforia que lo acompañaba en su triunfal marcha, la ausencia de enfrentamientos, la huida desesperada de los realistas. Reiteraron la desbandada de los Borbones desde París y el beneplácito de las monarquías europeas al regreso de Bonaparte. Cuando los despidió, se le figuró que su cabeza iba a reventar. Se sentó sobre un sillón y a la luz de la vela leyó una y otra vez la proclama que Bonaparte deseaba que hiciera a sus tropas al día siguiente.

A Michel Ney le pesaba haber forzado la abdicación de Bonaparte para evitar una guerra civil; si ahora mantenía su juramento de lealtad al rey, él sería el único obstáculo entre el emperador y París, tal vez el desencadenante de esa guerra civil. Quizás aún era posible una paz duradera bajo la enseña tricolor por la que tantos camaradas habían luchado junto a él. Su bandera nunca había sido el estandarte blanco de los

Borbones. ¿Qué les debía? Ney recordaba la inquietud que le había producido el restablecimiento del edicto de 1751. Aunque él lograra mantener los signos de su nobleza, adquirida a fuerza de sacrificios, probablemente sus hijos perderían los títulos. Ni siquiera tenían derecho a incorporarse a la escuela militar. Todo el mundo pudo percibir el desprecio con que el canciller Dambray había nombrado sus títulos durante la sesión del Senado en que se leyó la lista de los nuevos pares del reino. Aplaudía Ney la gallardía de Lefebvre cuando algún conde de la vieja aristocracia le había recordado su falta de ancestros. «¿Ancestros? —le había contestado el viejo general—: ¿Para qué? ¡Yo mismo soy el ancestro!» Con todo, habían condenado a Davout al ostracismo, acusado injustamente de combatir cuando Bonaparte ya había abdicado, sin atender a las razones con que él mismo lo había defendido. El rey no había seguido su consejo de hacer de la vieja guardia su guardia real y los había despreciado rebajando su soldada a un tercio. Tampoco olvidaba las humillaciones que Aglaé había sufrido. A él le daba un ardite participar en los festejos y en las recepciones, que tanta desazón le producían. Reconocía su torpeza en el trato social, pero le hubiera gustado ver a toda aquella patulea de señores afrontando una descarga de fusilería o de artillería como a las que se había expuesto en tantas ocasiones. Pero Aglaé buscaba ansiosamente ese reconocimiento. Estigmatizada por las enseñanzas de *madame* Campan y los manejos de Josefina de Beauharnais, se sentía humillada y ofendida por los desaires de toda la vieja nobleza, aleccionada por el trato poco considerado de la duquesa de Angulema, que se dirigía a ella por su nombre propio, recordando que su tía era hija de un panadero y su madre, una simple camarera de la suya, aunque hubiese entregado su vida a semejante lealtad. En más de una ocasión hubo de abandonar el Palacio de las Tullerías bañada en lágrimas. Se le negaba el rescatado privilegio del *tabouret* en el salón del trono, en el pabellón de Flore y en el de Marsan, y en los corrillos Aglaé no era más que una «mariscala», epíteto al uso para significar advenimiento y ausencia de clase. Ni el conde de Artois ni el duque de Berry, tan interesados en presentarse como camaradas del mariscal ante las tropas, se rebajaban a compartir con él un carruaje, mientras agasajaban a Wellington sin atender los miramientos del más elemental protocolo. Bonaparte conocía el descontento que reinaba en el país desde la llegada de los Borbones. De lo contrario jamás habría puesto un pie en Francia. ¿Qué les debía?

Michel Ney se quedó dormido, más agotado por las cavilaciones que por la vigilia. El sol de la mañana en su rostro y los ruidos de la calle acabaron por despertarlo. Se levantó, se aseó y ordenó que le prepararan su uniforme de gala. A las nueve hizo llamar a Lecourbe y a Bourmont. Cuando ambos entraron en la estancia, Ney fue directo al grano:

—Señores, todo ha terminado. El rey ha abandonado París. Austria e Inglaterra están de acuerdo con el retorno de Bonaparte. La defección ha triunfado en todas partes y estamos solos. Nuestras tropas no nos obedecerán. Debemos evitar una guerra civil y asumir los hechos consumados.

—¿Qué vamos a hacer, pues? —le interpeló Lecourbe, cuya devoción revolucionaria venía acompañada de un odio furibundo al dictador corso.

—Pasaré revista y leeré esta proclama...

Ney tomó la declaración que había copiado de su puño y letra y la mostró a sus dos generales. La leyeron detenidamente, mientras Ney les daba la espalda y miraba hacia la calle. Al cabo, ambos generales rompieron el incómodo silencio:

—Señor, no es mi intención poner en entredicho vuestro mando, pero hay algunas cuestiones de honor, un juramento prestado... Preferiría regresar a mi campiña y no incumplir la palabra dada al rey —adujo Lecourbe.

—Estoy de acuerdo con el general, señor mariscal. No creo que esté en nuestra mano... —añadió Bourmont.

—¡Detener la marea del océano! Señores, yo tampoco quisiera estar aquí, pero es donde me ha tocado estar, y a ustedes también. Voy a salir a pasar esa revista y necesito saber si van a acompañarme.

Ambos hombres guardaron silencio. Ney despachó dos correos para rendir la plaza de Auxonne y contestar a Bertrand su adhesión y descendió hasta el patio del alberge. Subió a su caballo en el preciso instante en que el gendarme Vuillemot regresaba con las noticias del éxito de la revuelta en el departamento de Saône-et-Loire. Ney lo despidió tan secamente que el desgraciado se quedó de piedra, sin comprender nada.

En las calles de Lons-le-Saunier los tambores redoblaban llamando a revista. Soldados y ciudadanos se congregaban en las avenidas que bordeaban el cauce del Vallière. Los regimientos ocuparon su emplazamiento en la plaza de Armas, a las afueras de la población. A las diez horas presentaron armas al mariscal Ney, al que seguían Bourmont, Lecourbe, Jarry y otros oficiales del Estado Mayor. Terminada la revista, el mariscal hizo abrir el bando y leyó la proclama: «¡Oficiales, suboficiales y soldados! ¡La causa de los Borbones está perdida para siempre! La dinastía legítima que la nación francesa ha adoptado va a recuperar su trono. Únicamente corresponde al emperador Napoleón, nuestro soberano, reinar sobre nuestro hermoso país...»

Con dificultad pudo concluir su alocución. Una oleada de entusiasmo y de histeria estalló entre las filas, que perdieron su orden de formación y se apresuraron a sustituir la escarapela blanca por la tricolor. Los soldados daban vivas al emperador y al mariscal Ney, y se abrazaban unos a otros con entusiasmo. Veteranos soldados no podían reprimir las lágrimas. Pasados los primeros instantes de confusión, el coronel Dubalen se acercó a Ney y presentó su dimisión. No la aceptó, pero le fue permitido partir libremente.

Aquella tarde hubo algunos revuelos en la ciudad. El Café Bourbon, famoso por ser nido de ultrarrealistas, fue asaltado y el marqués de Vaulchier, zarandeado. Al caer la noche, el Estado Mayor celebró un banquete en un ambiente de camaradería y buen humor. Bourmont y Lecourbe hicieron los honores a un buen menú, mientras su comandante parecía ser el único que se mostraba pensativo y taciturno. Algunos oficiales abandonaron el campo por fidelidad al rey, sin que fueran incordiados ni censurados. Michel Ney creyó de buena fe que su gesto contribuía a la deseada paz, pero sospechaba en su fuero interno que, en realidad, había firmado su sentencia de muerte.

*Charleston/Florence, Carolina del Sur,
septiembre de 1819*

Armand Thierot acababa de regresar del viaje a París y descansaba de la larga travesía en su habitación del Hotel Cumberland. Marcel almorzaba en la suya, mientras repasaba la carta del ministro Decazes. Se quejaba amargamente su amigo Élie de hallarse postrado por una mala caída de su cabalgadura el día preciso en que celebraba su aniversario matrimonial. Más que las dolencias lo perjudicaba una falsa convalecencia, pues el acoso de los enemigos del rey era inclemente y debía velar por su cuidado. Marcel supo leer entre líneas la inquina de los ultrarrealistas. Lo exhortaba, por lo demás, a continuar sus averiguaciones y lo ponía en antecedentes de los fondos que había entregado a Thierot a través de varios pagarés extendidos a su propio nombre. Le advertía de que el general Charles Lefebvre-Desnouettes había solicitado el indulto del rey para poder regresar cuando menos a Bruselas. Aunque la influencia de Laffitte era suficiente para conseguir que la solicitud tuviera éxito, Decazes había ensayado una jugada: le había escrito al general, afirmando que debía tratar con su emisario en la región, el barón de Brivazac, dicha solicitud, de forma que era previsible que pronto contactara con él y convenía tratar de ofrecerle el premio si colaboraba en la búsqueda de Ney. Le deseaba suerte en su misión y que el éxito le permitiera regresar pronto a Francia. No había mención alguna a sus distracciones galantes; Marcel llegó a arrepentirse de haber dudado de la discreción de Thierot, seguramente poco partidario de oscurecer los casos con intrigas adyacentes que poco podían contribuir a su esclarecimiento.

Arrumbó la carta del ministro con la desagradable sensación de que, en compañía de Angela, su celo por el descubrimiento del paradero del mariscal Ney podría muy bien haber menguado, y tocaba ahora no evidenciarlo ante el sabueso Thierot. Decidió, pues, abrir la carta que el abogado Levy le había enviado esa mañana: columbraba que podía contener información de interés para su asunto y temía el deber de alejarse de la hacienda Barrymore. Rasgó el sobre y extrajo una cuartilla de papel bellamente timbrado, en la que Chapman Levy, de Levy & McWillie, le ponía al tanto, con un estilo sucinto, distante y muy profesional, de una pista fiable sobre el paradero, si no del señor Fox, sí del mariscal Ney. A través de una confidencia casual, no sujeta en modo alguno al secreto que debía a todo cliente en virtud de su profesión, había llegado a conocimiento del abogado que un inmigrado francés, al parecer refugiado de la justicia borbónica, había sido hallado por el coronel Benjamin Rogers, tratante de algodón afincado en Florence y en Brownsville, durante una estancia en un hotel de la localidad de Cheraw. El coronel Rogers, cliente conspicuo de la firma, simpatizó con el caballero francés, al que convenció para que se trasladara a Florence, donde hacía falta un maestro de escuela para los hijos de los terratenientes y comerciantes de la localidad, hallando sus cualidades inmejorables para el desempeño de ese oficio. El caballero en cuestión se hacía llamar Peter Stuart Ney y su apariencia parecía adecuarse con mucha fidelidad a las descripciones y las copias de los retratos que obraban en los archivos de Levy & McWillie acerca del mariscal Michel Ney. Por fortuna, el señor Peter Stuart Ney había aceptado la invitación del coronel Rogers y actualmente regentaba una bonita escuela en

Florence, en cuyo edificio existían dependencias privadas donde el nuevo maestro tenía su residencia.

Marcel suspiró. Por fin el azar jugaba sus cartas y lo alejaba de Angela Oakly. Buscó en sus mapas la localidad de Florence y se congratuló de situarla tan propincua. Salió de su habitación y llamó a la puerta de Armand Thierot. Armand la abrió medio desnudo y con síntomas de salir de un profundo sueño.

—Armand —le dijo Marcel sin piedad—, avise a René Franquemont de que nos vamos a Florence, a unas cuarenta leguas al noroeste. Le remitiremos nuestra dirección para que nos envíe correos si es necesario. ¡Creo que lo tenemos!

—¿Cuándo partimos?

—De inmediato.

El barón de Brivazac y Armand Thierot decidieron cabalgar hacia Florence con lo estrictamente necesario. Franquemont les haría llegar algún equipaje una vez que estuvieran instalados. Thierot llevaba consigo las dos pistolas de percusión Kentucky que había adquirido en Charleston y que cuidaba como preciadas joyas. Aunque fueran armas de avancarga, la comodidad del cebador, que permitía prescindir de la chispa, las convertía en instrumentos mucho más eficientes. Brivazac las juzgaba incómodas y prefería confiar en su discreta daga damasquinada. Por lo demás, hasta aquel momento América le había parecido un lugar más civilizado y seguro de lo que había imaginado.

Brivazac decidió desviarse hacia Camden para entrevistarse con Chapman Levy y obtener alguna información adicional acerca del coronel Rogers. Aunque la discreción del abogado era proverbial, obtuvieron algunos detalles del personaje nada comprometedores y prometieron comportarse de forma impecable en su trato con el coronel. Recompensaron generosamente el celo del jurista y en una jornada más llegaron a Florence. Era una localidad pequeña, cuyo interés radicaba en las extensas plantaciones de índigo y algodón que la circundaban. Con todo, el Hotel Wisteria era un alojamiento agradable y coqueto, frecuentado por comerciantes y viajeros. Se registraron y reservaron dos habitaciones con vistas a la calle. No les fue difícil averiguar la ubicación de la plantación del coronel Rogers. Era, con diferencia, la más extensa y próspera del condado, y la única que disponía de aquel ingenio revolucionario que se conocía como *cotton-gin*, capaz de separar limpiamente las hebras del algodón de las semillas por la mera acción de una manivela. Brivazac estaba dispuesto a obtener frutos de esa información tan singular facilitada por el abogado Levy. Cabalgaron hacia la casa del coronel Benjamin Rogers sin que Armand Thierot pudiera imaginar cuál iba a ser la fórmula para contactar con el maestro sin levantar sospechas. Al salir de la población en dirección oeste se fijaron en la escuela, una de las últimas casas del pueblo. Les llamó la atención el rótulo del establecimiento: Escuela Dans Souci. Era una construcción sencilla de madera, y por su distribución podía adivinarse qué parte se destinaba a la Enseñanza y cuál a vivienda. Pasaron despacio a pocos pasos de ella. Aparentemente estaba cerrada: era sábado. Siguieron cabalgando y aún emplearon media hora hasta llegar a la plantación del coronel.

—Thierot, dejadme hacer a mí y seguidme la corriente —advirtió Marcel cuando llegaron a la entrada de la casa.

Thierot no pensaba hacer otra cosa. En el porche de la mansión, un hombre de unos cincuenta años, colorado y corpulento, fumaba una pipa mientras leía un periódico. Había observado a los dos jinetes y detenido al sirviente que se aprestaba a recibirlos. Él mismo se levantó, bajó los escalones de la entrada principal y se acercó a los visitantes.

—¿Qué se os ofrece, caballeros? —los saludó.

—Buscamos al coronel Benjamin Rogers.

—Yo soy.

Descendieron de la montura y se presentaron haciendo uso de sus propios nombres. Brivazac era un hombre de negocios de origen francés, afincado en Inglaterra, que había viajado a América para interesarse por el comercio del algodón. Thierot era su hombre de confianza. De paso por Camden, habían oído hablar de él como un comerciante avezado y, además, contaba con una máquina *cotton-gin*, en cuyo funcionamiento Brivazac estaba muy interesado; se preguntaba si sería mucha molestia que pudiera mostrarles la máquina y al tiempo intercambiar algunas opiniones.

Rogers era un hombre locuaz y, al igual que todos los colonos diferenciados, vivía en cierto aislamiento opulento, por lo que agradecía cualquier oportunidad de compartir su hacienda y su compañía con personas interesantes. Juzgó a sus huéspedes como individuos relevantes y los acogió con una hospitalidad que Brivazac ya conocía y que era tan común en las tierras despobladas y anchas, en las que los hombres viven sin incómodos vecinos, gozan de la soledad y añoran la compañía de los extraños. Durante horas los entretuvo con una charla erudita acerca del algodón, cuya cosecha estaba a punto de comenzar. Pontificó sobre las diversas variedades y sus cualidades, el delicado proceso de siembra e irrigación, la importancia de proceder a su cosecha en el momento exactamente propicio, los avances que suponía el famoso ingenio denominado *cotton-gin*, que les mostró con más orgullo que si se tratara de su propia hija. Por descontado, procedió a una hábil demostración de sus cualidades y ni Brivazac ni Thierot olvidaron cumplimentar a su anfitrión con marcadas expresiones de asombro y congratulación. Rogers estaba tan a gusto con su compañía que los invitó a cenar esa misma noche. Como Brivazac hizo un gesto dubitativo, fingiendo abrumarse por su amabilidad, Rogers insistió de forma irresistible:

—Os lo ruego. Será un placer para mí. Además, como cada sábado, nos juntamos algunos amigos y sería un placer que conocierais a un eminente compatriota que ejerce de maestro en nuestra comunidad. Se llama Peter Stuart Ney y os garantizo que es un caballero sorprendente, un viejo soldado como yo, de cultura enciclopédica y fascinante conversación.

—Será un honor y un placer, coronel, y no sé cómo corresponder a tanta amabilidad. Aquí estaremos a la hora convenida —se despidió Brivazac.

Más de veinte personas se congregaron en torno a la mesa del coronel Rogers. Mary Rogers, su hija, se sentaba al lado de Peter Stuart Ney, y ambos frente a Marcel y Thierot. El anfitrión así lo había dispuesto, para que pudieran confraternizar como buenos compatriotas. A Marcel se le hizo evidente que Stuart Ney se había convertido en un personaje central de aquella pequeña sociedad. Todo el círculo del coronel mostraba una deferencia extrema hacia su persona y era objeto de constantes alabanzas. Mary Rogers se ocupaba de sus deseos y atendía a sus gestos más nimios con una solicitud que sobrepasaba con creces la mera cortesía. Ciertamente su aspecto era imponente. Frisaba la cincuentena, y si no era el mariscal Ney a fe que se le asemejaba notablemente. Su complexión y altura eran las mismas; su cabello castaño rojizo clareaba sobre una frente despejada y redonda; su nariz ancha y regular, su mentón algo prominente y sus intensos ojos azules recordaban la imagen del mariscal. El conjunto, sin embargo, no acababa de convencer a Brivazac. Había intercambiado con él algunas palabras en francés y, aunque su dicción era perfecta, su acento era más propiamente inglés o escocés que alemán. No había oído al general hablar en muchas ocasiones, pero lo había conocido en algunas recepciones y actos durante la Restauración, y a pesar de los cinco años transcurridos algo en aquel hombre resultaba poco reconocible. Una profunda cicatriz de al menos cinco pulgadas cruzaba el lado izquierdo de su frente hasta el extremo de la ceja. Brivazac no había visto a Ney después de Waterloo, pero todos los informes señalaban que no había sido herido e Ida Saint-Elme se lo había confirmado. Y era seguro que el mariscal Ney no había tenido en su rostro cicatriz semejante antes de Waterloo. Tal vez aquella señal distrajera su atención o confería al rostro del mariscal una expresión distinta.

Mary Rogers celebraba la bendición que había sido para los muchachos de Florence la presencia de un maestro como él. Algunos de los comensales enviaban a sus hijos a la escuela puesta en pie por el coronel Rogers y alababan sus métodos. Los alumnos adoraban a aquel hombre que los sometía, empero, a una férrea disciplina. Solía alinearlos mientras respondían o recitaban las lecciones, en posición de firmes, el mentón alto, el estómago encogido, los hombros elevados... Se le consideraba un trabajador incansable y un hombre de vastos conocimientos. Impartía con igual maestría matemáticas, latín, alemán, inglés, francés, hebreo o griego. Forzaba a sus discípulos al ejercicio físico; acreditaba ser un maestro de esgrima excepcional y un experto jinete. Al parecer, Stuart Ney tenía a su disposición una habitación en la segunda planta de la mansión y, sobre todo en invierno, solía permanecer en ella al regresar de la escuela, trabajando hasta la madrugada y escribiendo sin descanso. Mary facilitaba con ingenuidad todos estos detalles, alentada por la curiosidad y admiración que delataban Brivazac y Thierot. Peter mantenía una actitud humilde y sumisa ante la catarata de afectuosos elogios de Mary, secundada por toda la concurrencia.

Marcel procesaba toda la información y al tiempo dejaba deslizar algunas cuestiones que el misterioso personaje contestaba con laconismo. Parecía que en las largas noches de invierno, en torno al amplio hogar del salón principal, la prudencia del maestro no era tan aquilatada: había entretenido a sus anfitriones con relatos al parecer jugosos de sus aventuras como suboficial en los campos de batalla de Europa. De vez en cuando, Thierot o Brivazac requerían algún comentario o detalle, que confirmaba su profundo conocimiento del escenario en cuestión. Armand lo inquirió acerca del curioso nombre con que había bautizado su escuela. La propia Mary Rogers aclaró que había sido un juego de palabras, que pretendía contraponer el nombre de la escuela al título que había escogido para la casa de su protector: Sans Souci.

La velada trascurrió en animada conversación, trufada de asuntos variopintos, que oscilaban desde las guerras napoleónicas en que había combatido el maestro hasta las expectativas sobre la inminente cosecha de algodón y sus precios en descenso desde que los bloqueos habían desaparecido. Brivazac mesuraba los gestos y las palabras de Stuart Ney. Con el paso de las horas y el trasiego de vino y licores, su reserva, no exenta de cierta timidez, iba evaporándose; se atrevía a formular comentarios y opiniones, siempre sensatas y ajustadas, pero algunas veces más atrevidas e irónicas. El alcohol lo hacía mejor comensal.

—Os habéis aclimatado bien a esta tierra, señor Stuart —afirmó Marcel.

—No tenía más remedio, barón. Ya debéis de saber que vine como refugiado.

—¡Oh, sí! No soy un hombre de partidos, señor Stuart —atajó Brivazac—. Fui educado en Inglaterra y me interesa el comercio, nada más. No prejuzgo vuestras convicciones, que me parecen muy respetables. Es más: creo que el fracaso de la monarquía ha sido su ineptitud para comprender las ventajas del liberalismo y su desastrosa gestión económica. En cualquier caso, significaba que se os ve bien aclimatado, aunque tal vez deseéis regresar a Francia...

—No os oculto que me gustaría, barón, pero mientras gobiernen los Borbones no creo que ni pueda ni quiera hacerlo.

—Yo, sin embargo, no sé si me acostumbraría a vivir en este gran país. Por otra parte, la humedad de estas tierras acaba con mi salud.

—¿Tenéis molestias?

—Bueno, a mi edad el reumatismo empieza a pasarme factura —se quejó Marcel—, aunque dicen que suele ser un mal mucho más frecuente en los soldados... ¿Es vuestro caso?

—No, señor. Mi servicio me ha legado una leve cojera, pero, por fortuna, no siento molestias reumáticas. Muchas mañanas llevo a mis alumnos a nadar a primera hora de la mañana, ya sea verano o invierno, y ese ejercicio tonifica y desentumece los músculos. Os lo aconsejo.

—Procuraré seguir vuestra receta, señor Stuart, aunque no soy buen nadador.

La sobremesa tocó a su fin. Los invitados se despidieron, celebrando la hospitalidad y la excelente cocina, al tiempo que se citaban para el oficio religioso que tendría lugar en la parroquia del pueblo a las once en punto del día siguiente, como todos los domingos. En la confusión de los saludos, Marcel musitó a Thierot que estaba convencido de que aquel hombre no era el mariscal Ney. Thierot reaccionó como si le hubieran anunciado la muerte de su propia madre, pero a Brivazac se le escapó su gesto de frustración. La noche era cálida y Stuart decidió regresar hacia la población en compañía de sus dos compatriotas.

—Señor Stuart, debo felicitarlo por la manera en que vuestra presencia ha calado en esta población. Sois un personaje admirado —observó Brivazac.

—Gracias —repuso Stuart secamente.

—El coronel Rogers es un gran hombre, no cabe duda, y sus parientes y amigos forman en torno a él una familia en verdad entrañable. Mary Rogers es un encanto y, si me lo permitís, yo juraría que habéis ganado algo más que su admiración. Yo diría que su corazón suspira por vos...

Stuart parecía azarado y no supo qué responder. Armand Thierot pensó que era un buen momento para echar un cabo.

—¡Vamos, amigo, debéis de sentiros halagado! Es toda una dama y una mujer de excelentes sentimientos, además de muy bella. Y su padre os tiene en muy alta estima. No me digáis que no lo habéis notado...

—Bueno, señores, estas son cosas privadas, como comprenderéis.

—¡Oh, claro, disculpadnos! —terció Marcel—, pero en verdad nos hemos sentido tan a nuestro gusto, que podéis comprender cuánto nos agradaría que un hombre como vos pudiese hallar alguna compensación a una situación que ha debido de ser difícil. Y os aseguro que el señor Rogers, con quien pienso entrar en estrechas relaciones comerciales, me ha resultado tan encantador que haría lo que fuera por que pudierais corresponder a los afectos de su hija, siempre que sea vuestra intención, claro está... Podéis contar con nuestra amistad, señor Stuart...

—Os lo agradezco de nuevo.

Los tres hombres habían llegado a la altura de la escuela donde Peter Stuart tenía sus dependencias privadas. Aún no era tarde, y ambos hombres le rogaron que los acompañara hasta el hotel, donde en su animado salón podrían tomar algún trago y fumar un buen cigarro. La cordialidad de aquellos hombres era tal que Stuart no pudo negarse.

Después de medianoche, en el salón del Wisteria Hotel ya no sonaba la música. Solo quedaban tres hombres que apuraban una tercera botella de *bourbon*. Uno de ellos apenas atinaba a introducir en su boca el extremo casi extinguido de un habano de buen calibre, mientras hablaba sin tino ni pausa.

—Bessières, Bessières ha muerto... y la guardia imperial ha sido batida... Todo ha terminado —mascullaba Peter Stuart Ney—. Y yo no podré regresar a Francia hasta que el emperador o su hijo vuelvan a reinar. ¿Lo comprendéis? No soy un refugiado, querido barón, mi estimado Thierot... ¡Soy un proscrito! ¡Un fantasma!

Completamente ebrio, Stuart apuró aún un vaso de *bourbon* y prosiguió su relato interminable, que sus dos compañeros parecían escuchar sin desagrado.

—Bessières ha muerto... Iba a mi lado, y de repente... ¡zas! Un cañonazo lo despedazó. ¡Mala suerte! ¿Y por qué iba a mi lado?, os preguntaréis... Porque no soy ningún suboficial, amigos. *Les bougres!*... Yo soy... Mich... Michel Ney, duque de Elchingen, príncipe del Mos...cova, caballero de San Luis, Gran Águila de la Legión de Honor, caballero de la Corona de... de Hierro, Gran Cruz de la Orden de Cristo, mariscal de Francia... queridos amigos... Y no volveré a ver a mi dulce esposa ni a mis hijos, porque he sido condenado...

—Señor Ney, habéis bebido demasiado y es hora de que os acostéis. Os llevaremos a vuestra casa...

—¡Oh, sí, sí, venid, amigos, y abriremos otra botella de *bourbon*! Mañana es domingo y la escuela cerrará...

Los tres hombres se levantaron, si bien Stuart iba llevado en volandas por los otros dos. Se empeñó en subir a su caballo solo y acabó cayendo por el lado derecho de la cabalgadura.

—Os ayudaré a montar —se ofreció Brivazac.

—¿Vais a ayudarme a montar? ¿A mí? ¡Al mariscal Ney, el viejo húsar?

Mal que bien, el viejo húsar consiguió mantenerse sobre su montura el breve trayecto que separaba el céntrico Hotel Wisteria de la Escuela Dans Souci. Cuando Thierot y Brivazac conseguían que entrara en sus aposentos, el maestro desentonaba algunos cantos guerreros. Lo llevaron hasta el lecho y lo dejaron caer sobre él. A los pocos segundos roncaba con beatífica mueca.

—Desde que recibí la carta de Chapman Levy, supuse que este sujeto no era el mariscal Ney.

—¿Estáis seguro? —preguntó Thierot, decepcionado.

—Ahora sí. Entonces lo que me llamó la atención fue por qué, si quería pasar desapercibido, utilizaba el nombre de Peter Stuart ¡Ney! Resulta estúpido..., aunque solo si de verdad es el mariscal Ney. En fin, tenemos apenas diez horas para desenmascararlo. Mañana lo echarán de menos a las once en el oficio religioso. Desnudadlo, mientras yo curioseo por aquí...

En el propio dormitorio, Peter Stuart Ney tenía una especie de mesa de estudio, atestada de libros y papeles desordenados. Marcel estuvo fisgando los ejemplares de algunos libros y halló la biografía escrita por Maizeau que bien conocía. Muchas páginas contaban con párrafos subrayados y pasajes apostillados, corregidos o anotados. Había cuadernos de ejercicios en lenguas vivas y muertas, algunos *Diálogos* de Platón en griego, una *Eneida* en latín e indescifrables volúmenes en hebreo. Thierot le advirtió que ya había conseguido desnudar al maestro. Entre ambos consiguieron darle la vuelta y dejarlo boca arriba. Su sueño era profundo y plácido. Brivazac empezó a hacer recuento de sus cicatrices. Con cuidado levantaba y bajaba los brazos, observaba sus manos, sus pies, las rodillas, las piernas, ladeaba su cabeza...

—Es asombroso —concluyó Marcel—. Tiene el mismo número de heridas que el mariscal, y sus cicatrices aparecen prácticamente en los mismos lugares. Son los recuerdos que el mariscal se trajo de Maguncia, Winterthur, Manheim, Lützen, Leipzig... Pero no solo su cicatriz en la cabeza no coincide con los informes oficiales. En Smolensko la metralla de una granada lo hirió en el cuello. No fue una simple magulladura. Aunque la herida no era profunda, conservaba varias pequeñas señales, y este hombre no tiene signo ni de un leve chirlo producido con una navaja de afeitar...

—Hay algo llamativo, además —añadió Thierot—. Fijaos en los costurones del pie o de la rodilla. No parecen consecuencia de heridas muy antiguas...

—Cierto... Es una lástima que el cirujano Bonaventure no esté aquí ahora para confirmarlo, porque esas heridas al menos deberían tener veinte años... Bien, tapadlo, Armand, y dejadlo dormir unas horas mientras inspeccionamos toda la casa...

Mientras Brivazac revisaba sobre el escritorio todas las cartas y documentos a su alcance, Thierot salió para registrar el resto de la vivienda. No había entre los documentos información especialmente reveladora. Mapas, libros y algunos poemas significaban lo que ya conocían. Aquel maestro era, en verdad, un hombre diferenciado, de cierta cultura, y sin lugar a dudas había sido soldado. Le llamó la atención las atinadas correcciones que Stuart había hecho a las afirmaciones no siempre bien comprobadas de Maizeau. Brivazac sabía que aquel hombre no podía ser el mariscal Ney, pero lo desconcertaba el profundo conocimiento que tenía del personaje. Su desconcierto se convirtió en estupor cuando Thierot entró de nuevo en la habitación con un compás militar y una flauta. El instrumento musical estaba grabado con la siguiente inscripción: «Peter S. Ney, Houstonville, N. C., 1818.» El compás era un instrumento característico, de los usados por los oficiales de alto rango del ejército imperial francés. A nadie habría extrañado que ambos objetos hubieran pertenecido al mariscal Ney.

—Esto es un verdadero enigma, Armand —suspiró Brivazac.

Se repantigó en la silla, cruzó sus manos y apoyó su barbilla sobre los dedos índices, que mantenía unidos y erguidos en un gesto de concentración que a Armand le resultaba familiar. Entonces reparó en un cajón del escritorio que le había pasado desapercibido. Estaba cerrado con llave. La buscaron en sus ropas, en torno a la habitación, sin resultado. Brivazac extrajo su daga, la introdujo en la ranura y haciendo palanca consiguió saltar la cerradura sin gran dificultad. En el cajón había un voluminoso manuscrito cuidadosamente atado con una guita. Marcel lo puso sobre la mesa, lo desató y apartó la carátula de cartón que lo protegía. La lectura de la primera página lo sobrecogió: «Memorias del mariscal Ney.» Se deslizó por el apretado relato, yendo de una página a otra. La última se interrumpía en la victoria en Ulm, en 1805... ¿Estaba escribiendo el mariscal Ney sus memorias? ¿En verdad era aquel maestro de escuela borracho el duque de Elchingen? Entonces, su mente se iluminó...

—Thierot, tomad todos estos cuadernos —exclamó súbitamente—. Fijaos en que cada uno tiene una fecha determinada. Ordenadlos cronológicamente.

Armand ya estaba bien acostumbrado a las genialidades de su jefe, de forma que se puso a la tarea sin tomarse la molestia de preguntar con qué fin lo hacía. Entretanto, Marcel hacía lo propio con algunos legajos, copias de cartas y documentos que el ordenado maestro acostumbraba invariablemente a fechar. Cuando ambos concluyeron, Marcel tomó el más antiguo y el más reciente de los cuadernos, e hizo lo mismo con los documentos personales y cartas. Dispuso el texto de las memorias sobre el centro de la mesa, a su lado izquierdo los documentos más antiguos y a la derecha los más recientes, y buscó en cada uno de ellos una página en que pudiera apreciarse el mayor número de caracteres caligráficos. Situó el candelabro con que se alumbraba en el centro del escritorio y durante unos minutos observó con suma atención cada uno de los documentos. «No hay duda», musitó. Thierot no comprendía nada en absoluto. Menos aún cuando Marcel comenzó a abrir cada cuaderno por la mitad e iba descartándolo, hojeando a continuación alguno más reciente.

—Definitivamente, Armand, el señor Peter Stuart Ney no es el mariscal Ney, sino un impostor. No es el autor de estas memorias. Estas han sido escritas en verdad por el propio mariscal de Francia. Stuart las ha estudiado con detalle y ha ido imitando su caligrafía. Se aprecia perfectamente dicha evolución. En los últimos documentos hay un gran parecido entre ambas grafías, pero también diferencias de trazo insoslayables. Fijaos en su firma. Ha ido perfeccionándola con el tiempo. Es un imitador, Armand, un excelente imitador. No me extrañaría que se hubiera practicado él mismo las heridas que le faltaban y probablemente interpreta tan bien su papel que ha acabado por creer que es el mariscal. Lo que necesitamos saber es por qué se hace pasar por él y de qué forma ha obtenido estas memorias...

Marcel miró su reloj de bolsillo. Eran las seis de la madrugada.

—Creo que es hora de despertar al señor Stuart Ney —sentenció.

Incorporaron al maestro, que parecía un fardo, y con esfuerzo lograron sentarlo en un sillón, desnudo como estaba. Lo ataron y amordazaron. Pareció salir de su estado onírico y refunfuñaba como en un delirio. Thierot bajó a la cocina y subió al punto provisto de un buen jarro de agua. Miró hacia Brivazac y este asintió con un gesto. Al segundo arrojó toda el agua fresca sobre el rostro de Stuart, al tiempo que completaba la faena con un par de sonoras bofetadas. Peter Stuart Ney despertó sobresaltado, aunque algo confuso aún por los efectos del *bourbon*. Miró con ojos como platos a los hombres que lo observaban con dureza y luego a sí mismo. Se vio desnudo, inerme y vencido. Marcel tomó una silla, se sentó al envés, apoyando los brazos sobre su respaldo, a dos pasos escasos del pobre aprendiz de general.

—Señor Peter Stuart, o como os llaméis: debéis escucharme bien y meditar sobre mis palabras. Nos quedan pocas horas de estancia en Florence. A las once de la mañana habremos desaparecido y de vos depende cuál vaya a ser vuestra suerte. Si no me satisfacen vuestras respuestas, es posible que el oficio de esta mañana sea por vuestra alma y que no volváis a ver un lunes más... ¿Me habéis comprendido?

El hombre, que hasta entonces había tratado de forcejear, se tranquilizó, miró con cierta serenidad a sus captores y asintió con la cabeza.

—Bien —prosiguió Brivazac—. Sabemos cuál es vuestro juego. Fingís en realidad que sois un hombre misterioso, y buscáis que os reconozcan como el mariscal Ney, o tal vez creéis en realidad serlo. Me es indiferente. Hay muchas pistas que apuntan a dicha identidad: el compás, la flauta, las memorias, vuestras cicatrices, y ese profundo conocimiento de la vida y obra del príncipe del Moscova que atesoráis. Hay, sin embargo, otras circunstancias que os delatan. Me temo que es muy posible que esa cicatriz de vuestra cabeza no la compartáis con vuestro *alter ego*, y a cambio os falta un recuerdo que él lleva perennemente en el cuello desde Smolensko. Por lo demás, acaso no sepáis que el mariscal sufría horriblemente por el reuma, mal que habéis afirmado desconocer esta misma noche y que si padecéis habéis disimulado con maestría. Por ende, el mariscal era un gran general y no estaba mal educado, pero seis años en los agustinos no dan para alcanzar la erudición que habéis acreditado ni el manejo de lenguas vivas y muertas que poseéis. No albergo dudas de que no sois el mariscal Ney, pero veo que buscáis parecerlo. ¿Por qué, si no, ibais a llamar la atención con ese apellido, en lugar de ocultarlo? Habéis tratado de imitar su caligrafía, su firma, y estoy convencido de que sabéis tocar en la flauta sus sones predilectos. No voy a discutir con vos esta cuestión. Pasemos al asunto que nos interesa: buscamos al mariscal Ney, pero no para matarlo. Si fuera así no tendríamos esta conversación y ya os habríamos rebanado el pescuezo. Necesito saber por qué tenéis sus memorias y a qué fin fingís serlo. Y quiero escuchar algo verosímil. En caso contrario, tendréis que enfrentaros a un dilema: que mi amigo Thierot descargue sus Kentucky en vuestra sien, o que mañana por la mañana desvelemos al coronel y a su hija vuestra impostura innoble, ofreciéndoles pruebas de que tal vez sois el asesino del mariscal Ney. Con tales credenciales, no creo que sus admiradores tardaran en buscaros hasta los confines del mundo para colgaros por vuestras partes. En contrapartida, si me decís algo convincente, os aseguro que no solo seguiréis siendo el hombre venerado en Florence, sino que os haremos llegar periódicamente buenas cantidades de dinero para que sigáis manteniendo esta impostura. En estos momentos estaba pensando en dejaros un pequeño obsequio de algunos dólares... Ahora quiero que penséis bien en el negocio que os he propuesto. Y cuando queráis hablar, os escucharé...

Armand libró de la mordaza al maestro, que parecía haber resucitado con presteza desde los dominios celestiales de Baco. Miró a los dos hombres con aire de desafío, sin temor alguno, y calló durante unos minutos. Marcel de Brivazac encendió un tabaco y se puso a fumar plácidamente...

—No soy el mariscal Ney... —adujo el maestro con aspereza.

—Eso ya lo sabemos, querido amigo —respondió Brivazac con dulzura.

—Y no sé dónde puede estar —añadió Stuart—. Si pensáis que puedo daros esa información, el señor Thierot puede ir armando su pistola y volarme la tapa de los sesos...

Las palabras de Stuart no tuvieron eco alguno. Ambos secuestradores callaron y esperaron a oír lo que confiaban escuchar de los labios del maestro. Stuart se convenció de que aquellos dos sujetos estaban bien bragados en pesquisas parecidas y que su resistencia era vana... Midió sus palabras, procurando que fueran tan verosímiles como confiables.

—Pero sí lo conocí, en Francia y también aquí... Nos vimos por primera vez en White Bluff, en Alabama. Muchos refugiados probamos suerte allí. El mariscal ocultaba su identidad, pero algunos lo conocíamos y guardábamos el secreto. Se hacía llamar Peter Fox. Bromeaba con nuestro gran parecido físico... Yo me fui de allí. No había futuro. Me afinqué en Georgetown y traté de buscar trabajo como maestro... Él vino a verme y me propuso... que asumiera su identidad. Muchas personas lo identificaban y se veía obligado a huir constantemente. Me dijo que tenía en sus manos una importante misión y que necesitaba un reclamo para distraer la atención. Me regaló sus objetos personales y me entregó el manuscrito con sus memorias, que me dijo había comenzado a redactar al llegar a América... También una cantidad de dinero considerable... Pero yo acepté por otras razones... Y desde entonces soy Peter Stuart Ney, posiblemente el mariscal Ney...

—Y deseáis seguir siéndolo, supongo... —apostilló Brivazac—. Me temo que no sabéis en qué dirección partió el mariscal.

—Lo ignoro, pero no os lo diría si lo supiera...

—Lo creo, señor...

—Peter Stewart, a secas.

—Sois de origen escocés, ¿verdad?

—Sí, señor barón. Sois muy perspicaz.

—Deberíamos torturarlo —estimó Thierot.

—Ha dicho la verdad, Armand. Y no le sacaríamos una palabra más sobre el paradero del mariscal Ney. Si es como lo cuenta, Ney nunca le habría dicho dónde se escondía. Si miente, la única opción es que hubiera asesinado al mariscal para hacerse pasar por él, pero es una posibilidad demasiado alambicada para ser cierta —concluyó Brivazac—. ¡Desatadlo!... Señor Stuart, os dejo estos dólares, a cuenta de estas memorias que me permito requisar. Lamento nuestros modales, y os pido disculpas por ello. Tenéis tiempo para asearos y acicalaros para asistir a la misa. Os ruego transmitáis al coronel Rogers que hemos tenido que partir por motivos urgentes hacia Camden y que esperamos verlo pronto. Recibiréis una asignación mientras mantengáis el arriesgado juego de fingir que sois el mariscal Ney.

Peter Stuart parecía un hombre derrotado y humillado. Desnudo ante aquellos dos hombres, cuyos designios desconocía, el frío le hizo estremecerse. Más desnuda sentía su alma. Marcel le ofreció la mano, pero la rechazó.

—¡Idos al infierno! —exclamó.

El barón de Brivazac y Armand Thierot volvieron al Hotel Wisteria cuando el sol calentaba ya las calles de Florence. Recogieron su equipaje y dieron orden de devolver al Hotel Cumberland, de Charleston, cualquier equipaje, paquete o carta que recibieran, abonando una generosa provisión para tal fin. Su estancia en Florence había sido mucho más corta de lo que habían imaginado, y sin duda mucho menos fructífera. Marcel pensó entonces en que tal vez podría entretenerse en Charleston mientras esperaba la oportuna visita del general Lefebvre-Desnouettes.

Waterloo/París, del 16 al 22 de junio de 1815

A Michel Ney le extrañaba que, a la postre, Bonaparte lo hubiese invitado a incorporarse a su cuartel general en Avesnes. Cuatro días después de su defección en Lons-le-Saunier, la primera vez que vio al emperador tras su desembarco, le había entregado un documento en el que, entre otras cosas, lo acusaba de haber sido el tirano de su patria, llevado el luto a todas las familias y turbado la paz del mundo entero. Y le advirtió que si continuaba gobernando tiránicamente debería considerarlo su prisionero, más que su partidario. Napoleón lo condenó al ostracismo y de buen grado Ney se retiró a sus tierras de Coudreaux. Cuando volvieron a coincidir en París, el emperador bromeó diciéndole que lo creía emigrado. «Hace ya tiempo que debí hacerlo», le contestó. A última hora, empero, pareció recordar las virtudes de su mariscal y Davout lo había hecho llamar con tanta premura que, con harta dificultad, consiguió proveerse de lo más imprescindible para acudir a la cita. Luego el destino, con sus guiños, lo haría toparse con el mariscal Mortier, convaleciente en Beaumont de un cruel ataque de ciática que le impedía cabalgar. Ney aprovechó la circunstancia para adquirir sus caballos. Por el momento, se preguntaba Michel Ney las razones que lo impelían a obedecer la llamada de aquel hombre envuelto en una guerra infinita. No reconoció ninguna de las ansias que habían alentado su espíritu y dado fuerza a sus pies cuando decidió recorrer en una noche la distancia que separaba Sarrelouis de Metz con el fin de alistarse. Una gloria efímera y vacía había dejado su sitio a la desesperanza. La segunda, con todo, llenaba el espacio con mayor densidad y menor evanescencia. Esa gloria, en la que descreía el padre Frank, no era más que un charco en el lodo, que se evapora en cuanto el sol sale y al poco se convierte en tierra cuarteada, como su alma de soldado. Con ella perece el poder fatuo que se consume en galas e influencias, que rasga los juramentos, troca las palabras y adormece la verdad y los escrúpulos bajo una pátina de hipocresía tan leve como eficiente. La patria, la nación, Francia, una patente para el holocausto, una excusa para colmar la ambición, detentar el poder, dominar a los pueblos y a los vasallos con una idea megalómana que nos haga gobernar, triunfar, perdurar... Y él había caído en la celada, hallando la respuesta a las inquisitorias del padre Frank, cuando de nada ya valía su contestación. «No, padre, no es la gloria de Dios, ni la de los hombres. Es la propia, nada más, para vengar a un padre humillado por el señor de Sachs. Es la gloria para escalar la cima de la montaña y evitar que nadie ascienda pisando nuestras cabezas. Es el poder, padre Frank, para sobrevivir y procurar que nuestros hijos lo hagan sobre nuestros crímenes. Por eso luchamos, temiendo saberlo, sin querer afrontarlo, aferrándonos a una idea sublime que nos proporcione la coartada perfecta: Francia, la patria, la nación, la gloria, padre, la gloria, que es un réquiem, un epitafio sobre una lápida de mármol brillante tras la que se esconde la fetidez de los humores putrefactos...»

Hasta el día 15 de junio Bonaparte no le comunicó su mando de los dos primeros cuerpos del ejército, apoyado por la caballería ligera de la guardia imperial de Lefebvre-Desnouettes y los coraceros de Kellerman. La orden de Bonaparte consistía en avanzar con toda la rapidez posible por la carretera de Bruselas y enfrentarse a las tropas de Wellington, mientras el propio emperador se ocupaba de Blücher y los prusianos. Confiaba en batir a ambos ejércitos por separado. Ney avanzó hasta Gosselies y Frasnes. Habiendo hallado alguna resistencia y desconociendo las fuerzas del enemigo, decidió no arriesgarse y esperar a la concentración de sus tropas. No quería precipitarse como en Ulm o en Jena y recibir una reprimenda por su excesivo ardor. Para su desgracia, ignoraba que Wellington y sus tropas se hallaban desprevenidas, y el punto clave de Quatre-Bras, apenas defendido. Su prudencia permitiría la concentración del ejército inglés y abortaría su marcha hacia Bruselas, poniendo en peligro el plan del emperador, pero Soult no era Berthier, y las órdenes del jefe del Estado Mayor circulaban con retraso e imprecisión.

El viernes 16 de junio, mientras Bonaparte se enfrentaba a los prusianos en Ligny, Ney se dirigía hacia las posiciones de Wellington y entraba en combate. Ya no era el hombre de Hohenlinden, de Eylau o de Rusia. Trató de descifrar por qué iba a combatir aquel día. Ya solo le quedaba su oficio. Era lo que siempre había hecho y estaba cansado de hacerlo. Aquella sería su última batalla. No podría haber otras. Sus talentos se habían gastado y no cabía contar con multiplicarlos. Sentía asco de comandar en nombre de Francia a aquellos hombres que muy pronto iban a ser padres de huérfanos, esposos de viudas, hijos de padres desconsolados... ¿No eran ellos Francia? ¿Por qué morir en nombre de uno mismo? ¿Luchaban por sus hijos o para dejarlos huérfanos? Aquella sería su última batalla y él no tenía ya oficio alguno ni razón para volver de ella. Si vencían, el dictador volvería a intentar subyugar al mundo, tal vez hacia el colapso final. Si eran vencidos, no habría retiro posible ni esperanza de defender una última dignidad. La muerte, únicamente la muerte honrosa de quien mata, es la libertad. La muerte es el camino, no la verdad, como sabía el padre Frank. Los sentimientos ordenan y conocen las verdades que a la razón no alcanzan, como intuía el clérigo. Y Michel Ney tuvo conciencia al fin de por qué había aceptado sin vacilar aquel último mando. No por ser mando, sino por ser el último; porque era su camino hacia la libertad. Su zozobra se alivió y sintió su cuerpo más ligero, más acompasado y suave, graciosamente leve sobre la cabalgadura. Era hora de morir y de vivir solo para el recuerdo. El hombre que no sabe vivir se redime con un buen morir. Era su hora.

D'Erlon recibió la orden de abandonar su movimiento en el segundo frente para reforzar la posición del emperador contra el flanco derecho de los prusianos en Ligny, pero Ney envió a Delcambre para que hiciera regresar presuroso a D'Erlon hacia Frasnes. Mientras los coraceros de Kellerman se inmolaban para forzar las defensas de Wellington, D'Erlon deambulaba iracundo de un frente a otro sin haber podido intervenir en ninguna de las dos batallas. Bonaparte no alcanzó, como era su intención, a derrotar definitivamente a Blücher y a Von Zieten, que se limitaron a retirarse perseguidos por Grouchy. En el frente de Quatre-Bras, Wellington emprendía a su vez un repliegue estratégico por la carretera de Bruselas, procurando recortar la distancia con el ejército prusiano.

Bonaparte decidió marchar hacia Quatre-Bras y unir sus fuerzas para tratar de derrotar a Wellington mientras los ingleses estuvieran separados de los prusianos. Se demoraron el 17 de junio, bajo un intenso aguacero que embarraba las rutas y dificultaba los movimientos, tratando de concentrar las tropas en los alrededores de Waterloo. Ney llegó al alba del día siguiente a Caillou. Cuando accedió al cuartel general, Bonaparte acababa de desayunar y desplegaba sus mapas ante la atenta mirada de su Estado Mayor. Soult expresaba su preocupación por la falta de las fuerzas de Grouchy, y proponía hacerlas regresar y enviar a la caballería para que tomara contacto con los prusianos.

—Porque habéis sido vencido por Wellington lo creéis un gran general. Bien, os diré que Wellington es un mal general y los ingleses son malos soldados, y esto será un simple desayuno para nosotros...

—Eso espero —repuso Soult con cinismo.
Preguntado por Napoleón, Reille se manifestó contra un ataque frontal. Aquella era la decisión que el emperador había adoptado, en contra de sus estrategias habituales.

Después de seis horas de batalla e incontables cargas de caballería, La Haye Sainte por fin había caído y las defensas inglesas empezaban a flaquear. Ney, sin apoyo de la infantería, había decidido cargar con todo, ante la mirada de Bonaparte, que una vez más maldecía la premura con que su general había iniciado el ataque. Wellington comprendió que la suerte de la batalla estaba en el fiel de la balanza. Asistía a las cargas furibundas, casi suicidas, de la caballería francesa, remontando penosamente las ondulaciones y barrancos enfangados de las lomas que llevaban a la meseta de Mont-Saint-Jean, sin poder dejar de murmurar: «¡Espléndido!» Los cazadores de Lefebvre-Desnouettes parecían haber conquistado la posición y al cabo volvían a ser rechazados por los correosos defensores ingleses. Once asaltos de caballería, al son insistente de los clarines, bajo el fuego del Infierno y el sonido atronador de la artillería inglesa, habían fracasado ante unos cuadros ingleses empecinados, pero diezmados hasta el límite de sus fuerzas. Eran las cinco de la tarde cuando Wellington extrajo su reloj de bolsillo Carpenter y con flema sentenció: «O Blücher, o la noche.»

Vestale, *Turc*, *Limousine* y un cuarto corcel cuyo nombre Ney desconocía ya habían sido abatidos y su jinete, desmontado, se mantenía rabiosamente ileso. Con su uniforme agujereado, el rostro tiznado y un sable roto, Ney golpeaba como un poseso uno de los cañones ingleses de una posición de artillería que acababan de devastar. Renegaba, impotente, de que la intendencia no les hubiera suministrado los clavos para obturar los oídos de los cañones e inutilizar las líneas de artillería, que conseguían sobrepasar a duras penas antes de recibir las descargas de fusilería. Ordenó a la guardia imperial en tres grandes columnas, montó en su último caballo y lideró el postrer ataque de la batalla. Con una audacia heroica y descerebrada aquellos hombres cabalgaban hacia una muerte cierta. Ney no oía ya ruido alguno. Se limitaba a avanzar por la eterna colina que había subido once veces en aquel día, como si la maldición de Sísifo fuera la penitencia por su pecado de orgullo. Las balas silbaban a su alrededor; las granadas estallaban diseminando su metralla. Parecía que las viera venir, lentamente, y se separaran de él como si una corriente de aire divina, una coraza mágica, lo protegiera. Balas y metralla se desviaban y aniquilaban a todo aquel que cabalgara o marchara a su costado. La sangre lo salpicaba, los aullidos desgarradores lo flanqueaban, pero él apenas percibía un rumor sordo y lejano. Los hombres caían con lentitud, la tierra volaba en derredor y levitaba junto a miembros humanos y armas inutilizadas, mientras él atravesaba la cortina de destrucción y ruina castigado por los dioses a la invulnerabilidad, como si fuera el notario forzoso de una masacre sin parangón. ¿Dónde estaba la muerte que le huía, aquella puta ambiciosa sin remilgos que ahora lo esquivaba?

Su última cabalgadura cayó bajo la artillería inglesa, acribillada. Se incorporó sin un solo rasguño, sable en mano, y lideró el ataque a pie, destrozando su espada contra las bayonetas inglesas... Entonces cundió el pánico: Blücher apareció en escena y miles de prusianos reforzaron el flanco izquierdo de Wellington, arrollando a la guardia imperial que huía en desbandada. Con desesperación, Ney buscaba en vano otra montura. Cuando el general D'Erlon se retiraba por la carretera de La Belle Alliance se topó con él, marchando a pie y tratando de obligar a los hombres a volver sobre sus pasos. Al ver a su general, rugió: «¡D'Erlon, si escapamos de esta nos colgarán!» D'Erlon picó espuelas. Tras él llegaba lo poco que quedaba de una brigada de la división de Durutte, al mando de Brun. Como no consiguiera convencerlo para retomar la lucha, los imprecó: «¡Venid y ved cómo muere un mariscal de Francia!»

A las dos de la tarde del 22 de junio, el ministro del Interior, Lazare Nicolas Carnot, comunicaba en la Cámara de los Pares la abdicación del emperador. Seguidamente daba cuenta de un informe del ministro de la Guerra, mariscal Davout, que acreditaba que Francia no había sido derrotada. Grouchy había batido a los prusianos cruzando el Sambra y sus sesenta mil hombres se dirigían a proteger la capital. Las pérdidas del enemigo habían sido terribles y Soult comandaba ahora, en los alrededores de Rocroi, a más de cincuenta mil hombres.

—¡Es falso! —interrumpió Michel Ney desde su escaño.

Un silencio absoluto se hizo en la sala. Los pares dirigían las miradas a aquel hombre que se erguía sobre la asamblea. Con voz digna, semblante circunspecto y entonación firme, el mariscal prosiguió su alocución, narró con detalle y vivas imágenes el desarrollo de la batalla de Waterloo y lamentó la inactividad de los diez mil hombres de la guardia imperial en los momentos decisivos. Expuso con claridad el efecto de la llegada de los prusianos, que confundieron con Grouchy en un primer momento. Pero Grouchy había desaparecido del campo de batalla...

—Es una fábula pretender que cincuenta o sesenta mil hombres hayan podido reunirse en Rocroi o en cualquier otro lugar. Sería ya quimérico si el mariscal Grouchy hubiese podido conservar doce o quince mil soldados. Después de una dispersión semejante, con el emperador ausente, la artillería entregada, ¿podría oponerse una resistencia seria sobre el enemigo que avanza sobre París? Hemos sufrido una derrota demasiado severa para poder librar una batalla hoy. Wellington está en Nivelles con ochenta mil hombres, una artillería nutrida, regimientos de caballería intactos, y con la confianza que proporciona un éxito como no ha conocido jamás. Los prusianos no han sufrido tanto como se ha dicho, buena parte de sus tropas no han entrado en combate, se han visto reforzados por su ventaja final y avanzan con dos grandes cuerpos expedicionarios sin oposición alguna. Su avanzadilla estará a las puertas de París en el plazo de una semana.

En la situación actual, no podéis pensar en otra cosa que no sea la paz. Os habéis dejado coger de improviso por dos ejércitos considerables. No tenéis tiempo de reclutar tropas, reponer el material y situaros en línea de batalla. No estamos ante una campaña, sino ante el fin del Imperio. He dicho las cosas tal como son, de forma que nos atengamos a la verdad y que, dentro de la desgracia, al menos no seamos víctimas del engaño. ¡Hay que firmar la paz!

La arenga de Ney produjo un efecto penoso entre los pares y echó por tierra los intentos de Carnot, Lucien Bonaparte y Davout de salvar algo del desastre. Concluida la sesión, algunos pares le recriminaron su derrotismo. Enmudecieron ante su respuesta: «Caballeros, he hablado únicamente en interés de la patria. ¿Creéis que no sé muy bien que si Luis XVIII retorna seré fusilado?»

Charleston, Carolina del Sur, octubre de 1819

La luz de la tarde se filtraba por el amplio ventanal y acentuaba los reflejos azulados del cabello de Angela. Una música lánguida se desprendía del piano, ordenada por la ejecución cálida y concentrada de su dueña. Marcel se acercó a su espalda. Le gustaba observar la delicadeza con que sus dedos recorrían las teclas, el gusto con que medía la intensidad de cada pulsación, la ausencia de su mirada sobre la partitura, reflejando la emoción de cada frase. Leyó sobre el enigma que para él suponía cualquier pentagrama que la melodía correspondía al andante del concierto número veintitrés de Wolfgang Amadeus Mozart. Se preguntó si aquel piano, que parecía hablar, respondía con su alma, desgranando sonidos mágicos que obedecían al placer que el tacto de Angela le proporcionaba. Y se maravilló de que aquellas mismas manos le rindieran sus caricias en la noche, recorrieran su cuerpo, buscaran su sexo, se aferraran a su espalda y a sus muslos para retenerlo sobre ella, dentro de ella; que fueran para el amor suyas, como pertenecían a aquel instrumento para la música. Se inclinó sobre ella y besó con suavidad su cuello iluminado por la tenue luz del otoño. Ella respondió con una sonrisa y las notas le parecieron aún más luminosas y vivas.

Marcel se asomó a la ventana. El viento de la estación arrancaba las hojas de los árboles, que se desprendían lentamente y dejaban en el aire un adiós triste y resignado. En su caída final los rayos de sol les arrancaban los últimos reflejos dorados, como si la muerte fuera únicamente una palidez leve, un descanso mórbido en el lecho de la nada de un aire impulsado por alientos invisibles. La música cesó. Angela fue a su lado. Lo abrazó y dejó que su mejilla descansara sobre su hombro.

—Observas y meditas. Hace días que piensas en algo que no quieres decirme... —susurró ella.

—No exactamente, Angela. Pienso en algo que quiero decirte, y en cómo hacerlo.

Se volvió y le tomó las manos.

—Hay muchas cosas de mí que ignoras.

—¿Y que debería conocer?

—No estoy seguro...

Se sentaron en el diván. Angela trataba de hallar en su rostro el alcance de algún secreto que temía escuchar y que por nada del mundo pretendía ni ignorar ni averiguar. Marcel veía en ella la tierra firme sobre la que estaba dispuesto a conformarse, aquel horizonte limpio y sin barreras que habían compartido a bordo del *Albion*.

—Mi vida, mi trabajo, Angela, han consistido siempre en guardar y desvelar secretos. No soy un comerciante, aunque vivo de mis rentas y de algunos negocios. Pero esa es mi forma de sustentarme, no el objeto de mi dedicación.

—Y temes decirme cuál es tu verdadero oficio...

—No tanto como que te sientas engañada por no habértelo revelado antes.

—Pues entonces, mi amor, no tienes más remedio que desprenderte de ese lastre o guardarlo para siempre.

—No quiero guardarlo... Durante muchos años no fui más que un emigrado. En Inglaterra cumplí misiones de información para los realistas, para los propios monarcas. No eran grandes servicios. Me limitaba a labores de mensajero, a colaborar en la organización de revueltas, a funciones de enlace con el Gobierno inglés, a desenmascarar a los propios espías del Directorio o del Imperio. A veces he tenido que luchar, y mancharme las manos de sangre...

—¿Como en una guerra?

—Como en una guerra sucia, fría y oscura.

—Como todas las guerras.

—Sí, como todas las guerras... Es mi pasado y a veces los fantasmas que me asedian son otros de los que no te he hablado... No he venido a América a comerciar. Me trajo una misión, que tengo la intención de cumplir.

—¿Debes matar a alguien? —preguntó Angela con voz que buscaba, sin lograrlo, una distancia imposible, y que denotaba aflicción.

—No, solo hallarlo.

—¿Para qué?

—Lo ignoro. Es una persona eminente, un general destacado, una pieza importante en el ajedrez de la política de mi país. Solo me han encomendado dar con él para tener la certeza de que vive, y conocer quién lo salvó de una muerte aparentemente sentenciada y con qué fines. No puedo decirte su nombre porque te comprometería, y no soy el único que lo está buscando.

Marcel trató de adivinar en el rostro de Angela algún sentimiento. Sintió un nudo en la garganta al apreciar que sus ojos se humedecían y bajaba la cabeza, sin querer sostener su mirada, pues temía hallar en ella la sombra de alguna verdad incómoda. Finalmente irguió la mirada y sus ojos se posaron en los suyos con determinación.

—Marcel, no sé qué has podido hacer en el pasado y cuántas de esas cosas te pesan o incluso te mortifican. El hombre al que amo está aquí presente, nació para mí en una travesía en el océano y nada de lo que hayas podido hacer puede impedirlo. Yo confío en el hombre al que conocí en ese barco, y si ha tenido que renacer en él, bendito sea. No pretendo que olvide su pasado ni lo anegue en un falso olvido. Es parte de ti, y por tanto de lo que amo. Pero mi amor es presente, y si debe tener algún futuro, ese hombre debe seguir siendo como el que conocí en el *Albion*, como el que me ha acompañado desde entonces. Y no es un hombre vil. Es justo, clemente, paciente, comprensivo, sensible... Y, si dejara de serlo, moriría para mí, para siempre.

—He de cumplir esa misión, Angela.

—Y yo no te pido lo contrario. Haz lo que debas, pero no vuelvas a mí si asesinas a ese hombre, Marcel, si buscas su ruina a sangre fría. Y no me importa lo que haya hecho o si lo merece o deja de merecerlo. Un hombre siempre tiene derecho a la justicia y ninguno a hacerla por su mano. No podría estar contigo bajo esa sospecha...

—Te juro que me limitaré a encontrarlo.

—¿Y a ponerlo a los pies de sus enemigos? ¿No sería eso como asesinarlo?

—Supongo que podría ser así, según las circunstancias.

—Entonces mide el peso de esas circunstancias y las consecuencias de tus actos, y haz lo que te dicte la conciencia; y al hacerlo no pienses en mí, sino en lo que en verdad te gustaría que un hijo tuyo hiciera en la misma tesitura. Sigue, pues, el decálogo de tu padre y me encontrarás esperándote a la vuelta de tu misión.

El viento arreciaba y las hojas golpeaban el rostro de Marcel de Brivazac mientras se despedía de aquella mansión y de su inquilina y enfilaba el largo paseo de robles que otorgaban prestancia a la hacienda Barrymore. Aquellas hojas muertas, amarillas y pardas, parecían cebarse en su rostro como si quisieran advertirle de la fugacidad de la vida, la levedad de la muerte y la esperanza de que al siguiente equinoccio la vida volviese a brindarnos una oportunidad, acaso la última.

El general Lefebvre-Desnouettes frisaba la cincuentena. Mostraba las señales de un hombre vencido, casi humillado, pero conservaba la dignidad consustancial a todo ser humano acostumbrado a desafiar a la muerte. Charles Lefebvre-Desnouettes no contaba con un origen aristocrático. Como Michel Ney, su compañero de armas y comandante en tantas batallas, era de origen burgués. El comercio de telas de su padre no se le antojó una dedicación acorde con su talante aventurero, de forma que se había enrolado en la guardia nacional. Luego vino una larga carrera militar: Marengo, Elchingen, Austerlitz, Zaragoza, Rusia, Brienne, Montmirail, Waterloo..., interrumpida por tres años de confinamiento en Cheltenham, del que huyó para acabar en la retirada del Beresina. Su aventura americana como refugiado no había estado trufada de victorias, precisamente. El intento de colonización de White Bluff había concluido en un estrepitoso fracaso y había agotado sus caudales. Ahora languidecía en Aigleville, en el interior de Alabama, separado una vez más de su esposa, Stéphanie, como en los tiempos de prisionero de honor en tierras británicas. Los ojos hundidos en sus cuencas, las arrugas profundas que surcaban su frente, el gesto de sus labios apretados, denotaban la dificultad con que se resignaba a su estado y la mella que el paso del tiempo hacía en su alma y evidenciaba en su cuerpo. Marcel cartografiaba su fisonomía mecánicamente conforme a un método elaborado por su propia experiencia y que le había enseñado a desentrañar las debilidades humanas a partir de los indicios de la anatomía. Había invitado a almorzar al general y departido con él con exquisita amabilidad. En ningún momento aludió a los asuntos que interesaban a ambos, confiando en que la impaciencia de su huésped fuera creciendo y minando en la misma medida su determinación. Apreciaba en cada uno de sus gestos cómo la angustia aumentaba, languidecían sus respuestas, aparecían los temores. Cuando apuraban su segunda copa de *bourbon,* Marcel decidió que la captura estaba en sazón.

—Bien, general, estoy al tanto de los motivos de vuestra visita. El ministro Decazes me ha informado convenientemente de vuestra solicitud y me ha ordenado informarla. Deseáis volver al continente y proponéis que os sea permitido residir en tierras de Bélgica con vuestra familia.

—Así es.

—Comprenderéis que en Francia sois un proscrito y que la justicia os busca para juzgaros por delitos de gravedad. En Cambrai os pusisteis a la cabeza de vuestro regimiento, liderando la defección a favor de Bonaparte. Otros generales fueron ajusticiados por una conducta semejante. El rey es magnánimo y siempre se muestra proclive a la clemencia, a pesar de *Monsieur*. Y si me permitís un consejo, debéis aprovechar su misericordia. Su salud es mala y no vivirá mucho tiempo. *Monsieur* lo sucederá y el duque de Berry al conde de Artois. Y temo que su magnanimidad no vaya a ser equiparable...

—¿Qué he de hacer, barón?

—Permitir vuestro regreso implica un indulto en realidad, y tanto el rey como el ministro Decazes están a favor de ese gesto; pero como con seguridad sabéis, su gobierno no es fácil y los ultrarrealistas tienen poder e influencia que juegan en vuestra contra.

—¿En qué sentido?

—No habrá indulto, general, a menos que prestéis algún servicio que compense vuestras deudas con la corona de Francia.

—¿Qué clase de servicio, barón?

Marcel de Brivazac avanzó su cuerpo, despegando su espalda del respaldo de su sillón, para acercarse a Lefebvre-Desnouettes. Miró fijamente a su interlocutor con sus claros y gatunos ojos, capaces de indagar en las penumbras, bajó el tono de voz para hacerla parecer más confidencial y habló con una cadencia suave y clara que dotaba a su discurso de una impronta de infalibilidad tan fatídica como el flujo de la corriente de un río caudaloso.

—General, os ruego no me interrumpáis y escuchéis con mucha atención lo que voy a deciros. Es un asunto confidencial y si algo sale de vuestros labios podéis tener por seguro que os pudriréis en una tumba americana, más pronto que tarde. Conocemos bien vuestros movimientos en estas tierras. Ahora voy a haceros algunas preguntas. Medid bien las respuestas. No es un juego. Debo advertiros que conozco la contestación adecuada y correcta a la mayoría de ellas. Si cometéis algún error, la más mínima incorrección..., si omitís el detalle más nimio u ocultáis cualquier información, y yo me percato de ello, nuestra conversación habrá terminado e informaré a las autoridades de París de que seguís siendo un traidor; y os aseguro que deberéis dormir bien atento, porque yo mismo me ofreceré al rey o a su sucesor para impartir la justicia que se halla pendiente...

Marcel calibró el impacto de sus palabras en el espíritu del general. Como de costumbre, tras haber alimentado con una amabilidad fingida la confianza y abierto los poros de la esperanza con el calor empalagoso de su hospitalidad, el jarro de agua fría producía el efecto deseado. La esperanza se desvanecía y el contrario comenzaba ya vencido el combate, abrumado por la desesperación de la que creía a punto de librarse. Era el momento adecuado para avivar una leve llama que impidiera que ejecutara su vehemente deseo de levantarse la tapa de los sesos...

—Claro que... —añadió Brivazac— solo con que vuestras respuestas me satisfagan, y sin necesidad de acreditar su verosimilitud, tengo poderes para firmar un documento oficial que os pasaportará hacia Francia en un tiempo razonable. Que una u otra cosa ocurra no está en mi mano, general, sino en las vuestras. Es a vos a quien corresponde equilibrar vuestra deuda y, si ese balance es justo, obtendréis la compensación que buscáis. ¿Me habéis entendido?

Lefebvre-Desnouettes bajó la cabeza, sin contestar. Era un buen estratega y comprendía que el interrogatorio no iba a ser agradable. Medía en qué forma podría concentrarse para no mentir sin decir toda la verdad y satisfacer a su interlocutor, y trataba de aquilatar los confines de su honor y de su interés. Levantó la cabeza y asintió.

—¿Cuándo y en qué medio huisteis de Francia?

—Partí de Burdeos el 26 de diciembre de 1815 en el buque *City of Philadelphia*.

—¿Qué otros camaradas os acompañaban?

—Pasqual Luciani y el coronel Lehmanowsky.

Marcel se levantó con un gesto teatral y tendió una mano al general, que la tomó con desconcierto.

—Gracias, general, ha sido un placer. Os deseo una vida larga y provechosa en vuestras tierras de cultivo de Aigleville. Confío en que no nos veamos pronto, porque temo que no será en circunstancias amables... —se despidió Marcel, mientras se levantaba y hacía ademán de marcharse.

—¡Por Dios, esperad! —exclamó el general en un tono sofocado.

—General, no me tomáis en serio —repuso Marcel sin tomar de nuevo asiento— y yo no tengo tiempo que perder. Vuestra suerte me es indiferente. Si por mí fuera os liquidaría de un tiro por la espalda. Pero tengo órdenes y sé cumplirlas, como vos. Yo soy un general, a mi manera. Y no me gusta que abusen de mi confianza. Habéis mentido en las primeras respuestas y no habéis escuchado ni una palabra de lo que os he dicho.

—Sentaos, por favor —imploró Lefebvre-Desnouettes—, os lo suplico. Atendedme un minuto tan solo.

Marcel se sentó de forma tan provisional que parecía que iba a caerse del sillón. El general comenzó a jadear, el sudor perlaba su frente y en sus ojos se adivinaba el desvarío producido por una dolorosa lucha interna; Marcel decidió darle el pequeño empujón que resolvería su cruel dilema.

—General, sabemos de sobra que el mariscal Ney viajaba en ese buque con el nombre de Peter Fox. ¡No nos minusvaloréis de esa forma!... Que desembarcó en Charleston el 29 de enero y que ustedes tres lo habían hecho antes en Filadelfia... Os daré una nueva oportunidad, pero no toleraré ni una jugarreta más, ¿está claro?

Cuando el general asintió con la cabeza, sin fuerzas para que una única sílaba saliera de su boca, Brivazac supo que estaba entregado.

—¿Cuándo fue la siguiente ocasión en que volvisteis a ver al mariscal Ney?

—Unos meses después, un año tal vez... Cuando pusimos en marcha la Vine and Olive Colony a orillas del Tombigbee, nos acompañó durante unos meses.

—¿Dónde fue luego?

—Estuvo algún tiempo en Filadelfia y contactó con Lehmanowsky. Me consta que el coronel se había asentado como colono en tierras remotas, al norte del río Ohio, y luego quizá más al oeste, en Indiana. Debió de estar allí casi un año...

—Pero volvisteis a verlo...

Lefebvre-Desnouettes miró a Marcel de Brivazac con la expresión de un ciervo herido y asintió con la cabeza.

—Sí... debió de ser a finales de 1817 o tal vez a principios del año pasado. Regresó a White Bluff. Nuestra colonia languidecía y algunos decidimos mantenernos en Aigleville, mientras otros se aventuraban a Arcola...

—¿Y el mariscal...?

—El mariscal tomó otro camino...

—Y sospecho que vais a decirme cuál fue...

—Señor barón: el mariscal Ney es un camarada, un compañero de armas. Me pedís que lo traicione...

—Solo para compensar la traición que hicisteis al jurar fidelidad al rey y pasar vuestras armas a Bonaparte. Traición por traición, general.

—No lo haré, barón, a menos que me digáis qué queréis de él y me deis garantías de que respetaréis su vida.

—Tenéis mi palabra de honor de que no quiero hallarlo con intención de matarlo y hacerle daño alguno. Mi misión consiste simplemente en confirmar su existencia y en tener una conversación con él, al igual que la estoy teniendo con vos. Tal vez podamos encontrar para su caso una solución tan positiva como espero que hallemos para el vuestro...

Lefebvre-Desnouettes creyó llegado el momento de decir su penúltima verdad. Se aferraba a lo que ocultaba. Sacrificada la caballería de su vanguardia, la defensa de la retaguardia correspondía ya al duque de Elchingen. Debía capitular.

—Si seguís el curso del río Tombigbee hacia el sur, tomando la orilla oeste desde White Bluff, y recorréis unas diez o doce leguas, lo encontraréis. El río hace un meandro de casi trescientos sesenta grados y cambia su curso hacia el norte creando una especie de península. En ella vive vuestro hombre, barón. Os advierto que es territorio choctaw, tierra salvaje... Tenéis lo que queréis.

—Y vos también, general. Haré una visita al mariscal, y después de entrevistarme con él enviaré a París un informe confidencial en que pediré vuestro indulto, sin hacer referencia alguna a vuestras confidencias. Y podéis confiar en mi palabra. En un par de años a lo sumo surcaréis el océano y regresaréis al continente.

En algo se equivocaba el barón de Brivazac. El general Charles Lefebvre-Desnouettes nunca vería la tierra del continente europeo. Moriría antes del plazo, tratando de aferrarse a las rocas de los arrecifes irlandeses de Kingsdale.

Bessonies, agosto de 1815

Al alba del 3 de agosto, Dugué d'Assé, comandante de la gendarmería de Cantal, desplegó a sus catorce hombres en torno al castillo de Bessonies, de forma que la fuga era imposible. Algunas horas antes, el prefecto Locard había recibido una confidencia que apuntaba a la presencia del mariscal Ney en el castillo de la baronesa de Bessonies, prima hermana de Aglaé Ney, donde presuntamente se había refugiado con el nombre de «señor d'Escaffre». Un descuido al dejar a la vista el famoso sable del sultán de Aboukir había provocado la delación del señor de Latour la noche anterior. Latour, ferviente ultrarrealista, estaba intrigado por la insistente negativa de la baronesa a acudir a una fiesta que organizaba. Había decidido visitarla en su castillo para persuadirla, y entonces reparó en el arma, negligentemente abandonada en el recibidor. El visitante conocía la pieza. Solo existían dos iguales en toda Francia: una pertenecía a Murat; la otra, a Ney. Canteloube, el valeroso director de postas de Aurillac, había oído una conversación al respecto y decidió cabalgar durante la noche para prevenir al mariscal. Para acortar el camino, hizo galopar a su montura campo a través, con tan mala fortuna que, al saltar un foso cuando ya divisaba el castillo, cayó al suelo quebrándose una pierna. Mientras los gendarmes rodeaban el castillo, los campesinos hallaban al desconsolado jinete.

En su estancia, de la que no salía ni para comer, el mariscal se paseaba silenciosamente ante su lecho, cuyo dosel adornaban cortinas de sarga amarilla. Oyó ruidos en el patio, se asomó a la ventana y vio a varios hombres tocados de bicornios.

—¿Qué buscáis, caballero? —preguntó al capitán, dejándose ver sobre el alféizar.

—Al mariscal Ney —contestó el capitán.

—¿Con qué objeto?

—Para arrestarlo.

—Es tal caso, haced el favor de subir hasta aquí. Os lo mostraré.

El mayor Meyronnet dio la señal de partida a su carruaje. Su misión era preparar las postas para el coche que debía seguirlo, llevando al mariscal Ney escoltado por dos oficiales de la guardia y el teniente Frémau. El nuevo ministro de la Guerra, el mariscal Saint-Cyr, antiguo camarada de Ney en el ejército del Rin, envió una tropa de la gendarmería real, al mando del capitán Jomard, para que se hiciera cargo de la comitiva. En Aurillac, Jomard tomó posesión oficial del prisionero. Informó a Ney de que tenía orden de escoltarlo esposado hasta París y de disparar sobre él a la primera señal de tentativa de fuga, pero al tiempo le ofrecía recibir su palabra de honor para impedirle semejante humillación, acompañándolo en el carruaje como un compañero de viaje. Ney accedió y el cortejo abandonó Aurillac y atravesó Clermont-Ferrand sin novedad.

Riom, en el corazón de Francia, era el siguiente punto en la ruta hacia París. A su alrededor vagabundeaban numerosos evadidos del viejo ejército imperial, a menudo organizados en pequeñas bandas. Mientras cambiaban los caballos durante la posta, el general Exelmans, tercero en la segunda lista de proscritos de Fouché, logró acercarse al mariscal sin ser reconocido.

—Mariscal —susurró—, tengo a mis hombres apostados en el camino. Una palabra vuestra y os libraremos de vuestro cautiverio.

—He dado mi palabra de honor al capitán, general —repuso Ney—. Os lo agradezco. Cuidaos mucho y tened suerte, y ahora alejaos de mí y no os expongáis.

Exelmans obedeció la orden y se retiró con calma. El trayecto hacia París transcurrió sin incidentes al atravesar Riom y Moulins, hasta llegar a Nevers. El capitán Jomard había extraviado su salvoconducto y hubo de parlamentar durante dos horas con los mandos würtemburgueses que ocupaban la villa, mientras una muchedumbre amenazante rodeaba el transporte. En Charité-sur-Loire, mientras cumplimentaban las formalidades de visados y pasaportes, los oficiales hacían chanzas y bromas de mal gusto sobre el prisionero. Jomard apeló en vano a la necesidad de respetar la adversidad. La chusma tomó su partido, amenazante y osada. Lanzaron piedras contra el carruaje y una de ellas hirió al capitán. Haciendo caso omiso del desorden, los oficiales würtemburgueses se tomaban su tiempo, pasaban un candil ante el rostro del mariscal procurando humillarlo. Ney se mantenía impasible, sin una queja. En cada posta se repetían escenas similares. De Fontainebleau a Villejuif una banda de cosacos acompañó al prisionero, caracoleando a su alrededor y profiriendo aullidos e invectivas, con la intención de sustituir a la escolta de gendarmes.

Cerca de París, en una casa de postas, la mariscala esperaba. Ambos esposos se fundieron en un abrazo. Ney suplicó a Jomard con la mirada. El capitán interpretó el gesto y se separó unos pasos para que pudieran gozar de cierta intimidad.

—¿Cómo están los niños? —se interesó Michel.

—Bien, descuida. Estamos en la residencia de Gamot. El general Thiemann ocupa nuestra casa en París. Ha requisado nuestros caballos, los carros, hasta los arneses y arreos de las caballerizas... En el *Journal des Débats* se ha publicado que cientos de prusianos se han instalado en nuestro castillo de

Coudreaux. Se dice que han impuesto a la villa de Châteaudun una multa de quinientos mil francos, y el comandante les ha asegurado que recuperaran su dinero con la venta inminente de nuestras posesiones...

—Eso ahora no importa.

—Gamot está haciendo gestiones para conseguir a los mejores abogados.

—Bien, bien... Aglaé, perdóname. Me hubiera gustado ahorrarte todo esto.

—No digas nada, Michel. No te preocupes por nosotros. Estaremos bien.

—Tienes que explicarles a los niños que su padre no ha hecho nada deshonroso. Que solo ha tratado de evitar una guerra civil y que son los enemigos de Francia quienes lo persiguen. Diles que es el honor la causa de mi desgracia y que deben mantener su orgullo, pase lo que pase...

Aglaé no pudo contener por más tiempo su congoja y a su pesar rompió en sollozos.

—Hay una mala noticia, Michel —acertó a decir entre gemidos—: Mi padre ha muerto... No pudo soportar la noticia del arresto.

Mientras Michel Ney procuraba tranquilizar el espíritu de su esposa y la abrazaba, las lágrimas corrieron también por las mejillas del mariscal al recordar la bondad del señor Auguié.

—Señor —se dirigió Ney a Frémau, que observaba la escena—, no creáis que lloro por mí. Lo hago por mi mujer y mis cuatro hijos.

El 19 de agosto, tres días después de su partida, el prisionero llegaba a su destino en París. Aquella misma mañana, el general Charles de La Bédoyère caía abatido por las balas de un pelotón de fusilamiento francés en la planicie de Grenelle.

*Ribera oeste del Tombigbee, Alabama,
noviembre de 1819*

El ancho caudal del Tombigbee discurría suavemente desde White Bluff. Habría sido más cómodo para el barón de Brivazac y Armand Thierot dejarse llevar por la corriente a bordo de una canoa o acortar el camino buscando el curso del río desde la población de Marengo. Pero Marcel albergaba dudas sobre las indicaciones poco precisas de Lefebvre-Desnouettes y prefirió marchar a caballo desde las cercanías de Aigleville, siguiendo el curso occidental del Tombigbee en su camino hacia el golfo de México. La canoa no les serviría para remontar la corriente y aquellas tierras eran demasiado inhóspitas para dos hombres extraños que marcharan a pie. Cabalgar a lo largo de la ribera se hacía a menudo penoso. El terreno se tornaba pantanoso y la vegetación era espesa en muchos lugares. Vadear el río no era factible en la mayor parte de su cauce y una emboscada no era descartable. Los indios choctaw permanecían aún en pequeños núcleos en aquellos acres de tierra nominalmente entregados al Gobierno; la convivencia era pacífica, pero no faltaban testimonios de audaces incursiones de indígenas creek o cheroquis, cuya belicosidad era del dominio público entre los colonos. La marcha, pues, era lenta; ambos hombres avanzaban con prudencia y atención y sus armas bien cargadas y dispuestas para su defensa.

Habían partido al alba con la esperanza de hallar el lugar descrito por Lefebvre-Desnouettes antes de que cayera la noche. Calculaban haber recorrido más de diez leguas cuando observaron que el cauce del río discurría a ambos lados provocando una suerte de istmo de tierra. Algunos pasos más adelante se ensanchaba y creaba una península casi perfectamente circular, dibujada por un amplio meandro. El terreno estaba cubierto de una espesa arboleda, que se extendía hasta los sedimentos de arena blanca y fina que jalonaban el cauce del río. Algunas sendas, sin embargo, conducían al interior de aquel bosque circular, salpicado de algunos claros. A Brivazac se le antojó que aquella vegetación hacía las veces de una muralla inexpugnable a la vista, mientras que en su interior la mano del hombre había talado el bosque, desenraizado sus plantas, trillado la tierra y acomodado aquí y allá pequeñas plantaciones de batatas, calabazas, alubias, y más generosas de maíz con sus panojas en sazón. Casi en el centro geográfico de la península, una columna de humo se elevaba indicando la presencia del ser humano. Con precaución, ambos hombres avanzaron por un camino en dirección a aquella señal, que acabó abriéndose en un claro. La amplia cabaña de donde provenía el humo se situaba en el centro de un ancho prado. Dos o tres construcciones de madera más endebles revelaban su función como graneros o establos. A pocos pasos de la casa, un hombre blanco, de alta estatura, rubio, delgado y desgarbado, estaba acompañado de una joven india. Él llevaba en las manos unos troncos y ella, un cántaro de agua. Parecían encaminarse hacia la casa cuando observaron a los dos jinetes acercarse. Brivazac y Thierot avanzaban con lentitud hacia los expectantes lugareños, que permanecían quietos y atentos a los visitantes. Al acercarse, Brivazac estimó que el hombre debía de rondar los treinta y cinco años, y la muchacha era una hermosa india de no más de veinte primaveras. Marcel se destocó poco antes de llegar a su altura en señal de saludo, detuvo su cabalgadura y desmontó. Thierot permanecía sobre su montura. Marcel se acercaba a la pareja cuando desde una de las ventanas del piso superior de la cabaña una voz de timbre metálico y tono firme llamó su atención.

—¿Qué buscáis, caballeros?

Marcel alzó la vista y vio asomado a un hombre entrado en años, aunque fornido, de frente amplia, ojos azules agrisados, cabellos revueltos de un color castaño claro ya plateado.

—Al mariscal Ney —contestó.

—¿Con qué objeto?

—Ninguno en particular.

—Es tal caso esperad a que baje y os lo mostraré.

Unos segundos después, el mariscal Ney, duque de Elchingen, príncipe del Moscova, cruzó el umbral de la puerta y con paso firme se dirigió a Marcel de Brivazac tendiéndole la mano.

—Yo soy Michel Ney —afirmó.

—Mi nombre es Marcel de Brivazac y mi acompañante, Armand Thierot, es mi ayudante.

Marcel se volvió al hacer la presentación y, para su sorpresa, vio cómo Armand esgrimía sus apreciadas Kentucky en cada una de sus manos.

—Apartaos, barón —le ordenó.

—¡Armand! ¿Qué hacéis? ¿Os habéis vuelto loco? —repuso Marcel.

—Apartaos, barón, no os lo repetiré. Y alejad a esa india con vos.

La indígena se abrazó al hombre rubio y Ney avanzó un paso para protegerlos. Marcel permanecía delante de Ney, tratando de disuadir a Thierot. Armand levantó el brazo derecho y apuntó al corazón del mariscal. Marcel adivinó su intención; en una fracción de segundo su cerebro compuso la imagen de Angela Oakley; dio un salto hacia su izquierda, intuyendo la trayectoria del disparo por la orientación del cañón, y sintió cómo el proyectil de la Kentucky penetraba bajo su clavícula. Desde el suelo, mientras su vista se nublaba, aún vio cómo Thierot levantaba su mano izquierda. No oyó el segundo disparo, sino un silbido. Y entonces Armand Thierot se tambaleó, abrió los ojos con desmesura, bajó la mano y se dejó caer desde su montura con el cuello atravesado por una flecha.

La proa del *Albion* retaba a la furia del huracán. Olas fosforescentes barrían la cubierta arrastrando aparejos y marinos, mientras Angela Oakley se aferraba a la borda del castillo de popa y Marcel trataba desesperadamente de que no fueran engullidos por el océano. El capitán Williams gobernaba el timón entonando alegres cantos. Su rostro, sin embargo, no era el del capitán Williams. Su cabeza correspondía al barón de Brivazac, padre de Marcel. Un tajo en el cuello lo atestiguaba. Miraba a su hijo y a su amante con condescendencia, mientras con la mano izquierda hacía girar la rueda del gobernalle y con la derecha se echaba al coleto largos tragos de *bourbon*. La canción tenía un estribillo que alababa las bondades del *cotton-gin* y que con picardía loaba las habilidades de la desmotadora, como si esta fuera una corista agraciada... No parecía importarle al capitán Williams-Brivazac que toda su tripulación estuviera saltando involuntariamente por la borda, junto a los pasajeros de todas las clases. A su lado, Chapman Levy anotaba en un pulcro cuaderno, invulnerable a las olas, el nombre y los apellidos de cada nuevo náufrago. El clavicémbalo, tocado por Peter Stuart, sonaba, y sus ecos recorrían la cubierta acompañando la tonada del piloto circunstancial... Debió de llevarlos a buen puerto, porque Angela esperaba en el molino, donde habían fijado su residencia. Paul y Henriette jugaban en la corriente. Era un día primaveral y la hierba, los árboles, el arroyo... dibujaban un paisaje lleno de esplendor y de luz. Marcel se acercaba a su hogar. Las ventanas del molino estaban abiertas y pudo ver a Angela mientras canturreaba y desplegaba una sábana de lino inmaculado para disponer su lecho. Al tenderla, la luz reverberó en su superficie y el resplandor hirió los ojos de Marcel, que cayó desvanecido. La triste letanía de *Rinaldo* con la voz divina de Angela era el único sonido en la oscuridad, mientras un hombre ataviado como un demonio, con la cara pintada de bandas negras y blancas y armado con un hisopo, salpicaba su faz con la sangre de su padre diluida en el agua del Sena. Y Michel Ney, el príncipe del Moscova, lo secundaba...

Al cabo del tercer día, Marcel de Brivazac volvió de su delirio. Abrió los ojos y miró al techo de madera de roble de una estancia austera y recoleta. Trató de erguirse, pero el dolor lo aplacó y volvió a recostarse sobre un almohadón de algodón. Tenía el pecho y el hombro izquierdo vendados. Sobre una pequeña mesita había una especie de ungüento y una jarra de agua. Desde el lecho podía ver el cielo gris que mantenía la habitación en una tenue penumbra. Hacía frío. Sentía la boca pastosa y tenía mucha sed, pero no alcanzaba la jarra. Al poco, la muchacha india entró en la habitación. Miró al herido y no pareció sorprendida de verlo resucitado. Se acercó a la mesita, llenó un vaso de agua y se lo dio a beber. Mientras lo hacía, Brivazac observaba los rasgos de la joven. Su piel tenía un agradable color broncíneo, que resaltaba sobre sus ropas convencionales, que dejaban adivinar la anatomía elástica de aquella raza. Había algo llamativo en la forma de su cabeza, cuya bóveda parecía algo aplanada, pero sus rasgos eran de gran finura y belleza. Su rostro era un óvalo casi perfecto en el que brillaban unos ojos expresivos de color miel, que contrastaban con el intenso tono azabache de sus cabellos lisos. Tenía unos labios sensuales y carnosos, y una nariz pequeña y perfecta; a Brivazac le pareció una mujer de indudable magnetismo. Al admirarla, supuso que su salud empezaba a recobrarse y sus cualidades de espía a avivarse de forma casi involuntaria.

—¿Cuál es vuestro nombre?
—Tallulah —repuso la mujer secamente.

Se levantó, arregló las sábanas del convaleciente y salió de la habitación sin decir una palabra más. Al cabo de pocos minutos, Michel Ney entró y se sentó al lado del herido.

—Celebro que os hayáis recobrado, señor Brivazac —observó—. Esa bala no estaba destinada a vos.

—Os agradezco vuestras atenciones, mariscal.

—Os ruego que omitáis mis viejos títulos y nos hablemos, si os parece, con sencillez. Llamadme Michel.

—Bien, Michel...

—Tallulah os ha cuidado. Los choctaw son una civilización antigua y extraen de la tierra remedios medicinales que desconocemos; y os aseguro que son muy efectivos —aclaró Ney—. Debéis perdonarla si no habla mucho. Como veis hoy no luce el sol, el día es gris y desapacible. Los choctaw manifiestan una reverencia o adoración al sol. *Nanpisa*, lo llaman. Evitan hablar y festejar cuando el día es lluvioso u oscuro, pues creen que únicamente bajo el sol es dable una comunicación en verdad honesta. ¡Y quién sabe si tienen razón! Sabían que la Tierra giraba alrededor del Sol mucho antes que Galileo... En fin, Tallulah en realidad os ha curado y ha hecho venir a uno de sus brujos o chamanes, un *alikchi*...

—¿Tal vez un hombre de cara pintada?

—Sí —contestó Michel con curiosidad.

—Creo haberlo visto en mis delirios, lo cual me tranquiliza, pues he debido de confundir al buen hombre con el guardián del Hades... Michel..., no recuerdo muy bien qué ocurrió... Mi última imagen fue la de Thierot apuntándoos con sus armas; luego el disparo...

—Solo un disparo, Marcel... Isi abatió a Thierot. Está muerto.

—¿Isi?

—Es un hombre, hermano de Tallulah... Venía de caza cuando vio la escena y empleó su arco...

—Tal vez os debo una explicación —sugirió Marcel.

—No ahora, desde luego —opuso Ney—. Vuestras heridas son serias. Habéis perdido mucha sangre y tardarán al menos un par de semanas en cicatrizar, antes que podáis levantaros y, por supuesto, montar. Tened paciencia. Podremos charlar largo y tendido... Ahora descansad.

Michel Ney salió de la habitación. A Marcel se le vino a la mente la imagen de Ida Saint-Elme, sin atinar a hallar la razón. Hubiera querido tener a su lado a Angela, a pesar de los cuidados sin duda eficientes de la lacónica Tallulah. Sospechaba que nada mejor que la voz de Angela podría cicatrizar sus heridas. Con ese convencimiento se sumió en un sueño plácido.

Los días iban transcurriendo lentamente y poco a poco el estado de Marcel mejoraba. El sol había vuelto a lucir y Tallulah conversaba con más fluidez. Con todo, tanto ella como Isi eran seres de pocas palabras. Aquellos indígenas se movían y actuaban como si todo fuera trascendente. No había lugar al azar o al capricho. Se regían por un orden natural que respetaban; reían y gustaban del juego, pero mantenían una consideración hacia las cosas que se extendía a las palabras. Los términos no se separaban de su significado; no había fronteras entre la forma y la sustancia; aplicaban el canon aristotélico con la naturalidad de una sabiduría arcana, y con ello parecían pronunciar sus palabras con el mismo cuidado con que labraban la tierra, sin emplearlas gratuitamente ni pervertirlas en una conversación frívola. Cada vocablo entrañaba un mensaje, y su uso era tan delicado como la elaboración de un remedio o la preparación de una comida ritual. En cierto modo, Angela podría haber llevado en sus venas sangre choctaw, se decía Brivazac.

Charles Carpenter era el colono joven y rubio. No aparentaba buena salud y Marcel se percató de que una relación más que amistosa lo unía a Tallulah. Resultaban una pareja extraña, tan dispar como la leche y el cacao pero, como ambos productos, combinaban bien. Ella se mostraba solícita y complaciente, y a menudo más parecía una enfermera que una compañera. Él era un hombre apocado y taciturno, un remanso que únicamente avivaba la juventud de Tallulah, «el agua que salta». Isi respondía a un nombre igualmente acorde a sus inclinaciones. Como un «ciervo» salvaje, desaparecía la mayor parte del día y a veces tardaba varias jornadas en regresar. Se entretenía, bien cazando, bien visitando a las colonias choctaw del curso inferior del Tombigbee, destacándose como un hábil jugador de *ishtabol* en las partidas que solían organizar.

Durante una noche ventosa, Marcel no hallaba la forma de conciliar el sueño. Tallulah había aplicado su ungüento, limpiando la herida, y cada vez que lo hacía una picazón molesta lo irritaba durante horas. El precio merecía ser abonado, si a cambio aquella mágica aplicación cerraba la herida y aceleraba su recuperación. Se levantó, empero, crispado, y abrió la ventana. El viento arrastraba las hojas y su ulular le recordó el momento en que se había despedido de Angela, al cabo de la larga avenida de robles de la hacienda Barrymore. Sin embargo, al silbido del aire lo acompañaba un lamento, una música lejana que le resultaba familiar. Aguzó el oído y se inclinó sobre el alféizar para escuchar con más atención... Caprichosos remolinos de viento transportaban la tenue y torpe entonación de una musiquilla tan familiar como odiada: «Ah! *Ça ira, ça ira, ça ira... Le peuple en ce jour sans cesse répète... Ah! Ça ira, ça ira, ça ira... Malgré les mutins, tout réussira!*» Marcel seguía atónito las estrofas de la Carmagnole, que provenían del piso inferior de la cabaña, y que una voz masculina ahogada e interrumpida por una tos seca entonaba con torpeza. Intrigado, descendió a oscuras y apreció una rendija de luz en la estancia en la que dormía Charles Carpenter. Se acercó con todo sigilo y miró hacia el interior. A la luz de una bujía, Tallulah trataba de calmar el delirio sonámbulo de Charles, acompañando su cantinela con caricias dulces sobre su frente y sus mejillas.

Michel solía acompañar al herido. También en ocasiones Marcel lo veía partir a caballo, para ausentarse durante toda la jornada. Regresaba al anochecer, a veces a medianoche, y a la mañana siguiente era el primero en amanecer. Apenas dormía cuatro horas. Renqueaba al caminar y mantenía siempre un aspecto pulcro y aseado. Cuando pasaba la jornada en la cabaña, ayudaba a Marcel a salir al exterior, se sentaban sobre un banco y conversaban.

Marcel le había hablado abiertamente de su misión, omitiendo lo que no consideraba procedente revelar. Se había rumoreado acerca de su supervivencia y de su presencia en Carolina del Sur, y el ministro Decazes había ordenado una investigación rutinaria para conocer la verdad del asunto. Thierot era un hombre asignado a su servicio, al que no parecía conocer en detalle. Ignoraba si tenía órdenes diferentes a las suyas y por qué había actuado de aquella manera, si bien se proponía averiguarlo. La realidad había sido una búsqueda compleja que le había llevado a Peter Stuart Ney, a Luciani, Lehmanowsky, Lefebvre-Desnouettes y, por fin, a él... Michel no parecía muy interesado en conocer los detalles de las pesquisas que le habían permitido descubrirlo. Marcel no hallaba oportuno indagar aún sobre la forma en que había escapado de la muerte ante el pelotón de fusilamiento. Habían pasado diez días desde su encuentro, cuando por fin se aventuró a profundizar en las razones del mariscal.

—Michel, ¿nunca os habéis planteado regresar a Francia?

—¿Olvidáis que soy un proscrito condenado a muerte?

—Muchos otros lo son y estaban en las listas y, sin embargo, han conseguido regresar. Exelmans fue indultado y Lefebvre-Desnouettes lo será en breve.

Michel pareció reflexionar en silencio, mientras horadaba entre sus pies con el hueso de bisonte que Tallulah empleaba para remover la tierra de la huerta y plantar la simiente.

—No se trata solo de eso, Marcel —adujo—. Si regresara a Francia, con todos los honores y mi nombre rehabilitado, volvería a ser quien fui: el mariscal Ney, duque, príncipe, caballero de la Legión de Honor y tal vez par de Francia. Habría de regresar a mi oficio de soldado o, en el mejor de los casos, a ocupar mi casa de la Rue de Lille. Mi esposa se alegraría de recobrar su posición social y mis hijos seguirían mi ejemplo... Los echo de menos, no lo dudéis, pero aborrezco al mariscal Ney. Nunca fui realmente feliz en mi papel. Tal vez fue en Eylau cuando comencé a renegar de mi oficio, y al final se convirtió únicamente en eso: un oficio que me repugnaba. Estoy ahíto de muerte, de sangre, de gloria... El único recuerdo que me conmueve es el olor a roble quemado en el taller donde mi padre fabricaba sus toneles. Aquel viejo taller, con su forja, es el único lugar al que me gustaría regresar... Ellos tienen su vida... He tenido mucho tiempo para pensar. Creo que les conviene más vivir con mi memoria que con un esposo y padre de carne y hueso, cuya supervivencia los humillaría, y que además renegaría de su existencia pasada. Algún día rehabilitarán mi nombre y podrán firmar con orgullo con mi apellido, sin conocer la auténtica verdad... No fui un traidor, Marcel. Puede que muchos crean que en Fontainebleau o después de Waterloo traicioné a Bonaparte, y que lo hice asimismo en Lons-le-Saunier con el monarca... No me importó parecerlo. Entonces estaba confuso, hastiado, y me movía un ansia por detener la alocada y absurda carrera hacia la destrucción y la muerte de veinte años de guerra sin cuartel. He visto demasiadas calamidades para conservar un falso aplomo. Todas las creencias que guiaron mi vida se consumieron en el campo de batalla y solo la muerte era capaz de librarme de mí mismo... Huí de mi propia salvación, firmé mi propia sentencia, porque no pude hallarla en la colina del Mont Saint-Jean. Y luego una ironía del destino me concedió una segunda vida. ¿Para qué? ¿Para retornar a la primera y sumirme en la melancolía? No lo creo, señor de Brivazac. No me quedan muchos años. Esta es una tierra nueva, un horizonte nuevo. Hay otra vida, y estos indígenas en apariencia insustanciales me han enseñando algunas cosas. Saben guerrear, no lo dudéis, pero no lo hacen por ideales, sino por cosas tangibles y materiales: su tierra, su caza, su bosque. No desean más que el espacio que precisan para subsistir y lo hacen sin talar, ni quemar, ni arrasar, porque la tierra, como el sol, está muy por encima de ellos. Es su humildad la que los hace felices, y su existencia es plena. Conocen el amor, la diversión y el honor, pero no lo emplean para la codicia, el predominio o la gloria. Saben que son parte de la tierra, mero polvo, y defienden esa condición... ¿Qué somos nosotros, Marcel? No tengo en mi mente regresar, amigo. Y os advierto que, si es vuestro propósito, no vais a conseguirlo.

—No lo es, señor Ney. Y menos ahora... De algún modo estáis en deuda conmigo. Queráis o no, esta bala llevaba vuestro nombre. Por eso quiero pediros un favor. He de regresar a Francia, pero volveré en el plazo de unos meses... con seguridad en la primavera. Os ruego que no huyáis hasta que retorne. Volveré a este lugar a encontraros de nuevo.

—No tengo intención de seguir huyendo, querido amigo. Os esperaré: tenéis mi palabra de honor.

—Por mucho que reneguéis de vuestra vida anterior, hay cosas que no cambian, y vos lo sabéis. Disteis vuestra palabra al capitán Jomard y la cumplisteis cuando el general Exelmans os ofreció huir en Riom... Los servicios secretos tienen cierta facilidad para coleccionar informaciones de este tipo, así que estoy convencido de que os hallaré aquí de nuevo. Pero hay una cosa más... En las alforjas de mi caballo había unas memorias, que os pertenecen...

—En realidad son propiedad del señor Peter Stuart. Fue un obsequio...

—Os aseguro que hizo buen uso de ellas, y es muy posible que mientras viva sigan creyendo que es un mariscal de Francia. No os imagináis el favor que le habéis hecho entregándole vuestra identidad... Decidme, ¿qué queréis que haga con ellas?

—Tal vez halléis la forma en hacerlas llegar a mi familia sin que sospechen nada...

—No lo dudéis...

Ambos hombres se miraron a los ojos con franqueza y se estrecharon la mano. Ney le ofreció un tabaco y ambos encendieron su cigarro. Tras expirar al unísono una aromática bocanada de humo, parecían complacidos por que los rayos del sol del mediodía de aquel otoño plácido calentaran sus rostros.

—Hoy hace un día luminoso, Michel... Si los choctaw tienen razón, tal vez sea una jornada idónea para conversar honestamente sin ofender a su deidad y de esta forma podáis contarme cómo demonios escapasteis al pelotón de fusilamiento...

París, del 4 al 6 de diciembre de 1815

El abogado Berryer estaba convencido de que el mariscal Ney había cometido un funesto error al no dejarse juzgar por sus propios camaradas: «¡Me harían matar como a un conejo!», había dicho. Saint-Cyr no tuvo fácil lograr la composición del consejo de guerra. Masséna había procurado su recusación, alegando sus enfrentamientos con Ney en España; Augereau invocó problemas de salud y Moncey sencillamente se negó a formar parte del consejo. Finalmente, bajo la presidencia del mariscal Jourdan, se conformó con los mariscales Masséna, Augereau y Mortier, y los generales Claparède, Villatte y Gazan. Cuando estimaron la declinatoria por cinco votos contra dos y se declararon incompetentes, Ney estaba exultante. Había conseguido imponer su condición de par y serían sus iguales quienes decidieran su suerte. Berryer fue consciente del yerro cuando al día siguiente, el 10 de noviembre, el duque de Richelieu, presidente del Consejo de Ministros, había subido a la tribuna de la Cámara de los Pares para iniciar el nuevo proceso, incitando como un poseso a la conjuración de la Cámara para juzgar al mariscal Ney no solo en nombre de Francia, sino de Europa, confesando con ello la pérdida de la propia soberanía y su acomodo a los dictados de los aliados. ¡Un zar ruso ordenando la muerte del héroe de la campaña de Rusia a los propios franceses...! Algunos pares no ocultaban su indignación, como De Broglie, y el propio duque de Orleans calificó el proceso que se avecinaba como una pantomima, pues los pares eran tanto jueces como acusadores, y tras su discurso abandonó la Cámara y el país, regresando a Inglaterra como un exiliado.

Al alba, mientras esperaba a ser trasladado al Palacio de Luxemburgo para asistir a la crucial sesión de aquella jornada, Berryer trataba de hallar el tono justo que daría a sus palabras, con el ánimo de conmover a los pares del reino. Con tal fin, decidió repasar la declaración que el mariscal Moncey, duque de Conegliano, había enviado a Luis XVIII para renunciar a la presidencia del consejo de guerra:

Sire, situado en la encrucijada de desobedecer a Vuestra Majestad o de faltar a mi conciencia, debo explicarme ante Vuestra Majestad. No entro en la cuestión de saber si el mariscal es culpable o inocente; vuestra justicia y la equidad de los jueces responderán ante la posteridad, que juzga a reyes y plebeyos en la misma balanza. ¡Ah, sire! Si quienes os aconsejan no quisieran más que el bien de Vuestra Majestad, os dirían que el cadalso nunca hace amigos. ¿Creen en verdad que la muerte es tan temible para quienes la afrontan con gallardía tan a menudo?

¿Son los aliados quienes exigen que Francia inmole a sus más ilustres ciudadanos? Pero, sire, ¿no hay riesgo alguno para vuestra persona y vuestra dinastía concediéndoles tal sacrificio? Y, tras haber desarmado a Francia hasta el punto que en dos terceras partes de vuestro reino no queda ni una escopeta de caza, ni un hombre bajo los estandartes, ni un cañón sobre su cureña, ¿los aliados pretenden convertiros en odioso ante vuestros súbditos haciendo caer la cabeza de aquellos cuyos nombres no pueden pronunciar sin recordar sus humillaciones?

Sí, yo bien podría pronunciarme acerca de la suerte del mariscal Ney. Pero, sire, permitidme preguntar a Vuestra

Majestad dónde estaban los acusadores cuando Ney recorría tantos campos de batalla. ¡Ah! Si ni Rusia ni sus aliados pueden perdonar al príncipe del Moscova, ¿Francia puede olvidar al héroe del Beresina?

Fue en el Beresina, sire, donde Ney salvó los restos del ejército. Yo tenía allí parientes, amigos, soldados, que al fin y al cabo son los amigos de sus jefes. ¡Y enviaría a la muerte a quien tantos franceses deben la vida; tantas familias, sus hijos, sus esposos, sus padres! No, sire; y si no puedo salvar a mi país ni mi propia vida, al menos salvaré mi honor. Si algo lamento es haber vivido mucho, pues he sobrevivido a la gloria de mi patria. No digo el mariscal, mas ¿qué hombre de honor no lamentará por fuerza no haber hallado la muerte en los campos de Waterloo? ¡Ah, sire! Si el desventurado Ney hubiese conseguido allí lo que en tantos otros lugares, tal vez no sería llevado ante un consejo de guerra; acaso quienes hoy reclaman su muerte clamarían por su bendición.

Excusad, sire, la franqueza de un viejo soldado que, alejado siempre de las intrigas, solo ha conocido su oficio y su patria. Ha creído que la misma voz que ha censurado las guerras de España y de Rusia podría también dirigirse en el lenguaje de la verdad al mejor de los reyes. No ignoro que bajo cualquier otro monarca mi decisión podría atraer el odio de los cortesanos; pero si al descender a la tumba pudiera llevar conmigo el clamor de uno de vuestros ilustres ancestros, «todo está perdido, salvo el honor», entonces moriría contento.

Moncey había sido condenado por indisciplina a tres meses de reclusión y enviado en el acto a la fortaleza de Ham. Su condena no fue tan humillante como la negativa de los prusianos a que accediera a la plaza. Con su dignidad intacta, Moncey se enclaustró en el albergue más cercano durante el tiempo fijado en la pena. Se preguntaba Berryer si no habría hecho más por su compañero de armas aceptando la encomienda y salvando su vida. Al cabo, el propio Ney se empecinaba en cortar sus líneas de retirada y afrontar ante sus iguales un proceso incierto. Tal vez el honor, tan cercano al orgullo, lo condenara a muerte por partida doble.

Berryer y Dupin sabían que el artículo 12 de la Convención de Saint-Cloud, adoptada el 3 de julio, era el argumento decisivo para su defensa. Wellington y Blücher habían firmado sin vacilación una cláusula que amnistiaba a cualquier ciudadano por su conducta, actos u opiniones políticas anteriores a la rendición. A las diez y media de la mañana del 4 de diciembre se iniciaba la sesión. El presidente Dambray pidió a los pares que se descubrieran, toda vez que había solicitado a los abogados que se destocaran para sus alegatos. El viejo Berryer fue uno de los pocos en reparar en el significado profundo de aquel detalle. Muchas generaciones de abogados franceses sabían que la frase ritual: «Abogados, cubríos», pronunciada ante las más altas jurisdicciones del país, siempre había significado: «Abogados, hablad con libertad.» La modificación de la costumbre implicaba algo más que una regla de etiqueta, y fue consciente de que su libertad como abogado sería cercenada. Michel Ney, antes de responder a las preguntas de Dambray, declaró que únicamente se sometería a dicha formalidad bajo la reserva del beneficio que le confería el artículo 12 de la Convención de Saint-Cloud. La advertencia estaba clara, y el acusador Bellart y la Cámara tomaron buena nota de ello.

La sesión se inició con el interrogatorio de Ney, al que siguieron un desfile de testigos más o menos insustanciales: el duque de Duras, el príncipe de Poix, el conde de Scey, el señor Richemont, el conde de Villars-Taverny... Llegó por fin el turno del general Bourmont. Lecourbe había fallecido un mes antes. Bourmont comenzó su testimonio aseverando que en sus deposiciones anteriores no había querido cargar las tintas contra el mariscal Ney, movido por la piedad hacia su infortunada situación, mas tras el ataque que había sufrido con el testimonio del acusado se veía impelido a facilitar más detalles de lo ocurrido en Lons-le-Saunier. Con nerviosismo inició un largo relato, donde enfatizaba los intentos de Lecourbe y de él mismo para convencer a Ney de reconsiderar su decisión, el común temor a represalias y su intención de acudir a la revista del día 14 únicamente para tomar buena nota de lo que aconteciera...

—Las tropas gritaban: «¡Viva el emperador!» El mariscal Ney estaba tan claramente resuelto con premeditación a tomar el partido de Bonaparte que media hora antes de la lectura de su proclama ya portaba las insignias del águila con la efigie del usurpador...

—Parece que el conde de Bourmont ha preparado bien su alegato —interrumpió Ney—, pues ha contado con ocho meses para hacerlo. Tal vez creía que no nos volveríamos a ver y que sería tratado aquí como La Bédoyère. Es una lástima que el general Lecourbe ya no esté entre nosotros, pero lo invoco en otro lugar; lo interpelo contra estos testimonios ante un tribunal más alto, ante Dios que nos escucha, a vos y a mí, señor de Bourmont. Aquí el señor de Bourmont me acusa; allí seremos juzgados ambos...

Tras narrar su versión de lo acontecido, el mariscal Ney concluyó su protesta:

—Fue el general Bourmont quien reunió a las tropas. Tuvo dos horas para reflexionar. Si juzgaba mi conducta criminal, podía haberme hecho arrestar, pegarme un tiro... Estaba solo, no había ni un hombre junto a mí, ni un caballo de silla para escapar... Se alejó, se refugió con el marqués de Vaulchier, conformando una camarilla para huir de los acontecimientos y dejarse abierta una puerta trasera. En fin, todos los oficiales vinieron para conducirme a la plaza de Armas, en medio de las tropas...

—¿Quién dio la orden de reunir a las tropas? —se interesó el presidente.

—Fui yo, por orden verbal del mariscal —confesó Bourmont.

—Después de haberle comunicado el contenido de la proclama... —apostilló Ney.

—A las once... —precisó Bourmont.

—¿Cómo es posible que, desaprobando la conducta del mariscal, le siguierais sobre el terreno, conociendo lo que iba a hacer? —quiso saber Dambray.

Bourmont se enredó entonces en alambicadas y confusas explicaciones que hacían mención a su curiosidad por conocer la reacción de las tropas, su temor a ser arrestado, su deseo de recabar toda la información para llevársela a su Majestad. Ney puso en evidencia la inconsistencia de sus argumentos, pues el coronel Dubalen había sido autorizado a partir después de la parada y él lo había hecho mientras marchaban hacia París. El interrogatorio del testigo prosiguió, tratando de desvelar el verdadero estado de las tropas y la posibilidad de que Ney hubiera podido conducirlas contra el enemigo. Cuando Bourmont narraba los efectos de la lectura de la proclama y la estupefacción de los oficiales ante los gritos de «¡viva el emperador!» por los soldados, el abogado Berryer se irguió y reclamó que se preguntara al general Bourmont si él había gritado: «¡Viva el rey!» En la Cámara se formó tal revuelo que el presidente hubo de atajarlo dando orden de leer la declaración del general Lecourbe, que en un lenguaje sencillo relataba lo acontecido en Lons-le-Saunier; la convicción de que hasta la noche del día 13 el mariscal era fiel al rey; su conversación con ambos generales tras la lectura privada de la proclama, convenciéndolos de la inutilidad de cualquier acción; la generalización de la revuelta; las posibilidades nulas de enfrentarse con éxito a las fuerzas de Bonaparte... Los testimonios siguientes, en su mayoría insulsos, aquietaron el nerviosismo que había provocado en la sala la deposición del general Bourmont.

El desasosiego volvió a la sala en la jornada del día siguiente, cuando el joyero del mariscal, el señor Cailsoué, contradijo las afirmaciones de Bourmont y evidenció su falsedad, presentando los libros que acreditaban que las nuevas insignias del general no fueron cambiadas ni entregadas hasta el 25 de marzo. Poco después concurría, como trigésimo quinto testigo, el mariscal Davout, príncipe de Eckmühl.

—Ruego al príncipe —interrogó Berryer— que nos diga cuál fue el sentido que él mismo y el Gobierno provisional dieron al artículo 12...

—Los comisarios del rey se oponen a esta pregunta indiscreta —protestó el acusador Bellart—. Veo venir que la discusión girará sobre la capitulación, pero el acta es lo que es, y la opinión del príncipe no puede cambiarla. Un acta no puede ser alterada en virtud de declaraciones.

—La declaración era tan protectora —contestó Davout— que yo contaba con ella. En otro caso, ¿cabe creer seriamente que no habría preferido perecer con el sable en la mano? Fui detenido en contradicción con esta capitulación y permanecí en Francia confiando en ella.

—Su sentido se encierra en la capitulación escrita —sentenció Dambray—; poco importa la opinión que pueda tener cada uno. En virtud del poder discrecional que me ha sido conferido, la pregunta se retirará. Por lo demás, he consultado a la Cámara y la gran mayoría comparte mi opinión.

Tras dos breves testimonios más, la sesión de ese día concluyó.

La mañana del día 6 de diciembre, Berryer comenzó a exponer su alegato final, que se contenía en 96 páginas in-octavo. Tras varias horas de alocución, parecía fatigado en extremo, y anunció que aún le quedaban por exponer los fundamentos de derecho. Dupin intervino en su auxilio y pidió un aplazamiento hasta el día siguiente. Finalmente, la sesión se suspendió durante una hora, que los pares aprovecharon para reunirse en la sala del Consejo. El presidente leyó entonces una nota del conde Tascher, solicitando que se prohibiera a la defensa dar lectura al artículo 12 de la Convención de Saint-Cloud. Contra la opinión de la mayoría de los pares, el conde Lanjuinais defendió la procedencia procesal de invocar dicho precepto, que confería al acusado una excepción perentoria, procedente en cualquier momento del proceso, como acreditaban todos los textos jurídicos en todos los tiempos y lugares. Con todo, se votó impedir su lectura.

Reanudada la sesión, Berryer comenzó a exponer sus argumentos hasta llegar al punto crítico de la Convención de Saint-Cloud. Bellart protestó entonces, invocando la decisión prejudicial de la Cámara que había resuelto excluir la posibilidad de invocar dicha Convención como medio de defensa. La presidencia ejerció su poder discrecional para aceptar la proposición del acusador. Dupin recurrió en ese momento a invocar un tratado diferente, fechado el 20 de noviembre, por el que Sarrelouis dejaba de ser territorio francés. Siendo así, el acusado ya no era súbdito francés y no solo se sometía a las leyes francesas sino al derecho de gentes en su conjunto.

—¡Soy francés y moriré francés! —repuso Ney—. Hasta aquí mi defensa me ha parecido libre, pero en este instante veo que se pretende obstaculizarla. Agradezco la labor a mis generosos defensores, lo que han hecho y lo que están dispuestos a hacer, pero les ruego que cejen en su empeño de defenderme, toda vez que sería una defensa imperfecta. Prefiero no ser defendido en absoluto que gozar de un simulacro de defensa. He sido acusado contra el espíritu de los tratados y se me quiere impedir el derecho a invocarlos. Pues bien, como Moreau, ¡apelo a Europa y a la posteridad!

La intervención de Ney provocó la protesta de Bellart y los desórdenes en la Cámara. El presidente trató de apaciguar los ánimos, conminando a los abogados a continuar sus alegatos ateniéndose a los hechos, pero Ney se opuso: «Prohíbo que mis defensores sigan hablando, a menos que se les permita defenderme libremente.» Los debates resultaron, pues, clausurados, y a las seis de la tarde los pares se retiraron para deliberar en secreto.

La primera cuestión sometida a votación se refería a si el mariscal había recibido a emisarios del emperador en la noche del 13 al 14 de marzo. De los ciento sesenta y un asistentes, ciento once votaron afirmativamente, y cuarenta y siete, negativamente. Lanjuinais, d'Aligre y Nocolaï se negaron a votar, argumentando que la defensa no había podido completarse. La segunda cuestión trataba de confirmar el hecho de que Ney hubiese leído la proclama del día 14 e incitado a las tropas a la rebelión o a la defección. Ciento cincuenta y ocho votos resultaron afirmativos, frente a los tres pares que se negaban a votar. Por último se dilucidaba si el mariscal había cometido un atentado contra la seguridad del Estado. El llamamiento nominal se tradujo en un constante goteo de afirmaciones, hasta que el jovencísimo duque de Broglie dejó caer un sonoro: «¡No!» Justificó su voto en que la traición requería una premeditación que no había existido en la conducta del mariscal Ney.

Llegada la hora de determinar la condena, ciento treinta y ocho pidieron la pena capital según las formas militares; cinco secundaban la muerte, mas aconsejando la clemencia del rey; trece se mostraron partidarios de la deportación; cuatro se abstuvieron. Y el bellaco Lynch había solicitado la muerte por guillotina. «Muerte» había sido el veredicto de mariscales como Kellerman, Marmont, Sérurier, Pérignon o Victor; «muerte», la pena dictada por generales como Dupont, Maison, Lauriston o Latour-Maubourg.

A medianoche los pares deambulaban por los corredores del Palacio de Luxemburgo, donde se había servido un ágape a base de panecillos, sopas y vinos ligeros. Nadie hablaba. Se reunían allí tras firmar ante el secretario el acta de la sesión y la sentencia de muerte. A las dos de la madrugada, el último firmante, Lynch, cerraba la lista. Aquel acto de fedatar el voto parecía provocar la circunspección de los jueces. El silencio revelaba el peso de la decisión sobre sus conciencias, y acaso muchos que lo conocían no podían dejar de pensar en su sable erguido, ordenando la carga, socorriendo a sus camaradas, arrancando con su sangre los estandartes enemigos para la gloria de Francia.

Entretanto, el abogado Berryer regresaba a su casa aquejado por una fiebre ardiente, tras visitar a su cliente en la prisión. El barón de Bignon, signatario de la Convención de Saint-Cloud, lo esperaba. Bignon estaba gravemente enfermo, lejos de París. Cuando supo que la Convención de Saint-Cloud había sido declarada inaplicable, dado que no vinculaba al rey ni había sido firmada por él, se había hecho llevar a París a marchas forzadas, a pesar de su delicado estado. Confiaba en que una precisión podría cambiar todo el asunto. Berryer lo atendió, menos por interés que por respeto al gesto de aquel hombre exhausto y casi exánime.

—Señor Berryer, cuando los prusianos quisieron volar por los aires el puente de Jena —comenzó diciendo Bignon con la respiración entrecortada—, ¿recordáis?, el ministro de Asuntos Exteriores del rey lo evitó...

—Señor Bignon, ¿qué relación guarda ese asunto con el caso? —inquirió Berryer sujetándose las sienes con la mano, para evitar que le estallara la cabeza o tal vez para conseguir que su cerebro pudiera asimilar el mensaje del barón.

—Abogado —concluyó Bignon—, ¡el ministro alegó en nombre del rey el artículo 11 de la Convención de Saint-Cloud!

Berryer abrió los ojos desmesuradamente. El argumento era brillante, tanto como extemporáneo. A esa hora la suerte estaba echada y el proceso no se abriría, y entonces el dolor cesó y la fiebre pareció desaparecer. Berryer comprendía la ironía. Los reyes se amparaban en las normas para defender una construcción de piedra que rememoraba una de las batallas de Bonaparte, de Ney, de Francia, solo para que sus pies pudieran hollarlo. Entretanto, negaban la misma protección para salvaguardar la vida del hombre, del soldado que había expuesto su vida para librar y ganar esa batalla en nombre de Francia y de su gloria. Y el abogado Pierre Nicolas Berryer, que había educado a su hijo en el respeto a la legitimidad divina de los monarcas, comprendió que el terror no tiene color, que tanto es blanco como negro, y que la perfidia del hombre lo hace indigno del designio de cualquier dios. Con todo, escribió a Dambray para participarle el argumento e hizo llegar una nota a Wellington, al rey, a la duquesa de Angulema, explicando el asunto y justificando las razones del retraso del barón de Bignon, a quien despachó de inmediato hacia el Palacio de Luxemburgo. Berryer sabía que Dambray acallaría el asunto, dando el proceso como visto para sentencia, pero no quería aliviar las conciencias de los pares, y sabía que si la verdad no siempre llega a tiempo, aunque tarde, acaba llegando, y basta para lavar y ensuciar los nombres y las memorias, que es lo único infinito y perdurable de nuestras míseras vidas. «Los hombres no hacemos justicia, la historia sí.» Con este pensamiento se retiró el buen abogado, y un profundo sueño lo rindió hasta la mañana siguiente.

Londres, viernes 17 de marzo de 1820

Élie Decazes descendió de su landó ante la residencia oficial del consulado francés en Portland Place. Horas antes había entregado sus credenciales como embajador de Francia al rey Jorge IV y confiaba en poder regresar pronto a sus posesiones de La Gironde, junto a su esposa, Égédie, y su hijo, Louis. Meditaba Decazes sobre los caprichos del azar y los reveses de la fortuna. En apenas unos días toda su obra se había diluido como el azúcar en un té hirviendo. Durante tres meses había logrado presidir el Consejo de Ministros, sin haber cumplido los cuarenta años, y bastó la hoja afilada de un cuchillo para desmoronar su colosal castillo de naipes. Condenado por el duque de Richelieu a un destierro honroso, no contaba con permanecer en la Pérfida Albión mucho tiempo, mas sabía que su regreso a París se antojaba difícil. Despidió al cochero, entró en el edificio y se retiró a sus dependencias privadas. En su gabinete las luces estaban encendidas. Se sirvió una copa de armagnac. Al volverse, el corazón a punto estuvo de salirse de su pecho, y a fe que así habría sido si no hubiera reconocido a su amigo, el barón de Brivazac, en el rostro del intruso que lo observaba sentado plácidamente en el sillón del fondo de la sala. Con todo, su sobresalto no se eclipsó por completo, pues Marcel lo apuntaba con una pistola que sostenía en su mano derecha, mientras el dedo índice de su mano izquierda cruzaba sus labios en un gesto imperativo que le aconsejaba silencio.

—¡Marcel! ¡Qué susto me has dado! —se atrevió a musitar—. ¿Qué haces aquí? ¿Por qué me apuntas con esa arma?

—Querido Élie —contestó Marcel—, haz el favor de servirme una copa a mí también y ten la bondad de venir a sentarte cerca de mí. Y, por cierto, no levantes la voz o el ruido sordo de esta arma, que se llama Kentucky, será lo último que oigas en tu vida...

Élie no perdió la serenidad. Sirvió la bebida y se acercó con tranquilidad a su amigo. Puso la copa sobre la mesa y se sentó frente a él. Marcel tomó el armagnac y sorbió un poco.

—Ciertamente es una bebida muy superior al *bourbon* —sentenció—. Bien, querido amigo, creo que debemos tener una conversación. Cuando partí de Charleston eras el flamante presidente del Consejo de Ministros, y hete aquí que al arribar a Liverpool me entero de que has sido destituido a consecuencia del asesinato del duque de Berry... Celebro esa circunstancia que me ha ahorrado parte del viaje, ya que supe que llegabas a Londres para hacerte cargo de tu legación... ¿Recibiste mi última carta?

—En efecto, Marcel; me comunicabas la muerte de Thierot a manos de unos indígenas y me anunciabas el éxito de tu misión... —recordó Decazes—, pero tal vez puedas bajar el cañón del arma, cualquiera que sea su nombre... ¿A qué viene esto?

—Aún no, querido amigo; es muy ligera y no me incomoda, y si tus respuestas me satisfacen prometo regalártela. Nunca se sabe...

—Bueno, pues ¡adelante! Espero el interrogatorio.

—Así que el duque de Berry fue liquidado por un vulgar guarnicionero...

—Sí, para nuestra desgracia.

—¿Cómo se llama el ciudadano?

—Louis Pierre Louvel. Es un bonapartista exaltado, que alcanzó a acompañar al emperador a Elba. Llegó a trabajar en las caballerizas reales. Parece que actuó solo, aunque eso no llegaremos a saberlo a ciencia cierta después que lo guillotinen. Su única obsesión era acabar con los Borbones.

—Y tal vez lo consiguió. El duque de Berry era el único que podía garantizar un heredero al trono —apuntó Marcel.

—Puede que no llegara a tiempo. Se dice que la duquesa viuda está encinta. Es posible que el duque deje un hijo póstumo.

—Bueno, en cualquier caso siempre estaría el duque de Orleans, el eterno candidato de los ingleses y de los masones como tú.

—Marcel —se impacientó Decazes—, ¿has venido desde América para tener una charla sobre política conmigo mientras me amenazas con una pistola?

—¡Oh, no, mi querido amigo! El asunto es más prosaico. Vengo a aclararte mi última carta. Armand Thierot no murió en un encuentro casual con los indígenas. Lo cierto es que fue una flecha india la que acabó con él. Antes, me descerrajó un tiro que casi me envía al otro mundo para preparar la posta al duque de Berry, aunque la bala no iba dirigida a mí, sino al mariscal Ney...

Élie no pareció sorprenderse por la acotación. Tomó su copa con pulso firme y bebió un sorbito de armagnac.

—No parece que mi delación te extrañe mucho —apuntó Marcel con ironía, mientras jugaba a apuntar al corazón de su amigo.

—Ya no. Armand Thierot era un traidor, un esbirro del conde de Artois, un miembro activo de los *chevaliers de la foi* —repuso de manera categórica Decazes.

—¡Vaya! ¡Qué incordio! —exclamó cínicamente Marcel—. Y supongo que no sabías nada cuando me encomendaste la misión y lo pusiste a mis espaldas.

—Así es. Puede que te cueste creerlo, pero esa es la verdad. Lo supe después de que tu carta me llegara. Obviamente nadie sabía nada en París y entonces decidí guardar silencio y antes de comunicar su muerte ordené que entraran en su residencia, en su despacho, y limpiaran cualquier documentación que pudiera ser incriminatoria o comprometida. Thierot conservaba una caja fuerte, y uno de los documentos que hallé confirmaba su felonía y algo más... En Charleston, si regresas, hallarás una carta con alguna indicación algo críptica que te lo confirmará, aunque, como comprenderás, no puse negro sobre blanco toda la verdad del asunto. Si me lo permites...

Decazes hizo ademán de levantarse. Marcel accedió, no sin seguir sus pasos por el gabinete con el ojo sobre el punto de mira de su Kentucky. Decazes se acercó a una caja de caudales, extrajo una llave de su bolsillo y se dispuso a abrirla.

—Ten mucho cuidado con lo que haces —le advirtió Brivazac.

Élie no hizo mucho caso a la bravata del barón. Lo conocía bien y sabía que ansiaba conocer la verdad, y que bastaba con ello para asegurarse la vida. Extrajo un documento, volvió a su silla y se lo acercó a Brivazac. Retomó su copa y apuró el resto del líquido. Marcel lo tomó y comenzó a leer:

Al conde de Bertier de Sauvigny,
lunes, 12 de octubre de 1795

Señor conde:
En nombre de la vieja amistad que me une a vos, os he hecho llegar a través de un último amigo esta carta que espero custodiéis como merecen las revelaciones que contiene. Ya solo confío en vos para aliviar mi alma. En la víspera del día en que habré de encomendar mi alma al Señor, a este viejo soldado no le quedan ya esperanzas ni luchas que emprender. En breve plazo haré contrición y me arrepentiré de mis muchos pecados, incluso del que cometo al escribir estas líneas, violando un sagrado juramento.

Confieso un hecho que permanece en silencio y es de vital importancia para los designios de nuestra patria y de los reyes que según derecho divino han de gobernarla en un futuro. Por ellos entrego mi vida y arriesgo la salvación de mi alma, faltando al juramento de silencio que presté en su día. Hace más de cinco meses, el primero de junio de este año que es el IV del oprobio revolucionario, un grupo de soldado logramos liberar al joven rey Luis XVII de su infecta prisión en el Temple. El golpe de mano fue posible gracias a la colaboración de algunos de sus ambiciosos vigilantes. El barón de Batz diseñó la operación, que tuvo éxito. En los días siguientes escondimos al segundo hijo del rey Luis XVI, que Dios tenga en su gloria. Su penoso estado de salud nos hizo temer por su vida. Grande fue nuestra sorpresa cuando, en contra de lo que esperábamos, ninguna información daba cuenta de su rescate y al cabo de una semana se anunciaba su muerte. Acaso fue una estrategia de quienes se beneficiaron de la generosidad con que el barón de Batz sobornó a sus carceleros, o quizás una decisión política de la Convención, pero el hecho es que su salvación y supervivencia han sido ocultadas y secretas hasta hoy. Logramos sacar al muchacho del país y procurarle refugio en Inglaterra. Muy pocos estamos en el secreto, y no deseo morir con este peso en la conciencia, sospechando de mis correligionarios.

Os confío estos hechos a sabiendas de que vuestra noble condición sabrá darles la aplicación que estime necesaria para nuestra común devoción, y entrego mi alma a Dios aliviada por ello. Que Dios os guarde muchos años.
¡Viva el rey!

JEAN-JACQUES-CLAUDE-ÉLISÉE LAFOND DE SOULÉ

Cuando Marcel de Brivazac ultimó la lectura, Decazes se congratuló de la palidez de su rostro demudado.
—Como ves, era un ultrarrealista. Ferdinand Bertier de Sauvigny fue el fundador de los *chevaliers de la foi*. Ha estado detrás de todas las tramas ultrarrealistas, y el conde de Artois y el duque de Berry eran sus principales beneficiarios... Lo

siento, Marcel. Lo ignoraba por completo. Solo me regocijo al pensar que mientras espiaba tus pasos no seguía los míos, aunque me imagino que en el ministerio abundaban los agentes dobles...

—Olvídate de Thierot —exclamó Marcel dejando la pistola sobre la mesa—. ¡Luis XVII está vivo!

—No, querido amigo, eso es lo que dice Lafond de Soulé, a quien guillotinaron al día siguiente por la insurrección realista del 13 Vendimiario... Es curioso: solo a él y a otro desgraciado entre más de sesenta detenidos... Nadie cree esas historias, Marcel. Ni Sauvigny ni Batz les dan crédito, y menos aún el rey o el conde de Artois. Nunca más se supo de ese niño, y en todo caso, ¿a quién le interesa? Toda Francia sabía que era bastardo. Ni Luis XVI lo consideraba su hijo. Al parecer su padre fue ese noble sueco que organizó la fuga de Varennes... ¡Fersen! ¡Axel von Fersen!... El duque de Orleans tendría muchas más opciones a la sucesión... Olvídate de eso. Pero lo que demuestra la carta es que Thierot era un hombre muy cercano a todos esos ultrarrealistas, y que tenía la misión de aprovechar nuestro intento de dar con Ney y de matarlo. Esa es la verdad del asunto, y lamento haberte metido en este enredo. Pero por fortuna estás aquí, sano y salvo.

Élie Decazes se levantó de la mesa con ambas copas en la mano. Las rellenó de armagnac hasta la mitad. En el cristal de una copa se reflejó el resplandor de una llama. Marcel estaba quemando la carta. Élie no se inmutó. Abrió la tabaquera y extrajo dos cigarros.

—Me alegra que tengas lumbre —comentó tras sentarse y ofrecer el tabaco a su amigo; observó cómo el viejo documento se consumía en cenizas y tomó una esquina para encender su tabaco—. Y ahora que está todo aclarado y ninguno de los dos tenemos ya misión alguna, cuéntame algo del mariscal Ney.

Marcel encendió su cigarro con parsimonia. Recordaba la primera vez que había sido llamado por Élie para encomendarle la misión. Entonces había rechazado uno de sus excelentes habanos.

—Está vivo —adujo con cierta satisfacción, mientras dejaba que el humo subiera de su boca hacia su nariz—. Vivo y coleando, aunque algo mustio. Se hace llamar Peter Stuart y ejerce como maestro de escuela en un pueblecito de Carolina del Sur, llamado Florence. Es adorado por la población, corteja a la hija de un tal coronel Rogers y de vez en cuando se emborracha hasta caer, revelando entonces su identidad. Apostaría a que acaba casándose con esa Mary Rogers y se hace un respetado comerciante de algodón. Más valdría dejarlo en paz disfrutando de su nueva vida y conservar el recuerdo del mítico general, te lo aseguro.

Élie asintió con la cabeza. Había perdido el interés en la historia del mariscal Ney. Ya no ansiaba más que reunirse con Égédie de Saint-Aulaire, abrazar a su hijo, Louis, recomponer su hacienda y retirarse a algún lugar de La Gironde para olvidar a los Borbones, París y las intrigas de la corte.

—Querido amigo —añadió Marcel—, lamento mis modales algo bruscos. Tenía que aclarar este asunto.

—En ningún momento pensé que fueras a dispararme. ¿Está cargada?

—En realidad, no. —Se sonrió Marcel—. Es el arma con que Thierot me disparó. Tómala como un presente. En justa compensación por los sacrificios de mis servicios, me gustaría pedirte dos últimos favores.

—Si están en mi mano...

—He traído unos manuscritos que contienen las memorias del mariscal Ney. No le gustaría que su supervivencia fuera del dominio público, ni menos aún de su familia. Al parecer, prefiere vivir en el recuerdo, al menos por ahora. Tal vez pudieras hacérselas llegar a su viuda con alguna nota que explicara de qué forma llegaron a manos del Gobierno antes de su muerte.

—Dalo por hecho...

Marcel extrajo de su portafolio el legajo de Ney y otro documento.

—Hay otra cosa... —prosiguió Marcel—. He preparado un poder para ti. Quiero que hagas vender todos mis bienes.

He incorporado una lista. Del producto debes descontar tus emolumentos y mi administrador se encargará de hacerme llegar los pagarés. Te adjunto también las instrucciones acerca de la cantidad que deben entregar a Martine de Claris junto con una carta personal que acompaño.

Esta vez, Élie Decazes sí mostró sorpresa. Tomó los documentos y miró fijamente a los ojos de su amigo, tratando de aliviar su desconcierto.

—¿Regresas a América? ¿Has hallado una mina de oro o una mujer?

—Ambas cosas, querido Élie. Ambas, y al mismo tiempo. Tal vez te convenga contar con un buen amigo en el otro lado del Atlántico.

—Nunca se sabe...

Marcel se levantó. Dio la mano a su amigo y se despidió.

—¡Marcel! —exclamó Decazes cuando ya se iba—. No me has contado cómo finalmente logró librarse el mariscal del pelotón de fusilamiento.

—Esa, Élie, es una larga historia que te contaré en otra ocasión...

Marcel salió de la estancia con el mismo sigilo misterioso y Élie se preguntó cómo demonios habría logrado entrar. Se sirvió una tercera copa de armagnac. Entre los vapores del noble licor le pareció identificar el aroma a uva madura que desprendía el cuerpo de Égédie, y en el tacto del fino cristal de Mont-Cenis, la finura de su piel.

París, jueves 7 de diciembre de 1815

Tres horas antes de su muerte, el mariscal Ney miró a la pared desnuda de su celda y estimó que nunca había sido feliz. Había burlado a la parca en incontables batallas y la había buscado con ahínco un buen puñado de veces. Ni las balas ni la metralla del enemigo habían podido terminar con él. El destino, tejiendo con hilos inopinados sus propias telas, quería que fuera a caer bajo el fuego de las armas del país que había defendido con tanto ardor. Su vida estaba tan desnuda como las cuatro paredes entre las que acababa de despedirse de sus hijos y de su esposa. Ya conocía el efecto de los proyectiles cuando impactan sobre el cuerpo, y no lo amedrentaba el momento. Cuando llega la hora, el tránsito puede ser dulce. Había visto morir a muchos hombres en las estepas heladas de Rusia esbozando una sonrisa liberadora. Abandonar la vida significaba huir de sufrimientos indecibles y su alma estaba demasiado atormentada para eludir la apuesta.

El granadero que lo custodiaba interrumpió sus reflexiones para anunciar que el abad De Pierre acababa de llegar. Rochechouart lo había autorizado para asistirlo en su último sacramento, respetando la intimidad y el secreto de confesión que la verdadera religión impone. Michel vio penetrar a un hombre de edad provecta con los hábitos propios de su oficio. Sus gestos eran ágiles y firmes, impropios de una edad que evidenciaba la opacidad del cristalino de sus ojos grises. Michel invitó al cura a sentarse en una silla mientras él lo hizo en su jergón.

—Soy el abad De Pierre, de la iglesia de Saint-Sulpice, mariscal.

—Buenos días, padre.

—No tenemos mucho tiempo, general.

—Descuidad, padre. No preciso más que vuestra absolución, pero os ahorraré una larga lista de pecados, porque lo cierto es que si los he cometido no sé cuáles son ni me inducen a arrepentimiento. Me he guiado siempre por el sentido del honor y...

—*Ego te absolvo a peccatis tuis in nomine Patris et Filii et Spiritus Sancti.* ¡Amén! —lo interrumpió el abad.

—Por todos los demonios, padre, parece que tenéis prisa...

—También os absuelvo por esa invocación satánica, y tengo prisa, en efecto, así que callad y escuchadme. He visto que no reconocéis al granadero que os custodia...

—No, por cierto.

—Sirvió con vos en Rusia y ha cumplido su misión haciéndome llegar hasta vos. Tal vez tampoco recordéis al padre Defrennes...

—¿Habría de recordarlo?

—¡No! Y no tenemos tiempo... Escuchadme y no preguntéis más de la cuenta. Muchos hombres han arriesgado su vida para procurar salvaros de la muerte. Y vamos a intentarlo...

—Padre, esta cicuta he de beberla. Se ha dictado una sentencia y debo afrontarla. Agradezco...

—¡Callaos, en nombre de Dios! La soberbia también es un pecado y os absuelvo por ello, y dejad de hablar porque tendré que estar absolviéndoos toda la mañana hasta que llegue vuestra hora, y no estoy aquí para eso... Os repito que muchas personas se están jugando su vida para salvaros y no tenéis derecho ni razón para no corresponderles. Y no habléis de justicia, por Dios... Si no accedéis a seguir el plan que voy a plantearos, correrá la sangre, os lo aseguro, y no solo la vuestra...

Michel se sintió impresionado por la enérgica convicción de aquel frágil hombrecillo, que parecía impulsado por una misteriosa fuerza interior.

—Seréis llevado ante el pelotón de fusilamiento en un *fiacre* —prosiguió el cura—. El cochero está implicado. Yo os acompañaré y seguramente algunos gendarmes que no saben nada. En consecuencia, una vez que salgamos de aquí no podremos intercambiar palabra sobre este asunto. Es perentorio que me escuchéis atentamente y no cometáis ningún error.

—Os escucho, padre..., y os obedezco.

—El conde de Saint-Bias dirigirá al pelotón de fusilamiento. Pertenece a una hermandad de la masonería...

—Se dice «logia», padre...

—¡Dejaos de monsergas! ¿Qué importa eso? Son doce hombres y es capaz de escoger a la mayoría. A los demás les facilitará munición de fogueo. Los soldados que están en el secreto dispararán al muro, sobre vuestra cabeza o a los costados. Procurad no moveros en exceso. Llevaos las manos al corazón. Cuando se produzca la descarga debéis caer hacia delante. Apretaréis contra vos este fluido...

De Pierre le entregó a Ney una bolsita con un líquido rojo, que el mariscal observó incrédulamente.

—Guardadla en el bolsillo de vuestra levita y sacadla en el último momento —añadió el cura—. Debéis permanecer al menos quince minutos inerte, antes que podamos retiraros de allí.

—Disculpad, padre, pero me convendría estar ya muerto cuando me den el tiro de gracia...

—No habrá tiro de gracia. Yo me acercaré a vuestros pies en cuanto seáis abatido, y fingiré orar. Nadie se atreverá a interrumpir esa oración y os aseguro que durará los quince minutos preceptivos. Luego os echaremos una manta encima y os meteremos en el mismo *fiacre* y desapareceremos de allí...

—Y mi cadáver...

—Habrá un cadáver en el coche, no os preocupéis por eso. Por nada. Pensad únicamente en lo que debéis hacer. ¿Está claro?

—Sí, amigo.

—¿Seguro?

—Padre, ahora escuchadme a mí. He tenido que oír a menudo órdenes más complejas en pleno campo de batalla, mientras la artillería tronaba, las balas silbaban sobre nuestras cabezas y la sangre me salpicaba. ¿De verdad creéis que no puedo hacer lo que me pedís?

—Conforme, pues —se aquietó el cura.

—Ahora que me habéis puesto al día, tal vez podáis decirme quién hay detrás de todo esto.

—Más gente de la que imagináis. Desde que vuestro proceso comenzó, mariscal, personas de lo más variopintas han movido cielo y tierra para intentar salvaros. Yo soy solo un eslabón y no conozco todos los que componen una larga cadena. Hay viejos camaradas, muchas personas a las que habéis beneficiado y protegido a lo largo de vuestra carrera, gentes que os aman... También puedo aseguraros que hay piezas clave entre vuestros enemigos, sobre todo ingleses, algunos compañeros de vuestra congregación...

—«Logia», padre...

—Y algún que otro realista avergonzado por vuestra condena. Recordad las muchas ofertas de fuga y las intentonas que se han llevado a cabo desde vuestra detención... Tenéis más amigos de los que imagináis, mariscal, pero convendréis conmigo en que no es el momento ni el lugar para nombrarlos...

—Tenéis razón —reconoció Ney—. ¿Mi familia sabe algo de esto?

—No, señor, no parecía conveniente.

—¿Nadie? Ni siquiera mi cuñado.

—Nadie.

Ney se levantó del catre y paseó por su estrecha celda, yendo de un lado a otro repetidas veces.

—Padre, si esto sale bien, cosa que dudo, debéis mantener a mi familia en la creencia de que he muerto, por mucho dolor que la noticia les produzca. No os pido que mintáis. No tendréis que hacerlo. No os preguntarán sobre algo tan obvio... Dejadme el privilegio de ser yo mismo quien les anuncie la noticia, llegado el caso.

—Es vuestro derecho y vuestro privilegio, señor.

—Y os agradezco todo lo que exponéis en el intento...

El mariscal Ney descendió del *fiacre* y comprobó que el pelotón estaba alineado frente al muro que colindaba con el Observatorio. A su izquierda un nutrido grupo de ciudadanos aguardaba en silencio. Miró hacia ellos y vio el dulce rostro de Ida Saint-Elme. Sonrió a aquella mujer a la que tantas veces había despachado cuando lo acosaba en los campos de batalla de media Europa. Le agradaba pensar que su más devota admiradora había sufrido una pasión auténtica más allá de su ardor amoroso y lamentó no haberle podido demostrar un afecto capaz de estar a la altura de semejante devoción. El conde de Saint-Bias parecía nervioso, y Rochechouart y La Rochejaquelein, contritos. Michel avanzó para situarse frente al pelotón. De Pierre lo acompañaba. Le dio la última absolución y besó el crucifijo. Ya se retiraba el cura cuando Ney metió la mano en un bolsillo, sacó unas monedas y una caja de rapé, y se las entregó...

—Padre, no sé cómo saldrá esto —musitó—, pero en todo caso repartid estos luises entre los pobres de la parroquia y dadle esta cajita a mi esposa.

De Pierre se separó del condenado con evidente congoja y se aproximó al *fiacre* en que lo había acompañado hasta el lugar del ajusticiamiento. Saint-Bias se acercó con una venda entre sus manos temblorosas...

—¿Ignora usted que durante más de veinte años he tenido que afrontar impávido las balas y la metralla, comandante? —repuso Ney con un gesto inequívoco.

Saint-Bias dio media vuelta y ocupó su lugar al lado del pelotón. Michel Ney se quitó el sombrero con la mano izquierda e introdujo la derecha en su bolsillo, palpando la bolsita que De Pierre le había entregado.

—¡Protesto contra Dios y mi patria contra la sentencia que me condena! ¡Apelo ante los hombres, ante la posteridad y ante Dios!...

Saint-Bias parecía paralizado y Rochechouart deseaba que aquello concluyera lo antes posible.

—¡Cumpla con su deber! —le gritó con un gesto imperioso.

Ney dio dos pasos al frente y extrajo su mano derecha del bolsillo.

—Mis valientes camaradas, cuando ponga mi mano en el pecho haced fuego y aseguraos de que apuntáis al corazón —dijo quitándose el sombrero—. ¡Soldados, directo al corazón!... ¡Fuego!...

Doce disparos sonaron al unísono con el mismo ruido sordo, haciendo saltar del muro algunas esquirlas y guijas. El mariscal Ney sintió la familiar quemazón que producen las balas cuando se hunden profundamente en la carne. Un dolor más intenso, que no recordaba, le produjo un espasmo. La convulsión le hizo apretar el puño y la sangre artificial se mezcló con la que naturalmente fluía de sus arterias cercenadas. Perdió el sentido y cayó sin mover un músculo.

De Pierre se percató de que algo iba mal. Se acercó al cuerpo y se arrodilló ante él. La sangre fluía a ojos vistas de su pecho herido y dejaba un reguero entre los guijarros. Entonces rezó a Dios más por que lo iluminara que por la salvación del alma del mariscal Ney, que de seguro se escapaba de su cuerpo. Rochechouart, entretanto, se impacientaba. Saint-Bias y el pelotón, como el público, permanecían petrificados. Rochechouart finalmente desmontó y se dirigió al cadáver. El general Robert Wilson intercambió una mirada de preocupación con Michael Bruce. Inmediatamente hizo la señal convenida a John-Hely Hutchinson. Al oír su nombre, el capitán del primer regimiento de infantería de la guardia inglesa espoleó a su montura, galopó hacia el cadáver e hizo saltar a su caballo sobre Ney y el abad De Pierre, perdiéndose a continuación por la larga avenida que flanqueaba el muro del Observatorio. Rochechouart se alarmó. La muchedumbre se había alterado y algunos de los testigos avanzaban amenazantes. Un hombre del pelotón de reserva apuntó su fusil hacia el fugitivo y Rochechouart temió que si disparaba podría producirse un altercado de dimensiones imprevisibles. De pronto, el cochero se acercó al abad De Pierre con una manta. Tapó el cuerpo con ayuda del cura y se lo echó al hombro, introduciéndolo en el *fiacre* en un santiamén. Rochechouart dio gracias al cielo cuando vio partir el carro. Confiaba en que jamás habría de presenciar otra ejecución tan penosa y desgraciada.

El abad De Pierre trataba de detener la hemorragia de Ney con su estola, mientras apuraba a Gérard. Llegaron a La Maternité en pocos segundos. El fiel cochero bajó el cadáver. Las hermanas, advertidas, se hicieron cargo de los restos. Gérard regresó raudo al pescante y fustigó a los caballos. Dobló dos esquinas y se detuvo en la parte trasera del hospital. De Pierre descendió con toda la agilidad que le permitían sus piernas frágiles y entró por la puerta trasera. Entretanto, Gérard atendía al herido, que no había recobrado el conocimiento. Tan solo unos minutos después reapareció De Pierre junto a la hermana Teresa. Entre los tres hicieron entrar a Ney en el establecimiento con precipitación. La hermana Teresa los condujo a una pequeña sala donde no había más que una cama, un reclinatorio ante un crucifijo y un pequeño armario. Depositaron el cuerpo en la cama y la hermana Teresa los hizo salir al tiempo que otra monja entraba en la sala con una palangana de agua y algunos utensilios.

De Pierre ordenó a Gérard que llevara el *fiacre* hasta el punto de encuentro con el coronel Wilson, le advirtiera de lo sucedido y esperara sus órdenes. Entonces el cura volvió a la entrada principal y acompañó a las hermanas mientras se ocupaban del cadáver. Media hora más tarde el general Wilson paseaba inquieto a las puertas de La Maternité. El abad salió al tiempo que una catarata de curiosos pugnaba por ver los restos del príncipe del Moscova. Nadie prestó atención a aquellos dos hombres que doblaron la esquina de la fachada principal del edificio. Dos horas después, la hermana Teresa los atendía en el oratorio.

—Creo que se salvará —les participó—. Es una herida dolorosa, pero no es mortal. He extraído la bala y cosido la herida. No hay órganos importantes afectados, pero ha perdido mucha sangre y aquí radica el riesgo...

Wilson miraba a la pequeña monja con incredulidad y el abad De Pierre reparó en ello.

—General, la hermana ha sido una excepcional enfermera y ha servido a grandes cirujanos. Confiad en sus manos —aclaró.

—No debería moverse —aconsejó la hermana Teresa sin inmutarse por el escepticismo de Wilson.

—Hermana, si no se mueve, entonces sí corre el riesgo de morir —opuso el general—. El mariscal ha sido un hombre bravo y en peores situaciones se ha visto, tenedlo por seguro. Debemos sacarlo de aquí.

—Entonces vivirá, con la ayuda de Dios —concluyó la monja.

—Y la vuestra, hermana —apostilló De Pierre.

*Aigleville/ribera oeste del Tombigbee, Alabama,
junio de 1820*

El general Lefebvre-Desnouettes no esperaba nada bueno de la anunciada visita del barón de Brivazac. Miró a través de la ventana los campos sembrados de viñas frondosas que apuntaban una buena cosecha, siempre que el tiempo siguiera siendo cálido. No esperaba obtener caldos de calidad comparables a los de su país de origen, pero al menos confiaba en poder comerciar los vinos entre los inmigrados y especialmente entre los americanos, cuyo paladar parecía conformarse a líquidos de menos cuerpo y cualidades más vulgares. El roble americano, bien tratado, podía competir para conseguir un buen añejado, pero confiaba en no tener que comprobar el resultado que ofrecerían las uvas que ahora comenzaban a brotar. Significaría su presencia en aquellas tierras durante demasiados años, en cualquier caso más de los que deseaba. Y se preguntaba si la visita del barón arruinaría sus sueños con la facilidad con que un pedrisco inoportuno echa por tierra los cuidados de muchos trabajos y días.

Brivazac fue puntual a la cita. Alabó las cuidadas tierras del general y celebró la belleza sencilla de su casa. El general lo hizo pasar al salón. Tras los cumplidos de rigor, Marcel fue directo al asunto. Tenía la intención de dormir esa noche en Marengo.

—Mi querido general, debéis saber que he estado en Europa. He regresado hace un par de meses y he realizado algunas averiguaciones. Temo que no me dijisteis toda la verdad en nuestra entrevista...

—No os mentí, barón.

—Eso es cierto, y gracias a vos conseguí dar con el mariscal Ney, pero habéis de reconocer que no me procurasteis toda la verdad, la verdad entera.

—Pensé que cumplía mi parte del trato —protestó el general con aire angustiado.

—Calmaos, general —lo tranquilizó Brivazac—. He venido a vuestra casa como un amigo. Ya no presto servicios para el Gobierno de Francia. Mi última misión fue enviar una carta al rey confirmando vuestra estrecha colaboración en la búsqueda del mariscal Ney y recomendando vuestro indulto. Tengo la convicción de que no tardará en llegar.

—Lo habéis delatado, pues...

—Bueno, yo no necesitaba ningún indulto, así que digamos que el rey cree que el mariscal Ney vive bajo el seudónimo de Stuart Ney en un pueblecito de Carolina del Sur. Tal vez convenga que Stuart se desplace un poco para no ser excesivamente incordiado por los realistas, aunque tengo la sensación de que el rey se llevará el secreto a la tumba. Aún siente una devoción enfermiza por el señor Decazes, y me consta que el embajador le habrá aconsejado discreción absoluta.

—Entiendo, barón... —Sonrió Charles, complacido.

—Olvidado el asunto del mariscal, no debéis temer por mí. Guardaré el secreto al igual que vos. Hay otro, sin embargo, que entraña más riesgos...

—¿Qué sabéis?

—Lo principal, general. No quiero andar con rodeos. Sé quién es Charles Carpenter. Y es algo que tal vez no debería saber, pero por mi propia integridad me gustaría conocer de vos quién más está en el asunto.

—Ferdinand Bertier de Sauvigny tuvo conocimiento de ello, pero lo ignoró o no lo quiso creer. Antes de crear su congregación había sido un masón destacado de La Parfaite Estime. Algunos de sus miembros eran ingleses y habían sido buenos amigos de Sauvigny y de Axel von Fersen, el amante de María Antonieta. El barón de Batz conocía su paradero en Inglaterra y la información debió de filtrarse. El caso es que el muchacho fue secuestrado y traído a América por algunos miembros de L'Ancienne Fraternité. Permaneció casi olvidado durante el Imperio. Nadie contaba seriamente con la caída de Bonaparte. Cuando definitivamente nos hundimos en Waterloo, se desató una lucha feroz en el seno de los propios realistas, una guerra sin cuartel entre distintos grupos de la propia masonería. Luis XVIII no vivirá mucho; algunos emigrados creían y siguen creyendo que es un hombre excesivamente moderado y manejado por los ingleses. Decazes fue su parapeto durante algún tiempo, y los ultrarrealistas se las prometían muy felices con la sucesión del conde de Artois y, sobre todo, de su hijo, el duque de Berry. Confiaban en ellos para una venganza definitiva y la vuelta al absolutismo más descarnado. A medio camino, los moderados y los bonapartistas buscaban una alternativa. Que el emperador regrese de Santa Helena es una quimera. Por ello concebían apoyar al duque de Orleans. Los ingleses lo prefieren. No desean una monarquía francesa radical. Muchos abominarán de la victoria si llega a un resultado tan contrario a su inclinación liberal y constitucional. Pero en el Gobierno inglés los motivos son más prácticos. Saben que una Francia radical será nuevamente una Francia enemiga de Inglaterra.

—Y en esa lucha...

—En esa lucha algunos recordaron de pronto que un joven inmigrado de ascendencia dudosa vivía en América con la posibilidad de ser Luis XVII. Si su tío fallece, tal vez el duque de Orleans no sea una baza suficientemente fuerte, pero el joven rey podría provocar una guerra civil. Y aquí es donde entramos nosotros, querido barón.

—Comprendo: un rey legítimo apoyado por un ejército comandado por ilustres generales de Napoleón, y otro fantasma mítico: el mariscal Ney...

—Algo así —concluyó Lefebvre-Desnouettes.

—Fouché lo sabía —afirmó Marcel—. Me entrevisté con él en Linz. Entonces no comprendí bien. Le confesé que buscaba a Ney y poco menos que se burló de mí. Jugábamos al ajedrez y me dijo algo así como: «No debe usted conformarse con el alfil, busque al rey o busque al alfil para que le lleve al rey.» Creí que era una metáfora, pero jamás pensé que debía interpretar sus palabras literalmente.

—Fouché lo sabía todo sobre la política, querido amigo, pero no demasiado sobre la vida. Sufrió años penosos en la más extrema pobreza y vio morir a sus hijos de pura hambre. Más que de admiración, era digno de lástima, creedme.

—¿Cuántas personas más están en el secreto?

—Aquí en América muy pocas, además de Ney, de mí... y de vos. Quienes conocen algo de él han regresado a Francia o lo harán muy pronto. Y os aseguro que, excepto yo, nadie conoce el paradero del mariscal ni de Charles Carpenter.

—¿Lehmanowsky? ¿Luciani?

—Luciani no conoce el asunto. Lehmanowsky es otra cosa. Cuando Ney conoció la realidad, trató de salvar el pellejo del joven y apartarlo de todas las intrigas, y se refugiaron ambos en Indiana, junto a Lehmanowsky. Al parecer el muchacho acusó el duro invierno y Ney decidió regresar al sur, temiendo que no sobreviviría a otra estación tan dura.

—¿Está gravemente enfermo?

—Es tísico... Durante su reclusión en el Temple, cuando fue separado de su madre, se le nombró como preceptor a un zapatero borracho: Antoine Simon. Lo torturaba, lo obligaba a beber alcohol, le decía que sus padres lo habían abandonado. Recordad que en el proceso de María Antonieta al niño lo forzaron a confesar que había sido masturbado por su propia madre. Los malos tratos y la inanición hicieron que perdiera el juicio. Cuando lo rescataron del Temple era un pingajo de huesos con pellejo, comido por la sarna y la tisis. Sobrevivió de milagro y sigue haciéndolo, pero no creo que vaya a vivir más de unos pocos años...

—¿Conoce él su origen? —preguntó Marcel.

—Lo ignora por completo, os lo aseguro.

—General, he de irme. Os agradezco vuestra sinceridad... esta vez. Y quiero que me disculpéis por la forma en que os traté en nuestro primer encuentro. Debéis comprender que yo tenía una misión...

—Lo sé, Brivazac. Habéis cumplido la parte del trato y os lo agradezco... Tal vez penséis que soy un traidor, un pusilánime, pero no soporto más mi exilio. Creí haberos medido bien y si me arriesgué fue porque confié en vuestra palabra, y creo que no me he equivocado... Pero habéis de comprender que me pesa como una losa haber defraudado a Michel Ney...

—Comprendo vuestro sentimiento, general. Pero si queréis que os diga la verdad, ni Ney ni yo somos ajenos a lo que comúnmente se llama «traición». En ese punto debéis estar tranquilo, y os aseguro que Ney no os guarda rencor alguno. Y por mi parte, descuidad. No tengo interés alguno en revelar nuestros secretos.

Marcel se levantó y volvió a montar su caballo. Sabía que no volvería a ver al general Lefebvre-Desnouettes y el afecto en su despedida no fue pura cortesía.

Tras hacer noche en Marengo, Marcel salió al alba con ánimo de recorrer las cinco leguas del pequeño afluente que le llevaría directamente a la cabaña de Michel Ney. Tomó el camino al noroeste de la ciudad y en media hora dio con el río. Lo siguió plácidamente y empleó la mañana en el agradable paseo, hasta escuchar el rumor del cauce menguado del Tombigbee. Lo vadeó sin dificultad y bordeó la ribera del meandro cabalgando sobre el lecho de arena. Un hombre pescaba, o fingía hacerlo, recostado a la orilla del río, a la sombra de los árboles, mientras fumaba un tabaco. Marcel reconoció a Michel Ney y tuvo la convicción de que Ney lo había reconocido a él. Llegó hasta él, desmontó, ató su caballo a una rama y se sentó junto al viejo soldado. Durante unos segundos guardaron silencio.

—¿Habéis tenido buen viaje? —preguntó Michel.

—Largo y fructífero, querido amigo.

—Vuestras heridas parecen haber curado bien.

Marcel se llevó instintivamente la mano a su clavícula izquierda. Le vino a la mente el momento en que Angela había descubierto su cicatriz y la había besado con tanta devoción que había dado gracias al inventor de la Kentucky. A cierta distancia, Tallulah y Charles caminaban abrazados, indolentemente, lanzando piedras al río. Hacía sol, el ambiente era caluroso y las palabras entre ambos debían ser sinceras como aquel abrazo, pues así lo mandaba Nanpisa, ese Uno que todo lo ve. Michel cortó el hilo de sus pensamientos.

—¿Sabéis de dónde proviene el nombre de este río? —Señaló—. Tombigbee en lengua muskogi realmente deriva de *itumbi ikbi*, que viene a ser algo así como «el que hace o fabrica cajas de madera».

—Confío en que no sean ataúdes...

—Lo dudo. Los choctaw no entierran a sus gentes en cajas de madera. Los envuelven en pieles y los dejan al aire libre. Luego sus sacerdotes despojan los restos y limpian los huesos y los guardan en un osario... En realidad me preguntaba si este sería un buen lugar para instalar un aserradero y fabricar otro tipo de cajas de madera...

—¿Toneles?

—¿Por qué no?

—Michel, lo sé todo...

Michel guardó silencio. Meneó con poca fe la caña, sin comprobar si el sedal conservaba el cebo, y aspiró una bocanada de su tabaco. Marcel cambió de asunto.

—Voy a contraer matrimonio el mes que viene, en Charleston, en la hacienda Barrymore.

—Enhorabuena, barón.

—Me preguntaba si os gustaría abandonar vuestro paraíso particular y asistir como mi testigo e invitado. Por supuesto que podréis venir acompañado por Charles, Tallulah e Isi.

—Espero que me permitáis asistir también con mi propia compañía.

—Vaya, Michel, eso no me lo esperaba —repuso Marcel, confiando en que no se tratara de Ida Saint-Elme.

—Os daré una dirección de Mauvile donde podréis hacer llegar vuestra invitación. Hay una encantadora dama a la que tal vez le gustaría acompañarme. Será un placer asistir a vuestro enlace, barón. Seguro que no será tan vistoso como el mío, pero es posible que llegue a ser tan entrañable, si la señorita Angela es la mitad de maravillosa de lo que confesabais en vuestro delirio.

—¿Sabéis si los choctaw tienen algún remedio mágico para hacer feliz a una mujer?

—Querido amigo —sentenció Ney—, ni el propio sol, que es su dios y todo lo ve, es capaz de comprender los designios de la luna...

Marcel dejó que los rayos de ese sol le acariciaran el rostro. La vida se le antojaba una aventura en verdad sorprendente. Celebraba que Charles, Ney, él mismo... tuvieran el privilegio de gozar de una segunda oportunidad, por breve o leve que fuera. Firmó las paces con su pasado y creyó intuir a Angela a través del vano abierto en las paredes del molino; oyó su voz pura entonar una melodía alegre y vio el resplandor limpio de la sábana de lino que extendía sobre su lecho.

Índice de personajes

Personajes ficticios

Barrymore, Charles: Acaudalado terrateniente y hombre de negocios afincado en Carolina del Sur, padre de Angela Oakly.

Beaumont, *mademoiselle* **de:** Antigua novia de Marcel de Brivazac.

Brivazac, barón de: Noble francés, padre de Marcel de Brivazac, que murió defendiendo a los monarcas franceses durante el asalto al Palacio de las Tullerías en 1792.

Brivazac, Marcel de: Noble francés, emigrado en Inglaterra durante la Revolución Francesa, hijo del barón de Brivazac. Prestó servicios en el exilio a la causa monárquica como espía y es requerido por Élie Decazes para investigar acerca del mariscal Ney.

Carpenter, Charles: Joven francés emigrado en América.

Claris, *madame* **de:** Amante de Marcel de Brivazac.

D'Aurevilly: Abogado, asistente a la fiesta dada por el matrimonio Ney para celebrar la concesión del ducado de Elchingen.

De Sachs: Comerciante de vinos de Sarrelouis, cliente de Pierre Ney. Su hijo, del mismo nombre.

Defrennes, padre: Sacerdote capturado durante las guerras revolucionarias, que se libra de la ejecución gracias a la conmiseración de Michel Ney.

Escaffre, señor de: Nombre falso utilizado por Michel Ney en la clandestinidad, tras la batalla de Waterloo.

Fox, Peter: Emigrado en América que podría encubrir al mariscal Ney.

Frank, padre: Párroco de la iglesia de Saint-Étienne en la localidad de Boulay.

Franquemont, René de: Policía y espía a las órdenes de Élie Decazes en Charleston.

Garcés, capitán: Oficial del ejército de ocupación francés en España, de origen español, a las órdenes de Michel Ney.

Gérard: Cochero que conduce el *fiacre* que traslada a Michel Ney al lugar de su ejecución.

Isi: Indio americano de la tribu choctaw, hermano de Tallulah.

Neira, viuda de: Apodada «La Coronela», viuda del coronel Neira, oficial del ejército español comandado por La Romana que se opone a las fuerzas napoleónicas.

Neuburg, Michel Theodore: Nombre falso del pasaporte facilitado por Fouché a Michel Ney, para facilitar su huída tras la batalla de Waterloo.

Oakley, Angela: Hija de Charles Barrymore y viuda de Henry Oakley (comerciante y mecenas inglés afincado en Charleston).

Oakley, Henriette: Hija mayor de Henry y Angela Oakley.

Oakley, Paul: Hijo menor de Henry y Angela Oakley.

Pegaso: Nombre del poni de Paul Oakley.

Tallulah: India americana de la tribu choctaw, hermana de Isi.

Thierot, Armand: Policía al servicio de Élie Decazes, nombrado como ayudante de Marcel de Brivazac en su misión.

Vivier, señor de: Nombre falso que utiliza Marcel de Brivazac para entrevistarse con Fouché en Linz.

Personajes históricos

Alejandro Magno (356-323 a. C.): Alejandro III de Macedonia, el mayor conquistador de la Antigüedad, propició el helenismo en las tierras de Oriente.

Alejandro I (1777-1825): Zar de Rusia desde 1801. Hubo de abandonar Moscú ante las victorias de Napoleón Bonaparte en 1812, pero no capituló. La retirada desde Moscú de la Grande Armée, perseguida por el Ejército ruso, supuso, junto con la guerra de la Independencia española, la gran derrota que acabaría conduciendo a la primera abdicación de Napoleón en 1814. A partir de esa fecha, Alejandro I se convertiría en uno de los árbitros indiscutibles de la política europea.

Aligre, Étienne Jean François, marqués de (1770-1847): Noble francés, nombrado par en agosto de 1815. Fue el primero en expresar su abstención durante la primera votación del juicio del mariscal Ney, estimando que su defensa no había podido completarse.

Angulema, María Teresa Carlota, duquesa de (1778-1851): primogénita de Luis XVI y de María Antonieta, esposa de su primo, el duque de Angulema.

Aníbal (247-182 a.C.): General y líder cartaginés, que demostró en la segunda guerra púnica contra Roma ser uno de los estrategas militares más brillantes de la historia.

Artois, conde de (1757-1836): Título de Carlos Felipe, nieto de Luis XV y hermano menor de Luis XVI, desde su nacimiento en 1757 hasta 1824, en que fue coronado rey de Francia como Carlos X. Abdicó en 1830 y falleció en 1836. Durante la Restauración y el reinado de su hermano mayor, Luis XVIII, fue el líder del partido ultrarrealista, que pretendía una vuelta radical al Antiguo Régimen, y que contaba con el apoyo de órdenes como los denominados Chevaliers de la Foi. En 1815 se hicieron con el control de la Cámara de Diputados (La Chambre Introuvable) y mantuvieron una férrea oposición a la política más conciliadora de Luis XVIII, hallando gran resistencia por parte del influyente Decazes (véase «Decazes»).

Augereau, Charles Pierre François (1757-1816): Duque de Castiglione, general francés, mariscal de Napoleón, formó parte, a su pesar, del consejo de guerra encargado de juzgar al mariscal Ney y que acabó declarándose incompetente.

Auguié de Lascans (Ney), Aglaé Louise (1782-1854): Esposa del mariscal Ney, con quien contrajo matrimonio en 1802. Su noviazgo fue propiciado por Josefina de Beauharnais, con el beneplácito de Napoleón. Tuvieron cuatro hijos varones: tres de ellos fueron generales y uno diplomático. Aglaé era hija de Pierre-César Auguié y su madre, que era camarera de María Antonieta, se suicidó en 1794 para evitar el cadalso (véase «Genet»). Su tía por línea materna, *madame* Campan, la acogió junto a sus hermanos.

Auguié, Pierre César (1738-1815): Padre de Aglaé Auguié, murió dos meses antes de la ejecución de Michel Ney. Su tumba, en el cementerio de Charonne (hoy Père-Lachaise), aún no estaba nominada ni erigida cuando el cadáver de su yerno fue enterrado a su lado, y así se mantuvo durante mucho tiempo para evitar que se convirtiera en lugar de peregrinaje o de profanación.

Bassano, Hugues Bernard Maret, duque de (1763-1839): Político bonapartista, ministro de Asuntos Exteriores de Napoleón de 1811 a 1813.

Batardy: Notario del mariscal Ney, que recogió sus últimas voluntades la víspera de su ejecución.

Batz, Jean Pierre, barón de (1752-1822): Consejero oculto de Luis XVI, intentó su rescate durante su trayecto al cadalso. Se refugió en Inglaterra, pero pronto regresó a París y se vio mezclado en múltiples conspiraciones contrarrevolucionarias, incluida la intentona del 25 de octubre de 1795.

Beauharnais, Hortènse Eugénie Cécile de (1783-1837): Hija de Josefina de Beauharnais y de Alexandre de Beauharnais, hijastra de Napoleón, esposa de Luis Bonaparte, hermano de Napoleón (por lo que reinó en Holanda de 1806 a 1810), pupila de *madame* Campan y amiga de su sobrina, Aglaé Auguié. Fue amante de Charles de Flahaut, con quien tuvo un hijo ilegítimo, el duque Charles de Morny.

Beauharnais, Josefina (1763-1814): Marie Josèphe Rose de Tascher de La Pagerie, esposa de Alexandre Beauharnais y luego de Napoleón Bonaparte, madre de Hortènse de Beauharnais.

Beauregard: Jefe de escuadrón a las órdenes de Michel Ney en Lons-le-Saunier.

Bellart, Nicolas François (1761-1826): Reputado abogado a quien el mariscal Ney pretendió encomendar su defensa, que hubo de declinar al haber sido nombrado fiscal general (*procureur général*). La acusación del mariscal fue, precisamente, su primera misión en su nuevo cargo.

Benevento, prícipe de: Véase «Talleyrand».

Benningsen, Levin August Gottlieb Théophil, conde de (1745-1826): General alemán que comandó las tropas del ejército ruso en la batalla de Eylau.

Bernadotte, Jean-Baptiste (1763-1844): Mariscal de Francia durante el Imperio napoleónico, rey de Suecia con el nombre de Carlos XIV Juan, desde 1818.

Berry, Charles Ferdinand d'Artois, duque de (1778-1820): Hijo del conde de Artois, casado con Carolina de Dos Sicilias. Tuvo un único hijo legítimo varón, póstumo (Henri d'Artois), que reinaría como Enrique V del 2 al 7 de agosto de 1830, entre el reinado de su tío (Luis XIX), que duró veinte minutos, y el de Luis Felipe de Orleans. Cachorro de los ultrarrealistas, fue asesinado por Louis-Pierre Louvel, hecho que provocó la caída de Élie Decazes.

Berryer, Pierre Nicolas (1757-1841): Abogado encargado con Dupin de la defensa del mariscal Ney.

Berthier, Louis Alexandre (1753-1815): Mariscal de Napoleón, fue un excelente general de Estado Mayor, hábil organizador y coordinador de los movimientos y órdenes de Bonaparte, cuya ausencia fue determinante en la derrota de Waterloo.

Bertier de Sauvigny, Ferdinand (1782-1864): Líder ultrarrealista durante la Restauración, se alistó, tras el asesinato de su padre en los primeros días de la Revolución, en el ejército contrarrevolucionario de Condé. En 1810 fundó la Orden de los Chevaliers de la Foi, cuyo objetivo era la restauración de la monarquía.

Bertrand, Henri Gatien (1783-1844): Fiel general de Napoleón, a quien acompañó como ministro del Interior en su exilio a la isla de Elba.

Bertrand, abad: Ofició el matrimonio entre el mariscal Ney y Aglaé Auguié el 5 de agosto de 1802, en la capilla del castillo de Grignon.

Bessières, Jean-Baptiste (1768-1813): Mariscal de Napoleón, muerto en combate la víspera de la batalla de Lützen.

Beurnonville, Pierre Riel (1752-1821): Mariscal de Francia, ministro de la Guerra durante la Convención, ejerció funciones diplomáticas durante el Imperio y fue miembro del Gobierno provisional en 1814 y consejero de Luis XVIII, con quien huyó a Gante durante los Cien Días. Votó por la muerte del mariscal Ney, su antiguo camarada.

Bignon, Louis Pierre Édouard, barón de (1771-1841): Diplomático e historiador francés, secretario de Estado del Ministerio de Asuntos Exteriores durante el Gobierno de los Cien Días, fue el signatario de la Convención de Saint-Cloud tras la derrota en Waterloo.

Blanckenstein, Ernst Graf von (1733-1816): General austriaco al mando de un regimiento de húsares.

Blücher, Gebhard Leberecht von (1742-1819): Comandante en jefe del ejército prusiano durante la batalla de Waterloo: su llegada al campo de batalla decantó la balanza en contra de Napoleón. Mantuvo una posición muy dura en el armisticio y a punto estuvo de lograr la voladura del puente de Jena en París.

Bonaparte, Napoleón François Joseph Charles (1811-1832): Hijo de Napoleón Bonaparte y María Luisa de Austria, ostentó el título de rey de Roma y llegó a ser emperador de los franceses como Napoleón II durante un par de semanas del verano de 1815.

Bonaparte, José (1768-1844): Hermano mayor de Napoleón Bonaparte, fue rey de Nápoles de 1806 a 1808 y rey de España de 1808 a 1813. Encargado de defender París ante el avance aliado en 1814, abandonó la ciudad y ordenó su capitulación. Se refugió en América, donde invirtió el caudal obtenido con la venta de las joyas de la Corona española.

Bonaparte, Lucien (1775-1840): Hermano de Napoleón Bonaparte, mantuvo con su hermano serias diferencias, derivadas sobre todo de su matrimonio con Alexandrine de Bleschamp, que Napoleón no había autorizado. Se reconcilió con él y lo hizo par de Francia poco antes del desastre de Waterloo, aunque su familia siempre estuvo excluida de los derechos sucesorios imperiales.

Bonaparte, Napoleón (1769-1821): Primer cónsul de la República Francesa y emperador de Francia (Napoleón I) desde 1805 hasta 1814 y durante cien días de 1815. Estratega genial, reformador enérgico, pero también genocida soberbio. Mantuvo una relación compleja con el mariscal Ney, cuyo ímpetu tan pronto alababa como denostaba. Tras la retirada de Rusia fue él quien lo apodó «bravo entre los bravos».

Bonaventure, Bertrand: Cirujano del ejército francés.

Bonnard, Jacques Charles (1765-1818): Arquitecto francés, contratado por Aglaé Auguié.

Boulouze: Comerciante francés que se encontraba en el Auberge de la Pomme d'Or, en Lons-le-Saunier, el domingo 12 de marzo de 1815.

Bourmont, Louis August Victor de Ghaisne de (1973-1846): General y mariscal francés realista, ayuda de campo en el ejército contrarrevolucionario de Condé. Fue encarcelado por Fouché por conspirador. Con la mediación de Junot obtuvo cierta rehabilitación, aunque Napoleón lo extrañó en el ejército de Italia. Fue lugarteniente del mariscal Ney en Lons-le-Saunier y testificó contra él durante su proceso, falseando abiertamente algunos hechos.

En el trayecto triunfal de Napoleón hacia París, al inicio del Gobierno de los Cien Días, desertó para unirse a Luis XVIII en Gante, y con la Restauración obtuvo reconocimientos y llegó a ser ministro de la Guerra con Carlos X, a quien se mantuvo fiel tras su abdicación.

Briqueville, Armand François Bon Claude, conde de (1785-1844): Coronel del ejército imperial francés, hijo de un realista normando ajusticiado en 1796, fue educado por su madre en el odio a los ingratos Borbones. Participó en múltiples campañas desde la batalla de Jena, destacando por su arrojo. En la retirada de Rusia fue salvado por el mariscal Ney en persona de morir ahogado en el Dniéper. Tras la primera abdicación de Napoleón, mientras se retiraba, se encontró junto a su regimiento con la comitiva prusiana que escoltaba a Luis XVIII. Con autoridad los obligó a que les cedieran esa función a soldados franceses, acompañando al rey hasta el castillo de Saint-Ouen, para luego despedirse amparándose en sus principios. Combatió por Bonaparte hasta después de Waterloo y fue gravemente herido en Rocquencourt el 1 de julio de 1815.

Broglie, Achille Leon Victor Charles, tercer duque de (1785-1870): Noble y político francés, par de Francia. Al inicio del proceso del mariscal Ney acababa de cumplir treinta años, edad mínima para poder participar en las votaciones de la Cámara de los Pares. Sorprendió su negativa a calificar las acciones de Ney como delito de traición, estimando que no existía premeditación, elemento constitutivo del tipo delictivo. Durante la Restauración fue un activo combatiente contra los ultrarrealistas, destacando su activismo a favor de la libertad de prensa y la abolición de la esclavitud. Partidario orleanista, ocupó cargos ministeriales en el reinado de Luis Felipe I. Escribió unas interesantes memorias (*Souvenirs*) sobre su larga vida.

Bronner, Nicolas (1773-1816): Oficial suizo, inspector de finanzas en el ejército imperial francés, esposo de Isabelle

Rosat y amante de la actriz *mademoiselle* Mars, con quien tuvo tres hijos.

Bruce, Michael: Oficial, espía y activista británico, procesado y condenado en Francia en 1816, junto a Wilson y Hutchinson, por organizar la fuga de La Valette: cumplió tres meses de prisión.

Brun, Jean Antoine (1761-1826): Militar francés, con el grado de coronel durante la batalla de Elchingen, obtuvo en 1807 el grado de general de brigada. Participó en la campaña de Rusia.

Buquet, Louis Léopold (1768-1835): Militar francés, ayudante-general de Kléber en 1794, alcanzaría el grado de general de brigada y serviría durante cuatro años en la España ocupada.

Byron, Lord (1788-1824): George Gordon Byron, poeta romántico inglés de agitada vida amorosa y política.

Cailsoué: Joyero del mariscal Ney, cuyo testimonio durante el proceso demostró la falsedad del testimonio de Bourmont.

Cammyer, Henry: Primer oficial del buque *Albion*, sobrevivió a su naufragio en las costas de Irlanda el 22 de abril de 1822, en el que falleció el general Lefebvre-Desnouettes, que viajaba como pasajero. Su testimonio sirvió para la reconstrucción oficial de las circunstancias del naufragio.

Campan, Jeanne Louise Henriette Genet, *madame* (1752-1822): Tía por línea materna de Aglaé Auguié, esposa del mariscal Ney. Fue camarera de María Antonieta, y regentó una institución educativa para damas, donde se conocieron su sobrina y Hortense de Beauharnais. Fue autora de unas jugosas *Memorias*.

Canteloube: Director de postas de Aurillac en agosto de 1815.

Capelle, Guillaume Antoine Benoît, barón (1775-1843): Político francés, prefecto de L'Ain en 1815, que testificó en contra del mariscal Ney durante su proceso.

Carignan, Carlos Alberto de Cerdeña, príncipe de (1798-1849): Teniente de dragones con Napoleón, llegó a ser rey de Cerdeña en 1831.

Carnot, Lazare Nicolas Marguerite (1753-1823): General y político francés, ministro del Interior en el Gobierno de los Cien Días.

Castellane, Gabrielle Ernestine, condesa de (1788-1859): Segunda esposa de Joseph Fouché, con quien contrajo matrimonio el 1 de agosto de 1815.

Castelreagh, Robert Stewart, marqués de Londonderry, lord (1769-1822): Ministro de Asuntos Exteriores británico de 1812 a 1822. En septiembre de 1809, siendo ministro de la Guerra, llevó sus diferencias con George Canning, ministro de Asuntos Exteriores, hasta el extremo de batirse en duelo a pistolas, a resultas del cual fue herido el segundo. Su política contribuyó de forma determinante a la derrota de Napoleón.

Cauchy, Louis François (1760-1848): Secretario y archivista de la Cámara de los Pares.

Caulaincourt, Armand Augustin Louis de (1773-1827): Duque de Vicenza, general y diplomático, representó a Francia en el Tratado de Fonainebleau y fue ministro de Asuntos Exteriores durante el Gobierno de los Cien Días.

Celsius, Anders (1701-1744): Físico y astrónomo sueco, creador de la escala que mide la termperatura de 0° (congelación del agua a nivel del mar) a 100° (ebullición del agua a nivel del mar).

Chartres, duque de: Título que ostentaba el primogénito del duque de Orleans.

Claparède, Michel Marie (1770-1842): General francés, formó parte del consejo de guerra encargado de juzgar al mariscal Ney y que acabó declarándose incompetente.

Clauzel, Bretrand, conde (1772-1842): General francés bonapartista, tras la derrota de Waterloo se refugió en América y fue miembro de la Vine and Olive Colony, junto a Lefebvre-Desnouettes.

Claveau: Policía de servicio en el cuartel de la Rue Vaugirard el 7 de diciembre de 1815.

Cluis: Coronel bonapartista proscrito tras la Restauración.

Coignet (1776-1865): Soldado de la vieja guardia de Napoleón, capitán de la Guardia Imperial, participó en las grandes batallas del emperador y escribió unas memorias relevantes sobre las campañas: *Cahiers du capitaine Coignet*.

Colbert-Chabanais, Auguste François Marie (1777-1809): Corajudo general de caballería francés, que encontró la muerte durante una refriega con las guerrillas en la guerra de España.

Combes, Michel (1787-1837): Oficial del ejército imperial francés. Participó en la campaña de Rusia como ordenanza del barón de Saint-Didier, sufriendo la congelación del pie izquierdo.

Conegliano, duque de: Véase «Moncey».

Constant de Rebecque, Benjamin (1767-1830): Intelectual, escritor y político francés de origen suizo, partidario de Napoleón. Tras su segunda abdicación, fue declarado proscrito y se refugió en Bruselas e Inglaterra. A instancias de Fouché, fue borrado por Luis XVIII de la lista de proscritos.

Corbineau, Jean Baptiste Juvénal (1776-1848): General francés de caballería, que salvó a la Grande Armée al hallar el paso de Studzionka para atravesar el río Beresina.

Corneille, Pierre (1606-1684): Dramaturgo, poeta y abogado francés.

Courier de Méré, Paul Louis (1772-1825): Escritor, político y panfletista francés, considerado por Stendhal como «el hombre más inteligente de Francia». Fue armero del ejército francés durante el sitio de Maguncia de 1794. Fue un cáustico crítico de la monarquía, enemigo de la Restauración, pero también del bonapartismo. Fue anticlerical, liberal y fisiócrata. Sobre su asesinato se cierne cierto misterio.

Dambray, Charles Henty (1860-1829): Canciller de Francia y presidente de la Cámara de los Pares durante la Restauración.

Dantzig, duque de: Véase «Lefebvre».

Davout, Louis Nicolas (1770-1824): Mariscal del ejército imperial, duque de Auerstädt y príncipe de Ekmühl. Fue uno de los generales de Napoleón más intrépidos y eficientes, y nunca fue derrotado en el campo de batalla. Tras la batalla de Waterloo comandó el ejército en París, pero ante la situación desesperada decidió firmar el armisticio y la Convención de Saint-Cloud. Testificó en el proceso del mariscal Ney, tratando de apoyar su inmunidad. Ambos generales tuvieron diferencias durante la retirada de Rusia de la Grande Armée, cuya retaguardia correspondió en principio a Davout y luego a Ney.

Decazes, Élie Louis (1780-1860): Político francés, realista, prefecto de París en 1815, fue nombrado por Luis XVIII Ministro de Policía y luego ministro del Interior. Se convirtió rápidamente en el favorito de Luis XVIII, que le llamaba *mon fils* («mi hijo»). Accedió a la presidencia del Consejo de Ministros en 1819. De carácter moderado, mantuvo una férrea lucha contra los ultrarrealistas. El asesinato del duque de Berry provocó su caída en febrero de 1820 y su nombramiento como embajador en Gran Bretaña. Casado en primeras nupcias con Elisabeth Fortunée Moraire en 1805, enviudó solo un año después. Contrajo matrimonio con Égedie de Saint-Aulaire en 1818, y tuvieron tres hijos.

Delcambre, Victor Joseph (1770-1858): General del ejército imperial francés, jefe del Estado Mayor de D'Erlon en 1815.

Delcho, Frederick: Destacado miembro de la masonería en el Charleston de principios del siglo XIX.

Desgranges: Teniente de húsares, amigo del joven Michel Ney, a quien animó a su alistamiento.

Despinois, Hyacinthe François Joseph (1764-1848): General realista, comandante de la primera división militar de París en 1815.

Dessoles, Jean Joseph (1767-1828): General y político realista, fue presidente del Consejo de Ministros durante la Restauración, mientras Élie Decazes regentaba el Ministerio del Interior. Dimitió por las presiones ultrarrealistas.

Dubalen, Raymond Martin (1777-1815): Coronel del ejército francés que se mantuvo fiel a Luis XVIII tras la defección del mariscal Ney en Lons-le-Saunier, y a quien este licenció y dejó partir libremente. Moriría tres meses después, en la batalla de Ligny, antesala de Waterloo.

Dugué d'Assé: Comandante de la gendarmería de Cantal en agosto de 1815.

Dumas, Mathieu, conde (1753-1837): General del ejército imperial francés, en cuyas memorias se relata el encuentro con Michel Ney tras concluir la retirada de Rusia.

Dupin, André (1783-1865): Abogado encargado con Berryer de la defensa del mariscal Ney. Desempeñó posteriormente cargos de relevancia política, desde el reinado de Luis Felipe I. Fue fiscal general del Tribunal Supremo y presidente de la Cámara de Diputados.

Dupont de l'Étang, Pierre (1765-1840): General bajo el Imperio, sufrió en Bailén (1808) la primera derrota de los ejércitos de Napoleón, y su capitulación le supuso el apartamiento y luego la degradación. Rehabilitado por los Borbones, ocupó relevantes cargos y llegó a ser ministro de Estado con Luis XVIII. Votó por la muerte de su antiguo camarada, el mariscal Ney.

Duras, Amédée Bretagne Malo de Durfort, duque (1771-1838): Testificó, aunque de forma insustancial, en el proceso del mariscal Ney.

Eblé, Jean Baptiste (1758-1812): General de artillería del ejército imperial francés, comandante de pontoneros de la Grande Armée. Falleció pocos días después del paso del Beresina, que se logró gracias a la acción eficiente y heroica de sus pontoneros y de él mismo, que no dudó en sumergirse en las aguas heladas para dirigir los trabajos.

Eckmülh, príncipe de: Véase «Davout».

Elchingen, duque de: Véase «Ney».

Érard, Sébastien (1752-1831): Famoso fabricante de instrumentos musicales, especialmente pianos y arpas. Haydn, Beethoven, Liszt o Ravel compusieron algunas de sus partituras sobre un Érard.

Erlon, Jean Baptiste Drouet d' (1765-1844): General del ejército imperial francés, muy afecto a Napoleón. Las órdenes contradictorias impidieron a su cuerpo de ejército participar activamente en la batalla de Waterloo, hecho que pudo ser determinante. Se refugió después en Prusia.

Ernesto I, príncipe de Sajonia-Coburgo-Gotha (1784-1844): Soberano de los ducados ernestinos de Turingia.

Eugenio Rose de Beauharnais, príncipe (1781-1824): Hijo del primer matrimonio de Josefina de Beauharnais, fue adoptado por Nepoléon y fue uno de sus más fieles y eficientes generales de caballería, destacando en la campaña de Rusia.

Exelmans, Rémy Joseph Isidore (1775-1852): General bonapartista, participó en muchas de las campañas napoleónicas y tuvo un papel determinante en la insurrección de las tropas en París, facilitando el regreso del emperador en 1815. Tras la segunda abdicación, se retiró al otro lado del Loire. Fue declarado proscrito y se refugió en Bruselas, no sin antes intentar rescatar al mariscal Ney cuando era conducido prisionero hacia París. Fue indultado en 1819 y regresó a Francia. Nombrado par durante el reinado de Luis Felipe I, llegó a afirmar en la Cámara el 16 de diciembre de 1834 que la condena de Ney había sido un asesinato jurídico. Llegó a ser mariscal de Francia con al advenimiento de la presidencia del príncipe Luis-Napoleón.

Federico II El Grande (1712-1786): Tercer rey de Prusia desde 1740.

Fersen, Hans Axel von (1755-1810): Conde sueco, amante de María Antonieta, que trató denodadamente de salvar la vida de los reyes. Fue probablemente el padre biológico de Luis XVII. Nos narra su vida en la novela *El amante de la reina*.

Fézensac, Raymond Aymeric Philippe Joseph de Montesquiou (1784-1867): Militar y político francés, alcanzó el grado de coronel durante la campaña de Rusia. Ney reconoció oficialmente su bravura, lo que facilitó que fuera nombrado general en 1813. Fue uno de los pocos oficiales del cuerpo del ejército comandado por Ney que lograron sobrevivir al combate en retaguardia durante la retirada de Rusia. Mantuvo su grado y actividad durante la Restauración y fue nombrado par y embajador en España. Dejó un magnífico *Diario de la Campaña de Rusia en 1812*, fuente imprescindible para reconstruir la retirada de la Grande Armée.

Fielding, Henry (1707-1754): Escritor y periodista inglés, autor de *Tom Jones*.

Flahaut de la Billarderie, Auguste Charles Joseph (1785-1870): Hijo natural de Talleyrand, general bonapartista, seductor y buen cantante, amante de Hortènse de Beauharnais, con la que tuvo tres hijos. Defendió, frente a Ney, el informe oficial del Ministerio de la Guerra tras la batalla de Waterloo.

Folbish, padre (†1799): Sacerdote, amigo de la familia Ney, que bautizó a Michel y le dejó en herencia una humilde flauta.

Fouché, Joseph, duque de Otranto (1759-1820): Omnipresente político francés que ocupó cargos de relevancia durante la Revolución, el Terror, el Consulado, el Imperio y la Restauración, especialmente como todopoderoso ministro de Policía. Enemigo de Talleyrand, fue finalmente exiliado en 1816 por haber votado la muerte de Luis XVI, refugiándose en Linz y luego en Trieste. Tuvo a Decazes a sus órdenes como prefecto de Policía, y siempre lo consideró un traidor. Intentó facilitar la fuga o el exilio de Michel Ney.

Fouquier-Tinville, Antoine Quentin (1746-1795): Temible fiscal del Tribunal Revolucionario, que envió al cadalso sin miramientos ni consideraciones jurídicas a centenares de personas. Fue juzgado y condenado a muerte por el propio Tribunal Revolucionario.

Fox, Peter: Pasajero del *City of Philadelfia* que desembarcó en Charleston en enero de 1816.

Frémau: Teniente encargado de la custodia y escolta de Michel Ney hacia París, tras su detención de Bessonies en agosto de 1815.

Galileo Galilei (1564-1642): Astrónomo y científico italiano, que mantuvo la solidez de la teoría copernicana del heliocentrismo y fue obligado por la Iglesia de Roma a retractarse.

Gamot, Charles Guillamo (1766-1820): Esposo de una hermana de Aglaé Auguié, cuñado de Michel Ney.

Gates, Horatio (1727-1806): Oficial británico, fue general del ejército norteamericano durante la guerra de la Independencia, y se opuso a los ingleses en Carolina del Sur.

Gazan, Honoré Theodore Maxime (1765-1845): General de división francés.

Genet (Auguié), Adélaïde Henriette (1758-1794): Madre de Aglaé Auguié.

Gillet, Pierre Mathurin (1766-1795): Político revolucionario francés, fue comisario político en el ejército del Mosela en 1794. Falleció de muerte natural a los 29 años.

Grivel, Claude Joseph Nicolas de (1734-1821): Oficial y aristócrata realista.

Groevelinger, Grewelinger o Gröwelinger (Ney), Marguerite (1739-1791): Esposa de Pierre Ney y madre de Michel Ney.

Grouchy, Emmanuel de (1769-1847): Mariscal del ejército napoleónico, su infructuosa persecución de Blücher y su retraso en llegar a Waterloo fue la causa final de la derrota de Bonaparte. Tras la Restauración se refugió como proscrito en Pensilvania. Fue indultado en 1819 y regresó a

Francia, obteniendo la rehabilitación durante el reinado de Luis Felipe I.

Guye, Nicolas Philippe (1773-1845): General francés, formó parte del Estado Mayor de Michel Ney en Lons-le-Saunier. Ha pasado a la historia, además, por haber sido retratado por Francisco de Goya durante su estancia en España.

Hantz: Mayordomo de Ida Saint-Elme.

Hauduroy: Oficial de húsares, fallecido de fiebre amarilla, cuyo sable pasó a manos del joven Michel Ney.

Hilburdghausen, Joseph Fredrich von Sachsen (1702-1787): Mariscal austriaco, comandante en jefe del ejército imperial durante la guerra de los Siete Años.

Holland, Henry Richard Vassall-Fox, lord (1773-1840): Político inglés, cuya posición política fue proclive a la aproximación a Napoleón y contrario a las alianzas a favor de la restauración de los Borbones.

Hutchinson, John Hely (1787-1851): Tercer conde de Donoughmore, oficial, espía y activista irlandés, procesado y condenado en Francia en 1816, junto a Wilson y Bruce, por organizar la fuga de La Valette: cumplió tres meses de prisión.

Hutchinson, Frances Wilhelmina Nixon, lady (†1830): Madre de John Hely Hutchinson.

Isabey, Jean Baptiste (1767-1855): Pintor francés que disfrutó del mecenazgo de Napoleón y Josefina. Organizó la ceremonia de bodas de Michel Ney y Aglaé Auguié, y la coronación de Bonaparte como emperador.

Jacob, Georges (1739-1814): Maestro ebanista contratado por Aglaé Auguié para decorar la mansión del matrimonio Ney en la Rue de Lille. Sus sillones estilo Luis XVI fueron innovadores y muy codiciados.

Jarry, Étienne Anatole Gédéon (1764-1819): General francés, formó parte del Estado Mayor de Michel Ney en Lons-le-Saunier.

Jay, Antoine (1770-1854): Político y periodista francés. Fue preceptor de los hijos de Fouché y funcionario del Ministerio de Policía.

Jomard: Capitán del ejército, enviado por Saint-Cyr para hacerse cargo de la custodia del mariscal Ney desde Aurillac hasta París.

Jomini, Antoine de (1779-1869): Estratega suizo reclutado por el mariscal Ney durante su estancia en Suiza en 1803. Con el grado de general de brigada, fue jefe del Estado Mayor de Ney en las batallas de Lützen y Batuzen. Propuesto por Ney para su ascenso como general de división, Berthier se lo negó por fútiles motivos. Agraviado, aprovechó el armisticio para ofrecer sus servicios al ejército ruso, donde desarrolló una larga carrera militar.

Jorge IV (1762-1830): Rey de Inglaterra de 1820 a 1830, fue príncipe regente en la enfermedad de Jorge III de 1811 a 1820.

Junot, Laure Adelaïde Constant Permon, duquesa de Abrantès (1784-1838): Esposa del general Jean Andoche Junot, escritora y mujer de espíritu francesa, buena amiga de Napoleón Bonaparte, que admiraba su chispa y la llamaba cariñosamente *«La petite peste»*.

Kant, Emmanuel (1724-1804): Filósofo alemán, cuya *Crítica de la razón pura* supuso un punto de inflexión en las teorías del conocimiento.

Kean, Edmund (1787-1833): Célebre actor inglés de su época. Sus interpretaciones de Shakespeare en el teatro de Drury Lane causaron sensación. Su encarnación de Shylock en *El mercader de Venecia* fue una de las más aplaudidas. Su éxito con este personaje lo llevó a bautizar así a su caballo, con el que solía galopar en las noches por las calles de Londres de forma harto temeraria.

Kellermann, François Christophe (1735-1820): Duque de Valmy, militar francés, uno de los héroes de Valmy, estuvo sin embargo a punto de ser guillotinado durante el Terror. Elevado al rango de mariscal del Imperio por Napoleón, votó por su abdicación y se mantuvo al margen durante los Cien Días. En su condición de par, votó por la muerte de su antiguo camarada, el mariscal Ney, con quien había combatido codo con codo en muchas batallas.

Kermur Sire de Légal (1702-1792): Maestro del ajedrez, profesor de Philidor, que solía jugar sus partidas en el Café de la Régence.

Kléber, Jean Baptiste (1753-1800): General revolucionario francés, de imponente presencia y carácter indómito, bajo cuyas órdenes sirvió el oficial Michel Ney al inicio de su carrera militar. Murió asesinado cuando acompañaba a Bonaparte en la campaña de Egipto.

Kutuzov, Mihaïl Illoronovitch Golenichtchev (1745-1813): General en jefe del ejército ruso, aplicó la táctica de la tierra quemada que dificultó la retirada de Moscú de la Grande Armée, y provocó su desastre. Murió en 1813 a resultas de una septicemia provocada por las heridas recibidas en combate.

La Bédoyère, Charles Angélique François Huchet, conde de (1786-1815): General francés, fue uno de los primeros en sumarse con su regimiento a Napoleón tras su retorno de Elba, siendo entonces coronel. Tras la derrota de Waterloo defendió en la Cámara de los Pares los derechos dinásticos del rey de Roma. Con el retorno de los Borbones fue hecho prisionero y ajusticiado.

La Rochejaquelein, Auguste du Vergier (1784-1868): Militar francés, combatió en el ejército imperial siendo acuchillado en el rostro en la campaña de Rusia, lo que le valió el apodo de *Le Balafré*. Se decantó por los Borbones y como coronel comandó junto a Rochechouard la ejecución del mariscal Ney.

La Romana, Pedro Caro y Sureda, marqués de (1761-1811): General español que combatió con su ejército, junto a los ingleses, a las tropas napoleónicas durante la guerra de la Independencia de España.

La Valette, Antoine Marie Chamans, conde de (1769-1830): Director de Postas durante el Imperio, conspiró contra

Luis XVIII durante la Restauración. Tras la segunda abdicación de Napoleón fue condenado a muerte, y con la ayuda de Hutchinson, Wilson y Bruce pudo escapar de prisión vistiéndose con las ropas de su esposa, que había ido a visitarlo.

Lafitte, Jacques (1767-1844): Banquero y político francés, gobernador del Banco de Francia durante el Imperio y presidente del Consejo de Ministros con Luis Felipe I. Su hija única contrajo matrimonio con el hijo primogénito del mariscal Ney. Se piensa que tenía algún vínculo con Stéphanie Rolier, esposa del general Lefebvre-Desnouettes, que tal vez podría ser su hija natural.

Lafond de Soulé, Jean Jacques Claude Élisée (†1795): Guardia de Corps de Luis XVI, envuelto en la insurrección realista del 13 Vendimiario del año IV (5 de octubre de 1795) como comandante de la columna de la sección Lepeletier. De los 64 condenados a muerte fue el único ajusticiado (el 13 de octubre de 1795) junto con Lebois, presidente de la sección del Teatro Francés.

Lakanal, Joseph (1762-1845): Profesor y político francés, revolucionario y bonapartista, se refugió en América tras la Restauración y fue miembro de la Vine and Olive Colony, junto a Lefebvre-Desnouettes.

Lallemand, François Antoine *Charles* (1774-1839): General de brigada bonapartista, halló refugio en Nueva Orleans tras la Restauración.

Lanjuinais, Jean Denis (1753-1827): Jurista y político francés, se opuso al totalitarismo de Napoleón, aunque formó parte de la Cámara de los Pares y la presidió durante los Cien Días. Tras la batalla de Waterloo se mostró partidario de la abdicación del emperador. Durante el proceso del mariscal Ney defendió su derecho a invocar la Convención de Saint-Cloud.

Lannes, Jean (1769-1809): Mariscal del ejército imperial de Napoleón, de humilde origen, falleció por la gangrena tras ser gravemente herido tras la batalla de Essling.

Larray, Dominique Jean (1766-1842): Cirujano jefe de la Grande Armée, siguió a Napoleón en todas sus batallas. Se le considera el padre de la medicina de urgencia.

Latour-Maubourg, Victor de Fay, duque de (1768-1850): General de división francés, fue ministro de la Guerra en el gabinete de Decazes, después de haber ocupado el puesto de embajador en Inglaterra en 1819. Larray hubo de amputarle una pierna durante la batalla de Leipzig. Como par, votó por la muerte del mariscal Ney, que había sido su camarada en España y en Rusia.

Lauriston, Jean Jacques Alexandre Bernard Law, marqués de (1768-1828): General, político y diplomático francés, se alineó con Luis XVIII tras la primera abdicación de Napoleón y, como par, votó por la muerte del mariscal Ney.

Lavavasseur, Octave (1781-?): Oficial francés de artillería, ayuda de campo del mariscal Ney, escribió unas memorias (*Souvenirs*) muy útiles para comprender la personalidad del mariscal Ney.

Lecourbe, Claude Jacques (1759-1815): General francés, partidario del general Moreau, lo que le valió el exilio durante el Imperio. Formó parte del Estado Mayor de Ney en Lons-le-Saunier, pero falleció dos meses antes de su proceso, si bien su testimonio escrito hacía justicia a lo ocurrido y exculpaba al mariscal.

Lefebvre, François Joseph (1755-1820): Duque de Dantzig, mariscal del Imperio. Aunque votó por la primera abdicación de Napoleón, se unió a él durante los Cien Días.

Lefebvre-Desnouettes, Charles (1773-1822): General de división francés, casado con Stéphanie Rolier, prima segunda de Napoleón (para otros, emparentada con el banquero Laffitte). Tras ser capturado en España, pasó varios años prisionero en Inglaterra. Fiel bonapartista, hubo de refugiarse en Alabama tras la Restauración, donde presidió la Vine and Olive Colony junto a otros emigrados. Por intermediación de Laffitte consiguió el indulto, y halló la muerte el 22 de abril de 1822 en los arrecifes de Kingsdale (Irlanda) cuando regresaba al continente, debido al naufragio del *Albion*.

Lefebvre-Desnouettes, Stéphanie Rollier (1787-1880): Esposa del general Lefebvre-Desnouettes, prima segunda de Napoleón Bonaparte, emparentada tal vez con el banquero Laffitte.

Lehmanowsky, Jan Jakob (1773-1856): Coronel de origen polaco que combatió con su regimiento en las filas napoleónicas. Tras la derrota en Waterloo fue detenido y condenado a muerte, pero logró escapar y refugiarse en Indiana, donde inició una nueva vida como súbdito norteamericano.

Lemot, François Frédéric (1772-1827): Escultor neoclásico francés, a quien se atribuye una escultura titulada *Cleopatra* o *Ariadna adormecida*, llevada a cabo a principios del siglo XIX. La escultura parece haber sido un encargo del general Moreau para reproducir a Ida Saint-Elme, como se deduce del dibujo que preside las memorias de ella. Talleyrand adquirió esta obra en la subasta de las propiedades de Moreau. Fue subastada hace pocos años en Sotheby's.

Léoncourt, Béchet barón de: Oficial o funcionario que acompañó al mariscal Ney durante su estancia como gobernador en La Coruña.

Lestocq, Anton Wilhelm von (1738-1815): General de caballería prusiano, destacó en la batalla de Eylau por su marcha forzada a través de los bosques nevados, perseguido por el mariscal Ney, para reforzar el grueso del ejército comandado por Benningsen, lo que permitió una retirada honrosa y graves pérdidas para las huestes de Napoleón.

Levy, Chapman (1787-1849): Abogado de la firma Levy & McWillie, inscrito en la barra de Columbia, de origen judío, soldado, terrateniente, masón y hombre muy influyente en la sociedad de Camden y Carolina del Sur. Hizo indagaciones sobre Peter Stuart Ney.

***Limousine*:** Nombre de una de las cabalgaduras de Ney muertas en Waterloo durante las cargas de caballería.

Locard, François Jacques (1773-1833): Prefecto del Departamento de La Vienne.

Lorcet, Jean-Baptiste (1768-1822): General del ejército francés. Fue oficial del Estado Mayor de Ney en Winterthur, donde ambos resultaron heridos.

Louvel, Louis Pierre (1783-1820): Fanático bonapartista, que trabajaba en las caballerizas de Luis XVIII y asesinó a su sobrino, el duque de Berry.

Luciani, Pasqual (1786-1853): Oficial bonapartista de origen corso, con algún parentesco con el propio emperador, que tras Waterloo emigró a América junto a Lefebvre-Desnouettes, Lehmanowsky y un enigmático Peter Fox.

Luis XVI (1754-1793): Nieto de Luis XV, rey de Francia desde 1774 hasta la abolición de la monarquía en 1792, esposo de María Antonieta.

Luis XVII (1785-1795): Louis Charles de Francia, duque de Normandía y luego delfín de Francia, reconocido por los realistas emigrados como heredero del trono de Francia como Luis XVII. Fue el tercer hijo (segundo varón) de Luis XVI y de María Antonieta, aunque probablemente fuera hijo natural de Axel von Fersen, como sospechaba el propio Luis XVI.

Luis XVIII (1755-1824): Nieto de Luis XV y hermano de Luis XVI, en 1795 fue proclamado en el exilio rey de Francia como Luis XVIII; ocupó el trono en 1814, con la interrupción de los Cien Días del segundo gobierno de Bonaparte, hasta su muerte. Frente a su hermano, el conde de Artois, se mostró moderado y conciliador y hubo se sufrir el acoso de los ultrarrealistas. Sentía una devoción casi paternal por su ministro Élie Decazes.

Lynch, Jean Baptiste (1749-1835): Abogado realista de origen irlandés, encarcelado durante el Terror, alcalde de Burdeos desde 1808, y par de Francia tras la Restauración.

Votó por la muerte del mariscal Ney y fue el único par que solicitó que fuera guillotinado.

Macdonald, Étienne Jacques Joseph (1765-1840): Duque de Tarento, mariscal del ejército napoleónico. Tras el regreso de Napoleón, en 1815 acompañó a Luis XVIII durante la primera etapa de su exilio hacia Gante, regresó a París y rechazó cualquier cargo, alistándose como simple granadero.

Maison, Nicolas Joseph (1771-1840): General francés de fidelidad realista. Durante la retirada de Rusia, tomó el mando del segundo cuerpo del ejército francés tras caer herido Oudinot. Votó por la muerte del mariscal Ney.

Maizeau, Raymond Balthazard: Autor de la primera biografía del mariscal Ney (*Vie du maréchal Ney*) publicada pocos meses después de su muerte en París (1816) en la editorial Pillet. Fue traducida al español en 1819.

Malasson: Maestro de esgrima de los cazadores de Ventimiglia, herido de gravedad por el brigadier Michel Ney durante un duelo en 1791. Años después, el mariscal Ney le proporcionaría una pensión para paliar su invalidez.

Malherbe, François de (1555-1628): Poeta francés considerado uno de los reformadores de la lengua francesa.

Mandat, Antoine Jean Galiot, marqués de (1731-1792): Comandante general de la Guardia Nacional en 1792, murió en la defensa del Palacio de las Tullerías en manos de los revolucionarios, cuando fue enviado por Luis XVI a parlamentar al ayuntamiento. Su cabeza fue puesta en una pica y su cuerpo, arrojado al Sena.

Mandat, Félicité de (1764-1794): Sobrina del marqués de Mandat, guillotinada por su puro parentesco.

María Antonieta de Austria (1755-1793): Maria Antonia Josepha Joanna, decimoquinta hija de Franciso I y María Teresa de Austria, esposa de Luis XVI, reina de Francia.

María Luisa de Austria (1791-1847): Primogénita de Francisco II de Austria, segunda esposa de Napoleón Bonaparte, madre del rey de Roma y emperatriz de Francia de 1810 a 1814.

Marmont, Auguste Frédéric Luois Viesse (1774-1852): Duque de Ragusa, mariscal del ejército imperial napoleónico. Antes de la primera abdicación de Bonaparte, una vez que el Senado lo había depuesto, negoció con los aliados la entrega de su cuerpo del ejército. Durante los Cien Días acompañó a Luis XVIII a Gante, pero no obtuvo reconocimiento tras la Restauración de 1815.

Mars, *mademoiselle* (1779-1847): Anne Françoise Hipolyte Boutet, actriz de la Comédie Française, predilecta de Napoleón, amante del oficial Nicolas Bronner, con quien tuvo tres hijos.

Martin: Teniente de gendarmería de servicio en el Palacio de Luxemburgo el día de la ejecución del mariscal Ney, a quien escoltó y acompañó, junto a Pain y el párroco de Saint-Sulplice, en el *fiacre* que lo condujo ante el pelotón de fusilamiento.

Masséna, André (1758-1817): Duque de Rivoli, príncipe d'Essling, mariscal del ejército napoleónico, con quien el mariscal Ney tuvo fuertes diferencias durante la campaña de España, donde fue derrotado por Wellington, lo que acabó obligando a Napoleón a retirar a ambos del escenario ibérico. Se mantuvo imparcial durante los Cien Días y tras la Restauración, y se negó a formar parte del consejo de guerra que debía juzgar al mariscal Ney.

Melin de Thionville, Antoine (1762-1833): Jacobino, representante en la Convención Nacional y activo comisario político en el ejército del Rin, compartió con Ney el asedio de Maguncia... y la eternidad, pues su tumba se encuentra al lado de la del mariscal en el cementerio del Père-Lachaise.

Meyronnet, Charles Louis de (1782-1851): Oficial francés.

Miloradovitch, Mihail Adreïevitch (1771-1825): General ruso, batió a los franceses durante la campaña rusa en la batalla de Viazma.

Mitchell, John: Destacado miembro de la masonería en el Charleston de principios del siglo XIX.

Molé, Luopis Mathieu (1781-1855): Ministro de Justicia con Bonaparte, ministro de Asuntos Exteriores y presidente del Consejo de Ministros con Luis Felipe de Orleans. Fue favorable a la libertad de prensa y opositor de los ultrarrealistas.

Molière (1622-1673): Jean Baptiste Poquelin, dramaturgo francés.

Moncey, Bon Adrien Jeannot de (1754-1842): Duque de Conegliano, mariscal del ejército imperial, destacado en la campaña de España, se negó a formar parte del consejo de guerra nombrado para juzgar a su camarada, el mariscal Ney, por lo que sufrió arresto.

Montalivet, Jean Pierre de (1766-1823): Ministro del Interior con Napoleón Bonaparte, fue represaliado con la Restauración y rehabilitado como par en 1819.

Montesquieu, Charles Louis de Secondat, barón de (1689-1755): Filósofo y escritor ilustrado francés, promotor de la separación de poderes y uno de los pensadores del liberalismo político.

Montigny: Coronel, a cargo de la custodia del mariscal Ney como gobernador del Palacio de Luxemburgo.

Moreau, Jean Victor Marie (1763-1813): General francés republicano, casado con una criolla del círculo de Josefina de Beauharnais, comenzó a distanciarse de Napoleón por sus tendencias absolutistas y fue condenado a dos años de prisión como conspirador. Huyó durante el Imperio a América, hasta que pasó al servicio del zar Alejandro I. Combatió con los aliados, esperando una vuelta a la República y falleció, como consecuencia de las heridas recibidas, unos días después de la batalla de Dresde. Fue amante de Ida Saint-Elme, a quien se llegó a conocer como «*madame* Moreau», hasta que la abandonó al descubrir su pasión por el mariscal Ney.

Moro, Tomás (1478-1535): Pensador, teólogo y político inglés, autor de *Utopía*. Su catolicismo le llevó al cadalso al no reconocer la Iglesia anglicana ni el derecho al divorcio de Enrique VIII de la reina Catalina de Aragón.

Mortier, Édouard Adolphe Casimir Joseph (1768-1835): Duque de Treviso, mariscal de Napoleón. Formó parte del consejo de guerra encargado de juzgar al mariscal Ney y que acabó declarándose incompetente.

Moskova, príncipe del: Véase «Ney».

Mozart, Wolfgang Amadeus (1756-1791): Compositor austriaco.

Murat, Joaquim (1767-1815): Mariscal de Napoleón y su cuñado en razón de su matrimonio con Carolina Bonaparte. Comandante de caballería apuesto y de reconocido arrojo, llegó a ser rey de Nápoles de 1808 a 1815. Tras la retirada de Rusia abandonó a Bonaparte, y repitió la misma conducta tras la batalla de Leipzig. Retornó a su lado en los Cien Días, declarando la guerra a Austria, pero tras la derrota fue condenado y ajusticiado.

Napier, Charles James (1782-1853): Militar inglés, oficial durante la guerra de la Independencia española, donde fue herido y prisionero. El mariscal Ney lo liberó bajo palabra de honor para despedirse de su moribunda madre, pero Napier no cumplió su palabra de regresar. Era tataranieto del rey Carlos II y llegó a ser general y gobernador en las provincias de la India.

Ney, Marguerite (1772-1855): Hermana menor de Michel Ney.

Ney, Michel (1769-1815): Duque de Elchingen, príncipe del Moscova. Mariscal de Napoleón, sin duda uno de sus mejores generales. Curtido en muchas batallas, mantuvo la retaguardia de la Grande Armée durante la mayor parte la retirada de Rusia, consiguiendo una de las mayores proezas de la historia militar. Tras la primera abdicación de Napoleón, en la que desempeño un papel importante, fue enviado por Luis XVIII a enfrentarse al emperador cuando retornaba de Elba. En Lons-le-Saunier decidió desertar y pasarse a sus filas. En Waterloo se comportó de manera heroica y casi suicida. Tras la segunda Restauración fue declarado proscrito, hecho prisionero, juzgado por la Cámara de los Pares, y ajusticiado en la mañana del 7 de diciembre de 1815. Su esposa era Aglaé Auguié, que le dio cuatro hijos varones. Ida Saint-Elme fue su amante.

Ney, Pierre (1738-1836): Maestro tonelero de Sarrelouis (Saarlouis), soldado durante la guerra de los Siete Años. Padre de Michel Ney.

Ney, Jean Baptiste (1767-1799): Hermano mayor de Michel Ney. Murió en la batalla del Trebia, ostentando el grado de teniente.

Nicolaï, Aymard François, conde de (1777-1839): Diplomático durante el Imperio y par de Francia.

Orleans, Luis Felipe, duque de (1773-1850): Hijo de Luis Felipe de Orleans (el célebre «Philippe Égalité», guillotinado en 1794), vivió exiliado, la mayor parte del tiempo en Inglaterra, y regresó a Francia en 1814 tras la primera Restauración. Mantuvo una actitud moderada y liberal, enfrentada a los ultrarrealistas. La deposición de Carlos X en 1830 lo llevó al trono, que ocuparía como Luis Felipe I hasta la reinstauración de la República en 1848.

Otranto, duque de: Véase «Fouché».

Otranto, duquesa: Véase «Castellane».

Oudinot, Nicolas Charles (1767-1847): Duque de Reggio, mariscal de Napoleón, gravemente herido por dos veces en la campaña de Rusia. Se mantuvo al margen durante los Cien Días, aunque se opuso decididamente a la condena del mariscal Ney.

Pain: Teniente de gendarmería de servicio en el Palacio de Luxemburgo el día de la ejecución del mariscal Ney, a quien escoltó y acompañó, junto a Martin y el párroco de Saint-Sulpice, en el *fiacre* que lo condujo ante el pelotón de fusilamiento.

Pajol, Pierre Claude (1772-1844): General francés bonapartista, fue ayuda de campo de Kléber cuando solo era teniente. Dejó escritas unas memorias.

Parquin, Denis Charles (1786-1845): Oficial francés, que con el grado de capitán formó parte del Estado Mayor del mariscal Ney durante la batalla de Montmirail.

Partouneaux, Louis (1770-1835): General francés que mantuvo una cruenta y heroica batalla en Borisov para facilitar el paso del Beresina por la Grande Armée.

Pchebendowski, Constantino (1776-1831): General polaco que luchó en la Grande Armée durante la campaña de Rusia con el grado de coronel.

Pérignon, Chaterine-Dominique, marqués de (1754-1818): Mariscal del Imperio, se decantó por los Borbones tras la primera abdicación de Napoleón, y posteriormente votó por la muerte de Michel Ney.

Petrie, Philip: Soldado de los ejércitos de Napoleón que emigró a América a finales de 1815 en el buque *City of Philadelfia* y cuyos testimonios sobre las circunstancias de la travesía y el pasaje se publicaron en el *Dayton (O.) Journal* en 1874.

Philidor, François André Danican (1726-1795): Músico y maestro del ajedrez francés, considerado el mejor jugador de su época. Frecuentó, como su maestro, Kermur Sire de Légal, el Café de la Régence.

Pierre, abad De: Párroco de Saint-Sulpice que asistió al mariscal Ney en su última unción.

Platón (427-348 a. C.): Filósofo griego, que en sus *Diálogos* nos permitió acceder a la filosofía de su maestro: Sócrates.

Plátov, Matvéi Ivanovich (1753-1818): Atamán del ejército cosaco y general de caballería del ejército imperial ruso, que hostigó con su táctica de guerrillas a la retaguardia de la Grande Armée durante la retirada de Rusia.

Poix, Philip Louis Marc Antoine, príncipe de (1752-1819): Aristócrata realista que testificó durante el proceso del mariscal Ney.

Pontalba, Joseph Célestin Xavier Delfau de (1754-1834): Militar, armador y banquero francés.

Poumiès de la Siboutie, François Louis (1789-1863): Médico francés, testigo de la ejecución de Michel Ney.

Pozzo di Borgo, Carlo Andrea (1764-1842): Político de origen corso, antibonapartista, que en la Restauración fue nombrado embajador de Rusia en Francia.
Pufendorf, Samuel von (1632-1694): Historiador y jurista alemán, autor de un *Mapa descriptivo de los territorios de España durante el dominio romano*.
Rabelais, François (1494-1553): Escritor y humanista francés, autor de la serie *Gargantúa y Pantagruel*, obras cargadas de simbolismo, hipérboles e imágenes grotescas.
Ragusa, duque de: Véase «Marmont».
Razout, Jean Nicolas (1772-1820): General de división en el ejército imperial francés.
Reille, Honoré Charles Michel Joseph (1775-1860): General del Estado Mayor de Bonaparte en Waterloo, contrario a un ataque frontal.
Rémusat, Claire Élisabet Jeanne Gravier de Vergennes, condesa de (1780-1821): Mujer de letras francesa, casada con el chambelán de Napoleón, dama de la emperatriz Josefina y amiga de su hija Hortènse.
Rémy: Gendarme en Lons-le-Saunier, enviado como espía hacia Lyon para informar sobre los movimientos de Bonaparte tras su regreso de la isla de Elba.
Revel, conde de: Militar francés, masón, que participó en la guerra de la Independencia norteamericana.
Richelieu, Armand Emmanuel de Vignerot du Plessis, duque de (1766-1822): Presidente del Consejo de Ministros de Luis XVIII entre 1815-181 y 1820-1821. Emigrado en Rusia durante la Revolución y el Imperio, adquirió la ciudadanía rusa y llegó a ser gobernador de Odessa. De tendencias moderamente ultrarrealistas, mantuvo una relación política compleja con Élie Decazes.
Richemont, Philippe Panon Desbassayns, barón de (1774-1840): Funcionario y administrador francés, prestó un testimonio insustancial durante el proceso del mariscal Ney.
Robespierre, Maximilien Marie Isidore de (1758-1794): abo-

gado, revolucionario jacobino y *montagnard*, miembro del Comité de Salud Pública durante el gobierno del Terror.

Rochechouart, Louis-Victor-Léon de (1788-1858): General realista emigrado, fue ayudante de campo de Alejandro I y oficial del ejército ruso durante la campaña de 1812. Hijo adoptivo del conde de Richelieu, fue jefe del Estado Mayor del Ministerio de la Guerra tras la segunda Restauración y gobernador militar de París de 1815 a 1821. Una de sus primeras funciones en tal cargo fue organizar la ejecución del mariscal Ney. Sus memorias (*Souvenirs de la Révolution et l'Empire*) resultan singularmente ilustrativas y ofrecen la versión más directa de la ejecución del mariscal.

Roget, Dominique Mansuy (1760-1832): General francés, al mando de cuatro batallones en la batalla de Winterthur.

Rogers, Benjamin (1763-1836): Coronel, terrateniente afincado en Florence (Carolina del Sur) que contrató a Peter Stuart Ney como maestro de escuela de 1819 a 1822.

Rogers, Mary: Hija de Benjamin Rogers, por la que Peter Stuart Ney parecía mostrar especial predilección.

Roguet, François (1770-1846): General francés que se destacó en la batalla de Elchingen.

Rosat, Isabelle: Esposa de Nicolas Bronner.

Saint-André, mariscal de: Padre del conde de Revel.

Saint-Aulaire, Égedie Wilhelmine de Beaupoil de (1802-1873): Segunda esposa de Élie Decazes, con quien contrajo matrimonio en 1818, a la tierna edad de dieciséis años, y con quien tuvo tres hijos.

Saint-Bias, conde de: Oficial del ejército francés, de origen piamontés, que comandó el pelotón de fusilamiento del mariscal Ney.

Saint-Cyr, Laurent de Gauvion (1764-1830): Mariscal de Napoleón, se mantuvo neutral durante los Cien Días. Con la segunda Restauración fue ministro de la Guerra. Sancionó a Moncey por renunciar a formar parte del consejo de guerra que debía juzgar al mariscal Ney. Él mismo había sido recusado por sus diferencias con Ney, su viejo camarada del ejército del Rin.

Saint-Didier, Alexandre Charles Nicolas Amé de (1778-1850): Político francés, barón del Imperio, auditor del Consejo de Estado.

Saint-Elme, Ida (1776-1845): Elzelina Tolstoy van Aylde-Jonghe o Maria Johanna Elkselina Verfelt, enigmática mujer de origen incierto, actriz mediocre, cortesana, amante del general Moreau y del mariscal Ney, acaso también del propio Napoleón. Persiguió a Ney por los campos de batalla de Europa y asistió a su fusilamiento. Pasó a la historia por unas escandalosas memorias (*Mémoires d'une contemporaine*), que abarcan ocho tomos y seguramente hizo escribir a un tercero. Considerada la versión femenina de Casanova, sus memorias rezuman muchas veces feminismo y resultan arrebatadoramente libertinas. Redactadas con buen estilo, se les atribuye mucha fantasía, si bien en el análisis del entorno acredita una notable precisión histórica. Murió en la más extrema pobreza. Fue inmortalizada por Lemot en una escultura, cuya reproducción gráfica preside sus memorias.

Savary, Anne Jean Marie René (1774-1833): Duque de Rovigo, general en el Imperio, jefe de la Policía secreta de Bonaparte, fue testigo de boda de Michel Ney.

Scey-Montbéliard, Pierre Georges, conde de (1771-1847): Militar realista, testificó de forma insustancial en el proceso del mariscal Ney.

Schwarzenberg, Karl Philipp (1771-1820): General austriaco, comandó las tropas austriacas aliadas a la Grande Armée durante la campaña de Rusia. Tras la primera abdicación de Napoleón fue a su vez comandante de las fuerzas austriacas, esta vez aliadas contra Francia, participando en la batalla de Waterloo.

Sémonville, Charles Louis Huguet (1759-1839): Político realista francés, representante (*grand référendaire*) de la Cámara de los Pares en 1815.

Sérurier, Jean Mathieu Philibert (1742-1819): Mariscal del Imperio, mantuvo una actitud tibia durante la primera Restauración y los Cien Días. En su condición de par votó por la muerte del mariscal Ney.
Simon, Antoine (1736-1793): Revolucionario francés, encargado de la guarda y educación de Luis XVII en el Temple.
Smith, Edward (†1822): Segundo oficial del *Albion*, fallecido durante su naufragio en las costas de Irlanda el 22 de abril de 1822.
Sorans, Gabriel Joseph Elzéar de Rosières, marqués de (1768-1817): Ayuda de campo del conde de Artois.
Soubise, Charles de Rohan, príncipe de (1715-1787): Mariscal de Francia, favorito de Pompadour, general cobarde y timorato, batido ignominiosamente en la batalla de Rossbach.
Soult, Jean de Dieu (1769-1851): Mariscal del Imperio, fue uno de los mejores generales de Napoleón. Se declaró realista tras la primera Restauración, y fue nombrado por Luis XVIII ministro de la Guerra. Se unió, sin embargo, a Bonaparte durante los Cien Días, y en Waterloo fracasó como general del Estado Mayor, siendo incapaz de que las órdenes circularan con eficacia, hecho del que se lamentaría Bonaparte, que echaría de menos a Berthier en dichas funciones.
Stuart (Stewart) Ney, Peter (1769-1846): Soldado bonapartista inmigrado en América, fue maestro de escuela en varias localidades de Carolina del Sur y Carolina del Norte. Hombre disciplinado y versado, vivió siempre soltero. No tuvo hijos y dejó escritas algunas enigmáticas poesías.
Tácito (58-120): Historiador romano.
Talleyrand-Périgord, Charles Maurice de (1754-1838): Príncipe de Benevento, sacerdote, diplomático y omnipresente estadista francés.
Talma, François Joseph (1763-1826): Actor francés, considerado el mejor de su época.
Tamnay, Jules Joseph Sallonnier de (1786-1861): General francés, ayuda de campo de Rochechouart.

Tascher de la Pagerie, Pierre Claude Louis Robert, conde (1787-1861): Militar y político francés.
Tchichagov, Pavel Vasilievitch (1767-1849): Militar ruso, almirante, francófilo, ateo y bonapartista, participó en la campaña rusa y se le imputó haber dejado escapar a Napoleón en la batalla del Beresina.
Teresa, hermana: Religiosa del Hospital de La Maternité que, según el relato de Ida Saint-Elme, recibió y amortajó el cadáver del mariscal Ney y que posteriormente mantuvo una tierna amistad con su amante.
Tharreau, Jean Victor (1767-1812): General de división francés a quien se imputó la responsabilidad de la derrota en la batalla de Winterthur, por no poder movilizar eficientemente los refuerzos. Murió como consecuencia de las heridas recibidas en la batalla de Borodino.
Thibaudeau, Antoine Claire (1765-1854): Revolucionario y político francés, acérrimo bonapartista que hubo de exiliarse tras la primera Restauración, circunstancia que aprovechó para cortejar a la duquesa de Otranto.
Tissot, Jean Marie (1772-1852): Mayor-coronel del ejército francés.
Turc: Nombre de una de las cabalgaduras de Ney muertas en Waterloo durante las cargas de caballería.
Valette, Louis Henri: Notario de Sarrelouis, amigo de la familia Ney.
Van Aylde-Jonghe, Ezelina: Véase «Saint-Elme, Ida».
Vaulchier du Deschaux, Louis René Simon, marqués de (1780-1861): Prefecto del Jura en 1815, testificó en el proceso del mariscal Ney.
Vestale: Nombre de una de las cabalgaduras de Ney muertas en Waterloo durante las cargas de caballería.
Victor Perrin, Claude (1764-1841): Mariscal del Imperio, compañero de armas de Ney en España y en Rusia, donde tuvieron serias diferencias. Se mantuvo fiel a los Borbones durante los Cien Días, y llegó a ser ministro de la Guerra en la Restauración. Votó por la muerte de Ney. Confesó

arrepentirse de dicha decisión el resto de su vida, haciendo penitencia cada 7 de diciembre, fecha en que coincidía el aniversario de su nacimiento con el del propio fusilamiento de Ney.

Villars-Taverny, conde de: Inspector de la guardia nacional de Poligny. Testificó en el proceso del mariscal Ney.

Villatte, Eugène Casimir (1770-1834): General francés, formó parte del consejo de guerra designado para juzgar al mariscal Ney y que acabó declarándose incompetente.

Vicenza, duque de: Véase «Caulaincourt».

Von Reding, Aloys (1765-1818): Militar, político y patriota suizo, a quien Michel Ney hubo de encarcelar cuando fue enviado por Bonaparte a Suiza en 1802. Hicieron tal amistad que Ney impuso su nombre a su segundo hijo.

Von Seidlitz, Friedrich Wilhelm (1721-1773): General prusiano que batió a los aliados franco-austriacos en la batalla de Rossbach durante la guerra de los Siete Años.

Vuillemot: Gendarme en Lons-le-Saunier, enviado como espía hacia Lyon para informar sobre los movimientos de Bonaparte tras su regreso de la isla de Elba.

Walther, Frédéric Henri (1761-1813): Destacado general de caballería francés, muerto a consecuencia de las heridas sufridas en la campaña de Alemania.

Wellesley: Véase «Wellington».

Wellington, Arthur Wellesley, duque de (1769-1852): General inglés, vencedor de los franceses en España y en Waterloo. Tuvo una enorme influencia en la Restauración francesa. Fue dos veces primer ministro (1828-1830 y 1834) y ejerció como comandante en jefe de la Armada británica.

Wieland, Cristoph Martin (1733-1813): Poeta y escritor alemán, a quien el mariscal Ney visitó en su propia casa, durante una de sus campañas en territorio alemán.

Williams, John (†1822): Capitán del *Albion*, fallecido durante su naufragio en las costas de Irlanda el 22 de abril de 1822.

Wilson, Robert Thomas (1777-1845): Procesado y condenado en Francia en 1816, junto a Hutchinson y Bruce, por organizar la fuga de La Valette: cumplió tres meses de prisión.

Wrede, Karl Philipp von (1767-1838): General bávaro, participó en varias campañas napoleónicas y fue camarada de Ney en la retirada de Rusia, donde su caballería fue aniquilada. Los cambios de alianzas lo convirtieron después en un temible enemigo de Francia, hasta la derrota de Napoleón.

Zieten, Hans Ernst Karl Graf von (1770-1848): Teniente general prusiano durante la batalla de Waterloo, a cargo del primer cuerpo del ejército.

Fuentes históricas de
La segunda vida del mariscal

Las fuentes históricas y los testimonios sobre el mariscal Ney son inabarcables. De entre las monografías, hemos utilizado: R. Androit, *Ney*, París, 1914; P. Comton, *Marshal Ney*, Londres, 1937; C. Desprez, *Le maréchal Ney*, París, 1881; J. Foster, *Napoleon's Marshal (The Life of Michel Ney)*, Nueva York, 1968; R. Horricks, *Marshal Ney (the Roman and the Real)*, Speldhurst, 1982; J. De Labedoyère, *Le maréchal Ney*, París, 1902; J. B. Morton, *Marshsal Ney*, Londres 1868; L. Garros, *Ney, Le brave des braves*, París, 1955; F. Hourtoulle, *Ney, le brave des braves*, París-Limoges, 1981; F. Houlot, *Le maréchal Ney*, París, 2000; J. Lucas-Dubreton, *Le maréchal Ney*, París, 1941; R. B. Maizeau, *Vie du maréchal Ney*, París, 1816; E. Perrin, *Le maréchal Ney*, París, 1993; L. Riotor, *Amours et tragédie de Michel Ney*, 1934; H. Welschinger, *Le maréchal Ney: 1815*, París, 1893.

En particular, sobre la historia militar del mariscal han sido fundamentales las obras de A. H. Atteridge, *Marshall Ney (The Bravest of the Brave)*, Londres, 1912, y E. Bonnal, *La vie militaire du maréchal Ney*, 3 vols., París, 1906-1914. También las propias «presuntas» memorias del mariscal, *Mémoires du maréchal Ney*, 2 vols., París, 1833. En especial, sobre la campaña de Rusia, destacan los testimonios directos de R. A. de Fézensac en *Souvenirs militaires*, París, 1869 y *Journal de la champagne de Rusie en 1812*, París, 1850, y la de Ph.

De Ségur, *Histoire de Napoléon et de la Gran Armée pendant l'année 1812,* 2 vols., París, 1824. Asimismo, la obra de C. von Clausewitz, *La campagne de 1812 en Russie,* París, 1906. Sobre Waterloo resulta siempre ilustrativa la narración de Victor Hugo en *Los miserables.*

Los documentos completos sobre el proceso del mariscal Ney están recogidos en *Procès du maréchal Ney ou Recueil complet des interrogatoires...,* París, Michaud, 1815, disponible en abierto en la red. Su análisis, en particular, es sugestivo en las obras de H. Kurtz, *Le procès du Maréchal Ney,* París, 1864; E. Dumoulin, *Histoire complète du procès du maréchal Ney,* París, 1815; G. D'Heilly, *Le maréchal Ney d'après les documents authentiques,* París, 1869; R. Floriot, *Le procès du maréchal Ney,* París, 1955, y D. P. Michel, *Ney: du procès politique à la réhabilitation du brave des braves 1815-1991,* París, 2003.

El mejor relato de su fusilamiento se contiene en el testimonio directo del conde de Rochechouart en *Souvenirs sur la Révolution, l'Empire et la Restauration,* París, 1892. Destaca asimismo el análisis de P. Bouchardon *La fin tragique du maréchal Ney,* París, 1925.

Sobre las tesis acerca de la supervivencia de Ney tras su «fusilamiento», la obra clave corresponde a J. Weston, *Historic Doubts as to the Execution of Marshal Ney,* Nueva York, 1896, que es la fuente básica de J. E. Smoot, *Marshal Ney Before and After Execution,* Charlotte, 1929, y de L. Blythe, *Marshal Ney. A Dual Life,* Londres, 1937. Más reciente, pero sin datos añadidos relevantes, aunque muy amena y bien construida, es la obra de M. Dansel, *Maréchal Ney: fusillé ou évadé?,* París, 2004.

Sobre la relación de Ney con Ida Saint-Elme, nos hemos basado en las *Mémoires d'une contemporaine,* 8 vols., 4.ª ed., París, 1829, de la propia Ida Saint-Elme.

Sobre la trayectoria política de Élie Decazes, sus relaciones con Luis XVIII y su lucha contra los ultrarrealistas, ha sido particularmente útil la obra de E. Daudet, *Louis XVIII et le duc Decazes,* París, 1899. En general, sobre la Restauración sigue siendo obra de referencia la de A. Lamartine, *Histoire de la Restauration,* 6 vols., París, 1861-1862.

Sobre Wellington, la fuente esencial ha sido la biografía de E. Longford, *Wellington,* Londres, 1969-1972, y la escrita por J. Chastenet, *Wellington (1769-1852),* París, 1944.

Sobre Fouché, sigue siendo imprescindible el retrato de S. Zweig, *Fouché, retrato de un político,* Viena, 1929.